Contos do grotesco e do arabesco

Contos do grotesco e do arabesco

27 contos selecionados

Tradução de
Lúcia Helena de Seixas P. Brito

Edgar Allan
POE

Amarilys

Copyright © Editora Manole Ltda., por meio de contrato com a tradutora.
Título original em inglês: *Tales of the grotesque and arabesque*

Amarilys é um selo editorial Manole.

Este livro contempla as regras do Acordo Ortográfico da Língua Portuguesa de 1990, que entrou em vigor no Brasil em 2009.

Editora gestora: Sônia Midori Fujiyoshi
Coordenação e produção editorial: Estúdio Asterisco
Capa: Axel Sande | Gabinete de Artes

CIP-Brasil. Catalogação na Publicação
Sindicato Nacional dos Editores de Livros, RJ

P798c

Poe, Edgar Alan, 1809-1849

Contos do grotesco e do arabesco: 27 contos selecionados/Edgar Alan Poe; tradução Lúcia Helena de Seixas P. Brito. – 1. ed. – Barueri [SP]: Amarilys, 2019.
424 p.; 23 cm.

Tradução de: *Tales of the grotesque and arabesque*
ISBN 978-85-204-3927-2

1. Contos americanos. I. Brito, Lúcia Helena de Seixas P. II. Título.

18-52328   CDD: 813
                                                                                          CDU: 82-34(73)

Meri Gleice Rodrigues de Souza – Bibliotecária CRB-7/6439

Nenhuma parte deste livro poderá ser reproduzida, por qualquer processo, sem a permissão expressa dos editores. É proibida a reprodução reprográfica.

A Editora Manole é filiada à ABDR – Associação Brasileira de Direitos Reprográficos

Edição brasileira – 2019

Editora Manole Ltda.
Av. Ceci – Tamboré
06460-120 – Barueri – SP – Brasil
Tel. (11) 4196-6000
www.manole.com.br
https://atendimento.manole.com.br/

Impresso no Brasil | *Printed in Brazil*

Sumário

Volume 1

Prefácio *8*

Morella *12*

Engrandecimento *20*

William Wilson *28*

O homem consumido – uma história da campanha entre os Bugaboo e os Kickapoo *52*

A queda da Casa de Usher *64*

O Duque de L'Omelette *86*

A mensagem na garrafa *92*

Bon-Bon *106*

A sombra – uma parábola *126*

O demônio na torre do sino *130*

Ligeia *140*

O rei Peste – uma narrativa alegórica *158*

Senhora Zenóbia *172*

A foice do tempo *186*

Volume 2

Epimanes *198*

Siope – uma fábula *208*

A aventura sem precedentes de um certo Hans Pfaall *214*

Uma fábula de Jerusalém *272*

Von Jung *278*

O fôlego sumido *292*

Metzengerstein *314*

Berenice *326*

Por que o francesinho traz a mão na tipoia   *338*
O visionário   *344*
O diálogo entre Eiros e Charmion   *360*

Bônus
O gato preto   *370*
Os assassinatos da Rua Morgue   *382*

Volume 1

Prefácio

Os termos "Grotesco" e "Arabesco" traduzem com suficiente precisão o estado de espírito predominante nas histórias aqui contadas. No entanto, o fato de que durante um período de cerca de dois a três anos eu escrevi vinte e cinco contos cuja característica geral pode ser tão brevemente definida, não autoriza a conclusão – pelo menos, não uma conclusão verdadeiramente correta – de que eu tenho por essa espécie de história qualquer preferência ou propensão desmesurada ou mesmo certa idiossincrasia. É possível que esta republicação na forma de livro tenha pautado a concepção desses escritos, e, portanto, posso ter desejado preservar, até determinado ponto, uma unidade de projeto. Na verdade, é essa a real justificativa; e pode suceder que eu não volte jamais a escrever qualquer coisa nesses moldes. Trato desse tema aqui, porque sou levado a pensar que é a prevalência do "Arabesco" em minhas histórias sombrias o elemento que induziu um ou dois críticos a amavelmente identificá-las com aquilo que se sentiram satisfeitos em denominar "Germanismo" e desesperança. A acusação é de mau gosto e as razões que a fundamentam não foram suficientemente avaliadas. Vamos admitir, por enquanto, que as "peças fantásticas" agora apresentadas sejam uma expressão do germanismo, ou algo do gênero. Assim sendo, por ora, germanismo é "o tema". Amanhã, poderei ser qualquer coisa, exceto germanista, do mesmo modo que ontem eu era todo o resto. Essas diversas peças formam, todavia, um livro. Creio que meus amigos seriam imprudentes demais em acusar um astrônomo de tratar demasiadamente de astronomia, ou um autor dedicado à ética de discorrer exageradamente sobre moral. Contudo, a pura verdade é que, com uma única exceção, não há entre essas histórias qualquer uma na qual um erudito reconhecesse os traços distintivos daquela espécie de pseudo-horror, que nos ensinaram a chamar germanismo só porque alguns dos nomes inferiores da literatura alemã fizeram dessa tolice sua identidade. Se em muitas de minhas obras o horror foi o fio condutor, eu sustento que ele não provém da Alemanha, mas da alma – que eu o deduzi única e exclusivamente de suas fontes legítimas e o preconizei apenas em seus efeitos legítimos.

Há um ou dois contos entre os aqui apresentados (concebidos e materializados no mais puro espírito da extravagância) aos quais eu não espero seja dedicada substancial atenção e dos quais não mais falarei. Porém, quanto ao restante, não posso, pautado na justificativa de uma imprudência impensada, conscientemente pedir clemência. Creio, portanto, que é mais honesto eu dizer que se pequei, foi deliberadamente que o fiz. Estas breves composições são, em sua porção principal, resultado de propósitos maduros e criteriosa elaboração.

Morella

Αυτο καθ' αυτο μεθ' αυτου, μονο ειδες αιει ον.
O indivíduo, introspectivo; ser eterno e singular.
—Platão, *O banquete*

Com um sentimento da mais profunda e singular afeição, fitei minha amiga Morella. Ao me descobrir, muitos anos atrás, acidentalmente inserido em seu círculo de amizades, minha alma incendiou-se, desde o primeiro encontro, com um fogo jamais conhecido. Suas chamas, porém, não emanavam de Eros; e a gradual convicção de minha total incapacidade para definir o significado não usual ou controlar a vaga intensidade desse ardor transformou-se na amargura e no tormento de meu espírito. Mas nós nos encontramos; e o destino nos uniu no altar. Nunca falei de paixão, tampouco pensei em amor. Ela, no entanto, afastou-se das companhias e, ligando-se apenas a mim, tornou-me feliz. É uma felicidade deslumbrar-se, é uma felicidade sonhar.

Morella revelava enorme erudição. Posso assegurar que seu talento fugia do lugar-comum – o poder de sua mente tinha uma dimensão imensurável. Eu o sentia e, em muitos assuntos, tornei-me seu pupilo. Rapidamente, contudo, descobri que sua educação presburguesa induzia-a a colocar diante de mim um sem-número daqueles escritos místicos considerados, de modo geral, mera escória da antiga literatura alemã. Esses, por uma razão que me foge ao entendimento, eram seu objeto de estudo predileto e constante. E o fato de, no decorrer do tempo, eles terem se tornado os meus, deve ser atribuído a uma simples porém eficaz influência do hábito e do exemplo.

Em tudo isso, se não estou enganado, havia muito pouco em que minha capacidade de discernimento tivesse condições de atuar. Minhas convicções, se não me falha a memória, não sofriam, de modo algum, a ação do ideal, assim como nenhum vestígio do misticismo que eu lera podia ser identificado, salvo um grande erro, em meus feitos, tampouco em meus pensamentos. Persuadido disso, abandonei-me implicitamente à orientação de minha esposa, e adentrei, com o coração resoluto, a complexidade de seus estudos. E então, quando debruçado sobre páginas funestas, eu sentia um espírito nocivo se acendendo dentro de mim, Morella pousava sua mão fria sobre a minha e recolhia entre as cinzas de uma filosofia morta algumas palavras ordinárias e singulares, cujo estranho significado as imprimia em minha memória. E então, hora após hora, eu me demorava ao lado dela e me perdia na música de sua voz, até finalmente sentir a melodia se tingir de terror e uma sombra se lançar sobre minha alma. Escutando aqueles sons fantasmagóricos, eu ficava pálido e estremecia por dentro. E assim, do mesmo modo que o Vale de Hinom um dia se converteu em Geena, repentinamente a alegria se transmutava em horror e o mais belo, no mais repugnante.

É desnecessário explicitar o exato caráter daquelas elaboradas especulações que, transbordando os volumes já mencionados, constituíram durante um longo tempo o tema quase exclusivo das conversas que Morella e eu entabulamos. Os versados naquilo que pode ser denominado moralidade teológica prontamente o compreenderá, e os incultos, de qualquer modo, pouco entenderiam. O selvagem Panteísmo de Fichte, a Παλιγγενεσια* modificada dos pitagóricos e, acima de tudo, as doutrinas da *Identidade* conforme preconizadas por Schelling, costumavam ser os assuntos que, para a imaginativa Morella, resumiam o máximo da beleza. Essa identidade, designada pessoal, é fielmente definida – pelo Sr. Locke, creio eu – como a distinção de um ser racional. E dado que entendemos por pessoa uma essência inteligente dotada de capacidade de raciocínio, e como todo pensamento é sempre acompanhado por certa dose de consciência, é isso o que nos torna aquele ser que chamamos *nós* e, desse modo, diferencia-nos de outros seres que pensam, conferindo-nos uma identidade pessoal. Mas, o *principium individuationis*, o conceito dessa identidade *que pela morte é ou não definitivamente perdida*, traduz uma questão que sempre me despertou profundo interesse; não mais pela natureza desconcertante e excitante de suas consequências, do que pela maneira marcante e inquieta em que Morella as mencionava.

No entanto, chegou um tempo no qual o mistério dos costumes de minha esposa passou a me tiranizar como um feitiço. Eu já não conseguia suportar o toque de seus dedos macilentos nem o tom grave de sua linguagem musical, como tampouco o fulgor de seus olhos melancólicos. E disso tudo ela tinha ciência, mas não me censurava; ela pa-

---

* Palingenesia. (N.T.)

recia perceber minha fraqueza ou desatino e, sorrindo, denominava-a Destino. Minha esposa se mostrava, também, ciente da causa, para mim desconhecida, do gradativo alheamento de meu afeto; mas ela não me fornecia indícios ou sinais da natureza desse processo. Entretanto, era ela mulher, e definhava dia após dia. No devido tempo, a mancha carmesim se instalou em suas bochechas, e as veias azuladas começaram a sobressair sob a pálida pele de sua testa. Num primeiro instante, minha alma se dissolveu em piedade, mas no seguinte, meus olhos cruzaram com seu olhar expressivo, e então minha alma adoeceu e se desnorteou, sentindo a vertigem de alguém que contempla as profundezas de um abismo sombrio e impenetrável.

Devo então dizer que, presa do mais determinado e intenso sentimento, eu ansiava pelo momento da morte de Morella? Pois eu o fiz, mas o espírito frágil se apegou à sua morada de barro durante muitos dias, muitas semanas e tediosos meses, até que meus nervos torturados se apossaram do controle sobre minha mente e a longa espera me enfureceu. Com o coração de um demônio, amaldiçoei os dias, as horas e os amargos momentos que pareciam se alongar à medida que a delicada vida de minha esposa declinava, como sombras sobre o dia que se apaga.

Mas em uma noite de outono, quando os ventos se aquietam no céu, Morella me chamou à sua cabeceira. Uma névoa tênue pairava sobre toda a terra e um brilho quente cobria a superfície das águas; e, na floresta, um arco-íris havia seguramente despencado do firmamento entre as ricas folhagens de outubro.

"Este é um dia de dias", disse ela quando me aproximei; "um dia de todos os dias, seja para viver ou morrer. É um dia propício para os filhos da terra e da vida – ah, ainda mais propício para as filhas do céu e da morte!"

Dei-lhe um beijo na testa, e ela prosseguiu:

"Estou morrendo, embora eu deva viver."

"Morella!"

"Não existiram dias nos quais você pudesse me amar; mas aquela que em vida você abominou, na morte deve adorar."

"Morella!"

"Reafirmo que estou morrendo. Mas trago dentro de mim um penhor dessa afeição – ah, quão pequena! – que você sentiu por mim, Morella. E quando meu espírito partir deve a criança viver – a criança sua e minha, de Morella. Porém, teus dias serão dias de sofrimento – aquele sofrimento que é a mais resistente das sensações, como é o cipreste a mais resistente das árvores. Pois as horas de tua felicidade se acabaram e a alegria não floresce duas vezes na vida, como florescem as rosas da cidade de Pesto duas vezes ao ano. Portanto, não deves mais representar o teano com o tempo; mas, carecendo de conhecimentos acerca da murta e do vinho, deves levar contigo para a terra tua mortalha, como fazem os muçulmanos em Meca."

"Morella!", gritei eu, "Morella!, como soube disso?" Mas ela virou o rosto sobre o travesseiro e, com um leve tremor que percorreu seus membros, morreu. E nunca mais ouvi sua voz.

Todavia, confirmando sua profecia, a criança que ela deu à luz ao morrer – a criança cuja respiração só se fez escutar quando a da mãe já se extinguira –, essa criança, uma filha, viveu. E cresceu surpreendentemente em estatura e intelecto, à imagem perfeita daquela que partira; e eu a amei com um amor mais fervoroso do que acreditava poder sentir por qualquer criatura sobre a terra.

No entanto, muito cedo o paraíso dessa afeição pura perdeu a luz, e foi varrido pelas nuvens da melancolia, do horror e do sofrimento. Eu disse que a criança cresceu surpreendentemente em estatura e intelecto. Surpreendente, na verdade, foi o rápido crescimento das dimensões de seu corpo; mas terríveis – oh! terríveis – foram os pensamentos tumultuosos que me dominaram enquanto eu observava o desenvolvimento de seu espírito. Poderia ser diferente, quando eu desvendava dia a dia nas concepções da criança as faculdades e os poderes adultos da mulher? Quando as lições da experiência jorravam dos lábios da infância? E quando a todo momento eu percebia a sabedoria ou as paixões da maturidade emanando de seus olhos cheios de curiosidade? Quando tudo isso se tornou evidente para meus sentidos estarrecidos, quando eu já não mais conseguia ocultá-lo de minha alma, tampouco bani-lo daquelas sensações que pulsam para recebê-lo, seria de se admirar que aquelas suspeitas, de natureza assustadora e excitante, tenham penetrado em meu espírito, ou que meus pensamentos tenham recuado aterrorizados pelas histórias extravagantes e as teorias eletrizantes de uma Morella sepultada? Eu confisquei e escondi do escrutínio do mundo um ser a quem o destino me compeliu a adorar; e no rigoroso isolamento de meu lar, cuidei, com angustiante inquietação, de tudo aquilo que dizia respeito à amada.

Dia após dia, com o passar dos anos, eu contemplava sua face sagrada, meiga e expressiva; e acompanhando o amadurecimento de suas formas, eu descobria, dia após dia, novos pontos de semelhança da criança com a mãe; a melancolia e a morte. E se tornavam continuamente mais escuras essas sombras de similitude; e mais plenas, mais definidas, mais desconcertantes e mais repugnantemente terríveis em seu aspecto. Pois, que o sorriso fosse igual ao da mãe, eu era capaz de suportar; mas me fazia estremecer a visão de tão perfeita *identidade*. Que seus olhos fossem os mesmos olhos de Morella, eu conseguia tolerar; mas também eles frequentemente perscrutavam dentro das profundezas de minha alma, com o mesmo propósito intenso e desconcertante da própria Morella. E no contorno da fronte e nos anéis do cabelo sedoso, nos dedos pálidos que se ocultavam dentro dele, no melancólico tom musical de sua fala, e, acima de tudo – oh, acima de todas as coisas –, nas frases e nas expressões da morta que habitavam os lábios da amada e vivente, eu encontrava alimento para os pensamentos e o horror dissipadores; para um verme que *jamais morria*.

Assim se passaram dois lustros de sua vida; e minha filha ainda era um ser sem nome sobre a terra. O rigoroso isolamento em que vivia a menina impossibilitava qualquer forma de interação social, restando-lhe apenas as designações "minha criança" e "minha amada", costumeiramente inspiradas pela afeição de um pai. Morella morreu, e junto com ela morreu seu nome. Sobre a mãe eu nunca havia falado com a filha; era-me impossível falar. Na verdade, durante o breve lapso de sua existência, esta última não conheceu a influência do mundo exterior, exceto aquela que lhe facultaram os estreitos limites de sua privacidade. Mas, finalmente, a cerimônia do batismo proporcionou à minha mente desalentada e inquieta a chance de libertação dos horrores de meu destino. E na fonte batismal, eu hesitei em pronunciar um nome. E muitos títulos, de sabedoria e beleza, de tempos antigos e modernos, de minha terra e de terras estrangeiras, afloraram em meus lábios, com muitos e muitos títulos apropriados para o bom, amável e feliz. O que então me induziu a perturbar a memória da morta sepultada? Que demônio me incitou a balbuciar aquele som, cuja simples recordação fazia refluir em torrentes o sangue púrpuro das têmporas até o coração? Que espírito maligno falou desde o mais remoto recanto de minha alma, quando no meio daqueles corredores mortiços, e no silêncio da noite, eu sussurrei nos ouvidos do homem sagrado as sílabas – Morella? O que mais a não ser o próprio demônio convulsionou as feições de minha criança, e cobriu-as com os matizes da morte, quando sobressaltada pela vaga percepção daquele som quase inaudível, ela voltou os olhos vitrificados da terra para o céu e, caindo prostrada sobre as pedras negras do sepulcro de nossos antepassados, respondeu – "Estou aqui!".

Nítidos, fria e placidamente nítidos, caíram aqueles poucos sons inocentes em meus ouvidos e, então, como chumbo derretido, infiltraram-se sibilantes dentro de meu cérebro. Os anos podem passar, mas a memória daquela época – nunca! Não cheguei a ignorar as flores e o vinho; mas a cicuta e o cipreste lançaram sombras sobre mim, dia e noite. E eu não guardei reminiscências de tempo ou lugar, e as estrelas de meu destino se apagaram no céu. Por isso, a terra enegreceu, e suas imagens passavam como sombras esvoaçantes; e dentre todas essas imagens, eu só conseguia ver – Morella! Os ventos do firmamento sopravam um único som em meus ouvidos, e as ondas sobre o mar murmuravam eternamente – Morella! Mas ela morreu; e com minhas próprias mãos eu a carreguei para a tumba; e ri, uma risada longa e amarga, ao não encontrar qualquer vestígio da primeira no leito em que deitei a segunda – Morella!

Engrande-cimento

– todos se foram
 pés no chão, em irracional perplexidade.
—Joseph Hall, *Sátiras*

Eu sou – quero dizer, eu *fui* – um grande homem; mas não sou nem o autor de Junius, tampouco o homem da máscara, pois meu nome, assim acredito, é Robert Jones, e eu nasci em um lugar qualquer na cidade de Fum-Fudge.

A primeira ação de minha vida foi agarrar meu nariz com as duas mãos. Minha mãe testemunhou o ato e me chamou de gênio. Meu pai chorou de alegria e me presenteou com um tratado de Nosologia. Antes de começar a usar calças, eu já dominava o assunto.

Agora comecei a perceber meu caminho na ciência, e logo entendi que um homem não precisa nada mais do que possuir um nariz suficientemente conspícuo; basta que ele o siga para conquistar a Notoriedade. Contudo, minha atenção não se manteve restrita ao âmbito das teorias. Todas as manhãs, eu dava à minha probóscide um par de puxões e tomava meia dúzia de tragos.

Certo dia, depois que atingi idade adulta, meu pai me perguntou se eu o acompanharia em seus estudos.

"Meu filho", disse ele, quando nos encontrávamos sentados, "qual é o principal propósito de sua existência?"

"Meu pai", respondi eu, "é o estudo da Nosologia".

"E, o que vem a ser, Robert,", perguntou ele, "a Nosologia?"

"Senhor", respondi, "é a ciência que estuda os Narizes."

"E, pode você me dizer", indagou ele, "qual é a importância de um nariz?"

"Um nariz, meu pai", argumentei, com considerável brandura, "já foi definido de diversas maneiras por um sem-número de diferentes autores". (Neste ponto fiz uma pausa e consultei meu relógio.) "Já é agora meio-dia, ou estamos quase lá. Creio que teremos tempo suficiente para abordar todas essas definições antes da meia-noite. Podemos então iniciar pela definição proposta por Bartholinus. Segundo ele, o nariz é aquela protuberância... aquele inchaço... aquela excrescência que..."

"É o bastante, Robert", interrompeu o velho senhor. "Estou perplexo com a extensão de seus conhecimentos; verdadeiramente; do fundo de minha alma." (Aqui, ele cerrou os olhos e pousou as mãos sobre o coração.) "Venha cá!" (Disse ele tomando-me pelo braço.) "Sua educação já pode agora ser dada por concluída... já é tempo de você lutar por si mesmo... e não há coisa melhor a fazer do que simplesmente seguir seu nariz... então... então... então..." (Neste momento ele me chutou escada abaixo e porta afora.) "então suma de minha casa, e que Deus zele por sua alma!"

Sentindo dentro de mim o *afflatus* divino, reconheci nesse acidente mais um lampejo de boa fortuna do que o contrário. Decidi me deixar guiar pelo conselho paterno, e assumi a determinação de seguir meu nariz. Dei-lhe um puxão ou dois e, sem perda de tempo, escrevi um opúsculo sobre Nosologia.

Fum-Fudge entrou em total alvoroço.

"Gênio extraordinário!", disse a Quartely.

"Fisiologista soberbo!", afirmou o Westminster.

"Companheiro sagaz!", disse o Foreign.

"Escritor esmerado!", falou o Edinburgh.

"Pensador multisciente!", disse o Dublin.

"Grande homem!", declarou o Bentley.

"Alma divina!", anunciou o Fraser.

"Um dos nossos!", afirmou o Blackwood.

"Quem será ele?", perguntou a senhora Bas-Bleu.

"O que será ele?", duvidou a provecta senhorita Bas-Bleu.

"Onde poderá ele estar?", indagou a jovem senhorita Bas-Bleu.

Mas não dei atenção, ou o que quer que seja, a essa gente toda; apenas adentrei a oficina de um artista.

A Duquesa Bendita-seja-minh'alma estava sentada para seu retrato; o Marquês Fulano-de-tal segurava o cãozinho da Duquesa; o Conde de Sei-lá-o-quê flertava com a vivacidade da Duquesa; e Sua Alteza Real de Não-me-toques apoiava-se sobre o espaldar da cadeira onde ela se sentava.

Aproximei-me do artista e empinei meu nariz.

"Oh, esplêndido!", suspirou Sua Alteza.

"Oh, nossa!", balbuciou o Marquês.

"Oh, surpreendente!", grunhiu o Conde.

"Oh, abominável!", rosnou sua Alteza Real.

"Quanto você quer por isso aí?", indagou o artista.

"Pelo seu *nariz*!", exclamou Sua Alteza.

"Mil libras", respondi, enquanto tomava assento.

"Mil libras?", questionou o artista, pensativo.

"Mil libras", respondi.

"Esplêndido!", disse ele, extasiado.

"Mil libras", respondi.

"Você me dá sua palavra?", perguntou ele, virando o nariz para a luz.

"Dou", respondi, soltando ar pelas narinas.

"Ele é *mesmo* original?", quis saber o artista, tocando-o com grande respeito.

"Humpf!", respondi, torcendo-o para o lado.

"Não existe por aí *nenhuma* cópia?", questionou ele, inspecionando-o através de um microscópio.

"Nenhuma!", asseverei, empinando o exemplar.

"*Admirável!*", vociferou o artista, pêgo de surpresa com a perfeição do movimento.

"Mil libras", repeti.

"*Mil* libras?", perguntou o artesão.

"Precisamente", confirmei.

"Mil *libras*?", inquiriu ele mais uma vez.

"Apenas isso", assegurei.

"Você os terá", falou ele. "Uma obra de *arte*!" Dizendo isso, entregou-me um cheque e rabiscou um esboço de meu nariz. Reservei quartos na rua Jeremyn e enviei à Sua Majestade a nonagésima nona edição do "Nosologia", acompanhada de um retrato da tromba. Aquele pequeno libertino triste, o Príncipe de Gales, convidou-me para o jantar.

Somos todos notáveis e requintados.

Lá estava um neoplatonista. Ele citou Porfirio, Jâmblico, Plotino, Próclus, Hiérocles, Cassius Maximus Tyrius e Siriano de Alexandria.

Lá estava um homem, a perfeição humana. Ele citou Turgot, Price, Priestly, Condorcet, De Stael e "Ambitious Student in Ill-Health".

Lá estava um tal Senhor Paradoxo Positivo. Ele observou que todos os tolos eram filósofos, e que todos os filósofos eram tolos.

Lá estava Aestheticus Ethix. Ele falou sobre o fogo, a unidade e os átomos; alma dupla e preexistente; afinidade e discórdia; inteligência primitiva e homeomeria.

Lá estava Theologos Theology. Ele falou sobre Eusébio e Ariano; heresia e o Concílio de Niceia; Puseísmo e consubstancialidade; Homoousios e Homoiousios.

Lá estava Fricassee de Rocher de Cancale. Ele mencionou Muriton de língua vermelha; couves-flores com molho *velouté*; vitela *a la St. Menehoult*; marinada *a la St. Florentin*; e geleia de laranja *en mosaique*.

Lá estava Bibulus O'Bumper. Ele fez considerações sobre Latour e Markbrunnen; Mosseux e Chambertin; sobre Richbourg e St. George; Haubrion, Leonville e Medoc; sobre Barac e Preignac; Grave, Sauterne, Lafitte e St. Peray. Ele balançou a cabeça diante de Clos de Vougeot e discorreu de olhos fechados sobre a diferença entre Xerez e Amontillado.

Lá estava o senhor Tintontintino de Florença. Ele discursou a respeito de Cimabue, Arpino, Carpaccio e Argostino; sobre o brilho de Caravaggio, a amenidade de Albano, as cores de Ticiano, as machadinhas de Rubens e a jocosidade de Jan Steen.

Lá estava o Presidente da Fum-Fudge University. Segundo ele, em Trácia a lua era denominada Bendis; no Egito, Bubástis; em Roma, Diana; e Artemis, na Grécia.

Lá estava um Grão Turco de Istambul. Perseguia-o a ideia de que anjos eram cavalos, galos e touros; que habitava o sexto céu um ser possuidor de setenta mil cabeças; e que a Terra era sustentada por uma vaca azul da cor do céu, dotada de um número incalculável de chifres verdes.

Lá estava Delphinus Polyglott. Ele nos contou que provinha de oitenta e três tragédias perdidas de Ésquilo; falou das cinquenta e quatro prédicas de Iseu; das três centenas e mais noventa e um discursos de Lísias; dos cento e oitenta tratados de Teofrasto; do oitavo livro das seções cônicas de Apolônio; dos cantos de louvor e dos hinos bajulatórios de Píndaro; e das quarenta e cinco tragédias de Homero.

Lá estava Ferdinand Fitz-Fossillus Feltspar. Ele nos falou sobre fogo interior e formações terciárias; sobre formas gasosas, fluídas e sólidas; sobre o quartzo e a marga; sobre o xisto e a turmalina negra; sobre a gipsita e o basalto; sobre esteatita e calcário; sobre a blenda e a horneblenda; sobre o xisto micáceo e os conglomerados rochosos; sobre a cianita e a lepidolita; sobre a hematita e a tremolita; sobre o antimônio e a calcedônia; sobre manganês e tudo o mais que possa lhe ocorrer.

    E ali estava eu. Falei de mim mesmo; sobre mim... sobre mim... e sobre mim; falei de Nosologia, de meu opúsculo, e de mim mesmo. Empinei meu nariz e discorri sobre minha pessoa.

    "Que homem extraordinário e sagaz!", exclamou o Príncipe.

    "Excepcional!", clamaram seus hóspedes; – e na manhã seguinte Sua Alteza Bendita-seja-minh'alma fez-me uma visita.

    "Você irá ao Almack's, encantadora criatura?", perguntou ela, dando-me uns tapinhas sobre o queixo.

    "É um privilégio", respondi eu.

    "Nariz e tudo?", ela quis saber.

    "Assim como eu sou", respondi.

    "Eis então um cartão, vida minha. Posso acreditar que você lá estará?"

    "Com todo meu coração, cara Duquesa."

    "Francamente, não! Mas sim com todo o seu nariz?"

    "Cada pequeno fragmento dele, minha amada", afirmei. E, enquanto falava, toquei-o com os dedos, e fui dar por mim no Almack's.

    A aglomeração nas salas estava sufocante.

    "Ele está vindo!", exclamou alguém na escada.

    "Ele está vindo!", disse outro um pouco mais acima.

    "Ele está vindo!", soou uma voz pouco mais distante.

    "Ele veio!", proclamou a Duquesa, "Ele veio... o amorzinho!" E tomando-me com firmeza pelas duas mãos, beijou-me três vezes sobre o nariz.

    Seguiu-se imediatamente um acontecimento extraordinário.

    "Diabo!", gritou o Conde Capricornutti.

    "Valha-me Deus!", murmurou Don Stiletto.

    "Por mil trovões!", bradou o Príncipe de Grenouille.

    "Mil diabos!" rosnou o Príncipe-eleitor de Bluddennuff.

Que interpretação tacanha! Fiquei furioso. Voltei-me imediatamente contra Bluddennuff.

"Senhor!", eu disse a ele, "o senhor é uma figura grotesca".

"Senhor!", retrucou ele depois de uma pausa. "Trovão e relâmpagos!"

Não havia mais nada a dizer. Trocamos cartões. Em Chalk-Farm, na manhã seguinte, investi contra seu nariz. E depois chamei meus amigos.

"Ovelha negra!", exclamou o primeiro.

"Tolo!", declarou o segundo.

"Palerma!", falou o terceiro.

"Asno!", decretou o quarto.

"Estúpido!", asseverou o quinto.

"Néscio!", repreendeu o sexto.

"Fora!", ordenou o sétimo.

Isso tudo me deixou mortificado e, então, chamei meu pai.

"Pai", indaguei eu, "qual é o principal propósito de minha existência?"

"Meu filho", respondeu ele, "ainda é o estudo da Nosologia. Mas, ao atingir o Príncipe-eleitor no nariz você ultrapassou todos os limites. Seu nariz é, de fato, admirável; mas agora, Bluddennuff ficou sem nenhum. Você está maldito, e ele se transformou no herói do dia. Eu lhe asseguro que em Fum-Fudge a notoriedade de uma celebridade é proporcional ao tamanho de sua probóscide. Todavia, valha-me Deus! não há concorrência com um ilustre que não possui probóscide alguma."

William Wilson

O que dizer dela? O que dizer da CONSCIÊNCIA implacável que assombra meu caminho?
—Chamberlayne, *Pharronida*

Deixem-me, por ora, atender pela alcunha de William Wilson. A página imaculada que se encontra agora à minha frente não precisa ser conspurcada com meu nome. Ele já foi, além do necessário, objeto de escárnio e horror, para desgosto de minha raça. Nas regiões dos confins do globo não esparramaram sua infâmia sem par os ventos indignados? Oh, pária de todos os párias mais abandonados! – para a arte da terra não está você eternamente morto? Para as honras, as flores, as preciosas aspirações dessa arte? E, por ventura, uma nuvem densa, sombria e sem limites, não paira para sempre entre suas esperanças e o paraíso?

Se me fosse dado a decidir, eu não criaria aqui, neste momento, um registro de meus últimos anos de miséria indescritível e delitos imperdoáveis. Essa época foi testemunha de uma súbita exacerbação de toda a indignidade, cuja origem é meu presente objetivo esclarecer. A substância humana costuma se desenvolver em etapas. Quanto a mim, todas as virtudes me abandonaram em questão de segundos como um manto que se desprende e cai. Meu caráter malévolo, relativamente trivial, foi se transformando, a passos de gigante, e incorporou muito mais do que as atrocidades de um Heliogábalo. Que acaso – que evento exclusivo levou essa coisa perversa a ocorrer – guardo comigo enquanto relato. A morte se aproxima; e a sombra que a precede abrandou meu espírito. Ao passar pelo vale obscuro, anseio pela compaixão – por pouco não falei pela piedade – de meus semelhantes. Eu me resignaria, acreditassem eles que fui, em alguma medida, escravo de circunstâncias que fogem ao controle humano. Eu desejaria que eles encontrassem em mim, nos detalhes que vou apresentar, algum pequeno oásis de *fatalidade* em meio a um deserto de erros. Eu os faria *admitir* – o que não podem recusar-se a admitir – que, embora a tentação tenha sido grande demais em tempos passados, nunca antes o homem foi tentado com tal fúria – certamente, nunca experimentou decadência semelhante. Porventura seria certo dizer que ele nunca assim sofreu? Não estaria eu vivendo em um sonho? E não estaria eu agora perecendo como vítima do horror e do mistério da mais selvagem das visões terráqueas?

Sou descendente de uma raça cuja índole fantasiosa e facilmente excitável se fez eternamente inolvidável; e, em minha tenra infância, dei sinais de que havia herdado por completo o caráter da família. Com o avançar dos anos, essas características se desenvolveram com mais força, transformando-se, por diversas razões, em motivo de séria inquietação de meus amigos, e de inegável prejuízo para mim. Tornei-me um sujeito obstinado, subordinado aos mais extravagantes caprichos e presa das mais incontroláveis paixões. Fraco de espírito e atormentado por debilidades inerentes à minha natureza, pouco podiam fazer meus pais para reprimir as propensões demoníacas que em mim se manifestavam. Alguns esforços débeis e mal direcionados resultaram em completo fracasso para eles, e, sem dúvida alguma, em completo triunfo para mim. Desde então, minha voz passou a ser lei dentro da família; e, em uma idade na qual poucas crianças já se libertaram dos freios, eu fui abandonado ao critério de minha livre vontade e me tornei, extraoficialmente, responsável por minhas ações.

As remotas lembranças que guardo de uma vida escolar estão conectadas a uma grande e cavernosa casa elisabetana, em um vilarejo inglês de aspecto nebuloso, onde abundavam árvores gigantescas e nodosas e todas as casas eram demasiadamente velhas. Na verdade, aquela cidade vetusta não passava de um lugar que evocava sonhos e aquietava o espírito. Neste momento, eu sinto, em imaginação, o frio revigorante de suas alamedas cobertas de sombra; inalo a fragrância de seus milhares de arbustos; e estremeço mais uma vez, movido por uma alegria indefinida, ouvindo as notas surdas e profundas do sino da igreja, que badala a cada hora com um súbito e taciturno troar, perturbando a quietude da atmosfera noturnal na qual repousa, enraizado e dormente, o corroído campanário gótico. Talvez seja agora esse mergulho em pequenas recordações da escola, e em todo o universo de reminiscência a ela relacionadas, o que me proporciona mais prazer do que qualquer outra coisa. Naufragado na miséria como hoje me encontro – miséria, ai de mim! real demais –, devo ser perdoado por procurar alívio, embora débil e temporário, na fragilidade de uns poucos detalhes desconexos. Esses, de mais a mais, totalmente triviais e até mesmo ridículos em si mesmos, assumem para minha fantasia uma importância fortuita, como se conectados com um período e uma localidade nos quais eu reconheço a primeira advertência ambígua desse destino que em seguida lançou sobre mim tão profunda sombra. Permitam-me então relembrar.

 A casa, como eu disse, era velha e assimétrica. Havia um terreno extenso, e uma alta e pesada parede de tijolos, encimada por argamassa e vidro picado, cercava o conjunto. Essa trincheira, semelhante a uma prisão, constituía o limite de nosso domínio; além dele nós passávamos apenas três vezes na semana. Uma delas, todas as tardes de sábado, quando, escoltados por dois acompanhantes, tínhamos permissão para fazer, juntos, uma rápida caminhada através dos campos na vizinhança; e as outras duas, aos domingos, quando éramos exibidos, com a mesma formalidade, nas celebrações matutina e noturna da igreja do vilarejo. O pastor dessa igreja era o diretor de nossa escola. Que profundo sentimento de admiração e perplexidade me arrebatava ao contemplá-lo, de meu remoto banco na galeria, enquanto ele, com passos lentos e solenes, ascendia ao púlpito! Um venerando homem, de semblante tão discretamente afável, trajando túnicas tão sedosas e de fluidez clerical, com uma cabeleira minuciosamente empoada, tão rígido e tão vasto! Poderia ser ele a mesma pessoa que, exibindo uma fisionomia irritada, e vestindo uma indumentária suja de rapé, administrava, palmatória em punho, as leis draconianas da academia? Oh, tremendo paradoxo! Monstruoso demais para ter solução!

 Em um lado da compacta parede distinguia-se a carranca de um portão ainda mais pesado. Ele era fixado e ornado com rebites de ferro, encimado com lança de ferro fundido. Que profunda admiração esse colosso em nós inspirava! Ele jamais era aberto, exceto para saída e entrada nas três ocasiões já mencionadas; então, cada rangido de suas dobradiças despertava uma imensidão de mistérios – abundavam temas capazes de suscitar comentários circunspectos e reflexões ainda mais circunspectas.

 A vasta área cercada tinha formato irregular, com diversos recessos espaçosos. Destes, três ou quatro entre os maiores, formavam o parque infantil. Ele era plano e coberto por uma fina camada de pedregulho. Lembro-me muito bem que ali dentro inexistiam árvores, bancos ou qualquer outra coisa parecida. Esse espaço de recreação ficava, é claro, na parte de trás da casa. Na frente, havia um pequeno canteiro de buxos e outros arbustos; contudo, só em ocasiões muito raras atravessávamos essa região sagrada – ao adentrar pela primeira vez a escola e ao deixá-la no final dos estudos; ou, quem sabe, quando, atendendo ao chamado de um amigo ou parente, nós retornávamos alegremente, para passar em casa as festas de Natal ou as férias de verão.

Mas, a casa! – que pitoresca era essa velha edificação! Para mim, um verdadeiro castelo de encantamento! Na verdade, não tinham fim seus meandros; suas incompreensíveis subdivisões. Não se podia afirmar com segurança em qual de seus dois pavimentos você se encontrava num determinado momento. Na passagem de um cômodo para cada um dos outros dava-se, indubitavelmente, três ou quatro passos no sentido ascendente ou descendente. Além do mais, eram incontáveis – inconcebíveis – os desvios laterais; e estes, por sua vez, retornavam sobre si mesmos, de modo tal que a ideia mais exata que conseguíamos conceber a respeito da totalidade da mansão não diferia muito da que resultava de nossas reflexões sobre o infinito. Ao longo dos cinco anos que lá habitei, nunca fui capaz de saber com precisão em qual localidade remota ficava o pequeno dormitório designado a mim e outros dezoito ou vinte acadêmicos.

A sala de aula era a mais ampla da casa; e, parecia-me, a maior de todo o mundo: comprida, estreita e miseravelmente baixa, com inconfundíveis janelas góticas e um forro de carvalho. Em um canto longínquo e aterrorizante havia um espaço fechado de dois metros e meio a três – o gabinete privado, "das horas sem fim", de nosso diretor, o Reverendo Dr. Bransby. Era uma estrutura sólida, com porta maciça. Ao abri-la na ausência do "Dominie", nós preferíamos, de bom grado, a tortura do *peine forte et dure*. Nos outros cantos, havia mais dois reservados semelhantes, muito menos reverenciados, na verdade, mas ainda capazes de suscitar um sentimento de grande medo e respeito. Em um recinto ficava o púlpito do mestre das disciplinas "clássicas", e no outro, o das "inglesas e matemáticas". Espalhados dentro da sala, em um emaranhado sem fim, havia um sem-número de bancos e escrivaninhas – negros, antigos e desgastados pelo tempo –, onde se empilhavam em desoladora desordem livros muito surrados, nos quais a ação de um cinzel deixara marcas de iniciais, nomes completos e figuras grotescas que adulteravam o pouco da forma original que porventura esses volumes possuíram em dias distantes. Em uma das extremidades da sala, via-se um enorme jarro de água, e na outra, um relógio de desmedida dimensão.

Encerrado pelas massivas paredes dessa venerável academia, eu passei, ainda que sem tédio ou descontentamento, os anos do terceiro lustro de minha vida. Não são necessários incidentes externos em abundância para preencher e entreter o cérebro prolífico de uma criança; e a monotonia aparentemente desoladora daquela escola estava repleta de estímulos mais intensos do que o luxo proporcionara à minha madura adolescência, ou o crime à minha idade viril. No entanto, sou levado a crer que o desenvolvimento inicial de minha mente absorveu muito do incomum – e mais ainda do hiperbólico. Na humanidade como um todo, os eventos da mais precoce existência raramente imprimem uma impressão definitiva que permanece até a idade madura. Tudo se transforma em sombras acinzentadas – uma lembrança tênue e irregular, frágeis deleites e dores fantasmagóricas reunidos indistintamente uma outra vez. Comigo não foi assim. Na infância, eu devo ter sentido com a força de um homem o que agora descubro gravado na memória em linhas tão vívidas, tão profundas e tão perenes como o enxergo nas moedas cartaginesas.

De fato, aos olhos do mundo, muito pouco havia ali para ser lembrado! O despertar nas manhãs e as reuniões noturnas à beira da cama; as trapaças e o exibicionismo; as meias-férias periódicas e as perambulações; o pátio, palco de disputas, passatempos e intrigas. Tudo isso, por uma feitiçaria mental há muito esquecida, tinha o propósito de causar uma turbulência de sensações, um mundo de ricos incidentes, um universo de emoções variadas; o mais ardente e emocionante arrebatamento. *"Oh, le bon temps, que ce siecle de fer!"*

Na verdade, o ardor, o entusiasmo e o perfil dominador de meu comportamento logo fizeram de mim um personagem marcante entre os colegas. Esses traços, em ritmo lento, porém natural, proporcionaram-me condição de ascendência sobre todos aqueles não muito mais velhos do que eu – sobre todos, com uma única exceção. Era ele um aluno que, embora sem qualquer parentesco, possuía nome de batismo e sobrenome iguais aos meus – uma circunstância em nada excepcional, pois a despeito de uma descendência nobre, eu possuía um nome pertencente àquela classe de denominações vulgares que, por direito consagrado pelo uso, parecem ser desde tempos imemoriais propriedade comum do populacho. Nesta narrativa, entretanto, eu adotei o nome de William Wilson – um título fictício não muito diferente do verdadeiro. Esse meu homônimo, um daqueles sujeitos que em expressão escolar constituem o "nosso grupo", foi o único a se aventurar a competir comigo nas aulas, nos esportes e nas querelas do pátio, bem como a não acatar sem questionamentos as minhas asserções e não aceitar se submeter à minha vontade – a bem da verdade, a interferir em meus ditames arbitrários a respeito de toda e qualquer questão. Se existe na Terra um despotismo supremo e desqualificado, é aquele da mente dominadora de um menino sobre o espírito carente de firmeza dos companheiros.

A rebelião de Wilson era para mim uma fonte de grande constrangimento; mais ainda dada a circunstância de que, apesar da bravata do tratamento que em público eu fazia questão de dispensar a ele e a suas pretensões, secretamente eu o temia e não me era possível deixar de considerar uma prova de verdadeira superioridade a afinidade que ele tão facilmente demonstrava em relação à minha pessoa. Desse modo, para não ser subjugado, eu vivia em perpétuo conflito. No entanto, tal superioridade – e mesmo essa parecença – era, seguramente, reconhecida por ninguém mais, exceto eu próprio; nossos companheiros, guiados por certa cegueira inexplicável, pareciam nem sequer dela suspeitar. Para ser sincero, a concorrência que ele representava, assim como sua inviolabilidade e, em especial, a insolência e a determinada interferência em meus objetivos, não eram mais óbvias do que incógnitas. Ele dava a impressão de ser destituído tanto da ambição que estimula, como da ardente energia mental que me permitia triunfar. Em sua rivalidade, ele pode ter supostamente agido segundo um caprichoso desejo de me frustrar, surpreender e mortificar; muito embora tenha havido momentos em que eu não pude me furtar a observar, com um sentimento feito de admiração, humilhação e ressentimento, que em suas afrontas, seus insultos e suas objeções, ele fundia certa dose da mais inadequada e, sem dúvida alguma, indesejada demonstração de afeição. Eu só conseguia conceber esse comportamento singular como manifestação de uma consumada vaidade que assumia a aparência vulgar de tutela e proteção.

Talvez decorra dessa última característica do procedimento de Wilson, somada à nossa identidade de nome e à mera casualidade de termos entrado na escola no mesmo dia, o fato de se ter disseminado entre os alunos da série final da academia, a ideia de que éramos irmãos. Em geral, esses veteranos não costumavam se imiscuir demais nos assuntos de seus calouros. Já mencionei antes – ou, por certo, deveria ter mencionado – que Wilson não guardava, sequer no mais remoto grau, qualquer relação de parentesco com minha família. Mas digo, com toda certeza, que se fôssemos irmãos, seríamos gêmeos; pois, após deixar o gabinete do Dr. Bransby, casualmente tomei conhecimento de que meu homônimo nascera no dia dezenove de janeiro de 1813 – uma extraordinária coincidência, visto ser esse o exato dia de meu nascimento.

Pode parecer estranho que, a despeito da permanente ansiedade em mim despertada pela concorrência de Wilson, e de seu insuportável espírito de contradição, não consegui chegar a odiá-lo por completo. A bem da verdade, nós protagonizávamos quase todos os dias uma discussão na qual, conferindo-me publicamente os louros da vitória, seu real objetivo era me fazer sentir que a ele cabia o merecimento. Assim, meu orgulho de um lado, e uma autêntica dignidade da parte dele, contribuíam para conservar entre nós o estado de "boas relações", ao mesmo tempo em que pontos de forte afinidade em nosso temperamento operavam para despertar em mim um sentimento que, devido exclusivamente à nossa forma de proceder, não se transformava em amizade. É, contudo, difícil definir, ou mesmo descrever, meus verdadeiros sentimentos em relação a Wilson. Eram eles uma manta de retalhos variados e heterogêneos – certa animosidade impertinente, que, todavia, não chegava a ser ódio, alguma dose de estima, e muito medo e respeito, somados a uma enorme e perturbadora curiosidade. Para os moralistas, não carece de dizer que, além disso, Wilson e eu éramos os mais inseparáveis dos companheiros.

Não havia dúvidas quanto ao estranho estado de coisas que existia entre nós, condição que transformava todos os meus ataques contra ele (e eram muitos, tanto ostensivos como dissimulados) em caçoadas e brincadeiras (machucando ao mesmo tempo em que assumiam o aspecto de mera diversão), mais do que em uma hostilidade mais séria e determinada. Mas minhas empreitadas não eram, em hipótese alguma, costumeiramente bem-sucedidas, mesmo quando meus planos nasciam de sutil elaboração; pois o caráter de meu homônimo revelava muito daquela despretensiosa e serena austeridade que, enquanto desfrutava do veneno das próprias brincadeiras, carecia de um calcanhar de Aquiles, o que o colocava a salvo de qualquer forma de ridicularização. Na verdade, eu encontrava apenas um ponto vulnerável, o qual, fundado em uma peculiaridade pessoal oriunda, talvez, de uma moléstia constitutiva, teria sido poupado por qualquer adversário menos cavilloso do que eu – meu rival sofria de uma deficiência nos órgãos na região da laringe, o que o impedia de elevar a voz *acima de um simples sussurro*. Dessa deficiência eu não titubeei em tirar toda e qualquer vantagem vil que estivesse ao meu alcance.

Em espécie, as represálias de Wilson eram muitas; e havia um aspecto de sua sabedoria prática que me perturbava além de todos os limites. Jamais encontrei uma resposta capaz de me explicar como sua perspicácia levou-o a descobrir que coisas tão insignificantes conseguiam me aborrecer; mas, tendo descoberto, ele habitualmente delas se valia para me aporrinhar. Eu sempre senti aversão por meu vulgar patronímico, e seu bastante comum, para não dizer plebeu, prenome – as palavras que o compunham feriam como peçonha os meus ouvidos. E, quando no dia de minha chegada, um segundo William Wilson também aportou na academia, eu me zanguei por ele carregar essa alcunha e me senti duplamente indignado com o nome, porque era ostentado por um estranho que motivaria sua dupla repetição e estaria dia e noite em minha presença; um estranho, cujos interesses seriam, por conta da abominável coincidência, inevitavelmente confundidos com os meus na rotina diária das atividades escolares.

O sentimento de contrariedade assim urdido foi ganhando corpo a cada acontecimento que revelava uma semelhança, moral ou física, entre mim e meu rival. Eu não havia ainda me dado conta do fato extraordinário de termos os dois a mesma idade; mas via que éramos da mesma altura, e percebia uma singular semelhança tanto no delineamento geral da personalidade como nos traços de nossa feição. Irritavam-me, também, os rumores relativos a um suposto relacionamento, rumores estes que se tornaram correntes entre os veteranos. Em suma, nada podia me causar maior perturbação – muito embora eu meticulosamente a escondesse – do que qualquer alusão à existência, entre nós, de uma semelhança de corpo, mente ou classe. Mas, a bem da verdade, eu não tinha motivos para acreditar que, com exceção da questão do relacionamento – e do próprio Wilson, nesse caso –, essa semelhança tenha algum dia sido objeto de comentários por parte de nossos condiscípulos, ou mesmo por eles observada. Que *ele* notava todas as formas de manifestação dessa similitude, e tão obcecadamente quanto eu, era notório; mas que ele pudesse encontrar em tais condições um campo fértil para aporrinhações, é um fato que só pode ser atribuído, como já afirmei, à sua extraordinária capacidade de discernimento.

O plágio, cópia perfeita de mim mesmo, transparecia nas palavras e nas ações – e ele desempenhava admiravelmente seu papel. Meu modelo podia ser imitado com facilidade; qualquer um conseguia, sem maior dificuldade, apropriar-se de minha maneira de andar e de meus modos em geral. Apesar de sua deficiência, nem mesmo minha voz lhe escapava. Do tom estridente que a caracterizava, ele decerto era forçado a abrir mão, mas a nota era idêntica; *e o sussurrado singular daquele indivíduo tornava-se verdadeiro eco do meu próprio.*

Com que intensidade esse retrato primoroso me perturbava – pois não podia ser simplesmente denominado caricatura –, não me aventuro a descrever neste momento. Eu encontrava um consolo apenas, e este residia na circunstância de que, pelo menos em aparência, só eu percebia a imitação, e só meu homônimo, o único a conhecer a verdade, tinha condições de me torturar com seus sorrisos estranhamente zombeteiros. Satisfeito de ter produzido em meu âmago o efeito desejado, ele parecia rir em segredo da ferroada que me havia cravado e, como lhe era peculiar, desprezava o aplauso que o sucesso de sua genial façanha tão facilmente conquistava. O fato de a escola deixar de notar seus planos, perceber suas conquistas e compartilhar de seu sarcasmo foi, ao longo de muitos meses de ansiedade, um enigma cuja solução eu era incapaz de encontrar. Talvez o aperfeiçoamento gradativo de sua imitação não a tenha tornado perceptível de imediato; ou, mais provavelmente, eu devesse minha segurança aos ares de mestre do copista que, desdenhando da letra – único elemento em uma representação que o obtuso consegue ver –, só revelou o espírito pleno de seu original, para minha própria contemplação e meu desgosto.

Eu já falei, mais de uma vez, do repugnante ar de protetor que ele assumia em relação à minha pessoa, e de sua interferência impertinente sobre minha vontade; atitude que quase sempre adquiria o caráter de um aconselhamento apenas veladamente insinuado. A repugnância em mim causada por tal conduta foi ganhando força com o passar dos anos. No entanto, devo hoje, depois de tanto tempo, fazer-lhe justiça e reconhecer que não me é possível recordar de alguma ocasião na qual as sugestões de meu rival tenham se inclinado para os erros e as tolices tão comuns em alguém com sua pouca idade e aparente inexperiência. Além disso, que seu senso moral, para não falar do talento invulgar e da sabedoria terrena, era, de longe, mais apurado que o meu; e que hoje eu, não tivesse rejeitado com tanta frequência os conselhos contidos naqueles significativos sussurros, cordialmente odiados e cruelmente desprezados, poderia ser um homem melhor e, desse modo, mais feliz.

A inquietação acabou, por assim dizer, tomando conta de mim, em consequência da desagradável supervisão exercida por meu homônimo. E a cada dia, ficava mais evidente meu ressentimento no tocante àquilo que eu considerava uma arrogância intolerável por parte dele. Conforme eu já disse, no primeiro ano de nosso relacionamento como colegas de escola, meus sentimentos em relação a ele poderiam facilmente ter se desenvolvido em amizade; mas, nos últimos meses de minha estada na academia, embora a intromissão representada por sua postura habitual, além de qualquer dúvida, tenha se atenuado, meus sentimentos, em proporção semelhante, experimentaram um ódio inegável. Penso que em certa ocasião ele percebeu isso, e passou a me evitar, ou a fingir que o fazia.

Foi mais ou menos no mesmo período, se não me foge a memória, que, em uma briga violenta, na qual ele se encontrava mais desprevenido do que habitualmente, e falava e agia com uma franqueza estranha à sua natureza, eu identifiquei, ou julguei ter identificado, em sua pronúncia, seus ares e sua aparência geral, algo que de início me assustou, para em seguida despertar um profundo interesse, acendendo em minha mente visões difusas de minha tenra infância – memórias ferozes, confusas e amontoadas, de um tempo no qual a própria memória ainda se formava. Naquele momento fui atormentado por uma sensação cuja exata descrição me sinto incapaz de fazer. Só posso dizer que, com dificuldade, consegui afastar a convicção de já conhecer o indivíduo que se postava à minha frente; conhecimento este, travado em alguma época distante; em um ponto infinitamente remoto do passado. A catarse, no entanto, desvaneceu tão depressa como veio; e eu só a menciono, para definir o dia da última conversa que mantive com meu singular homônimo.

A velha casa, de enormes proporções, com suas incontáveis subdivisões, possuía diversos aposentos muito amplos e intercomunicados, nos quais dormia a maior parte dos estudantes. Havia, contudo, como necessariamente acontece em um edifício planejado com tal atabalhoamento, muitos cantinhos escondidos ou recessos, as miudezas da estrutura; e estas, a engenhosidade econômica do Dr. Bransby havia adaptado para também servirem de dormitório – muito embora, na condição de meros cubículos, eles só conseguissem acomodar uma pessoa. Um desses pequenos aposentos era ocupado por Wilson.

Certa noite, já no final de meu quinto ano na escola, e imediatamente após a briga que já mencionei, estando todos mergulhados no sono, eu me levantei e, lamparina em punho, andei furtivamente através de uma miríade de passagens estreitas desde minha cama até a de meu rival. Há muito eu maquinava, às custas dele, uma daquelas perversas criações da engenhosidade, com a qual até então eu jamais obtivera sucesso. Naquele momento, minha intenção era colocar o plano em prática, e decidi fazê-lo sentir toda a extensão da maldade que me guiava. Chegando ao cubículo onde ele dormia, entrei silenciosamente, deixando do lado de fora a lamparina coberta com um anteparo. Avancei um passo e escutei o som da respiração tranquila de meu companheiro. Tendo assegurado-me de que ele dormia, retornei, tomei a luz em minhas mãos, e com ela me aproximei novamente da cama. A cortina que a cercava estava fechada e, então, dando sequência a meu plano, abri-a lenta e vagarosamente; foi quando os raios brilhantes alcançaram o adormecido e, no mesmo instante, meus olhos convergiram para sua fisionomia. Olhei. E uma sensação de frigidez e entorpecimento impregnou meu esqueleto. Meu peito arquejou, meus joelhos cambalearam e todo o meu espírito foi tomado por um horror sem razão de ser, porém, intolerável. Respirando com muito esforço, abaixei a lamparina, aproximando-a ainda mais do rosto do rapaz. Era essa... a feição de William Wilson? Eu via que essa fisionomia de fato a ele pertencia, mas estremeci como se acometido por um acesso de malária, imaginando que não. O que havia nela para me desconcertar dessa maneira? Olhei fixamente, enquanto uma profusão de pensamentos incoerentes atordoava meu cérebro. Não era assim sua aparência – com toda certeza não – no entusiasmo das horas em que ele se encontrava desperto. O mesmo nome! O mesmo semblante! O mesmo dia da chegada à academia! E então as imitações sem sentido e obstinadas de meu modo de andar, minha voz, meus hábitos e meus procedimentos! Poderia eu, dentro dos limites da possibilidade humana, acreditar ser aquilo que eu agora via o mero resultado da prática habitual de sua mordaz imitação? Tomado pelo assombro e por um arrepio que me subia pelo corpo, apaguei a lamparina, sai pé ante pé do aposento e deixei imediatamente os muros daquela velha academia, para lá nunca mais voltar a entrar.

 Depois de viver alguns meses entregue à mera ociosidade no recesso de minha casa, fui me descobrir um estudante de Eton. O breve intervalo fora suficiente para fazer perderem a força minhas lembranças dos eventos na escola do Dr. Bransby ou, pelo menos, para produzir uma transformação material na natureza dos sentimentos que me oprimiam quando daqueles acontecimentos eu me recordava. A verdade – ou melhor, a tragédia – do drama não mais existia. Eu conseguia agora encontrar espaço para duvidar das evidências recomendadas por meus sentidos; e raramente evocava o assunto, exceto para refletir, com assombro, acerca da extensão da credulidade humana e sorrir ao me dar conta da vívida força da imaginação que eu herdara. Tampouco havia possibilidade de que o caráter da vida que eu levava em Eton fosse capaz de diminuir essas formas de ceticismo. O turbilhão da tolice irrefletida na qual eu lá mergulhei tão precipitada e imprudentemente levou tudo de roldão, com exceção da efervescência de minhas horas passadas, além do que tragou de imediato todas as impressões sólidas e sérias, deixando na memória apenas a absoluta frivolidade de uma existência pregressa.

Eu não pretendo, no entanto, delinear aqui o curso de minha miserável libertinagem – uma libertinagem que desafiava as leis, ao mesmo tempo em que fugia à vigilância da instituição. Três anos de extravagâncias inúteis serviram apenas para arraigar em mim o hábito da depravação e aumentaram, de certo modo incomum, meu prestígio pessoal quando, depois de uma semana de vulgar dissipação, eu convidei um pequeno grupo dos alunos mais libertinos para um bacanal secreto em meu dormitório. Encontramo-nos a altas horas da noite, pois nossas orgias deveriam prolongar-se até o amanhecer. O vinho corria livremente e não faltaram outras seduções talvez mais temerárias; desse modo, quando a pálida alvorada se revelava apenas debilmente no horizonte, nossa extravagância delirante estava ainda em seu auge. Ensandecido, em meio às cartas e à agitação, eu insistia em um brinde de uma profanidade além da habitual, no instante em que minha atenção foi repentinamente desviada pela violenta, embora parcial, abertura da porta do quarto, e pela voz impaciente de um empregado do lado de fora. Ele dizia que certa pessoa, aparentando bastante urgência, exigia falar comigo no saguão.

Loucamente excitado pelo vinho, a inesperada interrupção, em vez de me surpreender, causou-me prazer. Sem perda de tempo, uns poucos passos me levaram cambaleando até o vestíbulo do edifício. Nessa sala de teto baixo e pequenas dimensões, não havia lâmpadas;

e naquela hora, luz alguma, exceto a débil claridade do amanhecer que penetrava através da janela semicircular. Ao colocar os pés na soleira, percebi a figura de um jovem de estatura próxima da minha, trajando uma túnica matinal de casimira branca, no mesmo estilo moderno da que eu usava no momento. Esse detalhe a luz esmaecida me permitiu observar; os traços da fisionomia, no entanto, não me foi possível distinguir. Logo que entrei, ele se apressou em minha direção e, tomando-me pelo braço com um gesto de petulante impaciência, sussurrou em meu ouvido o nome "William Wilson!".

Recuperei incontinente a total sobriedade. Havia algo nos modos do estranho, e no movimento trêmulo do dedo que ele erguia entre meus olhos e a luz, que causou em mim um assombro absoluto; mas não foi esse evento que tão violentamente me impressionou. Foi, isso sim, a solene advertência impregnada em sua fala singular, sibilante e quase inaudível; e, acima de tudo, foi o caráter, o tom, a *nota* daquelas poucas sílabas, simples e conhecidas, apesar de *sussurradas*, que a mim chegaram, trazendo uma infinidade de memórias de tempos passados e que feriram minha alma com um choque apavorante. Antes que eu pudesse recobrar o uso dos sentidos, ele já havia ido.

Muito embora esse evento não tenha deixado de causar um incisivo efeito em minha imaginação perturbada, ele foi tão efêmero quanto vívido. De fato, durante algumas semanas percebi-me envolvido em uma diligente investigação e cercado por uma nuvem de mórbida especulação. Eu não fingia ignorar a identidade do indivíduo singular que com tanta perseverança interferia em meus assuntos e me assediava com seus conselhos sutis. Mas, quem e o que era esse Wilson? De onde vinha ele? Que propósitos o guiavam? Eu não conseguia encontrar uma resposta plausível para nenhuma dessas questões; simplesmente descobri, em relação a ele, que um repentino acontecimento em sua família havia provocado seu desligamento da academia do Dr. Bransby na tarde do mesmo dia em que eu de lá fugi. Contudo, durante um breve período deixei de pensar no assunto, com a atenção monopolizada por uma tencionada mudança para Oxford. Para lá, logo parti. A irrefletida vaidade de meus pais levou-os a me equipar com enxoval e recursos anuais destinados à moradia, que colocavam ao meu alcance o desfrute, sem limites, do fausto tão caro à minha alma – permitindo-me competir, na profusão de gastos, com os mais esnobes herdeiros dos condados mais abastados da Grã-Bretanha.

Entusiasmado com tais mecanismos da libertinagem, meu temperamento inato irrompeu com ardor redobrado, e eu repeli desdenhosamente até mesmo os freios mais triviais da decência, no tresloucado arrebatamento de minha orgia. Mas seria um absurdo fazer agora uma pausa para descrição dos detalhes de minha extravagância. É suficiente registrar que, entre todos os perdulários, eu suplantei Herodes, e que, dando nome a uma infinidade de novas tolices, eu acrescentei um apêndice de não poucas páginas ao extenso catálogo de vícios então habituais nas mais libertinas universidades da Europa.

Todavia, seria difícil acreditar que eu, mesmo aqui, tenha descambado de forma tão absoluta da condição de cavalheiro, para buscar experiência na mais desprezível das artes de um jogador profissional e me converter em adepto dessa infame ciência, para praticá-la habitualmente como meio de aumentar minha já enorme receita às custas dos fracos de espírito entre meus colegas de escola. No entanto, foi o que aconteceu. E a própria iniquidade dessa transgressão de todos os sentimentos humanos e honráveis se mostrou, além de qualquer dúvida, a principal, senão a única razão da impunidade com a qual ela estava comprometida. Quem, entre meus dissolutos colaboradores, não teria na verdade contestado a nítida evidência de sua percepção, mais do que dessa série de eventos suspeitou, o alegre, franco e generoso William Wilson – o mais nobre e mais plebeu em Oxford – cujas tolices (diziam seus seguidores) não passavam de desatinos da juventude e fantasias desenfreadas – cujos erros eram apenas caprichos inimitáveis e os vícios mais tenebrosos, somente uma extravagância descuidada e impetuosa?

Já fazia então dois anos que eu assim me comportava, quando chegou à universidade um jovem fidalgo novo-rico, de nome Glendinning; rico como Herodes Ático, dizia um relato – sua riqueza obtida, a exemplo deste, com a mesma facilidade. Logo descobri nele uma mente fraca e, sem dúvida alguma, marquei-o como alvo adequado de minha habilidade. Eu frequentemente o atraía para os jogos e tramava, com a habitual arte dos trapaceiros, deixá-lo ganhar somas consideráveis, com o propósito de enredá-lo em minha armadilha. Finalmente, estando meu estratagema amadurecido, eu o encontrei – com absoluta intenção de que esse encontro fosse final e decisivo – nos aposentos de um colega plebeu, o Sr. Preston, que gozava da intimidade dos dois, mas que, para lhe fazer justiça, não cogitava, nem mesmo remotamente, de meus intentos. Para garantir um disfarce melhor, eu havia planejado reunir um grupo de oito ou dez e tomei o mais diligente cuidado para que a distribuição das cartas parecesse casual e começasse a pedido de meu próprio joguete. Para ser breve a respeito de um tópico abjeto, nenhum requinte desprezível foi deixado de lado; tão usuais eles são em ocasiões semelhantes que é um justo motivo de assombro como alguém ainda se deixa inebriar a ponto de cair deles uma vítima.

Nós havíamos prolongado nosso encontro noite adentro e eu tinha, finalmente, colocado em prática o estratagema de ter Glendinning como meu único oponente. O jogo era o *écarté*, meu favorito; jogado apenas por dois contendores! O restante do grupo, interessado na importância de nossa partida, havia abandonado as próprias cartas e se postado ao redor, como espectadores. O novo-rico que no início da noite fora induzido por meus artifícios a beber sem moderação, agora embaralhava, distribuía as cartas e jogava, tomado por um frenético nervosismo, para o qual sua embriaguez, penso eu, contribuía apenas parcialmente. Depois de curto período de tempo, ele já me devia uma grande soma de dinheiro. Foi quando, tendo tomado um longo gole de vinho do Porto, ele fez exatamente o que eu, de maneira fria e calculada, havia previsto – propôs dobrar nossa já exorbitante aposta. Com uma bem-disfarçada cena de relutância, e não antes de ele, seduzido por minhas reiteradas recusas, pronunciar palavras iradas que conferiram tom de ressentimento à minha aquiescência, acabei concordando. O resultado, sem dúvida, demonstrou o quanto a presa se enredara em minha arapuca; em menos de uma hora, ele havia quadruplicado seu débito. Durante algum tempo, seu semblante foi perdendo a coloração ruborizada que o vinho lhe emprestara; mas agora, para minha surpresa, eu percebia que ela havia assumido uma palidez verdadeiramente assustadora – para minha surpresa, faço questão de reiterar. De acordo com a tenaz pesquisa que realizei, Glendinning era dono de uma riqueza imensurável; e o montante que até o momento ele havia perdido, embora enorme, não poderia, supunha eu, causar sério aborrecimento, menos ainda, afetá-lo de maneira tão violenta. Ocorreu-me de pronto que a manifestação decorria da quantidade de vinho ingerida; e, movido mais pelo desejo de preservar meu caráter aos olhos de meus companheiros, do que por qualquer motivo torpe, eu estava a ponto de insistir, de forma terminante, na suspensão da partida, quando algumas expressões do grupo ao meu lado e um grito de evidente desespero da parte de Glendinning, levaram-me a compreender que eu havia provocado sua ruína completa, em circunstâncias tais que, transformando-o em objeto da compaixão de todos, deveriam protegê-lo da maléfica ação até mesmo de um demônio.

Fica difícil dizer que conduta me caberia naquele momento adotar. A deplorável condição de meu joguete carregara o ambiente com uma atmosfera de embaraçosa tristeza; e, por alguns instantes, imperou um profundo silêncio, durante o qual não pude deixar de sentir meu rosto formigando sob os flamejantes olhares de escárnio e censura lançados sobre mim pela parte menos devassa do grupo. Devo, até mesmo, admitir que o intolerável peso da ansiedade abandonou por um breve instante meu peito, em decorrência da repentina e extraordinária interrupção que sobreveio. De repente, com um movimento de enérgica e impaciente impetuosidade, que apagou em um passe de mágica todos os candeeiros da sala, as portas duplas e pesadas do aposento foram escancaradas. A luz das velas, ao se extinguir, permitia-nos apenas notar que um estranho, com estatura próxima da minha, e hermeticamente coberto por uma capa, havia entrado. A escuridão, no entanto, era total; e conseguíamos apenas *sentir* que ele se encontrava no meio de nós. Antes que tivéssemos condição de nos recuperar da perplexidade que essa grosseria nos havia causado, escutamos a voz do intruso.

Em um tom grave, marcante e impossível de se esquecer, que me fez estremecer até a parte mais recôndita de minha medula, sussur-

45

rou ele, "Cavalheiros, não me desculpo por esse comportamento, porque assim me comportando, estou apenas cumprindo um dever. Vocês estão, sem dúvida alguma, desinformados a respeito do verdadeiro caráter da pessoa que esta noite extorquiu uma grande fortuna de Lorde Glendinning no *écarté*. Vou lhes dizer, portanto, como obter rapidamente tais informações. Sintam-se à vontade para vasculhar, a seu critério, o forro interno do punho da manga esquerda e os diversos pequenos maços de cartas que podem ser encontrados nos espaçosos bolsos da decorada veste matinal que ele está trajando".

Enquanto ele falava, fez-se um silêncio tão profundo, que era possível escutar o som de um alfinete caindo sobre o chão. Ao terminar, ele partiu incontinente, da mesma forma brusca que tinha entrado. Posso eu... seria eu capaz de descrever minhas sensações? Seria necessário dizer que senti todos os horrores que torturam os amaldiçoados? Com toda certeza, sobrou-me pouco tempo para reflexões. Fui, ali mesmo, rudemente agarrado por muitas mãos, e as luzes imediatamente voltaram. E eis que uma revista aconteceu! No forro de minha manga foram encontradas as cartas de figuras que têm valor no *écarté*; e nos bolsos de minha capa, inúmeros maços de cartas, cópias daquelas usadas em nossa partida, com a única exceção de que as minhas eram tecnicamente denominadas *arrondées* – as cartas mais altas ligeiramente abauladas nas extremidades, e as de menor valor curvadas para cima nas laterais. Desse modo, o incauto, que corta o maço pelo lado mais comprido, como é costume geral, invariavelmente abre para seu adversário uma carta alta; enquanto o jogador astuto, cortando pelas extremidades, com toda certeza não deixa para sua vítima carta alguma que tenha valor no jogo.

Qualquer surto de indignação pela descoberta teria me afetado menos do que o desdém silencioso ou a serenidade sarcástica com que a revelação foi recebida.

"Sr. Wilson", disse nosso anfitrião, inclinando-se para soltar a luxuosa capa confeccionada em pele de invulgar qualidade sobre a qual seus pés pisavam, "Sr. Wilson, isso lhe pertence". (O clima estava frio, e ao sair de meu quarto, eu havia colocado uma capa sobre minha veste matinal, tirando-a quando cheguei ao local do jogo.)

Olhando as dobras da vestimenta com um sorriso implacável, continuou ele, "Presumo que não seja necessário procurar aqui qualquer outra prova de seu talento. As que nós já temos são suficientes. O senhor sentirá a necessidade, eu espero, de deixar para sempre Oxford – por via das dúvidas, de deixar imediatamente meus aposentos".

Abatido, humilhado e reduzido naquele instante a pó, é provável que eu tivesse tomado essa linguagem exasperante por uma imediata agressão pessoal, não fosse o fato de minha atenção ter sido arrebatada por um acontecimento da mais espantosa natureza. A capa que eu vestira era de uma rara qualidade de pele – quão rara, quão extravagantemente cara, não ouso dizer. Seu modelo, também, não passava de obra de minha fantástica imaginação criadora; pois, em questões dessa espécie, minha meticulosidade superava todo e qualquer grau de janotismo. Quando, portanto, o Sr. Preston, perto da porta do aposento, entregou-me aquela que ele havia erguido do chão, foi com uma perplexidade beirando o horror que eu vi a minha já pendurada em meus braços – onde, sem dúvida, eu a havia involuntariamente colocado – e identifiquei naquela que eu recebia nada menos do que uma cópia idêntica em todos os mínimos detalhes. O ser singular que de modo tão desastroso me expusera, apresentara-se, lembro-me muito bem, abrigado em uma capa; e ninguém mais entre aqueles que compunham nosso grupo estivera vestindo uma, com exceção de mim mesmo. Recorrendo a certa presença de espírito, tomei a que me era oferecida por Preston, coloquei-a disfarçadamente sobre a minha, deixei o aposento com uma indefectível expressão de desafio e, na manhã seguinte, antes de raiar o dia, iniciei uma apressada viagem de Oxford ao continente, dominado pelo mais total e rematado sentimento de horror e vergonha.

Fugi em vão. Exultante, meu diabólico destino foi ao meu encalço, e provou que, na verdade, o exercício de seu misterioso domínio havia então apenas começado. Eu mal acabara de me instalar em Paris, quando deparei com novas evidências do abominável interesse do tal Wilson por meus assuntos. Os anos corriam e eu não conseguia sentir qualquer espécie de alívio. Canalha! Em Roma, com que inoportuna e, ainda assim, espectral intromissão, interpôs-se ele entre mim e minha ambição! Em Viena, também em Berlim, e em Moscou! Em parte alguma, na realidade, deixei eu de ter um motivo amargo para amaldiçoá-lo do fundo de meu coração! Assaltado pelo pânico, finalmente bati em retirada, fugindo dessa inescrutável tirania como se fugisse de uma peste – e, para o mais longínquo fim de mundo, em vão eu fugi.

E assim indefinidamente, em secreta comunhão com meu próprio espírito, eu me perguntava, "Quem é ele? De onde vem? O que pretende?" As respostas, eu não conseguia encontrar. E então vasculhei, nos detalhes mais ínfimos, as formas, os métodos e os principais traços de sua impertinente vigilância. Mas mesmo nesses detalhes havia muito pouco em que eu pudesse fundamentar minhas conjecturas. Surpreendia-me, de fato, que em nenhuma das inúmeras ocasiões nas quais ele cruzara meu caminho, nos últimos tempos, a motivação não tenha sido outra senão frustrar os planos ou interromper aquelas ações que, se levados a efeito, teriam resultado em dolorosos prejuízos. Que medíocre justificativa, na verdade, para uma autoridade tão imperiosamente assumida! Miserável compensação para os direitos naturais de livre-arbítrio tão pertinaz e ofensivamente negados!

Eu fora também forçado a perceber que durante longo tempo, no decurso do qual meu torturador escrupulosamente e com prodigiosa destreza sustentou o capricho de manter uma identidade de indumentária comigo, ele havia maquinado de tal modo as variadas formas de interferência sobre minha vontade, que não me fora possível, em momento algum, ver os traços de seu rosto. Fosse esse Wilson quem quer que fosse, ele era, no mínimo, a mais absoluta simulação ou insensatez. Poderia ele ter imaginado, por um breve instante, que em meu conselheiro de Eton, o destruidor de minha honra em Oxford, nele que frustrou minhas ambições em Roma, minha revanche em Paris, meu amor apaixonado em Nápoles, ou aquilo por ele falsamente denominado de ganância, no Egito, que nisso meu demoníaco gênio, meu arqui-inimigo, deixaria de reconhecer o William Wilson dos tempos de escola – o homônimo, o companheiro, o rival – o odiado e temido rival da academia do Dr. Bransby? Impossível! – Mas, deixem-me partir sem mais delonga para a derradeira e emocionante cena do drama.

Até esse momento, eu sucumbira passivamente à sua autoritária dominação. O sentimento de profunda reverência com que eu costumava contemplar o elevado caráter, a majestosa sabedoria, a aparente onipresença e a onipotência de Wilson, somado a um estado de igual terror que outros traços de seu caráter e sua autoridade me causavam, havia agido, até aqui, para incutir em mim a ideia de minha fraqueza e impotência absolutas, e sugerir uma implícita, embora penosamente relutante, submissão à arbitrariedade da vontade de meu homônimo. Contudo, nos últimos tempos, eu me havia entregado inteiramente ao vinho, e a enlouquecedora influência dessa substância sobre um temperamento exasperado por natureza tornara-me cada vez mais intolerante ao controle. Eu comecei a me queixar em voz baixa; a hesitar; a resistir. Teria sido apenas desejo o que me levou a acreditar que, com o fortalecimento de minha autoconfiança, a de meu algoz enfraquecia na mesma proporção? Seja como for, eu começava a me sentir guiado pela influência de uma esperança ardente, e finalmente dei alento em meus pensamentos secretos à firme e desesperada decisão de nunca mais me sujeitar a ser escravizado.

Foi em Roma, no carnaval de 18—, que eu participei de um baile de máscaras no palácio do napolitano Duque Di Broglio. Eu desfrutara com mais liberdade do que habitualmente dos excessos da mesa de vinhos; e então, a sufocante atmosfera das salas abarrotadas irritou-me além de minha capacidade de suportar. Ademais, a dificuldade de abrir caminho através daquele labirinto humano contribuiu em grande medida para a exacerbação de minha exasperação; pois eu procurava ansiosamente – sem mencionar com que motivo indigno – a jovem, alegre e bela esposa do ancião apaixonado Di Broglio. Com uma confiança por demais inescrupulosa, ela me havia anteriormente confidenciado o segredo da indumentária que estaria vestindo; e agora, depois de vislumbrá-la, eu me apressava para chegar à sua presença. Nesse momento, senti o leve toque de uma mão que se apoiava em meus ombros e aquele *sussurro* baixo, abominável e inesquecível, em meu ouvido.

Ensandecido pela cólera, eu me voltei para aquele que interceptara meus passos e o agarrei violentamente pelo colarinho. Ele estava trajado, como eu esperava, à minha imagem e semelhança – uma capa espanhola de veludo azul, presa na altura da cintura por um cinto vermelho que sustentava um florete. Uma máscara de seda negra cobria completamente seu rosto.

"Canalha!", gritei com a voz rouca de raiva; e cada sílaba pronunciada parecia aguçar ainda mais minha fúria; "Canalha! Impostor! Patife maldito! Você não irá... você não me perseguirá até a morte! Ouse me seguir, e aí mesmo eu o apunhalarei!" E, dizendo isso, deixei o salão de baile, abrindo caminho até uma pequena antecâmara contígua e arrastando-o comigo, sem que ele oferecesse qualquer resistência.

Ao entrar, empurrei-o furiosamente, afastando-o de mim. Ele cambaleou apoiando-se contra a parede, enquanto eu, praguejando, fechei a porta e ordenei-lhe que sacasse a arma. Ele hesitou por um breve instante e, então, com um débil suspiro sacou em silêncio e se colocou na defesa.

O combate foi, de fato, bastante curto. Eu estava movido por um excitamento selvagem e sentia dentro de um único braço a energia e o poder de uma multidão. Em poucos segundos, prensei-o pela força bruta contra o lambril e, com ele dominado, introduzi a espada com brutal ferocidade em seu peito – repetidas vezes.

Nesse instante, alguém tentou destravar a porta. Eu corri, para impedir que o intruso entrasse e, imediatamente retornei a meu moribundo adversário. Não há linguagem humana capaz de descrever o assombro e o horror que me dominaram diante do espetáculo descortinado aos meus olhos! Ao que tudo indica, o breve momento durante o qual eu desviei o olhar foi suficiente para produzir uma substancial transformação no arranjo das coisas na extremidade mais distante da sala. Um espelho enorme, pelo menos assim pareceu à minha mente perplexa, agora ocupava um lugar onde antes nada se percebia; e, à medida que eu caminhava até ele, completamente subjugado pelo terror, minha própria imagem, exibindo um rosto pálido e manchado de sangue, avançava em minha direção com passos frouxos e cambaleantes.

Assim pareceu ter acontecido; mas não aconteceu. Era meu adversário – era Wilson – quem então se postava diante de mim, na agonia de sua morte. A máscara e a capa por ele usadas estavam estendidas sobre o chão, no exato local onde foram atiradas. Não havia uma fibra sequer de sua vestimenta, nem uma linha em todo o marcante e singular contorno de sua face que não refletissem a mais absoluta identidade com *minha própria figura*!

Era Wilson; mas ele já não falava em sussurros. E pode ser fruto de minha imaginação pensar que era eu quem falava enquanto ele dizia – "Você venceu, e eu me rendo. No entanto, de agora em diante você também está morto – morto para o Mundo, para o Céu e para a Esperança! Em mim, você existiu – e em minha morte, esta imagem que também é a sua, mostra quão integralmente você assassinou a si mesmo".

O homem consumido – uma história da campanha entre os Bugaboo e os Kickapoo

Pleurez, pleurez, mes yeux, et fondez vous en eau!
La moitie de ma vie a mis l'autre au tombeau.
—Pierre Corneille

Não consigo agora me lembrar quando e onde conheci aquele sujeito incontestavelmente bem-apessoado, o honorário Brigadeiro General John A. B. C. Smith. Na verdade, fui a ele *apresentado* por alguém, em alguma reunião pública – disso estou certo – realizada para tratar de algo da maior importância – sem a menor sombra de dúvida –, em um lugar qualquer – com toda certeza –, cujo nome inexplicavelmente esqueci. A verdade é que, pelo menos no que se refere à minha pessoa, a apresentação ocorreu dentro de uma atmosfera de inquietante constrangimento, que não me possibilitou assimilar com precisão os detalhes de tempo e lugar. Sou nervoso por natureza; uma deficiência de família sobre a qual não tenho domínio. Em especial, qualquer sugestão de mistério, imperceptível que seja, por uma razão que me foge à compreensão, produz em mim, de imediato, um deplorável estado de agitação.

Havia algo, por assim dizer, extraordinário – extraordinário sim, embora esse seja um termo débil demais para expressar todo o significado que pretendo transmitir – em relação à personalidade do indivíduo em questão. Ele tinha, talvez, um metro e oitenta de altura e uma presença singularmente dominante. Emanava daquele homem um quê de distinção, que sugeria uma educação refinada e um berço nobre. Sobre esse assunto – a aparência pessoal de Smith –, sinto desoladora satisfação em fazer uma descrição minuciosa. Sua cabeleira abundante faria inveja a Brutus – nada poderia ser mais esplendidamente natural ou possuir um brilho mais luzidio. Os fios negros como ébano tinham a mesma cor, ou melhor, ausência de cor, de suas inimagináveis suíças. Percebam que sou incapaz de falar sobre estas últimas sem me deixar levar pelo entusiasmo; não é demais dizer que elas representavam o mais formoso par de suíças existente sobre a face da terra. Além disso, cabe dizer que elas circundavam, e às vezes cobriam parcialmente, uma boca de feitio sem igual. Esta deixava entrever os dentes mais uniformes e mais brancos que se pode conceber. Em todas as ocasiões apropriadas, fluía através dos lábios uma voz de clareza, melodia e força insuperáveis. Também na questão dos olhos meu conhecido era excepcionalmente bem-dotado. Apenas um dos seus já superava, em excelência, um par de globos oculares convencional. Muito grandes e brilhantes, eles tinham uma cor intensa de avelã; e, de quando em quando, percebia-se neles certo ar sedutor de digressão, um atributo que lhe conferia plenitude à expressão.

O busto do General era indubitavelmente o mais delicado que eu já tivera oportunidade de ver. Seria impossível encontrar uma falha em suas maravilhosas proporções. Essa rara peculiaridade realçava, com grande vantagem, um par de ombros capaz de despertar um rubor de consciente inferioridade no semblante do Apolo de mármore. Eu tenho uma paixão especial por ombros delgados, e posso dizer que nunca antes havia contemplado igual perfeição. Os braços também eram admiravelmente modelados. Tampouco ficavam os membros inferiores em posição menos soberba. Eles representavam, sem qualquer sobra de dúvida, a quinta-essência da perfeição em matéria de pernas. Qualquer conhecedor do tema admite a excelência dessas pernas. Não havia carne demais nem de menos e, tampouco, rigidez excessiva nem debilidade. Eu não conseguia imaginar curvas mais graciosas do que as de sua região femoral, e observa-se apenas uma delicada protuberância na parte posterior da fíbula, detalhe que concorria para a conformação de uma panturrilha adequadamente proporcionada. Quisesse Deus que meu jovem e talentoso amigo Chiponchipino, o escultor, tivesse conhecido as pernas do honorário Brigadeiro General John A. B. C. Smith.

Mas embora homens assim tão bem-apessoados não sejam plenos de discernimento nem de tutano, eu ainda não conseguia acreditar que o extraordinário algo mais a que acabei de me referir – aquele inexprimível ar de *"je ne sais quoi"* que pairava à volta de meu novo conhecido – residia inteiramente, ou melhor, absolutamente, na suprema excelência de seus dotes corporais. Talvez isso decorresse de suas maneiras; mas nesse ponto, mais uma vez, eu não tenho a pretensão de ser categórico. Havia certo formalismo, para não dizer inflexibilidade, em sua presença – um grau de precisão calculada e, se assim posso definir, magistral em todos os movimentos, os quais, observados em uma figura menor careceria de atrativo no mundo da grandiloquência, da ostentação ou da servidão, mas que visto em um cavalheiro de sua inquestionável magnitude, era prontamente atribuído à reserva e à altivez de uma capacidade de ponderação digna de louvor; em resumo, ao que é devido a uma dignidade de colossais proporções.

O gentil amigo que me apresentou ao General Smith sussurrou em meu ouvido alguns comentários sobre o homem. Ele era uma figura *extraordinária* – *muito* extraordinária –, na verdade, um dos *mais* extraordinários homens de sua época. Ele era, também, objeto de especial predileção por parte das senhoras – principalmente em razão da elevada reputação que seu destemor lhe conferia.

"Neste quesito ele é inigualável – realmente, um perfeito facínora – um rematado comedor de fogo, sem medo de errar", disse meu amigo, pronunciando essas palavras em um sussurro tão baixo, que me fez estremecer com o tom de mistério em sua voz.

"Um rematado comedor de fogo, sem medo de errar. Em certo sentido, posso dizer que a prova disso foi a horripilante batalha travada recentemente nos pântanos do longínquo Sul, entre os Bugaboo e os Kickapoo". (Neste ponto, meu amigo abriu parcialmente os olhos.) "Bendita seja minha alma!"... sangue, trovoada e tudo o mais!... prodígios de bravura!... sem dúvida, já ouviu falar sobre ele!... você sabe que ele é o homem...".

"Homem!, você aqui? Como vai? Feliz em vê-lo; sinceramente!" Aqui o General interrompeu sua fala, agarrando pela mão meu companheiro, que se aproximava, e curvando-se em uma reverência formal, mas profunda, quando fui apresentado. Pensei então (e ainda penso) nunca ter escutado uma voz mais clara nem mais intensa, tampouco ter contemplado dentes mais delicados. Devo, entretanto, confessar que lamentei a interrupção logo naquele momento em que as insinuações e os sussurros antes mencionados haviam despertado em mim um urgente interesse pelo herói da campanha entre os Bugaboo e os Kickapoo.

No entanto, a deliciosa e inteligente conversa com o honorário Brigadeiro General John A. B. C. Smith rapidamente dissipou por completo minha contrariedade. Tendo meu amigo logo nos deixado, nós dois mantivemos um longo *tête-à-tête*, que foi para mim não apenas motivo de grande satisfação como uma oportunidade rara de absorver seus ensinamentos. Nunca antes eu escutara um orador tão fluente, ou um homem com tal bagagem de conhecimentos. Com oportuna modéstia, ele se absteve de tocar no assunto que então me interessava – quero dizer, as misteriosas circunstâncias envolvidas na guerra dos Bugaboo. E, de minha parte, aquilo que eu admitia ser o apropriado senso de delicadeza, impediu-me de abordar a questão; ainda que, na verdade, a tentação de fazê-lo fosse imensa. Percebi, também, que a preferência do galante oficial pendia para temas de interesse filosófico, e que as reflexões acerca da rápida evolução das invenções mecânicas eram para ele motivo de especial deleite. De fato, qualquer que fosse o encaminhamento dado por mim à conversa, ele sempre retornava para esse ponto.

"Não existe absolutamente nada como isso", dizia ele, "somos um povo formidável, e vivemos em uma época também formidável. Paraquedas, vias férreas, armadilhas e armas de pressão! Nossos navios a vapor navegam por todos os mares e o balão de Nassau está prestes a iniciar viagens regulares entre Londres e Tombuctu, com passagem de ida e volta por apenas vinte libras esterlinas. E quem é capaz de calcular o peso da influência exercida sobre a vida social, as artes, o comércio e a literatura pelos resultados imediatos dos notáveis princípios do eletromagnetismo? Tampouco as criações se resumem a apenas isso, eu lhe garanto! Não há realmente um limite para a marcha das invenções. E permita-me acrescentar Sr... Sr... Thompson – creio que seja esse o seu nome – os mais magníficos, mais engenhosos, mais *eficientes* – verdadeiramente mais *eficientes* – dispositivos mecânicos estão hoje em dia brotando como cogumelos – se assim posso me expressar – ou, de modo mais figurado, como gafanhotos... sim, como gafanhotos Sr. Thompson, sobre nós e ao redor de nós!

Thompson, para falar a verdade, não é meu nome; mas não é necessário dizer que ao deixar o General Smith meu interesse por aquele homem, minha opinião em relação à sua imensa capacidade de manter uma conversa havia se exacerbado, e tomou conta de mim um profundo sentimento de prazer em gozar do privilégio de viver nessa época das grandes invenções mecânicas. Minha curiosidade, entretanto, não estava de forma alguma satisfeita, e eu decidi realizar imediata investigação entre meus conhecidos sobre o honorário Brigadeiro e, em especial, a respeito dos extraordinários eventos nos quais desempenhou papel importante, durante a campanha dos Bugaboo com os Kickapoo.

A primeira oportunidade que se apresentou, a qual – estremeço só de mencionar – não tive o menor escrúpulo em agarrar, ocorreu na igreja do Reverendo Doutor Drummummupp, onde me vi sentado, certo domingo, exatamente à hora do sermão, não apenas no mesmo banco, mas ao lado daquela minha respeitável e comunicativa amiga Senhorita Tabitha T. Parabenizei-me – coberto de razões – por tão lisonjeira situação. Se alguém pudesse saber qualquer coisa acerca do honorário Brigadeiro General John A. B. C. Smith, estava claro para mim que essa pessoa era a Senhorita Tabitha T. Trocamos uns sinais e então, em voz baixa, iniciamos um rápido *tête-à-tête*.

"Smith!", disse ela em resposta à minha incisiva pergunta: "Smith!, por que não o General John A. B. C.? Bendito seja! Pensei que você estivesse muito bem *informado* a respeito *dele*! Essa é uma era marcada por magníficas invenções! Que acontecimento horripilante!... um bando de canalhas sanguinários, aqueles Kickapoos! Lutaram como heróis... prodígios de bravura... renome perene. Smith!... honorário Brigadeiro General John A. B. C!... Por quê?... você sabe que ele é o homem...".

"Homem", aqui interrompeu o Doutor Drummummupp a plenos pulmões; e com um soco que quase atirou o púlpito sobre nossas orelhas, continuou, "o homem que nasce de uma mulher tem uma vida bastante breve; ele surge e perece como uma flor!" Eu me desloquei para a extremidade do banco e percebi pelo olhar entusiasmado do sacerdote que a cólera que por pouco não reduziu o púlpito a pedaços fora provocada pelos cochichos trocados entre mim e a dama. Não havia escapatória; então me submeti com elegância, e escutei, martirizado por um respeitoso silêncio, as ponderações daquela gravíssima pregação.

Na noite seguinte, dirigi-me ao Rantipole Theatre, onde, o simples fato de estar presente no camarote daqueles dois requintados espécimes de afabilidade e onisciência, as senhoritas Arabella e Miranda Cognoscenti, alentava em mim a certeza de poder satisfazer minha curiosidade de uma vez por todas. Aquela tragédia excelente apresentava Iago para uma casa lotada, e eu encontrei certa dificuldade em fazer compreender meus desejos; principalmente, porque nosso camarote ficava próximo às rampas, com vista panorâmica para o palco.

"Smith?", falou a Senhorita Arabella, não compreendendo o propósito de minha pergunta; "Smith? Por que não o General John A. B. C.?".

"Smith?", questionou Miranda, pensativa. "Deus seja bendito! Alguma vez na vida você pousou os olhos em uma figura mais refinada?"

"Nunca madame... mas, conte-me...".

"Ou uma elegância assim tão inimitável?"

"Nunca, palavra de honra! Mas, por favor, diga-me...".

"Ou uma compreensão tão irretocável dos recursos de cena?"

"Madame!"

"Ou uma percepção mais sutil dos verdadeiros encantos de Shakespeare? Observe, por favor, aquela perna!"

"Diabos!" E me voltei para a irmã daquela que me falava.

"Smith?", falou ela, "Por que não o General John A. B. C.? Caso horroroso aquele, você não acha?... abomináveis canalhas os Bugaboos... selvagens e coisa e tal; mas vivemos em uma era de maravilhosas invenções!... Smith!... ah, sim grande homem... perfeito facínora... notoriedade perene... prodigiosa bravura!... Nunca ouvi falar!" (Isto foi dito em altos brados.) "Deus guarde minha alma!... ah! ele é o homem...".

"– mandrágora,
nem a mais estimulante das poções
jamais te libertará desse doce torpor
que de ti ontem se apossou!"

Aqui o enredo atingiu um clímax e o brado de nosso herói retumbou diretamente em meus ouvidos. Os punhos fechados se agitavam incessantemente diante de minha face, de um modo que eu não podia e não iria suportar. Sem perda de tempo, deixei as senhoritas Cognoscenti, corri para os bastidores e dei no patife miserável uma surra tal que, por certo, enquanto viver, ele jamais esquecerá.

No sarau da adorável viúva, a Sra. Kathleen O'Trump, eu acreditava estar a salvo de desapontamento semelhante. Assim sendo, tão logo me sentei à mesa de jogo na companhia de minha encantadora anfitriã, trouxe à tona aquelas questões cuja solução havia se tornado essencial para minha paz.

"Smith?", falou minha parceira, "Por que não o General John A. B. C.? Caso terrível aquele, você não acha?... você disse ouros?... abomináveis canalhas os Kickapoos!... estamos jogando uíste, com sua licença Sr. Tattle... contudo, essa é uma era de invenções, com toda certeza, *a* era... uma era por excelência... fala francês?... ah, verdadeiro herói, perfeito facínora!... faltam-lhe ouros, Sr. Tattle? Não acredito!... notoriedade eterna, e tudo o mais... prodigiosa bravura!... nunca ouvi falar! Que Deus guarde minha alma!... ah! ele é o homem...".

"Mann!?... Capitão Mann!" Gritou uma pequena intrusa postada no canto mais distante da sala. "Vocês falam sobre o Capitão Mann e o duelo?... oh, preciso ouvir... contem... prossiga Sra. O'Trump, prossiga!" E a Sra. O'Trump prosseguiu... falando sobre um certo Capitão Mann, que fora fuzilado ou enforcado, ou deveria ter sido fuzilado e enforcado. Sim – a Sra. O'Trump continuou; e eu fui embora. Não havia a menor chance de eu conseguir escutar qualquer coisa mais naquela noite sobre o honorário Brigadeiro General John A. B. C. Smith.

Eu me consolei então com a ideia de que a maré de má sorte não poderia me perseguir para toda a vida e, assim sendo, decidi fazer uma tentativa ousada e buscar informações junto àquele pequeno anjo sedutor, a encantadora Sra. Pirouette.

"Smith?", disse a Sra. P., enquanto rodopiávamos juntos em um *pas de Zephyr*, "Smith? Por que não o General John A. B. C.? Acontecimento terrível aquele dos Bugaboo, não?... criaturas apavorantes, aqueles índios!... vire seus pés para fora! Estou realmente envergonhada... homem destemido, pobre sujeito!... mas essa é uma extraordinária era de invenções... oh, querido, estou sem fôlego... perfeito facínora; prodígio de bravura... não, nunca ouvi!... você não vai acreditar... terei que sentar e lhe esclarecer... Smith! ah! ele é o homem...".

"Man-*Fred*, eu lhe digo!" Aqui falou aos berros a Senhorita Bas-Bleu, enquanto eu conduzia a Sra. Pirouette até sua cadeira. "Alguém já escutou algo semelhante? Eu disse Man-*Fred*; em hipótese alguma Man-*Friday*". Neste ponto, a Senhorita Bas-Bleu acenou para mim com toda determinação; e eu fui obrigado – poderia eu recusar? – a deixar a Sra. P., para decidir uma controvérsia acerca do título de certo drama poético de Lord Byron. Embora eu tivesse pronunciado, com toda presteza, que o verdadeiro título era Man-*Friday* e, de maneira alguma Man-*Fred*, ainda assim, quando me voltei para procurar a Sra. Pirouette, não mais a encontrei; e retirei-me da casa movido por uma feroz animosidade contra toda a raça das Bas-Bleus.

O problema assumira agora um aspecto realmente sério, e tomei a decisão de recorrer a meu amigo particular, o Sr. Theodore Sinivate; pois eu sabia que com ele poderia obter informação mais precisa.

"Smith?", disse ele, pronunciando as sílabas pausadamente, como lhe era peculiar. "Smith?... por que não o General John A. B. C.? Caso bestial aquele dos Kickapo-o-o-os, não é? Diga, você não acha?... perfeito fa-cí-no-ra... sinto demais, palavra de honra!... era de extraordinárias invenções!... pro-di-gi-o-sa bravura! Por falar nisso, você já ouviu falar do Capitão Mann?"

"Capitão Mann que se dane!", falei eu. "Por favor, prossiga com sua história".

"Ah!... bem!... absolutamente *la meme cho-o-ose*, como dizemos na França. Smith, não é?... Brigadeiro General John A. B. C?... Digo..." (aqui o Sr. S. julgou adequado colocar o dedo ao lado do nariz.)... "digo, você não pretende insinuar agora, real, verdadeira e conscientemente, que não sabe tudo sobre aquele caso de Smith; tão bem como eu sei, não é? Smith? John A-B-C.? Ah, bendito seja... ele é o ho-o-me-m...".

"Sr. Sinivate", indaguei eu suplicante, "é ele o homem da máscara?"

"Nã-ã-ã-o!", respondeu ele, com ar circunspecto, "tampouco o homem na lu-u-a".

Tal resposta me soou como um insulto mordaz e categórico e, portanto, indignado, deixei a casa imediatamente com a firme decisão de exigir de meu amigo, o Sr. Sinivate, um pronto desagravo por sua deselegante conduta e sua falta de educação.

No entanto, eu não me sentia impossibilitado de conseguir a informação que desejava. Restava-me ainda um recurso. Eu iria diretamente à fonte; procuraria o próprio General e exigiria, em termos explícitos, uma solução para esse abominável mistério. Aqui, pelo menos, não haveria chance de ocorrerem equívocos. Eu seria claro, decidido e peremptório – curto e grosso – sucinto como Tácito ou Montesquieu.

Era cedo quando cheguei, e o General ainda fazia sua toalete matinal. Mas reclamei urgência e fui sem demora conduzido a seus aposentos por um idoso serviçal negro que permaneceu à disposição do senhor durante minha visita. Logo ao adentrar o quarto, esquadrinhei o local em busca do ocupante, mas não percebi imediatamente sua presença. Havia sobre o chão, próximo aos meus pés, um pacote enorme e muito esquisito, e, como eu não me encontrava no melhor de meu humor, afastei-o com um chute.

"Ei! ei! bastante gentil, ouso dizer!", protestou o pacote com uma das vozes mais engraçadas e desmaiadas como eu jamais escutara em toda a minha vida – algo entre um chiado e um assobio.

"Ei! bastante gentil, devo observar".

Eu quase gritei; e aterrorizado me afastei, pela tangente, para a extremidade mais distante do quarto.

"Bendito seja Deus, caro amigo!", assobiou outra vez o pacote, "o quê... o quê... o quê... por quê... qual é o problema? Sou forçado a acreditar que você simplesmente não me conhece".

O que eu poderia dizer disso tudo? – o quê? Cambaleei até uma poltrona e, com os olhos arregalados e a boca entreaberta, procurei uma resposta para o assombro.

"Estranho que você não me conheça, não é mesmo?", guinchou outra vez o indescritível, que eu agora percebia estar realizando sobre o chão uma evolução enigmática, muito parecida com o desenho de uma meia. Percebia-se, no entanto, uma única perna.

"Estranho, de fato, que você não me conheça, não é mesmo? Pompey, traga-me aquela perna!" Neste ponto, Pompey entregou ao pacote uma autêntica perna de cortiça, já vestida, que ele em um instante atarraxou em si, para em seguida levantar-se bem diante de meus olhos.

"Foi uma ação sangrenta", continuou a coisa, como que em um solilóquio; "mas então, não se pode lutar com os Bugaboos e os Kickapoos, imaginando-se capaz de sair apenas com um simples arranhão. Pompey, eu lhe serei grato agora por aquele braço". Em seguida, voltando-se para mim falou, "Thomas é, sem dúvida alguma, o melhor em pernas de cortiça; mas se você algum dia precisar de um braço, caro amigo, devo lhe recomendar o Bispo". Aqui, Pompey atarraxou um braço no pacote.

"Nós fizemos um trabalho de moldagem, pode-se dizer. Agora, seu cão, passe-me os ombros e o peito. Os ombros feitos por Pettit são os melhores, mas em questão de troncos, é necessário recorrer a Ducrow".

"Tronco!", exclamei.

"Pompey, você vai demorar muito com esses cabelos? Afinal de contas, escalpamento é um processo violento; mas então pode-se adquirir uma cabeleira postiça excepcional no De L'Orme.

"Cabeleira postiça!"

"Agora, seu negro, meus dentes! Para um bom par deles a melhor opção é ir direto ao Dr. Parmly; preços exorbitantes, mas um excelente trabalho. Eu engoli alguns exemplares essenciais quando o enorme Bugaboo enterrou em mim a coronha de seu rifle".

"Coronha! Enterrar! Veja só!"

"Oh, sim; por falar nisso, meus olhos. Venha cá, Pompey, seu patife, atarraxe-os! Aqueles Kickapoos são rápidos com o cinzel; mas, afinal de contas, o tal Dr. Williams é um homem que faz passar por verdadeiro o que não é. Você não pode imaginar quão bem eu enxergo com os olhos por ele criados!"

Eu conseguia, então, perceber nitidamente que o objeto à minha frente era, nada mais nada menos, do que meu novo conhecido, o honorário Brigadeiro General John A. B. C. Smith. As manipulações de Pompey haviam produzido, devo confessor, uma diferença impressionante na aparência do homem. A voz, contudo, ainda me intrigava bastante; mas mesmo esse aparente mistério foi logo esclarecido.

"Pompey, seu negro patife", grunhiu o General, "acredito realmente que você não me deixará sair sem meu palato".

Neste momento, o negro, resmungando uma desculpa, dirigiu-se a seu senhor, abriu-lhe a boca com o ar conhecedor de um ginete e, com movimentos habilidosos, ajustou lá dentro um dispositivo de aparência singular, que eu não fui capaz de compreender. Entretanto, a transformação produzida na expressão estampada no rosto do General foi instantânea e surpreendente. Quando ele voltou a falar, sua voz havia reassumido toda aquela força e rica melodia que eu notara na ocasião em que fôramos apresentados.

"Malditos vagabundos!", disse ele em um tom de voz tão claro que eu me assustei com a mudança, "malditos vagabundos! Não satisfeitos em golpear o céu de minha boca, eles se deram ao trabalho de cortar pelo menos sete oitavos de minha língua. Não há na América outro igual a Bonfanti quando se trata de artigos dessa espécie. Posso recomendar você a ele com toda segurança – aqui o General fez uma reverência –, e lhe asseguro que tenho o maior prazer em fazê-lo".

Agradeci pela gentileza em meu melhor estilo e, atinando com o que acontecia e compreendendo perfeitamente o mistério que me havia perturbado por tanto tempo, deixei-o incontinente. Não havia como negar. A prova inequívoca ali se encontrava. O honorário Brigadeiro General John A. B. C. Smith era o homem – *o homem consumido*.

A queda da Casa de Usher

Son cœur est un luth suspendu;
Sitôt qu'on le touche il résonne.
—Pierre-Jean de Béranger

No decurso de todo um dia fastidioso, sombrio e silencioso do outono de certo ano, quando as nuvens pairavam opressivas sob o céu, eu atravessava sozinho, a cavalo, um pedaço de terra impregnado por uma tristeza singular; e acabei me deparando, à medida que as sombras da noite venciam o dia, com a visão da melancólica Casa de Usher. Não sei bem como aconteceu; mas, ao primeiro vislumbre daquela edificação, um insuportável desencantamento assenhorou-se de meu espírito. Digo insuportável, porque nem mesmo aquele sentimento quase deleitante, pois poético, com o qual a mente costuma receber até a mais implacável das imagens de desolação e horror, tinha forças para aliviar meu desalento. Contemplei o cenário que diante de mim se descortinava – a casa banal e o aspecto simples da paisagem do local; as paredes sem vida; as vazias janelas oculiformes; alguns arbustos de junco; e os troncos esbranquiçados de árvores apodrecidas – com a alma abatida por profunda depressão, que não consigo comparar devidamente a qualquer sensação mundana exceto a que tem um folião ao despertar do devaneio proporcionado pelo ópio – a amarga ruína da vida cotidiana; o hediondo cair do véu. Havia uma frieza, um abatimento, uma enfermidade progressiva do coração – uma obstinada apatia do pensamento que nenhuma aguilhoada da imaginação conseguia transfigurar em alguma expressão do sublime. O que significava aquilo? – parei para pensar. O que me desalentava tanto na contemplação da Casa de Usher? Um mistério absolutamente insolúvel; tampouco tinha eu condições de lutar contra as fantasias sombrias que me sufocavam enquanto eu refletia. Senti-me obrigado a lançar mão de uma conclusão insatisfatória porque, embora existam, sem sombra de dúvida, conjuntos de objetos naturais muito simples dotados de poder para nos afetar, ainda assim a análise de tal poder circunscreve-se entre aquelas reflexões que extrapolam os limites de nossa capacidade mental. Parecia-me possível que uma mera disposição diferente das características de uma cena ou dos detalhes de uma imagem fossem suficientes para modificar, ou talvez aniquilar, sua capacidade de estimular impressões tristes; e, levando avante essa ideia, amarrei meu cavalo na beira íngreme de um lago negro e macabro que deitava seu brilho sereno na imediação da residência e, com um estremecimento ainda mais eletrizante do que eu sentira antes, contemplei refletida na água a imagem invertida e remodelada do junco cinzento, dos horripilantes caules das árvores e das vazias janelas oculiformes.

Não obstante, nessa mansão mergulhada em tristezas eu agora me propunha a ficar para uma estada de algumas semanas. Seu proprietário, Roderick Usher, fora um dos joviais companheiros de minha meninice; porém, muitos anos haviam se passado desde nosso último encontro. Eu recebera recentemente, em uma parte distante do país, uma carta remetida por ele; carta esta que, dada a natureza obstinada do remetente, não aceitava outra coisa senão uma resposta pessoal. O manuscrito deixava transparecer um estado de excessivo nervosismo. O autor da missiva falava de uma aguda enfermidade física, de um transtorno mental que o oprimia e de um profundo desejo de me ver, sendo eu seu melhor – e na verdade único – amigo pessoal. Ele depositava na jovialidade de minha companhia a esperança de obter algum alívio para seus males. Atribuo à maneira pela qual tudo isso e muito mais foi dito, e à aparente afeição contida em seu pedido, a impossibilidade de qualquer hesitação de minha parte; e, por conseguinte, obedeci prontamente àquilo que ainda considerava uma intimação bastante singular.

Embora quando meninos nós tivéssemos sido íntimos companheiros, era muito pouco, a bem da verdade, o que eu conhecia sobre meu amigo. Sua discrição sempre foi demasiada e rotineira. Eu tinha ciência, entretanto, de que sua família, muito antiga, fora célebre, desde tempos imemoriais, por uma sensibilidade intrínseca que se revelou durante longos anos em muitos trabalhos de excelsa arte, e se manifestara recentemente em reiteradas obras de generosa e discreta caridade, bem como, em uma apaixonada devoção pela complexidade, talvez mais até do que pela beleza ortodoxa e facilmente reconhecível, da ciência musical. Eu também me surpreendera ao saber que a linhagem da raça Usher, ilustre como era, não produzira, em período algum, qualquer outro ramo perene; em outras palavras, que toda a família se multiplicara através de uma linha direta de descendência e assim se mantivera, com apenas algumas variações insignificantes e temporárias. Enquanto eu esquadrinhava, em pensamento, a perfeita conformidade das características do local com o admitido caráter das pessoas e especulava acerca da possível influência que o primeiro, ao longo de tantos séculos, poderia ter exercido no segundo, pareceu-me que era essa deficiência um aspecto acessório e que a ininterrupta transmissão subsequente, de pai para filho, da propriedade acompanhada do nome foi o que acabou identificando os dois, de modo a fundir o título original do imóvel na singular e ambígua denominação "Casa de Usher" – uma denominação que parecia confundir na mente dos campesinos que dela se valiam, a família e a mansão da família.

Eu havia dito que o mero efeito de minha experiência de olhar para dentro do lago – uma experiência que se pode dizer infantil em alguma medida – serviu para exacerbar a primeira impressão extraordinária que em meu espírito se formara. Não há a menor sombra de dúvida de que a consciência da rápida intensificação de minha infundada crença em coincidências fortuitas – por que não deveria eu assim denominar? – contribuiu apenas para excitá-la ainda mais rapidamente. Tal fenômeno, eu sabia de longo tempo, é a paradoxal lei de todos os sentimentos pautados pelo terror. E creio ter sido exclusivamente em decorrência dessa razão que, quando voltei a levantar meus olhos, para observar a própria casa em lugar de sua imagem no lago, brotou em minha mente uma estranha fantasia – uma fantasia tão absurda, que, se a menciono, é apenas para mostrar a vívida força das sensações que me oprimiam. Minha imaginação se libertara de tal modo das amarras do bom senso a ponto de me levar a acreditar piamente que ao redor de toda a mansão e de suas cercanias pairava uma atmosfera estranha e singular, sem qualquer semelhança com os ares do paraíso, mas que exalava das árvores apodrecidas, do muro cinzento e do silencioso lago; um vapor cor de chumbo, pestilento e místico, sombrio, tórpido e vagamente perceptível.

Afastando de meu espírito o que deveria ser um sonho, esquadrinhei melhor o verdadeiro aspecto da edificação. O traço mais evidente sugeria uma construção bastante antiga. A ação do tempo se mostrava na intensa descoloração. Minúsculos fungos, que pendiam do beiral em uma fina e emaranhada teia, cobriam toda a parte exterior. Contudo, não se observava um grau de deterioração fora do comum. A alvenaria continuava inteira, sem buracos ou rachaduras profundas; e parecia haver uma estranha incoerência entre o ainda perfeito encaixe das partes e o aspecto de ruína de cada uma das pedras. Muito daquilo que à minha vista se apresentava, fazia-me lembrar a ilusória perfeição de velhos trabalhos de marcenaria que apodrecem durante anos em alguma sepultura abandonada, livres da perturbação do ar que sopra do lado de fora. Além desse evidente sinal de estrago, no entanto, não se observava indícios de instabilidade da estrutura. Talvez aos olhos de um observador mais minucioso não escapassem fissuras quase imperceptíveis que, partindo do telhado, abriam caminho em zigue-zague, parede abaixo, através da parte frontal da edificação, até se perderem nas taciturnas águas do lago.

Fazendo tais constatações, caminhei por uma trilha elevada em direção à casa. Um serviçal, que me aguardava perto da porta, tomou as rédeas de meu cavalo e eu adentrei através do arco gótico do saguão. Um criado de andar furtivo conduziu-me então, em silêncio, por diversos corredores escuros e caóticos que conduziam ao gabinete de seu senhor. Muito do que encontrei ao longo do caminho contribuiu, não sei de que modo, para exacerbar os vagos sentimentos sobre os quais já falei. Enquanto os objetos à minha volta – os entalhes no teto, as melancólicas tapeçarias penduradas nas paredes, o sinistro negrume do assoalho e os troféus heráldicos que crepitavam embalados por meus passos – não passavam de peças com as quais eu já estava habituado desde a infância; enquanto hesitava em não admitir quão familiar tudo isso era para mim, eu ainda matutava tentando entender quão desconhecidas eram as fantasias despertadas por imagens triviais. Em uma das escadarias encontrei o médico da família. A expressão de seu rosto, pensei em silêncio, mesclava uma prosaica astúcia com a marca da perplexidade. Ele me saudou com certa apreensão e seguiu seu caminho. Nesse momento, o criado abriu uma porta e me conduziu à presença de seu senhor.

O aposento em que de repente me vi era espaçoso e imponente, com janelas alongadas, estreitas e pontiagudas, assentadas a uma distância tão grande do assoalho de carvalho negro que se tornavam totalmente inacessíveis. Um débil filamento de luz avermelhada penetrava através da vidraça reticulada contribuindo para colocar em destaque os objetos mais proeminentes ali encontrados; meus olhos, no entanto, esforçavam-se em vão para alcançar os cantos mais remotos do quarto ou os recessos do teto abobadado e corroído. Cortinas escuras pendiam sobre as paredes. Havia uma profusão de móveis antigos, corroídos e carentes de comodidade. Viam-se também ali espalhados muitos livros e instrumentos musicais que, todavia, não conseguiam conferir um ar de vitalidade para o ambiente. Eu senti que respirava infortúnio. Uma atmosfera de tristeza profunda e absolutamente sem esperanças pairava sobre o recinto, envolvendo-o em melancolia.

Logo que entrei, Usher levantou-se do sofá onde estava deitado e me saudou com caloroso entusiasmo, no qual identifiquei de início uma cordialidade exagerada, um esforço excessivo de um homem entediado com o mundo. Entretanto, não precisei mais do que observar-lhe rapidamente o semblante para me convencer de sua sinceridade. Sentamo-nos; e por alguns instantes, durante os quais ele nada falou, contemplei-o com um misto de compaixão e assombro. Certamente, homem nenhum jamais sofreu, em um período tão breve, uma alteração de tal forma terrível como aconteceu com Roderick Usher! Tive dificuldade em reconhecer no ser macilento que se encontrava diante de mim o companheiro de minha meninice. Contudo, as características de seu rosto sempre foram extraordinárias. A tez macilenta; o incomparável olhar esbugalhado e cristalino; os lábios um tanto finos e descorados, mas delineados por curvas insuperavelmente belas; o nariz no qual se distinguia o mesmo delicado desenho característico dos descendentes de Abraão, porém, com narinas largas e incomuns em estruturas similares; o queixo de conformação delicada que deixava transparecer em sua pouca protuberância a carência de autoridade moral; cabelos muito finos e sedosos. Esses traços, somados a um extraordinário alargamento da região das têmporas, compunham uma fisionomia impossível de se esquecer com facilidade. E, neste momento, a mudança resultante da mera exacerbação do aspecto dominante de tais características e da expressão que elas costumavam transmitir, alimenta em mim a incerteza acerca de quem é este com quem eu falo. E agora, a sinistra palidez da pele e o brilho sobrenatural dos olhos são o que, acima de todas as coisas, causam-me sobressalto e temor. O cabelo sedoso crescera estranhamente e, como uma teia de aranhas, flutuava em vez de cair sobre a face, o que me impossibilitava de, apesar de um grande esforço, conectar sua intrincada fisionomia com a mais remota ideia de humanidade.

Nas maneiras de meu amigo, identifiquei imediatamente certa incoerência, certa inconsistência; e logo descobri que a origem de tal sentimento residia em uma tentativa débil e vã de esconder uma perturbação inata, uma excessiva agitação nervosa. Na verdade, a carta que eu dele recebera e, mais ainda, as reminiscências de determinados traços pueris e as conclusões derivadas da constituição física e do temperamento que lhe eram próprios, já me haviam preparado para encontrar algo dessa natureza. Suas atitudes ora demonstravam vivacidade, ora melancolia. Sua voz alternava rapidamente de uma expressão de trêmula vacilação (quando o espírito animal parecia em completa suspensão) para outra de ativa concisão – aquela fala áspera, opressiva, lenta e profunda; aquela elocução gutural pesada, harmônica e perfeitamente modulada que se observa nos alcoólatras perdidos ou nos irrecuperáveis consumidores de ópio durante os períodos de mais intensa excitação.

E assim ele falou a respeito do objetivo de minha visita, de seu sincero desejo de me ver e do alívio que esperava eu pudesse lhe proporcionar. Ele se referiu, com alguns pormenores, àquilo que acreditava ser a natureza de sua enfermidade. Tratava-se de um mal genético e hereditário para o qual ele buscava desesperadamente encontrar um remédio – uma simples afecção nervosa que, sem dúvida alguma, logo desapareceria, acrescentou ele em seguida. O mal-estar se manifestava através de uma infinidade de sensações anormais. Algumas destas, à medida que ele as detalhou, despertaram em mim interesse e perplexidade; muito embora, talvez, os termos e a maneira geral da narrativa tivessem contribuído bastante para isso. Ele sofria de uma mórbida intensidade dos sentidos. Só conseguia suportar os alimentos mais insípidos e vestir tecidos de determinadas texturas. O aroma de todas as flores o sufocava; qualquer luminosidade, por mais débil que fosse, torturava seus olhos; e havia apenas alguns poucos sons muito específicos – de instrumentos de cordas – que não lhe inspiravam horror.

Percebi ser meu amigo total e completamente escravizado a uma espécie anormal de terror. "Perecerei...", afirmou ele, "devo perecer nessa deplorável insensatez. Assim... e não de outra maneira, acabarei por me perder. Temo os eventos do futuro, não por eles em si, mas pelos resultados decorrentes. Estremeço só ao imaginar qualquer acontecimento, mesmo o mais trivial, que possa operar sobre essa intolerável agitação da alma. Na verdade, não sinto repugnância pelo perigo, exceto em sua consequência absoluta – o terror. Nessa condição deplorável e debilitante, sinto que mais cedo ou mais tarde chegará o momento em que precisarei capitular, desistindo tanto da vida como da razão, em uma forma de luta contra meu cruel fantasma, o MEDO".

Fui aos poucos, por meio de insinuações truncadas e ambíguas, tomando conhecimento de outra característica própria de sua doença mental. Ele estava acorrentado por certas impressões supersticiosas em relação à residência na qual habitava e, de onde, durante muitos anos, nunca se aventurara a sair. Perturbava-o a força dominadora cujo poder espúrio se fazia sentir em termos umbrosos demais para serem aqui novamente apresentados; a influência que algumas peculiaridades na mera forma e na simples essência da mansão de sua família havia, por meio de longo sofrimento, exercido sobre seu espírito; o efeito que a estrutura das paredes e torres cinzentas e do lago sombrio, dentro do qual tudo se projetava, acabara por lançar sobre o moral de sua existência.

Ele admitiu, no entanto, embora com hesitação, que muito da tristeza peculiar que assim o afligia podia ser atribuída a uma causa mais natural e bem mais palpável: à longa e grave enfermidade – na verdade, à morte iminente – de sua querida irmã; a única companheira de longos anos; seu último e único parente sobre a face da terra. "Com a morte dela", confessou meu amigo, movido por amargura tal que me é impossível esquecer, "seria ele – ele, o desesperançado, o frágil – o último representante da antiga raça dos Ushers". Enquanto ele falava, a senhora Madeline – como era chamada – passou vagarosamente em um lado mais distante do aposento e, sem notar minha presença, desapareceu. Observei-a assaltado por uma total perplexidade, mesclada também a certa dose de pavor – sentimentos que me senti incapaz de entender. Uma sensação de estupor me oprimiu enquanto meus olhos acompanharam seus passos perdendo-se na distância. Quando uma porta finalmente fechou, escondendo-a de nós, meu olhar procurou instintiva e ansiosamente o semblante do irmão; mas ele havia coberto o rosto com as mãos, e pude apenas perceber que uma palidez muito além da normalidade tomara conta de seus dedos macilentos, por entre os quais gotejavam lágrimas ardentes.

A doença da senhora Madeline havia tempos já frustrara a capacidade de seus médicos. Uma apatia imutável, o gradual aniquilamento do ser humano, e frequentes, embora transitórios, acessos de caráter parcialmente cataléptico eram os diagnósticos mais comuns. Até então, ela havia suportado com firmeza a pressão de sua enfermidade e não se entregara ao leito; mas no final da tarde de minha chegada à mansão, ela sucumbiu – conforme me relatou à noite o irmão, com indescritível agitação – ao poder subjugante da doença; e fiquei sabendo que o vislumbre que me fora possível ter de sua passagem seria, provavelmente, o último, e que eu não voltaria a ver a senhora, pelo menos enquanto um sopro de vida ainda a animasse.

Durante diversos dias o nome dela deixou de ser mencionado tanto por mim como por Usher; e no decurso desse período, empreendi os mais diligentes esforços para aliviar a melancolia de meu amigo. Juntos, nós pintamos e nos dedicamos à leitura; e eu escutei, como se vivesse em um sonho, o frenético improviso de sua eloquente guitarra. E assim, à medida que ele me acolhia de forma cada vez mais íntima e sem reservas no aconchego dos recessos de seu espírito, mais amargamente eu percebia a inutilidade de todas as tentativas de animar uma mente da qual as trevas, como se fossem uma virtude essencial e absoluta, jorravam sobre todos os objetos do universo moral e físico em uma incessante irradiação de tristeza.

Não me abandonará jamais a memória das muitas horas sombrias que passei assim a sós com o senhor da Casa de Usher. No entanto, qualquer tentativa minha de transmitir uma ideia do exato caráter dos estudos ou das atividades em que ele me envolveu, ou através dos quais me conduziu, estaria fadada ao fracasso. Uma imaginação estimulada e altamente perturbada lançou um brilho infernal sobre tudo. Suas longas e improvisadas lamentações soarão eternamente em meus ouvidos. Entre outras coisas, lembro-me pesaroso de uma desfiguração e intensificação singulares no estilo fantástico da derradeira valsa de Von Weber. Das pinturas sobre as quais sua requintada imaginação se perdeu em reflexões e se transformaram, de pincelada em pincelada, nas indefinições que causam em mim um forte estremecimento – ainda mais forte pelo fato de eu não conseguir entender por que estremeço –, dessas pinturas, tão vívidas como agora se apresentam diante de minha mente, seria vão qualquer esforço no sentido de deduzir mais do que permite o parco significado circunscrito ao âmbito das palavras meramente escritas. Pela total simplicidade, pela nudez de seus desenhos, ele prendia e intimidava a atenção. Se algum dia um mortal foi capaz de pintar uma ideia, esse mortal foi Roderick Usher. Para mim, pelo menos nas circunstâncias que então me cercavam, surgiu das puras abstrações que o hipocondríaco conseguia espalhar sobre a tela, uma intolerável reverência, cuja intensidade jamais me ocorrera sentir, nem mesmo na contemplação dos devaneios certamente fervorosos, embora concretos demais, de Fuseli.

Uma das concepções fantasmagóricas de meu amigo, que compartilhava de certa flexibilidade do espírito da abstração, pode ser vagamente retratada em palavras. Uma pequena figura representada no interior de um túnel ou jazigo infinitamente longo e retangular, com paredes baixas, brancas, uniformes e sem aberturas ou outro dispositivo qualquer. Certos pontos acessórios do desenho atendiam plenamente ao objetivo de transmitir a ideia de que a escavação penetrava enorme distância abaixo da superfície da terra. Não havia saída alguma em qualquer porção de sua vasta extensão, bem como não existiam tochas ou outra forma de iluminação artificial; mesmo assim, o objeto era banhado por intenso fluxo de raios que lhe conferiam um brilho sinistro e impróprio. Já me referi àquela mórbida enfermidade do nervo auditivo responsável por transformar qualquer espécie de música em intolerável sofrimento para o ouvinte, com exceção de certos efeitos produzidos por instrumentos de corda. Eram, talvez, os estreitos limites aos quais ele se confinava junto à guitarra, que davam vida, em grande medida, às fantásticas características de suas atuações. Elas, no entanto, não podiam ser atribuídas ao apaixonado desembaraço de suas composições. Deviam residir, e decerto residiam, nas notas, bem como nas palavras daquelas cantatas selvagens (pois não raramente ele se acompanhava com improvisações na forma de rimas verbais), os efeitos daquela intensa serenidade e da profunda concentração aos quais já me referi anteriormente e que considero observáveis apenas em momentos muito particulares de um entusiasmo carente de naturalidade. Das palavras de uma dessas rapsódias, lembro-me com facilidade. É provável que minhas impressões tenham se formado com mais força à medida que ele as pronunciava, porque, no místico significado subjacente a essas palavras, julguei perceber, pela primeira vez, que Usher tinha total consciência da debilidade de seu livre-arbítrio. Os versos, intitulados "O palacete assombrado", desenrolam-se mais ou menos assim:

I
No mais verdejante de nossos vales,
Por anjos bons habitado,
Outrora um palacete venerando e majestoso,
Palacete radioso, sobranceiro.
Nos devaneios do monarca,
Lá ele se erguia!
Jamais um serafim abriu as asas
Sobre refúgio menos formoso.

II
Estandartes amarelos, gloriosos, dourados,

Em seu telhado flutuavam, tremulavam.
Tudo isso se deu em prisca era,
Muitos... muitos anos atrás.
E uma aragem suave acariciava
Naquele dia mavioso
As muralhas pálidas, emplumadas;
E no ar, uma fragrância sublime se derramava.

III
Viajeiros errantes naquele vale ditoso
Pelas janelas luzentes entreviam
Espíritos que entoavam
A melodia harmoniosa de um alaúde;
Ao redor do trono em que repousava,
(Herdeiro de Porfírio!)
Com toda pompa sua glória,
O soberano de tal reino.

IV
E cravejada de pérolas e rubis,
Era a impoluta porta do palácio,
Através da qual fluía indelével
Em ondas incessantes, efervescentes
Uma tropa de Ecos que entoava
Em vozes de insuperável beleza
O espírito e a sapiência de seu monarca.

V
Mas espíritos perversos, em sofrimento amortalhados
Investiram sobre o reino do monarca.
(Ah! Permita-nos prantear, pois a luz da manhã
ele não mais contemplará. Profundo pesar!)
E nas cercanias de seu lar, a glória
Outrora brilho e resplendor
Não passa de vaga lembrança

De um tempo há muito inumado.

VI

E os que hoje vagueiam por aqueles vales,
Pelas janelas banhadas em rubra luz
Veem formas em estranho movimento,
Ao compasso de melodia dissonante.
E como um ligeiro e sinistro rio,
Através da pálida porta
Avança um tropel hediondo, sem fim
Que gargalha – mas não mais sorri.

    Lembro muito bem que as ideias estimuladas por essa balada nos lançaram em um estado de reflexão a partir do qual se tornou manifesta uma opinião de Usher que aqui menciono nem tanto por conta de um caráter inovador (já que outros homens assim* já pensaram) como em decorrência da obstinação com que ele a defendia. Tal opinião, em sua forma mais geral, dizia respeito a um estado de consciência indiferenciada de todas as coisas do mundo vegetal. Contudo, na desordenada fantasia de meu amigo, essa ideia assumiu um caráter mais ousado e acabou por penetrar no domínio da falta de organização. Faltam-me palavras para expressar a plena extensão ou a ativa espontaneidade de seu poder de persuasão.
    Todavia, como eu previamente sugeri, a crença tinha suas raízes nas pedras cinzentas da casa de seus antepassados. As condições dessa prontidão para captar sensações consumaram-se aqui, conforme ele imaginava, no método de colocação e distribuição das pedras, assim como na abundância de fungos espalhados sobre elas e nas árvores deterioradas que as circundavam; acima de tudo, na resistência imperturbável desse arranjo, imutável desde épocas imemoriais, e na réplica da estrutura projetada sobre as plácidas águas do lago. De acordo com ele, a evidência de tal estado de sensibilidade devia

---

*   Watson, Dr. Percival, Spallanzani e, em especial, o Bispo de Landaff. Ver: *Chemical Essays*, vol. v.

ser vista – e aqui vacilei enquanto ele falava – na gradativa, embora infalível condensação de uma atmosfera peculiar sobre a água e as paredes. O resultado podia ser observado, acrescentou Usher, naquela silenciosa, contudo inoportuna e terrível influência que ao longo de muitos séculos moldou o destino de sua família e fez dele essa criatura que eu agora via – a criatura que ele era. Essas opiniões dispensam comentários e, portanto, abstenho-me de tecê-los.

Nossos livros – aqueles livros que durante anos formaram uma parcela não desprezível da existência mental do incapaz – revelavam, como se poderia supor, perfeita conformidade com esse caráter fantasmagórico. Debruçamo-nos juntos sobre trabalhos como *Ververt et Chartreuse* de Gresset; *Belfegor* de Maquiavel; *Heaven and Hell* de Swedenborg; *Subterranean Voyage of Nicholas Klimm* de Holberg; *Chiromancy* de Robert Flud, Jean D'Indaginé e De la Chambre; *Journey into the Blue Distance* de Tieck e *City of the Sun* de Campanella. Um dos tomos preferidos era uma pequena edição do *Directorium Inquisitorium*, do dominicano Eymeric de Cironne. E havia passagens em Pompônio Mela acerca de antigos sátiros africanos e egipãs, sobre as quais Usher se debruçava, sonhando, durante longas horas. No entanto, aquilo que lhe proporcionava o mais intenso prazer era a leitura de um livro extremamente raro e curioso, em quarto gótico; o manual de uma igreja esquecida, *Vigiliæ Mortuorum secundum Chorum Ecclesiæ Maguntinæ*.

Certa noite, eu lutava com minha incapacidade para refrear as asas do pensamento e impedir que ele se fixasse no solitário ritual desse trabalho e em sua provável influência sobre o hipocondríaco quando, depois de me comunicar o passamento da senhora Madeline, ele manifestou a intenção de conservar o corpo da falecida, por um período de quinze dias, antes do sepultamento final, em um dos inúmeros jazigos existentes dentro da parede principal da edificação. Senti-me impossibilitado de questionar a razão terrena que justificava tão singular procedimento. O irmão fora levado a tomar essa decisão – pelo menos, assim ele me relatou – em decorrência das características incomuns da enfermidade que acometera a finada, bem como outros fatores como certas indiscretas e sequiosas indagações feitas pelos médicos e a localização distante e sem privacidade do cemitério da família. Não tenho como negar que quando recordei o sinistro semblante da pessoa com quem me encontrei na escadaria no dia de minha chegada à mansão, abandonou-me qualquer desejo de me opor àquilo que eu considerei apenas uma precaução inofensiva e, de forma alguma, anormal.

Atendendo a uma solicitação de Usher, ajudei pessoalmente nas providências para o sepultamento temporário. Depois de o corpo ter sido colocado em um caixão, nós dois cuidamos de conduzi-lo a seu repouso. O jazigo no qual colocamos a urna funerária – uma tumba mantida fechada havia tanto tempo que nossas tochas semiasfixiadas naquela atmosfera opressiva tornaram impossível qualquer exame mais detalhado – era pequeno, úmido e sem a menor condição de entrada de luz. Ele ficava a uma grande profundidade bem debaixo da porção do edifício em que se localizavam meus aposentos e, aparentemente, fora utilizado como masmorra na longínqua era feudal e, em dias mais recentes, como depósito de pólvora ou outra espécie de substância combustível, pois uma porção do solo e todo o interior de uma passagem em abóbada através da qual a ele chegamos, eram cuidadosamente revestidos de cobre. A porta, de ferro maciço, também apresentava tipo semelhante de proteção. Seu peso colossal provocava um som agudo e irritante quando ela se movia sobre as dobradiças.

Tendo depositado nossa carga lúgubre sobre cavaletes dentro daquele espaço de horror, viramos parcialmente a ainda desaparafusada tampa do caixão e observamos o rosto de sua ocupante. Uma semelhança impressionante entre o irmão e a irmã mobilizou minha atenção pela primeira vez; e Usher, adivinhando provavelmente meus pensamentos, fez-me saber que ele e a falecida eram gêmeos e compartilhavam de certa afinidade de natureza pouco compreensível. Nosso olhar, no entanto, não repousou sobre a defunta, pois não conseguíamos olhá-la sem sentir temor. A enfermidade que causara a morte da senhora no auge da juventude deixara, como de costume em todas as doenças de caráter estritamente cataléptico, um traço burlesco decorrente da presença de um leve avermelhado sobre o seio da face e de um tenaz sorriso sobre os lábios – um sinal tão terrível na morte. Recolocamos e parafusamos a tampa e, depois de trancar a porta de ferro, caminhamos com esforço para os aposentos não menos sombrios da área superior da casa.

 E agora, transcorridos alguns dias de amarga tristeza, passei a perceber uma nítida mudança nos traços do distúrbio mental de meu amigo. Não mais se observava nele o modo habitual de proceder. Suas ocupações costumeiras eram negligenciadas ou simplesmente esquecidas. Ele perambulava sem objetividade de um quarto a outro, com passos apressados e irregulares. A palidez de sua tez assumira – como se isso fosse possível – um tom ainda mais sinistro, e a luminescência de seus olhos desaparecera por completo. Não mais se escutava a rouquidão, outrora ocasional, de sua voz; e a fala passou a denunciar um estremecimento assustado, que parecia consequência de um medo extremamente intenso. Na verdade, havia ocasiões nas quais eu imaginava que a mente agitada de meu amigo guardava um segredo opressivo e lhe faltava a necessária coragem para revelá-lo. Algumas vezes me senti compelido a atribuir tudo a um mero capricho inexplicável da loucura; pois eu o via contemplando o nada durante longas horas, em uma atitude de total compenetração, como se estivesse escutando algum som imaginário. Não surpreende o fato de que esse estado de coisas me aterrorizava e contagiava. Eu sentia avançar sobre mim, de forma gradativa, porém incessante, a influência devastadora de suas superstições fantásticas e impressionantes.

 Tive oportunidade de experimentar o pleno poder de tais sentimentos quando, lá pelo sétimo ou oitavo dia depois daquele em que fechamos a senhora Madeline na masmorra, retirei-me para a cama tarde da noite. As horas passavam e o sono se recusava a chegar. Lutei comigo mesmo, buscando entender a razão do estado de nervos que me dominava. Esforcei-me para acreditar que grande parte daquele sentimento – se não todo ele – nascia da influência desconcertante da sombria mobília do quarto e das cortinas escuras e esfarrapadas que, agitadas pelo vento de uma tempestade prestes a cair, oscilavam intermitentemente pelas paredes, farfalhando ao roçar nos ornamentos da cama. Contudo, meus esforços foram em vão. Um tremor irreprimível foi aos poucos tomando conta de meu corpo; e o pesadelo de um terror totalmente injustificado acabou por se instalar em meu peito. Afastei-o, com grande esforço, suspirei e me levantei nos travesseiros. Depois, espreitando cuidadosamente na pesada escuridão do aposento e movido, até onde consigo saber, pelo instinto, escutei com atenção certos sons fracos e indefinidos que, quando a tempestade dava uma trégua, chegavam não sei de onde. Dominado por um profundo sentimento de horror – inexplicável, porém insuportável –, vesti depressa minhas roupas, certo de que não seria capaz de voltar a dormir, e comecei a caminhar rapidamente de um lado a outro dentro do quarto, tentando aquietar meu espírito cujo estado era deplorável.

Eu havia dado umas poucas voltas quando uma luz na escadaria vizinha atraiu minha atenção. Logo percebi tratar-se de Usher. Em questão de instantes, ele bateu delicadamente em minha porta e entrou, carregando uma lamparina. O semblante de meu amigo estampava, como de costume, uma palidez cadavérica; todavia, impressionaram-me ainda mais uma espécie de loucura jocosa contida em seu olhar e a evidente histeria reprimida que seu comportamento deixava transparecer. A aparência do homem me assombrou; mas qualquer coisa era preferível àquela solidão que eu suportava havia tanto tempo e, desse modo, foi com grande alívio que acolhi sua companhia.

"Você viu isso?", perguntou ele subitamente, depois de, em silêncio, examinar o ambiente à sua volta. "Você viu isso?... mas fique!... por favor, fique". Assim falando, ele protegeu cuidadosamente sua lamparina e correu até a janela, escancarando uma das folhas em meio à tempestade.

A violenta fúria de uma rajada de vento quase nos levou a flutuar. Apesar da bravia tempestade, fazia uma noite absolutamente bela – singular na beleza e no terror que nos fazia sentir. Um redemoinho parecia ter se formado nas cercanias da mansão; pois ocorriam alterações frequentes e muito intensas na direção do vento. E a grande densidade das nuvens que pairavam a uma altura tão pequena, a ponto de parecer que pressionavam as torres da casa, não nos impedia de perceber a real velocidade com que elas se movimentavam para todos os lados, chocando-se umas contra as outras, sem se dissipar na distância. Asseguro que nem mesmo sua enorme densidade conseguia deturpar tal percepção; contudo, não nos era possível avistar a lua nem as estrelas, e tampouco havia qualquer sinal de relâmpagos. Mas a superfície debaixo da enorme massa de vapor agitado, assim como todos os objetos à nossa volta, brilhava sob a luz estranha de uma emanação gasosa translúcida e nitidamente visível que pairava no ar e envolvia a mansão em uma espécie de mortalha.

"Não olhe!... você não deve ver isto!". Foi assim que, sacudido por forte estremecimento, adverti Usher e afastei-o com firmeza da janela, conduzindo-o até uma cadeira. "Essas aparições que tanto o desconcertam não passam de mero fenômeno elétrico, bastante comum; ou, quem sabe, tenham uma origem sinistra no espesso miasma que cobre o lago. Vamos fechar essa janela; o ar está gelado e pode ser perigoso para sua saúde. Eis aqui um de seus romances favoritos. Fique escutando; eu o lerei. E desse modo enfrentaremos juntos essa noite terrível".

O antigo volume em minhas mãos era o "Mad Trist" de Sir Launcelot Canning; e fora mais uma brincadeira melancólica do que o exercício da sinceridade que me levou a colocá-lo na conta de preferido de Usher; pois, na verdade, existia na loquacidade inculta e carente de imaginação do texto muito pouco em condições de despertar o interesse da eminente imaginação de meu amigo. Aquele era, todavia, o único livro prontamente ao alcance das mãos; e eu acalentei a vaga esperança de levar alívio para a excitação que agora agitava o hipocondríaco, ainda que por meio do radicalismo da tolice que então eu iria ler, pois as histórias de distúrbios mentais são repletas de anomalias similares. Pudesse eu de fato ter percebido, pela fatigada e solitária expressão de entusiasmo com que ele escutava, ou aparentemente apenas ouvia, as palavras da narrativa, é bem provável que tivesse me congratulado pelo sucesso de meu intento.

Eu chegara àquela conhecida parte da história, na qual Ethelred, o herói de "Trist", depois de tentar em vão ser pacificamente admitido na morada do ermitão, recorre à força para conseguir seu objetivo. O conto segue assim:

"E Ethelred, um rapaz por natureza destemido, e agora encorajado pelo efeito do vinho que tomara, não esperou muito para negociar com o eremita que, em verdade, era um sujeito obstinado e mau. Ao sentir a chuva sobre os ombros e temendo a intensificação da tempestade, tomou de súbito sua clava e, por meio de golpes, abriu rapidamente espaço na tábua da porta para introduzir sua mão enluvada. Em seguida, vencendo com violência a resistência da peça, ele transformou tudo em pedaços; e o barulho de madeira seca e oca reverberou por toda a floresta."

No final dessa frase assustei-me, e parei por um momento; pois, quis-me parecer – embora eu imediatamente concluísse que fora ludibriado por minha excitada fantasia – que de alguma parte muito remota da mansão chegou aos meus ouvidos um ruído indistinto que poderia ter sido, dada a exata similitude de características, o eco – certamente sufocado – do mesmo som estalado e cortante que Sir Launcelot havia tão detalhadamente descrito. Sem a menor sombra de dúvida, tudo não passava de incrível coincidência; porque, em meio ao crepitar das esquadrias da janela e da mistura dos sons costumeiros da ainda crescente tempestade, o ruído em si mesmo era destituído de qualquer singularidade capaz de motivar cuidados ou causar inquietação. Continuei então a história: –

"Mas, ao passar pela porta, o grande campeão Ethelred ficou espantado e muito furioso, pois não viu sinal algum do malévolo ermitão; no lugar dele, um dragão colossal, coberto de escamas e com uma língua ígnea, postava-se à frente de um palácio todo de ouro, com chão de prata. Pendurado na parede, um escudo de bronze brilhante exibia esta legenda: –

Aquele que aqui entra, é um vencedor; Quem matar o dragão, o escudo ganhará.

E Ethelred ergueu sua clava, e com ela atingiu a cabeça do dragão. O monstro caiu diante dele com um suspiro irritante e lançou um grito agudo, tão horrendo e hostil, e tão penetrante, que Ethelred se viu forçado a tapar os ouvidos com as mãos para abafar aquele estrépito que jamais alguém ouvira igual."

Neste ponto fiz uma pausa súbita, assaltado por violento assombro, pois não havia como negar que realmente chegava aos meus ouvidos – embora não me seja possível dizer de que direção procedia – um som grave e aparentemente distante, porém áspero, prolongado e, o que é mais inusitado, agudo e dissonante; exatamente o contrário da impressão que o grito monstruoso do dragão descrito pelo romancista plantara em minha imaginação.

Subjugado, como certamente eu me encontrava, pelo surgimento dessa segunda, e mais extraordinária coincidência, e dominado por milhares de sensações conflitantes, nas quais admiração e extremo terror se misturavam, restava-me ainda dose suficiente de presença de espírito para evitar despertar, por qualquer tipo de observação, a suscetibilidade nervosa de meu companheiro. Não me parecia, em hipótese alguma, que ele houvesse percebido os sons a que me refiro; muito embora, eu não possa negar que uma estranha alteração se produziu em seu semblante, nestes últimos minutos. Da posição em que se encontrava, bem diante de mim, ele foi aos poucos virando a cadeira, de modo a ficar com o rosto voltado para a porta do quarto; e assim, eu só conseguia ver parcialmente a expressão de sua face, embora me fosse possível perceber que seus lábios tremiam como se ele murmurasse alguma coisa inaudível. A cabeça de meu amigo pendia sobre seu peito, mas os olhos fixos e bem abertos que vislumbrei de relance, permitiam-me saber que ele não estava dormindo. Além do mais, o movimento de seu corpo corroborava essa ideia, pois ele oscilava de um lado a outro, em um balanço suave e constante. Certificando-me rapidamente de tais condições, retomei a narrativa de Sir Launcelot que assim prosseguia: –

"E então, depois de se livrar da terrível fúria do dragão e lembrando-se do escudo de bronze e da quebra do encantamento que sobre a peça operava, o campeão afastou de seu caminho o esqueleto que o impedia e se aproximou corajosamente do pavimento de prata do castelo em cujas paredes se encontrava o escudo. Este, em verdade, não esperou pela chegada do paladino, caindo aos pés dele sobre o assoalho de prata, com um forte e assustador som metálico".

Tão logo meus lábios acabaram de pronunciar essas sílabas, então, como se de fato um escudo de bronze tivesse nesse exato momento despencado sobre um chão de prata, tomei consciência da nítida reverberação de um som metálico, profundo e estridente, embora aparentemente abafado. Com os nervos à flor da pele, levantei-me; mas percebi que Usher mantinha, como se nada tivesse acontecido, o mesmo movimento calculado de vaivém. Corri até a cadeira em que ele se encontrava. Os olhos semicerrados olhavam fixamente adiante e seu semblante estampava a rigidez de uma pedra. Contudo, ao lhe pousar a mão sobre o ombro, seu corpo foi abalado por um forte estremecimento; um sorriso pálido tremulou em seus lábios; e vi que ele balbuciava alguma coisa em tom baixo e apressado, como se não tivesse consciente de minha presença. Curvando-me sobre ele, finalmente bebi do hediondo significado de suas palavras.

"Ouviu isso?... eu ouvi e continuo ouvindo. Durante muitos e longos... longos minutos; muitas horas, muitos dias, eu ouvi isso... mas não ouso... oh, tenha dó de mim!... que patife miserável eu sou! Mas não ouso... não *ouso* pronunciar as palavras! *Nós a pusemos viva na tumba!* Não lhe disse eu que meus sentidos são apurados? Agora lhe afirmo que escutei os primeiros débeis movimentos da mulher dentro daquele caixão oco. Eu já os ouvi há muitos... muitos dias; mas não ouso... *não ouso falar!* E agora... nesta noite... Ethelred, ah!, ah! o rompimento da porta do ermitão; o grito de morte do dragão, e o retinir do escudo!... ou quem sabe, o dilaceramento do ataúde de Madeline; o rangido das dobradiças de ferro de sua prisão e sua luta dentro da arcada de cobre que leva ao jazigo! Oh, para onde me resta fugir? Dentro em breve não estará ela aqui? Por acaso, não se apressa a senhora para vir censurar minha precipitação? Não terei eu escutado seus passos na escada? Não será aquela pesada e horrenda batida de seu coração o que escuto agora? Que louco eu sou!" Neste momento, ele se levantou furiosamente e pronunciou algumas sílabas em um tom agudo e penetrante, parecendo naquele esforço estar renunciando à sua alma! "*Louco! Posso sentir que ela já se pôs de pé e se livrou da porta!*"

Como se o poder sobrenatural de sua fala fosse dotado da força de um feitiço, as pesadas folhas cor de ébano da imensa e antiga porta para a qual o orador apontava escancararam-se lentamente. Uma forte rajada de vento fora responsável pelo fenômeno; mas, no vão da porta, apareceu então a majestosa figura de Madeline de Usher, envolta em uma mortalha. Havia sangue sobre sua veste branca e o rosto macilento revelava as marcas de uma luta feroz. Por um momento, ela permaneceu ali na soleira, trêmula e cambaleante; em seguida, com um gemido abafado, tombou pesadamente para o lado de dentro, caindo sobre o irmão; e em sua violenta e agora derradeira agonia, empurrou-o sem vida para o chão – uma vítima do terror que ele próprio imaginara.

Daquele aposento, e daquela mansão, eu fugi horrorizado. Quando dei por mim atravessando o velho passadiço, a tempestade ainda caía com toda sua fúria. De repente, cintilou no caminho uma luz estranha, e eu me virei tentando ver de onde emanava um brilho tão incomum; pois o casarão e suas sombras estavam bem atrás de mim. A radiação provinha da lua cheia e vermelha como o sangue que agora brilhava em todo o seu esplendor através daquela fenda antes vagamente perceptível que se estendia em zigue-zague do telhado da edificação até o chão. Enquanto eu observava, a fenda se alargou muito depressa e dela brotou um redemoinho feroz. Todo o globo celeste se rompeu de imediato diante de meus olhos; minha mente vacilou quando vi as pesadas paredes se separando. Ouvi um longo e penetrante som semelhante à voz de infinitas águas, e o lago profundo e frio se fechou, taciturna e silenciosamente junto aos meus pés, sobre os fragmentos da "Casa de Usher".

O Duque de L'Omelette

E encaminhou-se, sem demora, para um ambiente mais refrescante.
—William Cowper

KEATS FOI DERRUBADO PELA CRÍTICA. QUEM MORRE POR "Andrômaca"*? Almas ignóbeis! De L'Omelette pereceu vítima de uma hortulana. *L'histoire en est breve.* Proteja-me o Espírito de Apício!

Uma gaiola de ouro levou o pequeno itinerante alado, enamorado, enternecido, indolente, de seu lar no distante Peru à Chaussee D'Antin. Seis nobres do império carregaram o pássaro feliz, de sua majestosa dona La Bellissima para o Duque De L'Omelette. Foi "tudo por amor".

Naquela noite, o Duque tomava a ceia sozinho. Na privacidade de seu gabinete, ele se reclinou sobre o divã pelo qual sacrificara sua lealdade, fazendo uma oferta superior à do rei – o famoso divã de Cadet.

O Duque afunda o rosto na almofada. O relógio bate as horas! Incapaz de refrear os sentimentos, Sua Alteza engole uma azeitona. Nesse momento, a porta se abre delicadamente ao som de uma música suave, e pasmem!; o mais delicado dos pássaros está diante do mais enamorado dos homens! Mas, como definir essa consternação indizível que tolda o semblante do Duque? *"Horreur!... chien!... Baptiste!... l'oiseau! ah, bon Dieu! cet oiseau modeste que tu as deshabille de ses plumes, et que tu as servi sans papier!"* Desnecessário é acrescentar qualquer coisa: o Duque lança um último suspiro em um agudo espasmo de desgosto.

"Ah! ah! ah!", falou Sua Alteza no terceiro dia após a morte.

"Eh! eh! eh!", murmurou o demônio, arrastando-se para o alto com ar de arrogância.

"Ora vamos, decerto você não fala a sério", retorquiu De L'Omelette. "Eu pequei – *c'est vrai* –, mas tenha paciência, meu bom senhor! Você não tem real intenção de colocar em prática essas bárbaras ameaças, não é mesmo?"

---

* Montfleury. O autor de *Parnasse Réformé* fez com que ele se expresse das sombras. "O homem, então, que gostaria de saber do que eu morri, não pergunte se foi de febre, hidropisia ou gota. Que ele saiba que foi por Andrômaca".

"Por que não?", questionou Sua Majestade. "Venha senhor, dispa-se!"

"Despir-me, de verdade! Formidável, mesmo! Não, meu senhor; não me desnudarei. Diga-me quem é você para exigir que eu, Duque De L'Omelette, Príncipe de Foie-Gras, recém-chegado à derradeira estação da vida, autor de 'Mazurkiad' e membro da Academia, obedeça a seu comando e me despoje das mais doces pantalonas já produzidas por Bourdon, do mais elegante *robe de chambre* criado por Rombert – sem falar da exasperação de meus nervos e do incômodo transtorno que me causará descalçar as luvas?"

"Quem sou eu? – ah, verdade! Sou Belzebu, Príncipe das Moscas. Eu o tirei agora mesmo de um caixão de madeira nobre, ornamentado com marfim. Você estava curiosamente perfumado e rotulado como fosse uma mercadoria. Belial – meu Inspetor de Cemitérios – o enviou. As pantalonas que você alega terem sido costuradas por Bourdon, são um excelente par de calções de linho, e seu robe de chambre é uma mortalha de dimensões maiúsculas."

"Senhor!", retrucou o Duque, "seus insultos não ficarão impunes! Saiba o senhor que me valerei da primeira oportunidade para vingar essa afronta! O senhor terá notícias minhas! Por enquanto, *au revoir*!" E o Duque curvava-se em uma mesura, despedindo da satânica presença, quando foi interrompido e levado de volta por um cavalheiro que ali aguardava. Neste ponto, Sua Alteza esfregou os olhos, bocejou, encolheu os ombros e refletiu. Satisfeito com sua identidade, passou os olhos pelo ambiente.

O aposento era superlativo. O próprio De L'Omelette o reconheceu bastante adequado. Não era o comprimento, nem a largura, mas a altura do lugar – ah, espantosa! Não havia teto – com toda certeza, nenhum – mas apenas uma densa massa torvelinhante de nuvens cor de fogo. Sua Alteza sentiu-se atordoado quando olhou para cima. De lá, pendia uma corrente feita de um desconhecido metal vermelho, cor de sangue – a extremidade superior perdida, como a cidade de Boston, entre as nuvens. Na extremidade inferior balançava uma enorme fornalha. O Duque sabia tratar-se de sangue vivo; mas dele emanava uma luz tão intensa, tão silenciosa, tão terrível... a Pérsia jamais cultuou algo assim; Gheber nunca imaginou coisa semelhante; o Muçulmano em momento algum sonhou com tal coisa quando, sob o efeito do ópio, cambaleou até uma cama de papoulas; suas costas voltadas para as flores e sua face para o Deus Apolo. O Duque murmurou uma blasfêmia, decididamente laudatória.

Os cantos da sala eram arredondados, formando nichos. Três desses nichos estavam repletos de estátuas gigantescas. A beleza por elas estampada era grega, a deformidade egípcia e a arte, francesa. No quarto nicho, a estátua estava coberta por um véu; ela não tinha dimensões colossais. Mas podia-se observar um tornozelo adelgaçado, um pé que vestia sandália. De L'Omelette apertou as mãos contra o peito, cerrou os olhos, elevou-os e vislumbrou, de relance, Sua Satânica Majestade.

Mas aquelas pinturas! – Kupris! Astarte! Astoreth! Milhares, e todas iguais! E Rafael as contemplou! Sim, Rafael esteve aqui; pois, ele não pintou o... ? E não foi contra ele, em seguida, uma maldição lançada? As pinturas... oh, as pinturas! O luxo! Oh, o amor! Quem, admirando essas belezas proibidas, terá olhos para as delicadas molduras douradas que borrifam como estrelas as paredes de jacinto e alabastro?

Mas o coração do Duque desfalece em seu peito. Ele não está, como nos é dado supor, atordoado pela suntuosidade, tampouco embriagado pelo sopro arrebatador daqueles inumeráveis incensórios. *C'est vrai que de toutes ces choses il a pense beaucoup – mais*! O terror fez do Duque De L'Omelette sua presa; pois, através da paisagem lúgubre revelada pela única janela desprovida de cortinas, eis que cintila o mais tenebroso de todos os fogos!

Le pauvre Duc! Ele não podia deixar de imaginar que as melodias gloriosas, deleitantes e eternas que impregnavam o saguão, à medida que atravessavam, filtradas e transmutadas, a alquimia das vidraças encantadas, eram os uivos e gemidos dos desesperançados e amaldiçoados! E lá... também lá! Quem poderia ser aquele sobre o divã? Ele, o pequeno mestre... não, a Deidade... quem se sentava como se talhado em mármore, e sorria amargamente, com seu semblante empalidecido?

89

Mais il faut agir – digo, um francês nunca desfalece por completo. Além do mais, Sua Alteza odiava uma cena. De L'Omelette recobra o controle sobre si mesmo. Havia sobre a mesa alguns floretes, e também alguns estoques. Uma saída para o Duque. O Duque havia aprendido com B—; *il avait tué ses six hommes*. Agora, então, *il peut s'echapper*. Ele avalia dois estoques e, com uma elegância inimitável, deixa a escolha para Sua Majestade. Que horror! Sua Majestade não esgrima!

Mais il joue! – que ideia feliz! Mas Sua Alteza sempre teve uma memória excelente. Ele havia mergulhado por inteiro no "Diable" de Abbe Gualtier. Ali se dizia que *"le Diable n'ose pas refuser un jeu d'ecarte"*. Contudo, o acaso... ah, o acaso! Desesperado, é verdade. Todavia, dificilmente mais do que o Duque. Além disso, não tinha ele segredos? Não havia passado por Pere Le Brun? Não era ele um membro do Clube Vingt-un? *"Si je perds"*, falou, *"je serais deux foi perdu*... serei duplamente condenado... *voilà tout!"* Aqui, Sua Excelência encolheu os ombros, em sinal de indiferença. *"Si je gagne, je reviendrai a mes ortolans. Que les cartes soient prepararees!"*.

Sua Alteza era todo atenção, todo cuidados. Sua Majestade, todo confiança. Um espectador teria pensado em Francis e Charles. Sua Alteza pensava no jogo. Sua Majestade simplesmente não pensava – recorria a subterfúgios. O Duque cortou.

As cartas estavam dadas. O trunfo foi virado. É o rei! Não, era a rainha. Sua Majestade amaldiçoa sua vestimenta masculina. De L'Omelette coloca a mão sobre o peito.

Eles jogam. O Duque conta. A rodada termina. Sua Majestade conta febrilmente, sorri e toma vinho. O Duque esconde uma carta.

"C'est a vous a faire", diz Sua Majestade, enquanto corta. Sua Alteza faz uma reverência, distribui e levanta-se da mesa, exibindo o Rei.

Sua Majestade parece mortificado.

Não tivesse Alexandre sido Alexandre, seria ele Diógenes; e o Duque afirmou a seu adversário ao partir, *"que s'il n'eut ete De L'Omelette il n'aurait point d'objection d'etre le Diable"*.

A mensagem na garrafa

Qui n'a plus qu'un moment a vivre
N'a plus rien a dissimuler.
—Philippe Quinault, *Atys*

Sobre meu país e minha família tenho muito pouco a dizer. O uso impróprio e o decurso do tempo afastaram-me de um e tornaram-me estranho à outra. As posses havidas por herança propiciaram-me uma educação invulgar, e um traço reflexivo de minha personalidade permitiu que eu sistematizasse a provisão que o estudo precoce havia diligentemente acumulado. Além de todas essas coisas, encontrei enorme prazer no estudo dos moralistas germânicos; não em virtude de qualquer admiração imprudente de sua persuasiva loucura, mas pela facilidade com que o rigor de meu pensamento me levou a descobrir sua falsidade. Tenho sido constantemente alvo de reprovação pela aridez de meu espírito; uma deficiência de imaginação tem-me sido imputada como crime; e o pirronismo de minhas opiniões há muito fez de mim um sujeito famoso. A bem da verdade, temo que a sincera apreciação da filosofia física tenha impregnado em minha mente um erro bastante comum nessa nossa era. Refiro-me ao hábito de se estabelecer correlações entre os acontecimentos – até mesmo aqueles menos suscetíveis a analogias – e os princípios daquela ciência. Em geral, pessoa alguma poderia ser menos propensa do que eu a ser afastada dos rígidos limites da verdade pelo fogo fátuo da superstição. Considerei apropriado tomar essa premissa como ponto de partida, para que a inacreditável história que preciso contar não seja considerada mais o delírio de um espírito imaturo, do que a experiência genuína de uma mente para a qual os devaneios da imaginação são uma letra morta e inútil.

Depois de passar diversos anos viajando ao exterior, levantei âncora no ano de 18—, partindo do porto de Batávia, na rica e populosa ilha de Java, em uma viagem pelas Grandes Ilhas da Sonda. Embarquei na condição de passageiro, induzido unicamente por uma inquietação nervosa que, como um demônio, vivia a me assombrar.

Nosso navio, uma bela embarcação com uma centena de toneladas, foi construído em Bombaim com madeira de Malabar. A carcaça era toda amarrada por meio de fios de cobre. A estrutura flutuante levava uma carga de algodão e óleo proveniente das ilhas Laccadive. Havia também fibra de coco, açúcar mascavo, manteiga de leite de búfala, amêndoas de cacau e algumas caixas de ópio. A carga fora precariamente acondicionada e, portanto, o navio balançava e rangia.

Quando zarpamos, o vento soprava suavemente e navegamos durante vários dias ao longo da costa de Java, sem nenhum outro acontecimento capaz de perturbar a monotonia de nosso curso, além do encontro casual com pequenos veleiros do arquipélago para onde rumávamos.

Certa noite, recostado no balaústre da popa, despertou-me o interesse uma nuvem isolada e invulgar a noroeste. Ela me encantara não apenas pela cor, como por ser a primeira que eu avistava desde que partimos da Batávia. Observei-a atentamente até o momento do pôr do sol, quando ela se espalhou de repente na direção do leste e do oeste, cingindo o horizonte com uma estreita fita de vapor que parecia uma longa faixa de areia. Minha atenção foi logo em seguida arrebatada pela coloração vermelho-escura da lua e por um fenômeno singular no oceano. Ele sofrera uma rápida alteração e suas águas pareciam mais transparentes do que o normal. Embora me fosse possível enxergar nitidamente o fundo, lançando o prumo descobri que o navio estava a uma profundidade de quinze braças. O ar tornara-se intoleravelmente abafado, e carregado de uma efluência semelhante àquela emitida pelo ferro em brasa. À medida que a noite avançou, o vento parou de soprar, dando origem a uma calmaria impossível de se imaginar. A chama de uma vela ardia totalmente imóvel na popa e, se um longo fio de cabelo fosse preso entre o dedo indicador e o polegar, penderia sem manifestar qualquer vibração visível. No entanto, como o capitão não percebia sinais de perigo e nós estávamos sendo carregados pela água na direção da costa, ele ordenou que as velas fossem enroladas e a âncora baixada. Nenhum vigia foi colocado a postos e a tripulação, formada em sua maioria por malásios, estirou-se sobre o deque. Eu desci, perturbado por um forte pressentimento de desastre. De fato, tudo ao redor me levava a crer na aproximação de um simum. Confessei ao capitão meus temores; mas ele ignorou o que eu dizia e se afastou sem me dar uma resposta sequer. Meu desassossego, no entanto, impedia-me de pegar no sono, e por volta de meia-noite subi para o convés. Ao colocar os pés no degrau superior da escada do tombadilho, fui tomado de assalto por um zumbido estridente, como aquele produzido pela rápida rotação da roda de um moinho, e antes que me fosse possível entender o que se passava, senti que o navio vibrava na direção de seu centro. No instante seguinte, uma imensa quantidade de espuma nos arremessou para uma extremidade da viga transversal do convés e, precipitando-se sobre nós, varreu todo o deque, desde a proa até a popa.

A imensa fúria da rajada de vento acabou sendo, em grande parte, a salvação do navio. Embora completamente alagado e sem os mastros, que foram levados pelas águas, ele emergiu e, bordejando por algum tempo sob a descomunal pressão da tempestade, finalmente se endireitou.

É impossível dizer que milagre me livrou da devastação total. Ao me recuperar do atordoamento provocado pelo choque das águas, percebi que estava preso entre o cadaste e o leme. Com grande dificuldade consegui ficar em pé e examinar o ambiente à minha volta. Inicialmente, tive a nítida impressão de estarmos na rebentação, tão terrível era o redemoinho de ondas imensas que nos tragava – além de tudo que a mais enlouquecida fantasia poderia imaginar. Depois de alguns instantes, ouvi a voz de um sueco idoso que havia embarcado no exato momento em que a embarcação se preparava para deixar o porto. Gritei com toda a força de meus pulmões para chamar-lhe a atenção, e ele veio cambaleando até a popa. Logo nos descobrimos os únicos sobreviventes do desastre. Tudo o que existia no deque, com exceção de nós dois, havia sido tragado pelas águas; o capitão e seus companheiros devem ter perecido enquanto dormiam, pois as cabines estavam totalmente submersas. Sem qualquer tipo de socorro, era pouco o que tínhamos condições de fazer pela segurança do navio, e a momentânea expectativa de um iminente afundamento paralisou-nos de início. Sem sombra de dúvida, nosso cabo havia se partido, como o barbante de um embrulho, ao primeiro sopro do furacão, caso contrário teríamos sido instantaneamente esmagados. Estávamos nos deslocando a uma velocidade assustadora contra a correnteza, e a água abria nítidas fendas sobre nós. A estrutura da popa estava muito destruída e havíamos sofrido danos consideráveis em todos os aspectos; mas, para nossa extrema alegria, descobrimos que as bombas continuavam intactas e que nosso lastro permanecia no mesmo lugar. O período mais crítico do vendaval já passara, e a violência do vento agora já não nos indicava grande perigo; contudo, esperávamos consternados pela cessação total, sabendo perfeitamente que na condição devastadora em que nos encontrávamos, não sobreviveríamos, sem sombra de dúvida, a um maremoto que viesse a acontecer. No entanto, não parecia haver possibilidade de esse temor se concretizar. Ao longo de cinco dias e cinco noites – durante os quais nosso único meio de sobrevivência foi uma pequena quantidade de açúcar mascavo obtido com muita dificuldade no castelo de proa – o brutamontes navegou a uma velocidade impressionante, sob uma rápida sucessão de rajadas de vento que, sem apresentar a mesma violência do simum, ainda assim eram mais terríveis do que todas as tempestades que eu já enfrentara. Nos primeiros quatro dias rumamos, com ligeiras variações, na direção de sudeste e sul e, provavelmente, descemos a costa da Austrália. No quinto dia, o frio se tornou muito intenso, embora o curso do vento tivesse sofrido uma mudança de direção para o norte. O sol nasceu com um débil brilho amarelo e levantou-se apenas alguns graus acima do horizonte, difundindo uma luz bastante fraca. Não havia nuvens no céu, mas mesmo assim a intensidade do vento só fazia aumentar e ele soprava de forma intermitente. Perto do meio-dia – tão perto quanto podíamos imaginar – nossa atenção foi outra vez despertada pelo aparecimento do sol. Ele não emitia luz – assim como a conhecemos –, mas um brilho baço e melancólico, sem reflexos, dando a ideia de que todos os seus raios convergiam para um único ponto. No exato momento em que ia afundar nas volumosas águas do mar, o centro do círculo de fogo repentinamente se apagou, como se extinto sob a ação de um poder inexplicável. Enquanto ele mergulhava no insondável oceano, podia-se ver apenas uma delgada borda de luz mortiça.

    Esperamos em vão pela chegada do sexto dia – dia que para mim pareceu não ter chegado, e para o sueco jamais chegou. Estávamos encobertos por uma escuridão quase total, que não nos permitia enxergar um objeto a vinte passos da embarcação. A noite eterna continuou a nos envolver, sem o alívio do brilho fosfórico do mar, ao qual nos havíamos habituado nos trópicos. Observamos também que, embora a fúria da tempestade conservasse sua violência inabalável, havia desaparecido aquela espuma, aquela impressão de rebentação que nos acompanhara até então. Por todos os lados imperava o horror – densas trevas e um sufocante deserto de ébano. Um medo irracional foi pouco a pouco se apoderando do espírito do velho sueco e um espanto silencioso tomou conta de minha alma. Acabamos por negligenciar o que restava do navio – por parecer-nos inútil – e, procurando nos segurar, tanto quanto possível, no toco do mastro de mezena, olhávamos com amargura para a vastidão do oceano. Não tínhamos meios para calcular o tempo, tampouco condições de supor nossa localização. Estávamos, no entanto, conscientes de termos avançado na direção do sul mais do que qualquer outro navegador já o fizera, e nos surpreendia o fato de que ainda não havíamos encontrado os habituais obstáculos de gelo. Enquanto isso, a todo momento um vagalhão ameaçava nos encobrir e acreditávamos ter chegado nosso fim. O tamanho das ondas ultrapassava qualquer coisa que minha imaginação fosse capaz de conceber, e só por milagre ainda não tínhamos sido engolidos pelas águas. Meu companheiro falava da leveza de nossa carga e me fazia lembrar da excelente qualidade de nossa embarcação; mas nada conseguia afastar de mim a total desesperança e, melancolicamente, eu me preparava para a chegada da morte iminente, pois, a cada milha que o navio percorria, parecia mais sinistra e apavorante a ondulação do assombroso mar de extraordinário negror. Algumas vezes, respirávamos com dificuldade sendo elevados acima do espaço onde voavam os albatrozes; outras, éramos vítimas da vertigem causada pela velocidade da descida em um inferno aquoso, no qual o ar se tornava inerte e nenhum som perturbava o torpor do monstro cefalópode.

Estávamos no fundo de um desses abismos, quando um grito agudo e assustado de meu companheiro rompeu a noite. "Veja!... veja!", gritou ele em altos brados no meu ouvido, "Deus todo poderoso! Veja... veja!". Enquanto ele falava, percebi o brilho baço e triste de uma luz vermelha que atravessava de lado a lado o enorme abismo em que nos encontrávamos, e deixava um rastro cintilante sobre nosso deque. Olhando para cima, vi um espetáculo que fez meu sangue congelar nas veias. Diretamente acima de nós, a uma altura assombrosa e na exata borda do vertiginoso precipício, pairava um gigantesco navio de cerca de quatro mil toneladas. Embora estivesse a uma altitude mais de uma centena de vezes superior à altura da onda sobre cujo cume ele se erguia, o aparente tamanho da embarcação excedia o de qualquer navio conhecido da Companhia das Índias Orientais. O enorme casco era negro e desbotado, sem as costumeiras figuras decorativas usadas nos navios em geral. Uma única fileira de canhões de bronze projetava-se para fora de suas escotilhas abertas e a superfície polida dessas peças de artilharia refletia o fogo de inúmeras lanternas de batalha que balançavam de um lado a outro sobre o cordame. Contudo, o que nos inspirou mais horror e perplexidade foi que a embarcação se sustentava com a força das velas, na boca daquele oceano sobrenatural e daquele insubmisso furacão. Quando a vimos pela primeira vez, à medida que ela se elevava vagarosamente acima do escuro e horrível abismo, só era possível divisar sua proa. Durante um momento de profundo pânico, ela estancou sobre o pináculo como se contemplasse a própria sublimidade, e depois oscilou e veio abaixo.

Não sei explicar que serenidade repentina se apossou de meu espírito nesse instante. Cambaleando na direção da popa e tentando me aproximar dela o máximo que eu podia, esperei destemidamente a ruína que estava para sobrevir. Nosso próprio navio parara de se contorcer e afundava de cabeça no mar. A massa descendente acabou por atingi-lo na parte de sua estrutura que já estava debaixo d'água e, inevitavelmente, arremessou-me com irreprimível violência sobre o cordame do estranho.

Quando caí, o navio levantou a vela de estai e se lançou ao vento. Atribuí à confusão formada, o fato de a tripulação não notar minha presença. Com pouca dificuldade desloquei-me, sem ser percebido, até a escotilha principal que estava parcialmente aberta, e logo encontrei a chance de me esconder no porão. Por que o fiz, não consigo explicar. Um indefinido sentimento de espanto que dominou meu espírito ao ver os navegadores pela primeira vez, foi talvez a força propulsora de minha ocultação. Eu não desejava me entregar à guarda de pessoas que, avistadas de relance, haviam despertado em mim tanto mistério, tanta dúvida e tanta inquietação. Considerei, portanto, mais apropriado conseguir um esconderijo no porão; e assim o fiz, removendo uma pequena parte das tábuas de contenção de carga a granel, de forma tal a me proporcionar um conveniente refúgio entre as enormes vigas daquela estrutura flutuante.

Eu mal concluíra meu trabalho, quando passos no porão me forçaram a fazer uso do esconderijo. Um homem passou por meu abrigo, em marcha débil e hesitante. Não pude ver seu rosto, mas consegui perceber sua aparência geral. Ele dava provas de ter uma idade avançada e sofrer de algum tipo de enfermidade. Seus joelhos cambaleavam e todo o corpo tremia sob o peso dos anos. Murmurando para si mesmo, em uma voz entrecortada e fraca, algumas palavras de uma língua que não me foi possível entender, ele caminhou tateando até um canto em que havia uma pilha de instrumentos invulgares e cartas de navegação deterioradas. Seus modos mesclavam estranhamente a impertinência da segunda infância e a solene dignidade de um deus. Por fim, ele retornou para o deque e não mais voltei a vê-lo.

Um sentimento indefinível tomou de assalto minha alma – uma sensação insondável, para a qual as lições de tempos passados são inadequadas e o próprio futuro – assim acredito – não me oferecerá qualquer solução. Para uma mente com a constituição da minha, essa última consideração é desastrosa. Eu nunca me sentirei satisfeito – sem dúvida alguma, jamais – com a natureza de minhas ideias. No entanto, não surpreende que essas ideias sejam indefinidas, já que nascem de fontes tão absolutamente singulares. Uma nova substância, uma nova entidade, é acrescentada à minha alma.

Já faz tempo desde que pisei no convés desse terrível navio, e sou levado a pensar que os raios de meu destino estão ganhando foco. Homens incompreensíveis! Envoltos em meditações de uma espécie que não sou capaz de imaginar, eles passam sem me notar. O esconderijo é uma completa tolice de minha parte, pois as pessoas não enxergam. Acabei de passar bem diante dos olhos de um companheiro e não faz muito tempo que me aventurei a entrar na cabine do comandante, onde tomei emprestado o material com o qual agora escrevo. Continuarei, de tempos em tempos, a redação desse diário e, embora saiba que não terei oportunidade de fazê-lo chegar ao mundo lá fora, não deixarei de me esforçar. No último instante, colocarei a mensagem em uma garrafa e a atirarei ao mar.

Houve um evento que proporcionou novo alento à minha imaginação. Serão tais coisas resultado da ação de um Acaso incontrolável? Eu me arriscara a ir ao convés e, sem despertar atenção, atirei-me dentro de uma pilha de pedaços de corda e velas usadas jogados no fundo de um bote. Absorto em pensamentos acerca da singularidade de meu destino, involuntariamente borrei com uma broxa de alcatrão as bordas de uma vela de cutelo impecavelmente dobrada sobre um barril ao meu lado. O cutelo agora se encontra envergado sobre o navio e os descuidados borrões feitos com a broxa se transformaram na palavra DESCOBERTA.

Já fiz diversos comentários a respeito da estrutura da embarcação. Embora bem provida de armas, não se trata – assim imagino – de um navio de guerra. O mastreamento, a construção e os equipamentos em geral contrariam qualquer suposição nesse sentido. O que ela não é, posso facilmente perceber; porém o que ela é, temo ser impossível dizer. Não sei como aconteceu, mas examinando com atenção o estranho modelo e o singular conjunto de mastros, o tamanho descomunal e as imensas lonas, assim como a proa rigorosamente simples e a popa antiquada daquele objeto flutuante, lampeja em minha mente certa sensação de coisas familiares, sempre mesclada com indistintas sombras de reminiscências – uma inexplicável recordação de velhas crônicas e eras exóticas desbotada pelo tempo.

Estive observando as vigas do navio. Ele é construído com um material para mim desconhecido. Há uma característica em particular da madeira, que me leva a considerá-la imprópria para a finalidade a que se destina. Refiro-me à sua excessiva porosidade, que não está relacionada com a corrosão por carunchos – uma consequência natural da navegação por esses mares – e o apodrecimento decorrente da idade. A observação que vou fazer poderá parecer um tanto curiosa demais, mas a madeira possui todas as características do carvalho espanhol inflado por algum princípio não natural.

Ao ler a frase acima, recordo-me claramente de um interessante aforismo de um velho navegador holandês castigado pelo tempo. "É tão certo...", costumava ele dizer quando a veracidade de suas afirmações era de algum modo questionada, "tão certo quanto existe um oceano em que o próprio navio se enfunará como o corpo vivente do marinheiro".

Cerca de uma hora atrás, ousei me introduzir entre alguns membros da tripulação. Eles nem sequer me notaram; e embora eu permanecesse bem no meio do grupo, pareciam ignorar completamente minha presença. A exemplo daquele que eu vira logo de início no porão, todos ostentavam as marcas veneráveis da idade. Os joelhos tremiam pela carência de firmeza; os ombros estavam arqueados pelo peso da decrepitude; a pele murcha e seca trepidava ao vento; as vozes eram fracas, trêmulas e entrecortadas; nos olhos brilhava o reuma dos anos; e os cabelos grisalhos esvoaçavam na tempestade. Ao redor desses homens, por todos os lados do deque, espalhavam-se os mais bizarros e obsoletos instrumentos matemáticos.

Mencionei anteriormente o envergamento de uma vela de cutelo. A partir daquele momento, o navio, lançado ao vento, continuou seu curso assustador na direção do sul, com todos os farrapos de lona amontoados sobre ele, desde as borlas dos mastros até as menores longarinas da vela de cutelo, deslizando suas vergas galantes no mais apavorante inferno de águas que a mente do homem consegue imaginar. Eu acabei de deixar o deque devido à impossibilidade de lá me manter em pé, condição com a qual a tripulação parece conviver sem maiores problemas. Considero o milagre dos milagres o fato de nosso colossal carregamento não ser engolido de uma vez para sempre. Estamos decerto fadados a flutuar permanentemente no limiar da Eternidade, sem dar um mergulho final para dentro do abismo. De vagalhões milhares de vezes mais estupendos do que qualquer um que eu porven-

101

tura já tenha visto, afastamo-nos deslizando com a mesma facilidade das gaivotas velozes; e o colosso de águas ergue sua cabeça sobre nós como os demônios das profundezas, porém demônios restringidos a simples ameaças e proibidos de destruir. Sou levado a atribuir essas escapadas frequentes à única causa natural capaz de responder por tal efeito. Sinto-me forçado a supor que o navio esteja sob a influência de alguma forte correnteza, ou impetuosa corrente submarina.

Estive frente a frente com o comandante em sua cabine; mas, como eu já esperava, ele sequer me notou. Embora para um observador casual ele aparente ser nada mais do que um homem, ainda assim um sentimento de irreprimível reverência e temor se misturou à sensação de assombro com que eu o observei. Sua estatura iguala-se mais ou menos à minha; ou seja, cerca de um metro e setenta. Ele tem uma constituição física compacta e sólida, que não é robusta nem delicada. Contudo, é a singularidade da expressão estampada em sua face, a intensa, extraordinária e assustadora evidência da idade avançada – tão completa, tão extrema –, o que desperta em meu espírito um sentimento indescritível. Sua testa, a despeito das poucas rugas, parece exibir as marcas de uma miríade de anos. Seus cabelos grisalhos são registros do passado e os olhos acinzentados, profetas do futuro. O chão da cabine estava coberto por estranhas folhas presas com ferros, por instrumentos científicos deteriorados e gráficos obsoletos há muito tempo esquecidos. O comandante tinha a cabeça curvada e apoiada nas mãos; e meditava, com o olhar ardente e inquieto, sobre um papel que trazia a assinatura de um monarca, e que me pareceu uma procuração. Ele balbuciava para si mesmo, da mesma forma que o primeiro marinheiro com quem cruzei no porão, algumas palavras impertinentes em uma língua estranha e, embora estivesse a poucos passos de mim, sua voz parecia vir de muito longe.

A embarcação e tudo o que existe dentro dela parecem impregnados com o espírito da Velhice. A tripulação desliza de um lado a outro como fantasmas de muitos séculos já entregues ao esquecimento; seus olhos têm uma expressão ansiosa e inquieta; e quando vejo seus dedos no estranho brilho das lanternas de batalha, sou tomado por um sentimento nunca antes experimentado, embora a vida toda eu tenha sido um mercador de antiguidades e assimilado as sombras das ruínas de Balbeque, Palmira e Persépolis, até que minha própria alma se transformou em ruína.

Quando olho ao redor, sinto vergonha de meus antigos receios. Se eu estremecia diante das rajadas que até então não nos deram descanso, não deveria então ficar imobilizado frente a um ataque de ventos e oceanos, que as palavras tornado e simum são triviais e ineficazes demais para definir? Na vizinhança imediata do navio tudo se transformou na escuridão das noites eternas e num caos de água sem espuma; mas a cerca de uma légua para os dois lados, consegue-se divisar, indistintamente, assombrosas muralhas de gelo que se elevam de tempos em tempos na direção do desolado céu e parecem ser as paredes do universo.

Como eu imaginara, o navio se encontra de fato em uma correnteza; se é que esta denominação pode ser dada a um vagalhão que passa pelo gelo branco com uma reverberação forte e estridente e segue ribombando na direção do sul como a precipitação impetuosa de uma catarata.

Acredito ser totalmente impossível imaginar o horror causado por minhas sensações; contudo, nem mesmo meu desespero consegue refrear a curiosidade de penetrar os mistérios dessas regiões hediondas, curiosidade esta que irá me reconciliar com o mais repugnante aspecto da morte. É evidente que nós estamos avançando loucamente na direção de algum conhecimento excitante – algum segredo fadado ao sigilo, cuja conquista final é a destruição. Talvez essa correnteza nos leve para o próprio polo sul. Devo confessar que os céus conspiram a favor de uma suposição aparentemente tão absurda.

A tripulação caminha no deque com passos vacilantes e inquietos; mas seu semblante revela uma expressão que traduz melhor a ânsia da esperança do que a apatia do desespero.

Enquanto isso, o vento continua a soprar em nossa popa e, como carregamos uma montoeira de lonas, o casco do navio é às vezes levantado para fora da água. Oh, horror e mais horror! O gelo se abre de repente para a direita e a esquerda, e vamos rodopiando vertiginosamente no meio de imensos círculos concêntricos, ao redor das

103

bordas de um gigantesco anfiteatro de cujas paredes o cume se perde na escuridão e na distância. Mas me resta pouco tempo para refletir acerca de meu destino, pois os círculos diminuem rapidamente; estamos em um louco mergulho para dentro das garras do redemoinho; e entre os rugidos, os berros e o estrondo do oceano e da tempestade, a embarcação estremece e... Oh Deus!... vai submergindo.

Nota: Este conto foi publicado originalmente em 1831, e só depois de muitos anos conheci os mapas de Mercator, nos quais o oceano corre através de quatro bocas na direção do Golfo Polar do norte, para ser absorvido nas entranhas da terra; o Polo em si é representado por uma rocha negra de altura colossal. [Nota presente na versão de 1850. Poe morreu em 1849. (n.e.)]

Bon-Bon

Quand un bon vin meuble mon estomac
Je suis plus savant que Balzac
Plus sage que Pibrac;
Mon brass seul faisant l'attaque
De la nation Coseaque,
La mettroit au sac;
De Charon je passerois le lac
Em dormant dans son bac,
J'irois au fier Eac,
Sans que mon coeur fit tic ni tac,
Premmer du tabac.
—Vaudeville francês

Que Pierre Bon-Bon era um *restaurateur* de raras qualidades, nenhum homem que, durante o reinado de ——, frequentou o pequeno Café no *cul-de-sac* Le Febvre em Ruão se sentiria – imagino eu – livre para questionar. Que, da mesma forma, Pierre Bon-Bon era versado na filosofia daquela época, presumo que seja um fato ainda mais indiscutível. Seus *pâtés a la fois* eram, acima de qualquer questão, imaculados. Mas haveria pena capaz de fazer justiça a seus ensaios *sur la Nature*; seus pensamentos *sur l'Ame*; suas observações *sur l'Esprit*? Se seus omeletes e seus *fricandeaux* eram inestimáveis, que literato daquele tempo não daria por uma "*Idée* de Bon-Bon" o dobro do que entregaria para o lixo de "*Idées*" de todo o resto dos estudiosos? Bon-Bon havia vasculhado livrarias que nenhum outro homem jamais vasculhara; tinha lido mais do que qualquer outro poderia imaginar ler; compreendia mais do que qualquer outro julgaria possível compreender; e, apesar disso, enquanto ele prosperava, não faltavam autores em Ruão para afirmar que "seus ditados não revelavam nem a pureza da Academia, nem a profundidade do Liceu". Embora, em hipótese alguma, suas doutrinas fossem amplamente compreendidas, não se conclui que eram de difícil compreensão. Suponho que, por conta da obviedade a elas inerente, muitas pessoas eram levadas a considerá-las intrincadas demais. Kant deve a Bon-Bon, e principalmente a ele, sua metafísica – mas não vamos nos alongar nisso. Este último não era na verdade um platônico, nem, em termos mais precisos, um aristotélico; tampouco desperdiçou ele, como o moderno Leibnitz, aquelas horas preciosas que devem ser dedicadas à invenção do *fricassée* ou do *facili gradu*, à análise de uma sensação, em tentativas fúteis de conciliar os óleos e as águas da discussão ética. Definitivamente não! Bon-Bon era Jônico... Bon-Bon era igualmente Itálico. Ele raciocinava *a priori*... e raciocinava também *a posteriori*. Suas ideias eram inatas – ou não. Ele acreditava em Jorge de Trebizonde... acreditava em Bessarion. Bon-Bon era, decididamente, um Bon-Bonista.

Falei do filósofo em sua habilidade de *restaurateur*. No entanto, nenhum amigo meu imaginará que, cumprindo suas obrigações hereditárias nesse sentido, nosso herói carecesse da devida consideração por sua dignidade e importância. Muito longe disso! É impossível dizer de que ramo de sua profissão ele se orgulhava mais. Na opinião dele, os poderes do intelecto guardam íntima ligação com os recursos do estômago. Na verdade, não estou certo de que ele discordasse dos chineses, para quem a alma humana habita o abdome. Para ele, os gregos, que empregavam a mesma denominação para a mente e o diafragma*, sem dúvida alguma estavam certos. Com isso, não pretendo aventar uma acusação de voracidade, ou qualquer outra acusação mais séria que possa causar danos ao metafísico. Se Pierre Bon-Bon tinha seus defeitos – e que homem neste mundo não tem milhares? Se Pierre Bon-Bon, repito, tinha seus defeitos, estes eram pouco importantes – imperfeições que em indivíduos com outro temperamento sempre foram, a bem da verdade, julgadas à luz das virtudes. No que diz respeito a uma dessas fraquezas, eu talvez sequer devesse tê-la mencionado nesta história, exceto pela extraordinária proeminência – extremo *alto relievo* – que a projetava acima do plano de seu caráter geral. Ele jamais deixava passar uma oportunidade de fazer uma barganha.

    Não que ele fosse avarento – decerto não! O filósofo sentia-se satisfeito mesmo quando a barganha não lhe proporcionava vantagens pessoais. Desde que houvesse condições de fechar um negócio – um negócio de qualquer espécie, mediante quaisquer termos ou circunstâncias – um sorriso triunfante permanecia durante os vários dias subsequentes estampado em seu semblante e, uma piscadela de olhos evidenciava sua sagacidade.

    Em qualquer outra época não causaria admiração se um temperamento tão singular como esse a que acabei de me referir, despertasse a atenção e abrisse margem a comentários. Na época de nossa narrativa, era diferente. Não tivesse, então, tal peculiaridade estimulado observações, haveria de fato espaço para espanto. Não demorou a surgirem comentários dando conta de que, em todas as ocasiões desse tipo, o sorriso de Bon-Bon diferia sobremaneira do riso largo e franco com o qual ele aplaudia os próprios gracejos ou saudava um conhe-

---

* θζενες.

cido. Insinuações interessantes foram disseminadas; correram histórias de barganhas arriscadas feitas às pressas e livremente desfeitas; e apresentaram-se exemplos de aptidões inexplicáveis, vagos desejos e propensões insólitas, lançados pelo autor de todas as perversidades, com o objetivo de satisfazer aos astutos propósitos dele próprio.

    O filósofo tinha outras fraquezas; mas estas não valem um exame mais cuidadoso de nossa parte. Por exemplo, são poucos os homens dotados de extraordinária erudição que carecem de certa propensão natural a ceder aos encantos da garrafa. Tanto faz se essa inclinação tem um motivo excitante ou, em vez disso, é uma evidência verdadeira de tal erudição. Bon-Bon, até onde eu sei, não considerava que o assunto comportasse investigações minuciosas – tampouco penso eu. No entanto, a complacência com uma predisposição tão verdadeiramente clássica, não justifica a suposição de que o *restaurateur* perderia de vista aquele discernimento intuitivo que costumava caracterizar, ao mesmo tempo, suas histórias e seus omeletes. Nos retiros a que se recolhia, havia um momento reservado para o Vin de Bourgogne e outro para o Cotes du Rhone. Na opinião dele, Sauterne estava para Medoc assim como Catulo para Homero. Bon-Bon se divertia com silogismos bebericando St. Peray, enquanto solucionava controvérsias sobre Clos de Vougeot e derrubava uma teoria de Chambertin. Não haveria o que se questionar, se o mesmo senso de adequação fosse também identificado na fútil inclinação a que já fiz uma rápida menção anteriormente – mas esse não era, em hipótese alguma, o caso. De fato, para falar a verdade, aquele traço da personalidade do Bon-Bon filosófico acabou assumindo um estranho e marcante caráter de misticismo, e acabou profundamente marcado pelas iniquidades dos estudos germânicos de sua predileção.

    Adentrar o pequeno café no *cul-de-sac* Le Febvre era, na época de nossa história, o mesmo que entrar no recinto sagrado reservado a um gênio. Bon-Bon era um gênio. Não havia um único *sous-cusinier* em Ruão capaz de afirmar o contrário. Até mesmo seu gato sabia disso, e se abstinha de sacudir o rabo na presença do gênio. O enorme cão de água tinha ciência do fato e, quando o mestre se aproximava, deixava transparecer seu sentimento de inferioridade, comportando-

-se de maneira totalmente indigna em um cachorro; ele abaixava as orelhas e arriava o maxilar inferior. É verdade, no entanto, que grande parte desse respeito costumeiro podia ser imputada à aparência pessoal do metafísico. A exteriorização de uma extraordinária determinação – sou obrigado a admitir – impunha-se até mesmo sobre uma fera. E, sinto-me inclinado a reconhecer que muito daquela exterioridade humana do *restaurateur* era calculada para impressionar a imaginação do quadrúpede. Existe certa majestade intrínseca na atmosfera que cerca o pequeno notável – se me é dado o direito de empregar uma expressão tão inescrutável – que o mero corpo físico é sempre incapaz de traduzir. Se, entretanto, a altura de Bon-Bon mal chegava aos noventa centímetros, e sua cabeça tinha dimensões minúsculas, era impossível olhar a proporção avantajada de seu estômago sem experimentar uma sensação de grandiosidade que beirava o sublime. No tamanho deste, homens e cachorros devem ver uma expressão de suas conquistas – na vastidão, uma habitação adequada para sua alma imortal.

Eu poderia aqui – já que tanto me agrada – discorrer sobre a questão do vestuário e outros detalhes triviais da exterioridade do metafísico. Poderia afirmar que nosso herói usava cabelos curtos, penteados naturalmente sobre a fronte e encimados por um chapéu cônico de feltro branco com franjas; que seu gibão verde-ervilha não acompanhava a moda das peças usadas pela classe comum dos *restaurateurs* daqueles dias; que as mangas eram mais cheias do que o costume reinante permitia; que, ao contrário do hábito vigente naquele período bárbaro, os punhos, confeccionados com tecido de qualidade e cor idênticas às do traje, eram virados para cima, porém guarnecidos de modo mais caprichoso com o veludo multicolorido de Gênova; que suas pantufas, decoradas com curiosos filigranas, tinham a cor da púrpura e, pela ponteira delicada dos dedos e a coloração brilhante do forro e dos bordados, seria possível imaginar que foram fabricadas no Japão; que seus culotes amarelos eram feitos de um material parecido com o cetim, denominado *amiable*; que seu manto azul-celeste, com formato semelhante a uma capa e ricamente cravejado de detalhes vermelhos, flutuava-lhe arrogantemente sobre os ombros como a névoa da manhã; e que todo o seu semblante fazia lembrar as notáveis palavras de Benevenuta, o improvisador de Florença, "é difícil dizer se Pierre Bon-Bon era de fato um pássaro no Paraíso ou melhor, o próprio Paraíso de perfeição". Eu poderia, se assim desejasse, discorrer sobre todos esses pontos – mas me abstenho. Detalhes meramente pessoais devem ser deixados para os autores de romances históricos – eles situam-se abaixo da dignidade moral do prosaico.

Eu disse que "adentrar o pequeno café no *cul-de-sac* Le Febvre era o mesmo que entrar no recinto sagrado de um gênio"; mas então, ninguém mais exceto o próprio gênio poderia estimar o devido mérito do recinto. À frente da entrada pendia uma placa do tamanho de uma grande folha de papel. Em um dos lados havia a figura de uma garrafa; no outro, uma cabeça. Na parte de trás lia-se, em letras garrafais, *Œuvres* de Bon-Bon. Desse modo, ficava delicadamente tipificada a dupla ocupação do proprietário.

Depois de atravessar a soleira, todo o interior do prédio ficava ao alcance da vista. Uma sala baixa e extensa, de construção antiga, resumia toda a acomodação disponível no Café. Em um canto do aposento, destacava-se o leito de descanso do metafísico. Uma profusão de cortinas, junto com dossel *a la Grecque*, conferia-lhe um ar ao mesmo tempo clássico e confortável. No canto diagonalmente oposto coexistiam, em total sintonia, os apetrechos da cozinha e a *bibliothéque*. Um prato de tópicos da apologética repousava tranquilamente sobre o armário. Ali, um forno repleto da ética recente; acolá, uma chaleira do duodécimo *melangés*. Exemplares sobre a moralidade germânica dividindo o espaço com a grelha; um garfo de tostar colocado lado a lado com Eusébio; Platão tranquilamente reclinado sobre a frigideira; e manuscritos contemporâneos enfileirados em um espeto.

Em outros aspectos, seria possível dizer que o Café de Bon-Bon diferia muito pouco dos restaurantes comuns daquela época. Uma lareira bocejava no lado oposto à porta. À direita do aparato, uma cristaleira aberta exibia admirável variedade de garrafas rotuladas.

Foi aqui, por volta da meia-noite de um rigoroso inverno, que Pierre Bon-Bon, contrariado com os comentários dos vizinhos acerca de sua singular propensão, colocou-os para fora da casa, fechando-lhes a porta nas costas com uma maldição; e acomodou-se, com o espírito em polvorosa, no conforto de uma poltrona de couro junto ao calor da lenha em brasa.

Foi uma dessas noites terríveis com as quais só se depara uma ou duas vezes em um século. A neve implacável não cedia e a casa oscilava abalada pelas rajadas de vento que, atravessando as frestas da parede e descendo com ímpeto pela chaminé, balançava freneticamente as cortinas do leito do filósofo, colocando em desordem toda a disciplina de suas panelas de *pâté* e seus papéis. A imensa placa de papel que pendia do lado de fora, exposta à fúria da tempestade, produziu um rangido sinistro e fez soar um lamento nascido das entranhas das vigas de carvalho maciço.

Foi com um estado de ânimo nada sereno que o metafísico arrastou sua cadeira para a posição habitual na frente da lareira. A serenidade de suas meditações fora perturbada pelos muitos eventos de natureza desconcertante que ocorreram durante o dia. Ao tentar *Des oeufs a la Princesse*, ele desafortunadamente acabara por produzir um *Omelette a la Reine*; a descoberta de um princípio da ética fora frustrada pela subversão de um ensopado; e por último, mas não menos importante, ele se decepcionara em uma daquelas admiráveis barganhas que sempre lhe proporcionavam uma satisfação especial quando levadas a uma bem-sucedida conclusão. Mas, com as aporrinhações dessas indescritíveis vicissitudes não deixava de se mesclar certa ansiedade nervosa que a fúria da noite turbulenta conseguira excitar. Assobiando para que o cão de água de que falei antes se aproximasse mais, e instalando-se apreensivamente em sua cadeira, ele não pôde se furtar a lançar um olhar desconfiado e inquieto na direção daqueles recessos distantes do aposento cujas sombras implacáveis nem mesmo a luz vermelha do fogo conseguia suplantar. Tendo finalizado um exame cujo exato propósito fugia-lhe à compreensão, ele arrastou para perto de sua poltrona uma mesinha coberta de livros e papéis, e logo se concentrou na tarefa de retocar o volumoso manuscrito que deveria ser publicado no dia seguinte.

Ele estava assim abstraído já havia alguns momentos quando alguém subitamente murmurou em voz lamuriosa dentro do aposento, "não tenho pressa, Monsieur Bon-Bon".

"O demônio!", exclamou nosso herói, ao mesmo tempo em que, levantando-se sobressaltado e derrubando a mesa ao seu lado, olhou ao redor em total perplexidade.

"É a pura verdade", retrucou calmamente a voz.

"A pura verdade! O que é a pura verdade? Como o senhor chegou até aqui?", vociferou o metafísico, enquanto seus olhos pousavam sobre alguma coisa que jazia completamente estirada sobre a cama.

"Eu dizia", continuou o intruso sem dar atenção às interrogações, "... eu dizia que não estou de forma alguma apressado; pois o assunto que me levou a tomar a liberdade de lhe fazer essa visita não tem a menor urgência; em resumo, que posso muito bem aguardar até que sua exegese esteja concluída".

"Minha exegese!... e agora mais essa! Como sabe o senhor? De que maneira tomou conhecimento de que eu estava escrevendo uma exegese? Valha-me o bom Deus!"

"Silêncio!", respondeu o indivíduo em voz baixa. E levantando-se rapidamente da cama deu um único passo na direção de nosso herói, provocando com sua aproximação a violenta oscilação de uma lamparina de ferro pendurada no teto.

A perplexidade do filósofo não o impediu de examinar minuciosamente a aparência e a vestimenta do estranho. Sua silhueta bastante delgada, porém muito acima da média em termos de altura, revelava uma figura marcante, em especial por conta do terno de tecido preto desbotado que se ajustava bem ao seu corpo, mas acompanhava o estilo vigente um século atrás. Sem qualquer sombra de dúvida, suas roupas tinham sido confeccionadas para uma pessoa de estatura muito menor do que a daquele que as usava. Faltavam vários centímetros de tecido para completar o comprimento das pernas e das mangas, ficando assim nus os tornozelos e os pulsos. Nos sapatos, no entanto, um par de fivelas reluzentes desmentia a extrema pobreza sugerida pelas demais peças de seu vestuário. Ele trazia descoberta a cabeça totalmente careca, com exceção da parte traseira, onde pendia um rabo de cavalo de tamanho considerável. Um par de óculos verdes, com lentes laterais, protegia-lhe os olhos da ação da luz e, ao mesmo tempo, impedia que nosso herói soubesse qual era sua cor e seu formato. Ele não parecia usar camisa; contudo, uma gravata branca, de aspecto asqueroso, presa com extrema precisão ao redor do pescoço, e com as extremidades abertas formalmente lado a lado – ouso dizer que não intencionalmente – dava a ele a aparência de um clérigo. De fato, muitos outros detalhes tanto de sua compleição exterior como de seu comportamento poderiam corroborar tal ideia. Reproduzindo o estilo adotado entre os modernos escriturários, ele carregava sobre a orelha esquerda um instrumento semelhante à pena dos anciões. No bolsinho de seu casaco, via-se um pequeno livro preto preso com grampos de ferro. Esse livro, quer de forma acidental ou não, ficava tão ostensivamente à vista, que era possível ler as palavras *Rituel Catholique* escritas em branco sobre a capa. O homem tinha uma fisionomia curiosamente sombria – diria que, até mesmo, cadavérica de tão pálida. A fronte era altiva e exibia rugas profundas decorrentes de longos períodos de introspecção. Os cantos da boca, caídos, conferiam-lhe a expressão da mais submissa humildade. À medida que se aproximou de nosso herói, ele bateu palmas, deu um suspiro profundo e lançou um olhar da mais extrema santidade que não poderia deixar de ser inequivocamente interpretado como cativante. Todas as sombras da irritação abandonaram o semblante do metafísico quando, tendo concluído uma análise satisfatória da pessoa de seu visitante, trocou com ele um cordial aperto de mãos e conduziu-o até uma cadeira.

Seria, entretanto, um erro cabal atribuir essa momentânea alteração nos sentimentos do filósofo a qualquer uma daquelas causas que se poderia naturalmente supor capazes de tê-las processado. Na verdade, Pierre Bon-Bon – até onde me foi dado a compreender por sua natureza – era, entre todos os homens, o menos propenso a ser influenciado pela boa impressão de uma conduta. Parecia impossível que um observador tão cuidadoso de homens e coisas tivesse deixado de perceber, no exato momento, o verdadeiro caráter do personagem que havia invadido sua hospitalidade. Basta dizer que a conformação dos pés do visitante era suficientemente invulgar; que ele trazia, apoiado sobre a cabeça, um chapéu exageradamente alto; que era possível observar uma intumescência tremelicosa na parte posterior de seus culotes; e que o balanço da cauda de seu casaco era um fato bastante palpável. Pense, então, com que satisfação nosso herói se descobriu repentinamente na companhia de uma pessoa pela qual sempre nutriu um respeito descabido. No entanto, sua diplomacia impedia que ele deixasse transparecer qualquer sinal de suas suspeitas em relação à verdadeira situação. Não lhe interessava de modo algum se mostrar consciente da grande honra de que inesperadamente desfrutava; mas sim, introduzir seu hóspede na conversa, com o intuito de obter importantes ideias acerca da ética – ideias que, ao encontrar um lugar em sua tencionada publicação, teriam condições de abrilhantar a raça humana e, ao mesmo tempo, imortalizá-lo; ideias que a idade avançada do visitante e a bem conhecida mestria deste na ciência da moral poderiam muito bem autorizá-lo a oferecer.

Movido por essas ideias brilhantes, nosso herói convidou o cavalheiro a tomar assento, e aproveitou a oportunidade para alimentar o fogo com umas varetas e colocar sobre a mesa – agora já em pé outra vez – algumas garrafas de Mousseux. Depois de se desembaraçar de tais tarefas, ele puxou sua cadeira, posicionando-a de frente para o companheiro, e aguardou até que ele iniciasse a conversa. Mas até mesmo os planos mais bem maturados costumam esbarrar em obstáculos no início de sua aplicação – e o *restaurateur* viu-se perplexo logo às primeiras palavras do discurso de seu visitante.

"Sabe Bon-Bon, vejo que o senhor me conhece", disse ele. "Ah! ah! ah!... Eh! eh! eh!... Ih! ih! ih!... Oh! oh! oh!... Uh! uh! uh!" E o diabo, deixando cair imediatamente o ar de santidade de sua postura, escancarou a boca de orelha a orelha para exibir uma fileira de dentes irregulares semelhantes a presas e, jogando a cabeça para trás, deu uma sonora gargalhada – longa, estrondosa e perversa. No mesmo instante, o cachorro negro, acocorado sobre as ancas, soltou os pulmões e juntou-se ao coro; o gato malhado passou voando pela tangente e miou bem alto no canto mais afastado do aposento.

Mas o filósofo não; ele era um homem vivido demais para rir como o cachorro ou, miando bem alto, deixar transparecer o indecoroso medo do gato. Entretanto, embora sutil, não passou despercebido seu espanto ao ver as letras brancas que formavam as palavras *Rituel Catholique* no livro semiescondido no bolso de seu hóspede sofrerem uma momentânea alteração tanto na cor como no significado e, em questão de poucos segundos, imprimirem as palavras *Regitre des Condamnes* em vermelho resplandecente no lugar do título original. Devido a esse evento surpreendente, quando Bon-Bon respondeu ao comentário do visitante, seu comportamento adquiriu um ar de embaraço que provavelmente em outras circunstâncias não seria observado.

"Por que... palavra de honra... senhor...", falou o filósofo, "para ser sincero... imagino... tenho uma leve ideia – muito leve – da extraordinária honra..."

"Oh!... ah!... sim! Muito bem!", interrompeu sua Majestade; "não diga mais nada ... sei como é isso". E neste ponto, tirando do rosto os óculos verdes, limpou cuidadosamente as lentes com a manga do casaco e os colocou em seu bolso.

Se Bon-Bon ficara assombrado com o incidente do livro, sua perplexidade era agora ainda maior, com o espetáculo que se descortinava à sua frente. Ao levantar os olhos, movido por intensa curiosidade, para apurar a cor dos de seu hóspede, ele não conseguiu identificar neles o preto – como imaginava –, nem o cinza – como poderia ter suposto –, tampouco a cor de avelã ou o azul; nem amarelo ou vermelho; não o púrpura, muito menos branco, verde ou outra cor existente nos céus, na terra ou nas águas que correm debaixo da terra. Resumindo, Pierre Bon-Bon não apenas viu perfeitamente que sua Majestade não tinha olhos como também não havia indícios de que eles algum dia tivessem existido; pois a órbita que os olhos deveriam naturalmente ter ocupado – sou forçado a confessar – não passava de uma camada de carne inanimada.

Não condizia com a natureza do metafísico reprimir algumas perguntas sobre a origem de fenômeno tão inusitado, e a resposta de sua Majestade foi pronta, digna e satisfatória.

"Olhos, meu caro Bon-Bon... olhos! Foi o que o senhor falou? Ah!... entendo! As ridículas publicações que circulam por aí deram-lhe uma falsa ideia de minha aparência pessoal? Olhos... é verdade.

Olhos, Pierre Bon-Bon, estão no lugar apropriado. Seria para o senhor a cabeça? Certo!... a cabeça de um verme. Imagino também que esse órgão da visão é indispensável para o senhor. Mas vou convencê-lo de que minha visão é mais penetrante do que a sua. Vejo um gato ali no canto – um gato encantador. Olhe para ele; observe-o com atenção. O senhor pode ver, Bon-Bon, os pensamentos, as ideias e as reflexões que estão sendo engendrados no pericrânio do bichano? Aí está!... o senhor não vê! Neste momento, ele pensa que nós admiramos nele o comprimento do rabo e a profundidade da mente. Ele acabou de concluir que eu sou o mais notável dos clérigos e o senhor, o mais superficial dos metafísicos. Veja, então, que eu não sou completamente cego. Contudo, para alguém da minha profissão, os olhos de que o senhor fala não passam de mero estorvo, destinado a ser extraído a qualquer momento por um ferro de tostar ou um tridente. Para o senhor – devo admitir – esses arranjos ópticos são indispensáveis. Não deixe de se esforçar, Bon-Bon, para usá-los bem. Minha visão reside na alma."

Aqui, o visitante serviu-se do vinho que estava sobre a mesa e, enchendo um copo para Bon-Bon, sugeriu-lhe que bebesse sem escrúpulos e se sentisse em casa.

"Muito talentoso esse seu livro, Pierre", retomou sua Majestade, dando um tapinha no ombro do nosso amigo quando este pousou o copo sobre a mesa depois de demonstrar total concordância com a exortação do visitante. "Muito talentoso, de fato, esse seu livro; palavra de honra. Uma obra à minha própria imagem. Penso, entretanto, que caberia um aprimoramento na organização do assunto, além do que, muitas de suas ideias guardam certa semelhança com as de Aristóteles. Aquele filósofo foi um de meus conhecidos mais íntimos. Eu o admirava muito mais por seu terrível mau humor do que pela venturosa aptidão a cometer erros estúpidos. Existe apenas uma verdade absoluta em tudo o que ele escreveu, e por ela eu lhe fiz uma sugestão por conta da pura compaixão pelo absurdo. Suponho, Pierre Bon-Bon, que o senhor sabe muito bem qual é a divina verdade moral a que estou me referindo!"

"O senhor não pode dizer que eu..."

"De fato! Fui eu quem afirmou a Aristóteles que, quando espirram, os homens expelem ideias supérfluas pela probóscide."

"O que é... hic!... indubitavelmente o caso", falou o metafísico, enquanto se servia de mais um gole de Mousseux e oferecia sua caixa de rapé ao visitante.

"Existiu também Platão", continuou sua Majestade, declinando humildemente do rapé a ele oferecido e da deferência nisso implicada; "também existiu Platão, por quem uma vez senti toda a afeição de um amigo. O senhor conheceu Platão, Bon-Bon? Ah! não... peço-lhe mil desculpas. Ele me encontrou certo dia em Atenas, no Parthenon, e me contou que estava aflito por uma ideia. Eu lhe propus que escrevesse aquele *nous estin aulos* (δ νοῦς εςτιν αυλος). Garantindo-me que o faria, ele foi embora, e eu caminhei para as pirâmides. Mas minha consciência me castigava por ter proferido uma verdade, mesmo sendo para ajudar um amigo; e, retornando apressado para Atenas, aproximei-me da cadeira do filósofo no momento em que ele compunha o *aulos* (αυλος). Dando um piparote no lambda com meus dedos, virei-o para cima. Desse modo a sentença agora dizia '*nous estin aulos*' ('δ νοῦς εςτιν αυγος') e é, como o senhor bem sabe, a doutrina fundamental na metafísica daquele filósofo."

"O senhor já esteve em Roma?", perguntou o *restaurateur* enquanto dava cabo de sua segunda garrafa de Mousseux e trazia um grande suprimento de Chambertin.

"Apenas uma vez Monsieur Bon-Bon... apenas uma vez. Houve um tempo...", falou o demônio como se recitasse alguma passagem de um livro, "houve um tempo em que imperou uma anarquia de cinco anos, durante os quais a república, abandonada por todos os seus oficiais, não contava com outros magistrados, além das tribunas do povo, não investidas dos poderes executivos legalmente conferidos. Naquele tempo, Monsieur Bon-Bon, e só naquele tempo, eu estive em Roma; e, portanto, não travei contatos terrenos com qualquer uma de suas filosofias."[†]

[†] *Ils ecrivaient sur la Philosophie* (Cicero, Lucretius, Seneca) *mais c'etait la Philosophie Grecque*. – Condorcet.

"O que o senhor pensa de... hic!... de Epicuro?"

"O que eu penso de quem?, perguntou o diabo surpreso, "o senhor não quer certamente sugerir que encontra alguma imperfeição em Epicuro! O que eu penso de Epicuro! O senhor está se referindo a mim?... Eu sou Epicuro! Sou o filósofo que escreveu todas aquelas três centenas de tratados glorificados por Diógenes Laércio".

"Mentira!!!", acusou o metafísico, sob o efeito do vinho que já lhe subira um pouco à cabeça.

"Muito bem!... muito bem, senhor!", retrucou sua Majestade, aparentemente muito lisonjeado.

"Mentira!!!", repetiu dogmaticamente o *restaurateur*; "isso é uma... hic!... uma deslavada mentira".

"Muito bem... seja como o senhor quiser!", falou calmamente o diabo. E Bon-Bon, tendo derrotado sua Majestade na discussão, considerou seu dever dar cabo da segunda garrafa de Chambertin.

"Como eu estava dizendo...", retomou o visitante; "como eu observava alguns instantes atrás, existem certas ideias bastante extravagantes naquele seu livro, Monsieur Bon-Bon. O que, por exemplo, o senhor quer dizer com todo aquele despropósito a respeito da alma? Por favor, senhor... o que é a alma?"

"A... hic!... alma", respondeu o metafísico, referindo-se a seu manuscrito, "é, sem qualquer sombra de dúvida..."

"Não, senhor!"

"Indubitavelmente!"

"Não, senhor!"

"Indiscutivelmente!"

"Não, senhor!"

"Evidentemente!"

"Não, senhor!"

"Incontestavelmente!"

"Não, senhor!"

"Hic!..."

"Não, senhor!"

"E acima de qualquer questão!"

"Não, senhor, a alma não é isso!" (Neste ponto, sem esconder sua cólera, o filósofo aproveitou a ocasião para terminar de imediato a terceira garrafa de Chambertin.)

"Então... hic!... por favor, senhor... o que é isso?"

"Não é aqui nem lá, Monsieur Bon-Bon", contestou sua Majestade, entregue a reflexões. "Eu experimentei, isto é, conheci algumas almas muito más e outras muito boas". Ele estalou os beiços e, pousando inconscientemente a mão sobre o volume enfiado em seu bolso, foi tomado por violento ataque de espirros.

Continuou então.

"Houve a alma de Crátinos – passável; Aristófanes – imaculada; Platão – primoroso; não o seu Platão, mas o poeta cômico; o seu Platão teria virado o estômago de Cérbero... credo! Então deixe-me ver... houve Névio e Andrônico; Plauto e Terêncio. Depois, Lucílio, Catulo, Ovídio e Quinto Horácio Flaco – estimado Quinty! Assim o chamei quando ele cantou um *seculare* para me distrair enquanto, no mais puro bom humor, eu o tostava em um garfo. Mas esses romanos careciam de sabor. Um grego corpulento vale por uma dúzia deles; e além do mais, conservam-se, o que não pode ser dito de um Quirites. Mas vamos experimentar seu Sauternes.

A esta altura, Bon-Bon já estava determinado a não demonstrar admiração, e se esforçou para passar ao outro as garrafas de Sauternes. Ele percebia, no entanto, um estranho som dentro da sala; um som semelhante ao do abano de uma cauda. A isso, embora bastante deselegante com sua Majestade, o filósofo não deu atenção – simplesmente chutou o cachorro e pediu que ficasse quieto. O visitante continuou:

"Penso que Horácio se parecia muito com Aristóteles. O senhor sabe que aprecio variedades. Quanto a Terêncio, eu não o conseguiria diferenciar de Menandro. Ovídio, para minha grande surpresa, não passava de Nicandro disfarçado. Virgílio tinha um forte sotaque de Teócrito. Marcial fazia-me lembrar de Arquíloco. E Tito Lívio era, com toda certeza, ninguém mais do que Políbio.

"Hic!" Bon-Bon respondeu e sua Majestade continuou:

"Mas seu eu tenho alguma preferência, Monsieur Bon-Bon, é por um filósofo. Mas, deixe-me lhe contar, senhor, que não é qualquer demônio... digo, não é qualquer cavalheiro que sabe como escolher um filósofo. Os prolixos não são bons; e o melhor, se não for cuidadosamente descascado, pode se tornar um tanto rançoso, por conta do fel."

"Descascado!"

"Quero dizer, retirado da carcaça."

"O que o senhor pensa a respeito de um... hic!... médico?"

"Não os mencione!... ugh! ugh! ugh!" (Aqui, tomado pela fúria, sua Majestade vomitou.) "Nunca experimentei, exceto um – o patife do Hipócrates!... cheiro de goma fétida... ugh! ugh! ugh! – que pegou um miserável resfriado banhando-se no Estige e acabou me contagiando com a cólera."

"O... hic!... patife!", vociferou Bon-Bon, "o... hic!... uma caixa de comprimidos!" E o filósofo deixou cair uma lágrima.

"Afinal de contas", continuou o visitante, "se um demônio... digo, se um cavalheiro deseja viver, ele precisa ter mais do que apenas um ou dois talentos; e para nós, uma face gorducha é uma evidência de diplomacia."

"Como assim?"

"Veja bem, algumas vezes somos terrivelmente pressionados pela necessidade de provisões. É importante o senhor saber que num ambiente tão sufocante como aquele em que eu vivo, costuma ser impossível manter o espírito ativo por mais de duas ou três horas; e, após a morte, a menos que imediatamente mergulhado em salmoura – e um espírito em conserva não é bom –, ele vai cheirar mal; o senhor sabe como é! Putrefação é algo que deve sempre ser temido quando as almas são confiadas a nós da forma habitual."

"Hic!... hic!... bom Deus! Como o senhor consegue?"

Nesse instante a lamparina de ferro começou a balançar com violência redobrada, e o demônio se sobressaltou na cadeira. Entretanto, com um leve suspiro, ele recuperou a compostura e se limitou a dizer ao nosso herói em voz baixa: "Eu lhe digo, Pierre Bon-Bon, nós não precisamos de mais blasfêmias".

O anfitrião engoliu outro trago para demonstrar compreensão e aquiescência, e o visitante continuou.

"Veja bem, pode-se conseguir de diversas maneiras. A maioria de nós passa fome; alguns aturam a conserva. Quanto a mim, compro meus espíritos *vivente corpore*, em cuja condição acho que eles se mantêm muito bem."

"Mas o corpo!... hic!... o corpo!"

"O corpo... bem... que espécie de corpo? Ah!, entendo. Veja bem, senhor, o corpo não é de modo algum objeto da transação. Já fiz ao longo de minha existência inúmeras aquisições desse gênero, e as partes jamais encontraram qualquer inconveniência. Foram diversos os casos: Cain, Nimrod, Nero, Calígula, Dionísio, Pisístrato e outros milhares, que nunca souberam o que era possuir uma alma durante a última parte de sua vida; no entanto, senhor, esses homens engalanaram a sociedade. Por que tomar posse de suas faculdades mentais e corpóreas? Quem tem capacidade para escrever um epigrama mais mordaz? Quem raciocina com mais astúcia? Quem... mas deixe estar! Eu trago esse acordo em meu livro de bolso."

Assim falando, ele puxou uma carteira de couro vermelha e tirou de dentro dela diversos papéis. Em alguns deles Bon-Bon vislumbrou as letras Machi, Maza e Robesp[‡], junto com as palavras Calígula, George e Elizabeth. Sua Majestade separou uma fina folha de pergaminho e leu em voz alta o que nela estava escrito.

"Em pagamento por certos dotes mentais que não requerem especificações e, pelas mil moedas *Louis d'or* eu, um ano e um mês mais velho, transfiro ao portador do presente acordo todos os meus direitos, títulos e acessórios sobre a sombra denominada minha alma. (As-

---

[‡] "Machiavelli, Mazarin e Robespierre são evidentes. Elizabeth I talvez se una à má companhia por ter mandado matar Maria da Escócia. O quarto é George M.S.T., de quem Poe não gostava. Rich[ard III] foi omitido da versão final do conto". *Tales and Sketches: 1831-1842* (E. A. Poe, Tomas O. Mabbott, Eleanor D. Kewer – p.117).

sinado). Um certo... A—§ (aqui sua Majestade repetiu um nome que não me sinto no direito de indicar de forma mais explícita).

"Um sujeito esperto aquele", retomou o demônio; "mas assim como o senhor, Monsieur Bon-Bon, ele estava enganado a respeito da alma. A alma... verdadeiramente uma sombra! A alma, uma sombra; Ah! ah! ah!... eh! eh! eh!... uh! uh! uh! Pense apenas sobre uma sombra *fricassé*!"

"Pense apenas... hic!... em uma sombra *fricassé*!" exclamou nosso herói, cujas aptidões naturais a profundidade do discurso de sua Majestade começava a abrilhantar.

"Pense apenas... hic!... em uma sombra *fricassé*! Droga... hic!... tolice! Como se eu fosse um tal... hic!... paspalho!

Minha alma, senhor... ora essa!"

"*Sua* alma, Monsieur Bon-Bon?"

"Sim, senhor... hic!... minha alma é..."

"O quê, senhor?"

"*Não* é uma sombra, droga!"

"O senhor quer dizer..."

"Sim, senhor, *minha* alma é... hic!... ora essa!... sim, senhor."

"Por acaso, o senhor não pretendia afirmar..."

"*Minha* alma é... hic!... especialmente qualificada para... hic!... um..."

"Para o que mesmo, senhor?"

"Ensopado."

"Ah!"

"*Soufflée*."

"Eh!"

"*Fricassé!*"

"Sem dúvida!"

"*Ragoût* e *Fricandeau*... e veja bem, meu caro amigo! Eu lhe permitirei... hic!... uma barganha!" (Neste ponto o filósofo deu um tapinha nas costas de sua Majestade.)

---

§ *Quare* – Arouet?

123

"Nem pense em tal coisa!", falou calmamente este último, levantando-se da cadeira. O metafísico olhou espantado.

"Já estou abastecido no momento", retrucou sua Majestade.

"Hic!...eh!?", titubeou o filósofo.

"Carência de fundos."

"O quê?"

"Além do mais, seria muito deselegante de minha parte..."

"Senhor!"

"Tirar proveito de..."

"Hic!"

"Sua desagradável e ignóbil situação atual."

Então, o visitante curvou-se respeitosamente e se retirou – de que maneira, não é possível afirmar. O metafísico, em um esforço extremo para atirar a garrafa no "vilão", causou o rompimento da delgada corrente que pendia do teto e caiu prostrado no chão, abatido pela lamparina.

A sombra – uma parábola

Mais do que isso, embora eu caminhe pelo vale da Sombra.
—Salmo de Davi

Vocês que leem encontram-se ainda entre os vivos; mas eu, que escrevo, já terei tomado há muito tempo o caminho que conduz às sombras. Pois, na verdade, coisas estranhas acontecerão, fatos secretos serão conhecidos e muitos séculos irão passar antes que estas reminiscências cheguem até os homens. E, quando vierem à luz, alguns não acreditarão, alguns duvidarão, e ainda uns poucos encontrarão muito o que ponderar a respeito dos personagens aqui gravados com pena de ferro.

Aquele ano fora um ano de terror e de sentimentos ainda mais intensos do que o terror. Não existe sobre a face da terra um nome sequer capaz de explicar. Não faltaram presságios e indícios, e por toda parte – sobre os oceanos e a terra –, as asas negras da Peste se espraiaram. Mas só para os conhecedores das estrelas não havia dúvida de que o firmamento denunciava a aproximação de infortúnios; e eu, o grego Oinos, entre outros, entendi que chegara o momento da transição daquele setingentésimo nonagésimo quarto ano, quando, na entrada de Áries, o planeta Júpiter está conjugado com o anel vermelho do terrível Saturno. O espírito característico dos céus, se não estou redondamente enganado, tornava-se manifesto, não apenas na órbita física da Terra, mas nas almas, na imaginação e nas reflexões da espécie humana.

Debruçados sobre alguns frascos do vinho tinto Chian, dentro das paredes de um nobre saguão, em uma cidade sombria chamada Ptolemaida, sentamo-nos à noite em um grupo de sete. Não havia qualquer entrada para nosso aposento, com exceção de uma imponente porta de bronze confeccionada pelo artesão Corinos e que, por ser um raro trabalho de arte manual, ficava trancada pelo lado de dentro. Completando o aspecto tenebroso da sala, cortinas pretas impediam a visão da lua, das lúgubres estrelas e das ruas desertas. Contudo, o presságio e a memória do Mal ali permaneciam. Havia algo em torno de nós, que não consigo traduzir – coisas materiais e espirituais; aquela atmosfera opressiva; uma sensação de asfixia; a ansiedade; e, acima de tudo, aquela terrível percepção da vida que os nervos experimentam quando os sentidos estão vivamente despertos e o poder do pensamento se encontra dormente. Um ar carregado nos esmagava. Ele pesava sobre nossos membros, sobre a mobília da casa, sobre as taças das quais bebíamos; e todas as coisas ficaram prostradas e abatidas, exceto a chama das sete lamparinas que iluminavam nossa orgia. Elevando-se em compridas e delgadas linhas de luz, elas continuavam queimando, pálidas e imóveis; e no espelho que o clarão dessas luzes formava em cima da mesa de ébano ao redor da qual estávamos sentados, cada um de nós ali reunidos contemplava a palidez do próprio semblante e o brilho angustiado nos olhos abatidos de seus companheiros. Mesmo assim, nós rimos e ficamos felizes à nossa maneira – uma maneira histérica; e cantamos as canções de Anacreonte – canções da loucura; e bebemos loucamente – embora o vinho cor de púrpura nos trouxesse a lembrança do sangue. E havia outro habitante de nosso quarto na pessoa do jovem Zoilo. Morto, estendido de corpo inteiro, amortalhado; o gênio e o demônio da cena. Ai de mim! Ele não partilhava de nossa alegria ruidosa, exceto pelo fato de que seu semblante, distorcido pela praga, e seus olhos, nos quais a Morte havia extinguido apenas parcialmente o fogo da peste, pareciam demonstrar por nosso regozijo o mesmo entusiasmo que um morto pode ter pela alegria daqueles que estão para morrer. Todavia, embora eu, Oinos, sentisse os olhos do defunto pousados sobre mim, forcei meus sentidos a não tomarem consciência da mordacidade de sua expressão, e fixando o olhar nas profundezas do espelho de ébano, cantei em voz alta e grandiloquente as canções do filho de Teios. Mas minhas canções foram cessando aos poucos, e seu eco, reverberando na distância entre as cortinas sinistras do aposento, tornou-se mais fraco e indiscernível e, assim, desvaneceu. E pasmem!, daquelas cortinas soturnas, em meio às quais minha canção desapareceu, surgiu uma sombra escura e indefinida – uma sombra tal qual a figura de um homem refletida pela lua, quando minguada no firmamento. No entanto, não era a sombra de um homem, nem de Deus, nem de qualquer criatura conhecida. E, oscilando por um instante entre as pregas da cortina, ela acabou repousando por inteiro sobre a superfície da porta de bronze. Mas a sombra era vaga, disforme e indefinida; e não representava um homem, não representava Deus, tampouco o Deus da Grécia, o Deus da Caldeia ou algum deus egípcio. E ela permaneceu imóvel na face da porta de bronze, sob o arco do entablamento; não pronunciou uma palavra sequer, apenas continuou ali, inabalável. E a porta na qual a sombra repousava – se não me falha a memória – ficava defronte aos pés do jovem Zoilo amortalhado. Mas nós todos ali reunidos, conscientes da sombra que brotava das cortinas, não ousamos encará-la fixamente, e preferimos baixar os olhos e fixá-los no abismo do espelho de ébano. E eu, Oinos, pronunciei por fim algumas palavras, exigindo da sombra seu domicílio e sua alcunha. E a sombra respondeu, "Eu sou a SOMBRA, e habito as vizinhanças das Catacumbas de Ptolemaida, nas proximidades das planícies da Ilusão que margeiam o canal de Caronte". E então, levantamos atemorizados todos os sete e ali ficamos em pé, trêmulos, vacilantes e horrorizados, pois a entonação da voz da sombra não era a de um único ser, mas de uma infinidade de criaturas. Essa voz, com variações em sua cadência na articulação das sílabas, fez penetrar em nossos ouvidos o sotaque inesquecível e familiar de milhares de amigos falecidos.

O demônio na torre do sino

De uma forma ou de outra, todos sabem que a região mais bela do mundo é ou – ai de mim! – era, o burgo holandês de Vondervotteimittiss. Entretanto, como ele fica em uma região longínqua, uma área afastada da vida urbana, é provável que poucos entre os meus leitores já o tenham visitado. Portanto, pensando naqueles que nunca lá estiveram, considero apropriado apresentar uma breve descrição da localidade. E, na verdade, isso se faz mais necessário porque, com a esperança de, em nome dos habitantes, angariar a simpatia do público em geral pelo povoado, tomei a decisão de relatar uma história dos eventos calamitosos que nos últimos tempos ocorreram dentro de suas fronteiras. Nenhum daqueles que me conhece duvida que darei o melhor de mim para levar a efeito a tarefa assim assumida, pautado pela mais rígida imparcialidade, pela cautela na análise dos fatos e por uma constante e diligente confrontação com as autoridades, o que sempre deveria caracterizar aquele que aspira ao título de historiador.

Com a ajuda de medalhas, manuscritos e inscrições, sinto-me capacitado a afirmar, com absoluta certeza, que o burgo de Vondervotteimittiss conserva até os dias de hoje a mesma condição que lá existiu desde sua origem. Lamento, contudo, dizer que quanto à época de sua fundação, só posso falar com aquela espécie de indefinição que os matemáticos de quando em quando são obrigados a tolerar em certas fórmulas algébricas. Creio que a data, considerado seu grande distanciamento no tempo, deve remontar a uma era bastante longínqua.

Quanto à origem do nome Vondervotteimittiss, sou infelizmente forçado a me confessar também incapaz de discorrer. Entre uma infinidade de opiniões acerca desse ponto delicado – algumas perspicazes, algumas eruditas, outras o exato oposto –, não há como selecionar um parecer que possa ser considerado satisfatório. Talvez a ideia de Grogswigg – quase coincidente com a de Kroutaplenttey – faça jus a uma cautelosa preferência. Diz: "*Vondervotteimittiss – Vonder, lege Donder – Votteimittiss, quasi und Bleitziz – Bleitziz obsol: pro Blitzen*". Essa derivação, a bem da verdade, é ainda sustentada por alguns traços do fluido elétrico que emana no vértice do Edifício do Conselho Municipal. Não quero, entretanto, comprometer-me com um tema de tal importância e devo, então, orientar o leitor ávido por informações a buscá-las em *Oratiunculae de Rebus Praeter-Veteris*, de Dundergutz. Veja, também, Blunderbuzzard *De Derivationibus*, pp. 27 a 5010, Folio, Gothic ed.; caracteres pretos e vermelhos; palavras-chave; e nenhuma codificação. Consulte também as notas nas margens do manuscrito de Stuffundpuff, com comentários adicionais de Gruntundguzzell.

 Não obstante a falta de conhecimento que envolve a data de fundação de Vondervotteimittis e a origem de seu nome, não há dúvidas quanto ao fato de que o povoado sempre existiu como hoje o encontramos. O homem mais velho do burgo não consegue identificar a menor diferença entre a localidade como é atualmente e aquela que ele traz na lembrança. Na verdade, qualquer menção à possibilidade de uma divergência é considerada um insulto. O burgo se localiza em um vale perfeitamente circular, com cerca de oitocentos metros de diâmetro, e é totalmente circundado por delicadas colinas, para além de cujo cume as pessoas jamais se aventuraram a passar. Esse é o motivo que leva os habitantes a acreditarem que não existe nada do outro lado.

 Ao redor das margens do vale – que é bastante plano e totalmente coberto de placas de pedras –, existe uma fileira contínua de sessenta casinhas, todas voltadas para o centro da planície, que fica a apenas cinquenta e poucos metros da entrada de cada uma. Todas as casas possuem um pequeno jardim na parte da frente, com uma vereda circular, um relógio de sol e vinte e quatro repolhos. As construções são tão exatamente iguais que não há como diferenciar uma das outras. Devido à antiguidade, o estilo da arquitetura é um tanto estranho, mas nem por isso menos surpreendentemente pitoresco. As residências são feitas de pequenos tijolos vermelhos com as extremidades pretas, o que faz as paredes parecerem um tabuleiro de xadrez em larga escala. Os frontões são voltados para a frente e, sobre os beirais e as portas principais, foram colocadas cornijas tão grandes quanto todo o restante da casa. As janelas são estreitas e altas, com folhas muito finas e diversas molduras. Em cima do telhado, existe grande quantidade de telhas com as extremidades abauladas. Todo o madeiramento tem cor escura e apresenta muitos entalhes, que são, entretanto, limitados em sua variedade de padrões; pois, desde tempos imemoriais, os entalhadores de Vondervotteimittiss nunca foram capazes de esculpir mais de dois objetos – um relógio e um repolho. Mas é necessário dizer que esse trabalho eles fazem com esmero excepcional, distribuindo-o nas peças com singular habilidade, onde quer que encontrem espaço para o cinzel.

As habitações são tão iguais interna como externamente, e a mobília fica toda em um único plano. O chão é de ladrilhos quadrados, as cadeiras e mesas de madeira quase preta, com pernas finas e arqueadas e pés na forma de patinhas. A cornija das lareiras é larga e alta, e tem relógios e repolhos esculpidos em sua parte frontal. Sobre elas, bem no meio, fica um relógio de verdade, com seu prodigioso tique-taque. E em cada extremidade, vasos de flores contendo um repolho servem de arautos. No espaço entre cada repolho e o relógio repousa um homenzinho de porcelana que tem um estômago protuberante, no centro do qual um grande buraco deixa entrever o mostrador do relógio.

A parte interior das lareiras é espaçosa e profunda e possui um suporte para lenha de aspecto bastante deformado. Há uma chama muito viva, que nunca se apaga, e sobre ela se apoia um enorme pote cheio de repolho avinagrado e carne de porco. O recipiente e seu conteúdo ficam sob cuidados constantes da dona da casa, uma senhorinha corpulenta, com olhos azuis e face vermelha e arredondada. Ela usa um enorme chapéu no formato de um pão de açúcar, ornamentado com fitas púrpuras e amarelas. Seu vestido de serguilha tem a cor das laranjas e é muito cheio nas costas e muito justo na cintura – na verdade, muito curto em outros aspectos, chegando-lhe apenas até o meio das pernas, cobertas por fino par de meias verdes. A exemplo dos tornozelos, as pernas também são bastante grossas. Os sapatos – de couro cor-de-rosa – são amarrados com um feixe de fitas amarelas corrugadas no formato de um repolho. A senhorinha traz na mão esquerda um pequeno e pesado relógio holandês e na direita empunha uma concha para servir o repolho avinagrado e a carne de porco. Postado ao lado dela, monta guarda um gato malhado gorducho, em cujo rabo "os garotos" amarraram, a título de pilhéria, um despertador dourado de brinquedo.

Esses garotos, em número de três, encontram-se no jardim, cuidando dos porcos. Eles têm cerca de meio metro de altura e trazem sobre a cabeça um chapéu de três pontas. A vestimenta dos meninos compõe-se de um colete carmesim que chega até a altura da coxa, calção de camurça até os joelhos, meias vermelhas, sapatos pesados com grandes fivelas prateadas e sobretudo longo com botões grandes de madrepérola. Cada um deles também traz um cachimbo pendurado na boca e um relógio pequeno e espesso na mão direita. Eles dão uma baforada e examinam o relógio; e então, examinam o relógio e dão uma baforada. O porco – corpulento e indolente – entretém-se, ora catando folhas perdidas que caem dos repolhos, ora chutando para trás por causa do despertador dourado que, para fazê-lo parecer tão formoso quanto o gato, também nele os diabetes amarraram.

Bem na frente da porta, em uma poltrona de assento de couro e espaldar alto, com pernas arqueadas e pés na forma de patinhas como as mesas, senta-se um senhor idoso, o dono da casa. Ele é um homenzinho velho e extremamente gorducho, com olhos grandes e redondos e um enorme queixo duplo. Sua indumentária se assemelha à dos garotos e, portanto, não preciso falar mais nada sobre ela. Toda a diferença está no cachimbo – um tanto maior do que o deles – e na fumaça mais espessa que ele produz. A exemplo dos meninos, ele também leva um relógio, só que o carrega no bolso. Para falar a verdade, ele tem algo mais importante com que se ocupar do que o relógio; e é isso que dentro em pouco esclarecerei. O velho está sentado com a perna direita apoiada sobre o joelho esquerdo, traz o semblante sério e mantém um olho fixamente dirigido para certo objeto singular no centro da planície.

Esse objeto situa-se no campanário do Edifício do Conselho Municipal. Os conselheiros são todos homenzinhos muito rechonchudos, tranquilos e inteligentes, com olhos redondos e queixo duplo e gorducho. Eles usam casacos muito mais longos e têm nos sapatos fivelas bem maiores do que os habitantes comuns de Vondervotteimittiss. Desde que cheguei para uma temporada no burgo, eles já realizaram diversas reuniões especiais e tomaram estas três importantes decisões:

"É errado alterar o bom velho curso das coisas";

"Não existe nada razoável fora de Vondervotteimittiss"; e "Nós nos manteremos fiéis a nossos relógios e nossos repolhos".

Acima da sala em que se realizam as sessões do Conselho fica o campanário e, dentro dele, a torre do sino. Esta, desde tempos imemoriais, abriga o orgulho e prodígio do lugar – o grande relógio do burgo de Vondervotteimittiss. E é esse o objeto sobre o qual pousam os olhos do cavalheiro idoso que se senta na poltrona com assento de couro.

O grande relógio possui sete faces – cada uma delas voltada para um dos sete lados do campanário –, de forma que pode ser prontamente visualizado a partir de qualquer local. As faces são grandes e brancas, e os ponteiros pesados e pretos. Há um homem, cuja função exclusiva é cuidar do relógio; mas essa é a mais rendosa e menos trabalhosa das sinecuras, pois jamais se soube da ocorrência de qualquer problema com o relógio de Vondervotteimittiss. Até recentemente, a mera suposição de tal possibilidade era considerada uma heresia. Desde a mais remota época da antiguidade à qual os arquivos fazem referência, as horas sempre foram marcadas regularmente pelas badaladas do grande sino. E, na verdade, o mesmo funcionamento preciso sempre foi uma característica de todos os demais relógios do burgo. Nunca existiu lugar com mais rigorosa exatidão na marcação das horas. Quando o grande badalo decidia ser o instante de dizer "Doze horas!", todos os obedientes seguidores abriam a garganta simultaneamente e repetiam em eco. Os bons cidadãos apreciavam seu repolho avinagrado, mas também tinham orgulho de seus relógios.

Todas as pessoas que exercem a função de sinecuras são merecedoras de mais ou menos respeito e, como o homem da torre do sino de Vondervotteimittiss ocupa o mais perfeito posto de sinecura, ele é o mais respeitado entre todos os homens do mundo; é o chefe dignitário do burgo e até mesmo os próprios porcos para ele olham com sentimento de reverência. A cauda de seu casaco é mais longa do que a dos demais; o cachimbo, a fivela dos sapatos, os olhos e o estômago são todos muito maiores do que os de qualquer outro cavalheiro idoso do povoado; e quanto ao queixo... não é apenas duplo... ele é triplo.

Assim retratei uma face feliz de Vondervotteimittiss; quis o destino que um retrato tão feliz sofresse um amargo reverso!

135

Desde muito tempo corria entre os habitantes do lugar um ditado que dizia, "nenhum bem pode chegar das colinas"; e de fato parecia que as palavras tinham o dom de profetizar. Anteontem, quando faltavam cinco minutos para o meio-dia, surgiu um objeto bastante estranho sobre o cume da cordilheira no lado leste. É desnecessário dizer que o evento atraiu a atenção geral; todos os homenzinhos anciãos, sentados em suas poltronas com assento de couro, dirigiram um dos olhos na direção do fenômeno, mantendo o outro, é claro, no relógio do campanário.

No momento em que faltavam apenas três minutos para o meio-dia, percebeu-se que esse curioso objeto não passava de um jovenzinho muito pequeno, com aparência de forasteiro. O rapaz desceu a colina em grande velocidade, de modo que repentinamente todos puderam vê-lo. Ele era, de fato, a mais graciosa pessoinha, jamais vista em Vondervotteimittiss. Tinha um semblante da cor escura do rapé, o nariz longo e aduncao, os olhos como duas ervilhas, a boca larga e uma dentadura excepcional, a qual, mais tarde, ao sorrir de orelha a orelha, ele se mostrou aflito em exibir. O bigode e as costeletas não deixavam à mostra nenhuma outra parte de seu rosto. Ele trazia a cabeça descoberta e os cabelos impecavelmente enrolados com papelotes. O jovenzinho trajava um casaco preto justo com a cauda bipartida, culote preto de casimira que lhe chegava até os joelhos, meias pretas e sapatos baixos amarrados por um chumaço de fitas pretas de cetim. De um dos bolsos do casaco pendia um lenço branco muito longo. Debaixo de um dos braços, ele carregava um enorme *chapeau-de-bras*, e sob o outro, um violino quase cinco vezes maior do que ele próprio. Na mão esquerda, trazia uma caixa de rapé dourada, e dela se serviu enquanto descia saltitando a colina, demonstrando prazer nas cafungadas. Benza-me Deus!... ali estava um espetáculo para os honestos cidadãos de Vondervotteimittiss!

Para falar francamente, a despeito do largo sorriso, o sujeito tinha um rosto audacioso e sinistro. E quando chegou saltitando ao vilarejo, a aparência velha e atarracada de suas tamancas não despertou suspeitas; e muitos dos cidadãos que o viram naquele dia teriam dado uma ninharia por uma olhadela debaixo do lenço de cambraia branca que pendia tão indiscretamente do bolso do casaco de cauda dupla. Contudo, o que causou justa indignação foi o fato de o papagaio malandro, enquanto dava um passo de fandango aqui e uma rodopiada ali, não parecer sequer pensar em marcar a passagem da hora com seus passos.

A boa gente do burgo quase não teve tempo de abrir bem os olhos quando, no momento em que faltava apenas meio minuto para o meio-dia, o patife saltou para o meio deles, deu um *chassez* aqui, um *balancez* ali, e então, depois de uma pirueta e um *pas de Zephyr*, alçou voo como uma pomba na direção do campanário do Edifício do Conselho Municipal, onde o homem do sino, muito espantado, fumava, em uma pose de dignidade e desconcerto. O jovenzinho agarrou-o incontinente pelo nariz, enterrou-lhe o enorme *chapeau de-bras* na cabeça, cobrindo-lhe os olhos e até a boca, e então, levantando o violino, bateu no homem do campanário tão longa e decididamente que, sendo este tão gordo e o violino tão oco, seria possível jurar que havia um regimento de bateristas tamborilando, todos ao mesmo tempo, com os dedos e os pés no sino da torre do campanário de Vondervotteimittiss.

Não se sabe que desesperado ato de vingança esse inescrupuloso ataque poderia estimular nos habitantes, exceto pelo importante fato de que agora faltava apenas meio segundo para o meio-dia. O sino estava prestes a badalar, e era uma questão de absoluta e preeminente necessidade que todos olhassem para seus relógios. Era evidente, no entanto, que nesse exato momento o jovem no campanário fazia com o relógio alguma coisa alheia à sua competência. Todavia, como as badaladas começaram, as pessoas não tiveram tempo para prestar atenção às manobras do rapaz, pois tinham que contar as batidas do sino.

"Um!" falou o relógio.

"Um!" ecoaram todos os homenzinhos em todas as cadeiras de assento de couro em Vondervotteimittiss. "Um!", disseram também seus relógios; "um!", falaram os relógios de suas senhoras; e "um!", repetiram os relógios dos garotos e os pequenos despertadores presos na cauda dos gatos e dos porcos.

"Dois!" continuou o grande sino; e

"Dois!" repetiram todos os despertadores.

"Três! Quatro! Cinco! Seis! Sete! Oito! Nove! Dez!" falou o sino.

"Três! Quatro! Cinco! Seis! Sete! Oito! Nove! Dez!" responderam os demais.

"Onze!" disse o grande relógio.

"Onze!" aquiesceram os pequenos.

"Doze!" contou o sino.

"Doze!" repetiram eles satisfeitos, em voz mais baixa.

"Sim, doze; está correto!" disseram com um suspiro todos os velhinhos, erguendo seus relógios. Mas o grande sino não havia ainda terminado.

"Treze!" falou ele.

"O demônio!" exclamaram os homenzinhos, deixando cair seus cachimbos e descruzando a perna direita que estava apoiada sobre o joelho esquerdo.

"O demônio!" grunhiram eles, "Treze! Treze!! – Meu Deus, são treze horas!!"*

Não tenho por que descrever a cena terrível que se desenrolou em seguida. Um tumulto incontrolável tomou imediatamente conta de toda a população de Vondervotteimittiss.

"*Vot is cum'd to mein pelly?*" ribombou a voz dos garotos. "Estou furioso em razão dessa hora!"

"*Vot is com'd to mein kraut?*" gritaram todas as senhoras. "Foi feito em migalhas por causa dessa hora!"

"*Vot is cum'd to mein pipe?*" praguejaram todos os velhinhos. "*Donder und Blitzen*; foi apagado devido a essa hora!" E, assaltados por uma fúria incontida, voltaram a encher os cachimbos e afundaram-se de novo em suas poltronas, soltando baforadas tão violentas que todo o vale acabou coberto por uma densa fumaça.

Nesse ínterim, todos os repolhos se tornaram muito vermelhos, e parecia que o velho Nick† em pessoa havia se apoderado de todas

---

* No original, os números ecoados pelos relógios são: von, doo, dree, vour, fibe, sax, seben, aight, noin, den, eleben, dvelf e dirteen. (N.E.)

† No Cristianismo, um dos nomes para se referir ao Diabo. (N.E.)

as coisas que porventura tivessem a forma de um marcador de tempo. Os relógios entalhados na mobília começaram a dançar como se estivessem enfeitiçados, enquanto aqueles colocados sobre a cornija da lareira mal conseguiam se conter e, com um horripilante movimento de oscilação e contorção de seus pêndulos, batiam furiosamente as treze horas. Não bastasse essa balbúrdia, para tornar a situação ainda pior, os gatos e os porcos, incapazes de suportar por mais tempo o comportamento dos despertadores pendurados em sua cauda, puseram-se a correr em disparada para todos os lados. Coçando-se, empurrando-se uns aos outros, chiando e guinchando, miando e berrando, atirando-se sobre o rosto das pessoas e rastejando debaixo delas, eles criaram uma confusão tão abominável e barulhenta, que criatura alguma, no perfeito uso de suas faculdades mentais, pode imaginar. Ainda mais angustiante era ver que o patife miserável claramente continuava agindo no campanário. De quando em quando, era possível enxergá-lo de relance através da fumaça. Lá estava ele, sentado sobre o homem do sino, que permanecia deitado de costas no chão. O vilão segurava a corda do sino com os dentes, e a mantinha oscilando com um movimento da cabeça. O barulho se tornou tão infernal que, só de pensar, meus ouvidos ecoam outra vez. No colo jazia o enorme violino, que ele arranhava com as duas mãos, produzindo um som totalmente fora de tempo e do tom. O paspalho fazia uma grande exibição, tocando "Judy O'Flannagan e Paddy O'Rafferty".

Nesse miserável estado de coisas, deixei enojado o local, e agora apelo à ajuda de todos os amantes da hora certa e de repolho avinagrado. Vamos retornar juntos ao povoado e expulsar do campanário aquela pequena criatura, para restaurar a antiga ordem em Vondervotteimittiss.

Ligeia

E a vontade, que não morre, ali jaz. Quem conhece os mistérios e a força da vontade? Pois Deus nada mais é do que uma grande vontade que permeia todas as coisas pela natureza essencial de seus desígnios. O homem não se rende completamente aos anjos, nem pela morte; exceto por meio da fraqueza de sua débil vontade.
—Joseph Glanvill

NÃO SOU CAPAZ – JURO POR MINHA ALMA – DE LEMBRAR COMO, quando, e nem mesmo precisamente onde, conheci a senhora Ligeia. Longos anos já se passaram e minha memória se fragilizou por conta de tanto sofrimento. Ou, quem sabe, não consigo agora relembrar esses pontos, porque, na verdade, o caráter de minha adorada, sua sabedoria rara, a singular e plácida expressão de sua beleza, bem como a eletrizante e arrebatadora retórica de sua fala grave e musical foram abrindo caminho até meu coração com passos tão firmes e furtivos que passaram despercebidos. No entanto, eu acredito que a encontrei pela primeira vez, e depois com muita frequência, em alguma grande, velha e decadente cidade nas proximidades do Reno. Sobre sua família estou certo de tê-la escutado falar. Que é de um tempo muito remoto, não há como duvidar. Ligeia! Ligeia! Em estudos de uma natureza mais do que todo o resto adequada a impressões obscuras do mundo exterior, é apenas por meio daquela palavra doce – Ligeia – que vejo em imaginação, diante de meus olhos, a imagem daquela que não mais existe. E neste momento, enquanto escrevo, relembro que nunca soube o sobrenome dela, que foi minha amiga e prometida, depois se tornou a parceira de meus estudos e, finalmente, a senhora de meu coração. Terá sido isso uma atitude brincalhona de minha Ligeia? Ou uma forma de testar a força de meu afeto, não permitindo que eu fizesse perguntas a esse respeito? Ou, talvez, não tenha passado de um capricho meu – uma impetuosa oferenda romântica no altar da mais apaixonada devoção! Relembro apenas vagamente o fato em si – surpreende eu ter esquecido por completo as circunstâncias que o originaram ou cercaram! E, a bem da verdade, se algum dia ela, a pálida Ashtophet* de asas indistintas, oriunda do idolátrico Egito, presidiu casamentos infelizes, então, sem a menor sombra de dúvida, ela reinou sobre o meu.

---

* Há análises segundo as quais este nome pode ter sido criado por Poe pela junção de Ashtoreth (deusa fenícia e egípcia do amor) com Tophet (versão do inferno que o Velho Testamento associa à adoração a Maloque e ao sacrifício de bebês oferecidos a ele). (N.T.)

Mas existe um tema muito caro para mim, sobre o qual mantenho a mais vívida lembrança. É a pessoa de Ligeia. Ela tinha estatura elevada, era até certo ponto delgada e, em seus últimos dias, tornou-se macilenta. Eu não conseguiria descrever a majestade e a tranquilidade de suas atitudes, ou a leveza e a elasticidade incompreensíveis de suas passadas. Ela chegava e partia como uma sombra. Eu só tomava ciência de seu ingresso em meus estudos secretos ao ouvir a adorada música de sua voz grave e doce e sentir o toque de suas mãos de mármore sobre meus ombros. Na beleza do rosto nenhuma donzela jamais a ela se igualou. Ele tinha o brilho ardente de um devaneio produzido pelo ópio – uma visão etérea que eleva o espírito e é mais devastadoramente divina do que as fantasias que pairavam sobre as almas adormecidas das filhas de Delos. Contudo, seus traços não obedeciam àquele modelo harmonioso que nos ensinaram erroneamente a adorar nas obras clássicas dos pagãos. "Não existe uma beleza primorosa", diz Bacon, o barão de Verulam, descrevendo com fidelidade todas as formas e gêneros de beleza, "sem alguma singularidade nas proporções". Porém, embora notasse que os traços de Ligeia não revelavam uma regularidade clássica; embora percebesse que seu encanto era, de fato, "primoroso" e permeado por grande dose de "singularidade", ainda assim tentei em vão identificar as irregularidades e recompor minha própria percepção do "estranho". Examinei o contorno de sua fronte imponente e pálida – irrepreensível; uma palavra fria quando atribuída a uma majestade tão divina! A pele rivalizava com o mais puro marfim; impossível esquecer a extensão e a placidez dominantes, bem como a delicada proeminência das regiões acima das têmporas; e então, as madeixas negras, sedosas e naturalmente encaracoladas evidenciando a força total do epíteto homérico, "Jacinto!". Observei o delicado perfil do nariz – e, em parte alguma, exceto nos graciosos medalhões dos hebreus, tinha eu contemplado semelhante perfeição. Identifiquei a mesma suntuosa maciez da superfície, o mesmo quase imperceptível arco aquilino, as mesmas narinas harmoniosamente arqueadas, dando expressão a um espírito livre. Prestei atenção à boca encantadora. Aqui triunfaram, de fato, todas as coisas celestiais – o magnífico contorno dos lábios;

a suave e sensual languidez do lobo labial inferior; as covinhas que entretinham e a cor que falava; os dentes que se insinuavam, com um brilho surpreendente, refletindo os raios da luz sagrada que sobre eles incidia, no mais sereno, plácido e radiante dos sorrisos. Esquadrinhei a formação do queixo – e também aqui, encontrei a brandura da generosidade, a doçura da majestade, a completude e a espiritualidade dos gregos; o contorno que o deus Apolo revelou apenas em sonho para Cleômenes, o filho do ateniense. E então, perscrutei dentro dos grandes olhos de Ligeia.

Dos olhos não temos modelos na antiguidade remota. É possível, também, que nesses olhos de minha adorada residissem os segredos aos quais o barão de Verulam faz menção. Eles eram – preciso acreditar – muito maiores do que os olhos normais da gente de nossa raça. Eram mesmo mais arregalados do que os olhos mais arregalados das gazelas da tribo do vale de Nourjahad. No entanto, só de vez em quando – em momentos de intenso entusiasmo – essa particularidade podia ser sutilmente percebida em Ligeia. E em tais momentos, sua beleza se assemelhava, em minha ardente fantasia, à beleza dos seres que habitam o espaço acima e fora da Terra – a beleza das lendárias virgens prometidas dos otomanos. A tonalidade preta brilhante das íris destacava-as atrás de cílios muito longos e também negros. Era a mesma a cor das sobrancelhas, de contorno ligeiramente irregular. No entanto, a "singularidade" que identifiquei nos olhos não decorria do formato, da cor ou do esplendor de suas feições, e só me resta atribuí-la à *expressão* – ah, palavra carente de significação atrás de cuja vasta amplitude sonora nós entrincheiramos nossa ignorância daquilo que concerne ao universo do espírito! A expressão dos olhos de Ligeia! Oh, as longas horas que passei refletindo sobre ela! Como lutei durante toda uma noite de verão para vencer a impenetrabilidade daquela expressão! O que se escondia ali, naquele algo mais profundo do que o poço de Demócrito, nas entranhas das pupilas de minha adorada? O que era? O desejo ardente de descobri-lo me possuiu. Aqueles olhos! Aquelas íris – grandes, brilhantes e divinas! Elas se tornaram para mim as estrelas gêmeas da constelação de Cygnus e eu, o mais devoto dos astrólogos a tentar desvendá-las.

143

Não existe entre as muitas incompreensíveis anomalias da ciência da mente nada mais excitante do que o fato – jamais discutido nas escolas, creio eu – de que, em nossos esforços para recuperar a memória de algo há muito desvanecido, é comum sentirmos que essa lembrança buscada está na iminência de se revelar, porém escapa à nossa percepção. E assim, em meu febril escrutínio dos olhos de Ligeia, quantas vezes senti próximo o instante de conseguir traduzir o pleno significado que eles ocultavam – mas ele me escapava e voltava a se perder no desconhecimento! E acabei identificando – estranho, o mais estranho de todos os mistérios – nos objetos mais comuns do universo, uma série de analogias a essa expressão. Com isso pretendo dizer que depois do período em que a beleza de Ligeia tomou conta de meu espírito, habitando-o como se estivesse em um santuário, eu fui buscar nas muitas vidas do mundo material um sentimento que me parecia produzido pelas enormes e luminosas íris dos olhos dela. No entanto, não me sentia capaz de definir esse sentimento, avaliá-lo ou mesmo compreendê-lo com segurança. Eu o reconhecia algumas vezes – permitam-me reafirmar – ao observar uma videira em rápido crescimento; ao contemplar uma mariposa, uma borboleta, uma crisálida ou um riacho de águas correntes. Eu o percebia no oceano, na queda de um meteoro e nos olhares de pessoas extraordinariamente velhas. E existe uma ou duas estrelas no firmamento – em especial uma estrela de sexta grandeza, dupla e mutável, encontrada na vizinhança da grande estrela da constelação de Lira – que, quando examinei por telescópio despertou-o em minha consciência. Ele é excitado por certos sons de instrumentos de corda e, não raramente, por trechos de determinados livros. Entre outros inúmeros exemplos, lembro-me agora de uma passagem de um texto de Joseph Glanvill, que nunca deixou de inspirar em mim esse tal sentimento; talvez, meramente em decorrência de sua estranheza – a quem seria dado entender? "E a vontade, que não morre, ali jaz. Quem conhece os mistérios e a força da vontade? Pois Deus nada mais é do que uma grande vontade que permeia todas as coisas pela natureza essencial de seus desígnios. O homem não se rende completamente aos anjos, nem pela morte; exceto por meio da fraqueza de sua débil vontade".

O passar dos anos e as reflexões posteriores permitiram-me traçar algumas conexões longínquas entre essa passagem do moralista inglês e certo aspecto da personalidade de Ligeia. Possivelmente, a intensidade do pensamento, das ações ou do discurso era nela resultante – ou pelo menos uma indicação – daquela gigantesca vontade que, no decurso de nosso longo relacionamento, não deixou transparecer uma prova mais imediata de sua existência. De todas as mulheres que já conheci, ela – a exteriormente calma, a sempre plácida Ligeia – foi uma presa fácil dos turbulentos abutres da paixão incontrolável. E tal paixão, eu não conseguia avaliar, exceto pela miraculosa abertura daqueles olhos que imediatamente me deleitavam e aterrorizavam; pela influência quase mágica da melodia, da modulação, da nitidez e da placidez de sua voz muito grave; e pela força feroz – duas vezes mais eficaz quando comparada à sua forma de expressão – das palavras devastadoras que ela habitualmente pronunciava.

Falei sobre o imenso saber de Ligeia; igual a ele, jamais encontrei em uma mulher. Nos idiomas clássicos era ela senhora de profunda proficiência e, até onde meu conhecimento chega no tocante aos modernos dialetos da Europa, nunca a vi cometer um erro. Na verdade, acerca de qualquer um dos assuntos mais admirados, simplesmente por serem os de mais difícil compreensão em meio à ostentada erudição da academia, nunca surpreendi um engano de Ligeia! Com que singularidade, com que empolgação esse aspecto da personalidade de minha esposa só neste último período despertou minha atenção! Afirmei que o conhecimento por ela possuído era tal que eu nunca havia visto em outra mulher; mas onde fica o homem que já percorreu – e com sucesso – toda a amplitude das ciências que estudam a moral, a física e a matemática? Eu não via então o que agora percebo claramente; ou seja, que o domínio dos conhecimentos de Ligeia era gigantesco, impressionante; mas eu estava suficientemente consciente de sua infinita supremacia para permitir que ela me conduzisse, como a uma criança, dentro do mundo caótico das investigações metafísicas a que eu me dedicava de corpo e alma nos primeiros anos de nosso casamento. Com que triunfo retumbante; com que vívido deleite; com que dose de uma esperança sublime, eu sentia, quando ela sobre mim se debruçava nos estudos, mas pouco exigia – apenas o menos conhecido –, abrir-se gradativamente diante de mim aquela deliciosa perspectiva, através de cujo caminho longo, deslumbrante e inexplorado eu podia finalmente deslindar o propósito de uma sabedoria preciosa demais para não ser proibida!

Quão venenoso deve ter sido então o sofrimento com que, depois de alguns anos, eu vi minhas bem fundamentadas expectativas adquirirem asas e se dissiparem! Sem Ligeia eu não passava de uma criança insegura surpreendida pela noite. Apenas a presença dela e suas leituras conseguiam evidenciar claramente os muitos mistérios do transcendentalismo no qual nós estávamos submersos. Carecendo do brilho radiante de seus olhos, as letras cintilantes e douradas se tornavam mais embotadas do que o chumbo de Saturno. E agora, aqueles olhos brilham menos e mais raramente nas páginas sobre as quais eu me debruço. Ligeia adoeceu. Os olhos solitários brilhavam com um esplendor soberbo – soberbo demais –, os dedos pálidos foram adquirindo a tonalidade macilenta da sepultura e as veias azuis sobre a fronte imponente dilatavam-se e murchavam ao sabor do fluxo e refluxo das emoções. Eu via que ela precisava morrer; mas em espírito lutava desesperadamente com Azrael, o impiedoso arcanjo da morte. E a esposa apaixonada lutava – para minha grande perplexidade – com uma determinação ainda maior do que a minha. Havia muito em sua natureza inflexível que me levava a crer que a morte chegaria para ela livre de todos os terrores; mas assim não aconteceu. As palavras são impotentes para descrever qualquer ideia mais exata da batalha feroz que ela travou com a Sombra. Eu gemia angustiado diante do lamentável espetáculo, e a teria confortado, teria com ela discutido à luz da razão; porém, na intensidade de sua desesperada ânsia por viver – viver – *apenas* por viver – consolo e bom senso são as mais extremas tolices. Mas só ao se avizinhar o instante derradeiro, em meio às mais convulsivas contorções de seu espírito feroz, abalou-se a placidez aparente de seu semblante. A voz se tornou mais suave, mais grave; e eu não desejava mergulhar no estranho significado das palavras silenciosamente pronunciadas. Minha mente titubeou quando escutei extasiado uma melodia inexorável acompanhada de suposições e anseios que a morte até então jamais conhecera.

Que ela me amava, eu não tinha nem a mais remota dúvida; pois era muito fácil saber que em um coração como o dela, o amor se traduzia em uma paixão muito além da trivialidade. Mas foi só na hora da morte que a força de sua afeição imprimiu em mim marcas profundas. Agarrada às minhas mãos durante horas intermináveis, seu coração vertia diante de mim uma devoção apaixonada só comparável à idolatria. Como podia eu merecer ser assim agraciado com a bênção de tais confissões? O que me fazia merecer a maldição de ver partir minha adorada no momento em que ela as pronunciava? Contudo, não ouso me alongar nesse assunto. Permitam-me apenas dizer que na autoconsagração de Ligeia a um amor imerecido e injustificadamente outorgado – uma entrega nascida de sua essência de mulher – acabei reconhecendo a razão de ela ansiar tão fervorosamente por uma vida que tão depressa a abandonava. É esse desejo selvagem, essa ardente impetuosidade de sua luta pela vida – *apenas* pela vida – que eu me sinto incapaz de traduzir em palavras.

A altas horas daquela noite em que a morte a levou, exigindo minha presença junto de seu leito, Ligeia me pediu que repetisse alguns versos que ela havia composto poucos dias antes, e eu obedeci. Eis aqui os versos de que falo:

> Vê! É uma noite festiva
> Em tantos anos de solidão!
> Um anjo se insinua, alado, envolto em véus
> E afogado em lágrimas,
> Num teatro se acomoda pra ver
> Uma obra de esperanças e medos.
> E a orquestra espalha no ar
> A música dos céus.
>
> No alto, bufões na forma de Deus
> Balbuciam, resmungam baixinho,
> Pairando pra cá e pra lá.

Meros fantoches vêm e vão
Ao comando de coisas disformes, colossais
Que o cenário, a esmo fazem mudar
Adejando nas asas do Condor.
Oh, Desdita invisível!

Um drama multicor!
Para jamais esquecer!
Seu Fantasma sempre acossado
E a multidão que não o apresa,
Em um círculo que sempre retorna
Ao mesmo e perpétuo ponto,
E muita Loucura, e mais pecado
E o horror, a alma do enredo.

Mas em meio à turba que remeda,
Penetra uma forma rastejante!
Uma coisa rubra se contorce
E emerge na solidão da cena!
Ela se contorce! Contorce! Com os espasmos da morte
Os bufões são seu alimento
E os serafins soluçam nas presas dos vermes
 Impregnados de sangue humano.

Extinguem-se as luzes – todas!
E sobre cada forma tiritante,
A cortina, mortalha funerária,
Precipita-se como a tempestade,
E os anjos, lívidos, emaciados,
Reagem, revelam-se, declaram
Que a peça é a tragédia, "O homem"
E seu herói, o Verme Vencedor.

Quando acabei de pronunciar as derradeiras linhas, Ligeia se ergueu e, estendendo os braços para cima em um movimento espasmódico, clamou em voz suplicante, "Oh, Deus! oh, Divino Pai! Por que são essas coisas invariavelmente assim? Não deve esse Vencedor ser uma vez Vencido? Não somos nós parte integrante do Senhor? Quem... quem conhece os mistérios e a força da vontade? O homem não se rende completamente aos anjos, nem pela morte; exceto por meio da fraqueza de sua débil vontade".

E então, como que esgotada pela emoção, ela deixou caírem seus braços sem cor e retornou solenemente ao leito de morte. E ao dar o último suspiro, brotou também de seus lábios um murmúrio baixinho. Aproximei deles meus ouvidos e distingui, mais uma vez, as palavras finais da passagem de Glanvill – "O homem não se rende completamente aos anjos, nem pela morte; exceto por meio da fraqueza de sua débil vontade".

Ela morreu; e eu, esmagado pelo sofrimento, não mais conseguia suportar a desolada solidão de minha morada naquela sombria e decadente cidade junto ao Reno. Eu não carecia daquilo que o mundo chama riqueza. Ligeia me trouxera muito, muito mais do que habitualmente cabe à maioria dos mortais. Portanto, depois de vagar durante alguns meses, exausto e sem rumo, adquiri e fiz por deixar em bom estado, uma abadia localizada em um dos recantos mais selvagens e desabitados da querida Inglaterra. O nome desse mosteiro, abstenho-me de mencionar. A triste e tenebrosa grandiosidade da construção, o quase selvagem aspecto da região e as muitas memórias melancólicas e consagradas pelo tempo que aquele cenário guardava faziam coro com os sentimentos de total abandono que me haviam conduzido até aquela parte remota e solitária do país. Entretanto, embora a aparência externa da abadia, com a decadência verdejante que a circundava, tivesse passado quase incólume às alterações, eu cedi, movido por uma perversidade infantil e possivelmente pela débil esperança de aliviar meu sofrimento, à demonstração de uma suntuosidade régia no interior. Ainda na infância, eu assimilara certo prazer por tais tolices, e agora, na debilidade da tristeza, elas a mim retornavam. Uma lástima! Sinto o quanto de uma loucura incipiente poderia ter sido descoberto nas deslumbrantes e fantásticas cortinas, nas pomposas esculturas do Egito, nas sombrias cornijas e mobílias, no padrão caótico dos tapetes adornados em ouro! Eu me deixara acorrentar aos grilhões do ópio, e minhas tarefas e meu ofício sagrado adquiriram o colorido de meus sonhos. Porém, não cabe aqui uma pausa para detalhamento de tais absurdos. Permitam-me apenas descrever um aposento – para sempre amaldiçoado –, para onde, em um momento de alienação mental, eu conduzi do altar, na qualidade de minha noiva – sucessora da inesquecível Ligeia – a senhora loira, de olhos azuis, Rowena Trevanion, de Tremaine.

Não há uma porção sequer da arquitetura e da decoração daquele aposento nupcial que não se projete agora vívido diante de meus olhos. Onde estavam as almas da altiva família da noiva quando, sob o domínio da avidez pelo ouro, permitiram que a filha, aquela donzela tão amada, ultrapassasse a soleira de um aposento com tal profusão de ornamentos? Eu disse que ainda me recordo dos mínimos detalhes daquele cômodo – embora infelizmente me fujam aspectos da maior importância. O quarto ficava em uma torre muito alta da abadia acastelada; tinha o formato pentagonal e era bastante espaçoso. Ocupando toda a face sul do pentágono havia apenas uma janela, uma imensa folha de vidro inteiriço de Veneza cuja tonalidade plúmbea fazia com que os raios que a atravessavam – do sol ou da lua – projetassem um brilho sinistro sobre os objetos no interior. Sobre a porção superior dessa enorme janela, estendia-se a caniçada de uma parreira envelhecida que subia pelas maciças paredes da torre. O teto de carvalho muito escuro, com sua abóbada imponente, era primorosamente trabalhado com os mais extravagantes e grotescos espécimes de ornamentos semigóticos e semidruídicos. Do recesso mais central dessa lúgubre abóbada pendia, preso por uma única corrente de ouro com elos alongados, um enorme incensório do mesmo metal. Esta peça, em padrão sarraceno, possuía diversas perfurações projetadas de forma tal que uma sucessão de chamas multicoloridas por elas atravessava, contorcendo-se como uma serpente num movimento de vai-volta.

Uns poucos divãs e alguns candelabros dourados com figuras orientais se distribuíam pelo ambiente; e havia também a cama – o leito conjugal – de modelo indiano, baixa, esculpida em sólido ébano e coberta por um dossel semelhante a uma mortalha. Em cada um dos cantos do aposento via-se um gigantesco sarcófago de granito negro, com seu tampo gasto pelo tempo e coberto de esculturas imemoriais, ao contrário das tumbas dos reis de Luxor. E nos drapeados do cômodo residia – valha-me Deus! – a mais notável de todas as fantasias. Sobre as paredes imponentes, de altura gigantesca – embora desproporcional – pendia uma pesada tapeçaria cheia de pregas. Do mesmo material, o mais rico tecido de ouro, salpicado irregularmente por figuras intrincadas do mais negro azeviche, eram confeccionados o tapete do chão, a cobertura dos divãs e da cama, o dossel sobre o leito e as suntuosas volutas das cortinas que escondiam parcialmente a janela. Mas essas figuras só partilhavam do verdadeiro caráter do arabesco, dos padrões intrincados, quando avaliadas sob um único ponto de vista. Por um artifício hoje comum, mas cujas raízes na verdade se encontram em um período muito remoto da antiguidade, elas foram feitas mutantes em aparência. Para alguém que esteja entrando no quarto, não passam de simples monstruosidade. Porém, adentrando um pouco mais, essa aparência vai gradualmente se modificando e, à medida que o visitante caminha dentro do cômodo, ele se vê rodeado por uma sucessão infinita de formas sinistras próprias da superstição dos normandos, ou nascidas do sono culpado do monge. Uma forte corrente contínua de vento que começou a soprar por trás das cortinas, produzindo uma hedionda e perturbadora agitação no ambiente, contribuiu para a intensificação daquele efeito fantasmagórico.

Em salões tais como esse, num aposento nupcial como o da minha descrição, passei com a senhora de Tremaine as profanas horas do primeiro mês de nosso casamento. Passei-os, porém, com pouco desassossego. Que minha esposa temesse meu feroz mau-humor; que ela de mim se esquivasse e me amasse apenas um pouco, não pude deixar de perceber; contudo, aquele comportamento me proporcionava mais prazer do que contrariedade. O ódio que eu por ela nutria era próprio de um demônio, não de um homem. Com que imenso pesar minhas memórias me levaram de volta ao passado! De volta a Ligeia – a bela, augusta, adorada e sepultada Ligeia! Eu me deleitava ao recordar sua pureza, sua sabedoria, sua natureza altiva e etérea, seu amor arrebatado e passional. E então, meu espírito ardia plena e espontaneamente com um fogo muito maior do que o dela. Na excitação de meus sonhos alimentados pelo ópio (pois eu estava habitualmente acorrentado aos grilhões da droga), no silêncio da noite ou nos recessos protegidos dos vales nas horas claras do dia, eu bradava seu nome como se, por meio de uma avidez selvagem, da solene paixão, do debilitante ardor de meu desejo pela falecida, eu fosse capaz de trazê-la de volta ao caminho que ela abandonou sobre a Terra. Ah, quem me dera fosse tudo isso eterno!

No início do segundo mês de nosso casamento, a senhora Rowena foi acometida por uma repentina enfermidade da qual só vagarosamente se recuperou. A febre que a consumia transformou suas noites em desassossego; e, em seu perturbado estado de sonolência, ela andava de um lado a outro do quarto da torre e falava a respeito de sons e movimentos. Para mim, tal comportamento só poderia ser produto de suas tumultuosas fantasias ou, quem sabe, da fantasmagórica influência do próprio aposento. Aos poucos ela foi convalescendo e finalmente recuperou a saúde. Um breve período havia se passado, quando um distúrbio ainda mais violento voltou a confiná-la em um leito de martírios; e desse episódio, seu físico, sempre frágil, nunca mais se recuperou. A partir dessa época, suas enfermidades se tornaram assustadoras e cada vez mais recorrentes, desafiando não apenas o conhecimento como o grande empenho de seus médicos. Com o agravamento da doença – agora crônica – que aparentemente havia se arraigado demais para ser erradicada por meios humanos, eu não pude deixar de observar um aumento proporcional de sua irritabilidade e sua disposição a reagir com exasperação em situações triviais de medo. A senhora Rowena voltou a falar com mais frequência e obstinação dos mesmos sons delicados e movimentos invulgares provenientes das tapeçarias, fenômenos a que ela já havia feito alusões em outras oportunidades.

Certa noite, quase no final de setembro, minha esposa trouxe à tona novamente esse assunto angustiante; dessa vez com uma ênfase maior do que a usual. Ela acabara de despertar de uma vigília inquieta e eu observava com um misto de ansiedade e vago terror as expressões de seu semblante emaciado. Sentei-me em um dos divãs indianos, junto à cabeceira de sua cama de ébano. Ela ergueu um pouco a cabeça e falou em um sussurro baixo e grave sobre os sons que agora escutava e eu não conseguia escutar; sobre movimentos que agora via, mas eu não era capaz de perceber. O vento estava soprando furiosamente atrás das tapeçarias e eu fiz menção de lhe mostrar, embora também me fosse difícil acreditar, que aqueles sopros quase indistintos, e aquelas sutis variações das figuras sobre a parede não passavam de um efeito natural da agitação do vento. Mas uma palidez mortal que cobria sua face, levou-me a compreender a inutilidade do esforço que eu fazia para acalmá-la. Parecia que as forças a abandonavam, e àquela hora não havia como pedir socorro aos empregados. Lembrei-me de uma garrafa de vinho suave que fora recomendado a ela por um de seus médicos e atravessei correndo o quarto para apanhá-la. Porém, ao passar embaixo da luz do incensório, dois eventos de natureza aterradora atraíram minha atenção. Senti que algum objeto palpável, embora invisível, passara rapidamente por mim; e vi que jazia sobre o tapete dourado, no exato centro da vívida luminosidade proveniente do turíbulo, uma sombra desmaiada e indefinida, de aspecto angelical, que pode ser mais exatamente descrita como a sombra de uma sombra. Porém, na excitação em que eu me encontrava então, embalado por uma excessiva dose de ópio, negligenciei esses fenômenos e tampouco sobre eles falei com Rowena. Trazendo comigo o vinho, cruzei de novo o quarto e enchi um cálice, que levei aos lábios da senhora desfalecida. Ligeiramente recuperada, minha mulher tomou o copo em suas mãos, enquanto eu me afundei em um divã, mantendo os olhos fixos sobre ela. Foi nesse momento que escutei nitidamente o som de passos sobre o tapete e perto da cama; e um instante depois, quando Rowena levava o vinho à boca, eu vi – ou talvez tenha sonhado que vi – caírem dentro do cálice, como que saídos de alguma fonte invisível dentro da sala, três ou quatro volumosas gotas de um fluido brilhante, da cor do rubi. Se eu vi, o mesmo não aconteceu com Rowena. Ela engoliu o vinho sem qualquer hesitação, e eu me abstive de lhe contar aquilo que julguei não

153

passar de fruto de uma imaginação morbidamente excitada pelo terror da mulher, pelo ópio e pela hora.

Contudo, não tenho como esconder de mim mesmo que, imediatamente depois da queda das gotas de rubi, ocorreu um rápido agravamento do estado de saúde de Rowena, de modo que na terceira noite subsequente, as mãos de seus lacaios a prepararam para o sepultamento, e na quarta noite, sentei-me sozinho junto a seu corpo amortalhado, naquele quarto fantasmagórico onde ela fora recebida como minha esposa. Visões devastadoras engendradas pelo ópio esvoaçavam na forma de sombras diante de mim. Eu olhava pasmado, com os olhos inquietos, para os sarcófagos colocados nos cantos do aposento, as figuras mutantes dançando na cortina e o fogo multicolorido que se contorcia no incensório pendurado no teto. Recordando os eventos de uma noite passada, baixei o olhar para o ponto abaixo da luminosidade do turíbulo, no qual eu identificara os débeis traços da sombra. No entanto, ela já não estava ali; e respirando mais livremente, voltei os olhos para a pálida e rígida criatura que repousava sobre a cama. Foi quando infinitas recordações de Ligeia me invadiram; e outra vez tomou conta de meu coração, com a turbulenta violência de um dilúvio, aquela indizível angústia com que eu a contemplara assim amortalhada. A noite deu lugar para o dia; e imóvel, com o peito repleto de lembranças da única e suprema amada, permaneci ali vigiando o corpo de Rowena.

Creio que já era meia-noite – talvez pouco menos ou pouco mais, pois eu não percebera o tempo passar –, quando um soluço, baixo e suave, porém bem nítido, tirou-me dos devaneios. *Senti* que ele vinha da cama de ébano – a cama da morte. Agucei os ouvidos, agoniado pelo terror; mas o som não se repetiu. Estreitei os olhos, buscando detectar qualquer movimento no cadáver; mas nada perceptível aconteceu. Mas eu não podia estar enganado. Eu *escutara* o ruído, embora muito débil, e minha alma estava desperta. Com determinação e perseverança, mantive a atenção cravada sobre o defunto. Muitos minutos se passaram sem que acontecesse algum evento capaz de elucidar aquele mistério. Finalmente, percebi com toda clareza que uma leve, desmaiada e quase imperceptível coloração ruborizara as faces e tingira as finas e fundas veias das pálpebras da morta. Paralisado por um horror que a linguagem humana é incapaz de exprimir, senti meu coração parar de bater e meus membros enrijecerem, ali mesmo onde eu me encontrava. Mas finalmente, um sentimento de urgência me devolveu o autocontrole. Não havia qualquer dúvida de que nos precipitáramos nos preparativos; Rowena ainda estava viva e não havia tempo a perder – a situação exigia uma ação imediata. Contudo, os serviçais viviam em uma parte da abadia separada daquela em que nós estávamos e eu não tinha meios de pedir ajuda, exceto deixando o quarto por algum tempo; e isso, eu não ousava fazer. Portanto, lutei sozinho, em uma tentativa desesperada de trazer de volta o espírito quase extinto. Logo, no entanto, ficou claro que havia ocorrido uma recidiva; a cor desaparecera por completo das pálpebras e da face, deixando uma lividez ainda maior do que a do mármore; os lábios murchos e emaciados estampavam a sinistra imagem da morte; uma frieza pegajosa se espalhou rapidamente por toda a superfície do corpo; e a doença inflexível sobreveio imediatamente. Dei um passo para trás e, sacudido por um estremecimento, sentei-me na cama de onde, assombrado, havia levantado; então novamente me rendi às ardentes e delirantes visões de Ligeia.

Passada cerca de uma hora – seria isso possível? –, percebi pela segunda vez um som indistinto proveniente do local onde estava a cama. Escutei, dominado por um horror extremo. O som se repetiu – era suspiro. Aproximei-me correndo do corpo e vi – vi nitidamente – um tremor agitar-lhe os lábios. Depois de alguns instantes eles se relaxaram, exibindo o brilho perolado de uma fileira de dentes. A perplexidade agora se debatia em meu peito com o profundo temor que até então reinara sozinho. Senti que minha visão escurecia; minha consciência entregava-se a devaneios; e somente à custa de um esforço sobre-humano, consegui finalmente atirar-me à tarefa que a necessidade uma vez mais exigia. Surgiu-lhe então uma pálida coloração na fronte, sobre as faces e na garganta; uma calidez perceptível impregnou-lhe todo o corpo; era possível perceber até mesmo uma leve pulsação do coração. A vida não abandonara a senhora! E, com redobrado ardor, entreguei-me à tarefa de fazê-la recobrar a consciência. Friccionei-lhe e banhei-lhe as têmporas e as mãos, e empreguei todos os recursos que a experiência e a não pouca leitura de compêndios médicos colocavam ao meu alcance. Porém, foi tudo em vão. Repentinamente, a cor desapareceu, a pulsação cedeu, os lábios retomaram a expressão da morte, e em alguns instantes todo o corpo adquiriu a rigidez gelada, a coloração lívida e todas as características repugnantes de alguém que durante vários dias habitou as catacumbas.

E mais uma vez, mergulhei nas visões de Ligeia; mais uma vez – estremeço enquanto escrevo – chegou aos meus ouvidos um soluço quase inaudível proveniente da região onde estava a cama de ébano. Mas por que devo eu descrever os mínimos detalhes dos indizíveis horrores daquela noite? Por que devo fazer uma pausa para relatar, minuto a minuto, até o momento em que o amanhecer cinzento vencia a escuridão da noite, as recorrências desse hediondo drama de revivificação; para explicar como cada terrível recaída era apenas mais um triunfo aparentemente irremediável da morte; como transparecia em cada período de agonia a luta com algum inimigo invisível; e como, depois de cada batalha, violentas alterações, que sou incapaz de definir, degeneravam o aspecto da defunta? Deixem-me, então, partir para a conclusão.

A maior parte da terrível noite já ficara para trás, e aquela que estivera morta, agitou-se novamente – e agora, com mais intensidade do que nas vezes anteriores, embora retornando de um passamento mais apavorante em sua completa desesperança do que qualquer outro. Havia tempos eu já cessara de lutar ou me mover, e permanecia sentado sobre o divã; uma presa indefesa para um turbilhão de emoções violentas, das quais o terror extremo era talvez a menos terrível, a menos destruidora. O corpo da defunta mexeu-se e, dessa feita, com mais ímpeto do que antes. As cores da vida tingiram seu semblante com um vermelho invulgar; os membros se relaxaram; e, exceto pelo fato de que as pálpebras continuavam fortemente cerradas e as bandagens e a roupagem da sepultura ainda conferiam um caráter mortuário àquele ser, eu podia imaginar que Rowena de fato libertara-se dos grilhões da Morte. Mas qualquer resistência a aceitar essa ideia caiu por terra quando, levantando-se da cama, cambaleante, com passos vacilantes e olhos fechados, como uma sonâmbula, a coisa amortalhada avançou ousadamente no meio do aposento.

Não estremeci, não me agitei, pois uma multidão de indescritíveis fantasias relacionadas à expressão, à estatura e à conduta da forma humana, varreu minha mente e me deixou paralisado – totalmente imóvel. Permaneci assim, limitando-me apenas a olhar pasmado para o fantasma. Meus pensamentos estavam em louca revolução – um tumulto implacável. Poderia de fato ser Rowena aquela criatura viva que eu tinha diante de mim? Poderia ser ela, a loira senhora Rowena Trevanion de Tremaine de olhos azuis? Por quê? Por que deveria eu duvidar? A bandagem lhe prendia a boca; mas então podia não ser a boca da senhora de Tremaine? E as maçãs da face? Havia nelas o rosado do apogeu da vida. Sim, podia ser de fato a face da senhora de Tremaine em pleno gozo de sua energia vital. E o queixo? Com as mesmas covinhas; podia não ser dela? Mas *teria Rowena ficado mais alta depois da enfermidade?* Que loucura indizível se apossou de mim? De repente, alcancei seus pés! Retrocedendo ao ser tocada, ela deixou cair da cabeça as sinistras mortalhas que a prendiam, e nesse instante grandes chumaços de cabelo desgrenhado se soltaram no ar; *eles eram mais negros dos que as asas da meia-noite!* E vagarosamente, abriram-se os olhos da figura que eu tinha diante de mim. "Aqui pelo menos", falei em altos brados, "não há a menor chance de engano – esses são os grandes, negros e devastadores olhos de minha amada perdida – da SENHORA LIGEIA".

O rei Peste – uma narrativa alegórica

Os deuses toleram os reis e neles aceitam
As coisas que abominam na raça dos patifes.
—Thomas Sackville, *Barão de Buckhurst: A tragédia de Ferrex e Porrex*

Cerca de meia-noite em certo dia de outubro, durante o bravo reinado de Eduardo III, dois marinheiros da tripulação do "Free and Easy", uma escuna mercante que fazia regularmente o percurso entre Sluis e o Tâmisa, então ancorada naquele rio, foram tomados pela surpresa ao se verem sentados em uma taberna na freguesia de St. Andrews, em Londres – taberna esta cuja tabuleta ostentava os dizeres "Marinheiro jovial".

A sala, embora baixa, mal planejada, enegrecida pela fumaça e compatível em todos os demais aspectos com as características gerais de um lugar dessa espécie naquela época, era, na opinião dos grupos bizarros espalhados a esmo dentro do ambiente, bastante adequada a seus propósitos.

Dentre esses grupos, creio que nossos dois marinheiros eram os mais intrigantes, se não os que mais chamavam a atenção.

Aquele que aparentava ser o mais velho, e a quem o companheiro se dirigia pela alcunha de "Pernalonga", era também o mais alto dos dois. Ele devia medir cerca de dois metros, e o arqueamento dos ombros não passava de consequência inevitável de uma estatura tão grande. O excesso na altura compensava, no entanto, deficiências em outras características. Ele era extrema e miseravelmente magro e, de acordo com seus companheiros, poderia, quando embriagado, fazer o papel de flâmula no mastro, e quando sóbrio, de pau da bujarrona. Mas essas zombarias, e outras de natureza semelhante, jamais perturbaram os pesados músculos do lobo do mar. A expressão de seu rosto, resultado da combinação de bochechas proeminentes com um pontiagudo nariz de gavião, um queixo recuado, um maxilar inferior grande e caído e olhos com protuberante glóbulo branco, embora marcada por uma espécie de obstinada indiferença pelas coisas em geral, era solene e grave, além do que desafiava qualquer tentativa de imitação ou descrição.

O marinheiro mais jovem era, em toda sua aparência exterior, o exato oposto do companheiro. Em estatura, ele não ultrapassava um metro e vinte. Um par de pernas baixas, gordas e arqueadas suportava sua figura atarracada e canhestra, ao mesmo tempo em que os braços invulgarmente curtos e rotundos, em cuja extremidade não

159

se conseguia identificar pulsos normais, pendiam ao lado do corpo, balançando como as barbatanas de uma tartaruga do mar. Olhos pequenos, sem uma coloração definida, cintilavam no fundo da cabeça. O nariz se escondia enterrado na massa de carne que envolvia seu rosto arredondado e vermelho; e o carnudo lábio superior repousava sobre o par inferior muito mais volumoso, dando ao sujeito que os exibia um ar de complacente satisfação pessoal, ainda mais conspícuo devido a seu hábito de lambê-los intermitentemente. Sem dúvida alguma, ele observava seu camarada de bordo com um ar meio maravilhado, meio zombeteiro; e, de quando em quando, olhava fixamente para cima na direção do rosto do outro, fitando-o como fitam os penhascos de Ben Nevis o sol vermelho no poente.

Foram, no entanto, diversas e memoráveis as peregrinações da valorosa dupla pelas tavernas da vizinhança durante as primeiras horas da noite. Recursos financeiros, até mesmo os mais abundantes, não subsistem para sempre; e foi com os bolsos vazios que nossos amigos se aventuraram a entrar nessa hospedaria.

No exato momento em que nossa história de fato principia, Pernalonga e seu companheiro Hugh Tarpaulin* sentavam-se com os cotovelos pousados sobre a grande mesa de carvalho existente no centro da sala, e as mãos apoiadas nas bochechas. Eles observavam, de sua posição atrás de um enorme frasco de uma "substância sibilante" oferecida gratuitamente, as solenes palavras "Sem calcário". Contudo, para perplexidade e indignação dos dois, a expressão estava escrita sobre a soleira da porta com uso do mesmo mineral que pretendia negar. Não que qualquer um dos dois discípulos dos mares fosse propriamente dotado do talento de decifrar caracteres escritos – um dom considerado entre a plebe daqueles dias pouco menos misterioso do que a arte da redação. Mas, a bem da verdade, havia certa deformação na configuração das letras, uma indefinida inclinação geral a sotavento que, na opinião dos dois marinheiros, pressagiava um mau tempo duradouro. Então, determinaram eles imediatamente, nas

---

* Em português, "lona" ou, menos frequentemente, "marinheiro". (N.E.)

metafóricas palavras do próprio Pernalonga, que deveriam "acionar o navio, içar todas as velas e ganhar velocidade com o vento".

Tendo se desvencilhado convenientemente do que restava da cerveja e amarrado as pontas de seu gibão curto, eles tomaram o caminho da rua. Muito embora Tarpaulin tenha dado duas voltas ao redor da lareira, confundindo-a com a porta, a retirada foi bem-sucedida e, trinta minutos depois das doze horas já se encontravam nossos heróis prontos para mais travessuras, descendo em disparada um escuro beco na direção da escadaria de St. Andrew, perseguidos pelo furioso casal proprietário do "Marinheiro jovial".

Na ocasião em que se deu essa história memorável, e periodicamente ao longo de muitos anos – antes e depois –, por toda a Inglaterra, e mais especificamente na metrópole, ressoava um grito assustador que dizia: "Peste!". Grande parte da cidade estava desabitada, e naquelas horrendas regiões nas vizinhanças do Tâmisa, onde, em meio a vielas e becos escuros, estreitos e imundos, imaginava-se estivesse entranhado o foco do Demônio da Doença, espreitavam o Medo, o Terror e a Superstição.

Por determinação do rei, esses distritos foram proscritos e todas as pessoas proibidas, sob pena de morte, de invadir a sombria solidão do lugar. Entretanto, nem as ordens do monarca, tampouco as enormes barreiras erguidas na entrada das ruas, e menos ainda a perspectiva de uma morte repugnante – o destino certo dos miseráveis que perigo algum conseguia deter – foram suficientes para impedir que as mãos de saqueadores noturnos despojassem as casas vazias e desabitadas de todos os objetos de ferro, bronze ou chumbo pelos quais fosse possível obter um bom lucro.

Acima de tudo descobriu-se, na abertura anual das barreiras durante o inverno, que fechaduras, ferrolhos e porões secretos revelavam-se uma frágil proteção para aquelas ricas reservas de vinhos e licores, os quais, dados o risco e o trabalho consideráveis de uma remoção, os inúmeros negociantes da vizinhança optaram por confiar, ao longo do período de exílio, a meios de segurança tão insuficientes.

Mas entre as pessoas apavoradas pelo medo, quase não existia quem atribuísse esses acontecimentos a uma ação dos homens. O fantasma da peste, o capeta do flagelo e o demônio da febre eram os populares embriões da maldade; e ouvia-se a toda hora histórias capazes de congelar o sangue, o que acabou por envolver todo o conjunto de edifícios proibidos na mortalha do terror, incitando os próprios saqueadores a fugir assombrados dos horrores que sua ação abjeta gerava e deixando toda a ampla região de distritos interditados imersa na melancolia, no silêncio, na peste e na morte.

E então, arrastando-se por um beco através de uma das atemorizantes barreiras já mencionadas, barreiras estas que delimitavam a região banida pela peste, Pernalonga e o valoroso Hugh Tarpaulin descobriram-se repentinamente impedidos de prosseguir. Retornar era uma alternativa fora de cogitação e não havia tempo a perder, pois aqueles que os perseguiam já se encontravam muito perto. Contudo, para marinheiros puro-sangue, a escalada de uma plataforma malfeita não passava de uma brincadeira; e enlouquecidos pelo duplo excitamento que a bebida e o exercício estimularam, eles pularam sem hesitação para dentro da área cercada e, seguindo em frente, aos gritos e tropeços, viram-se logo desconcertados em meio aos recantos fétidos e intrincados do local.

Na verdade, não estivessem eles embriagados muito além do moralmente aceitável, seus passos cambaleantes teriam sido paralisados pelo horror da situação com que foram se deparar. O ar era gelado e coberto de névoa. As pedras soltas do pavimento estavam jogadas no meio da alta e espessa grama que subia ao redor dos pés e tornozelos. Casas destruídas entupiam as ruas. O mais fétido e tóxico ar impregnava toda parte; e com a colaboração daquela luz sinistra que até mesmo à meia-noite continuava a emanar de uma atmosfera brumosa e pestilenta, podia-se divisar – esparramadas nos becos e atalhos ou apodrecendo nas casas desprovidas de janelas – as carcaças de inúmeros saqueadores noturnos feitos cativos pelas mãos da praga no momento exato da perpetração do roubo.

No entanto, imagens, sensações e até mesmo entraves como esses careciam da força suficiente para barrar o curso de homens que além da bravura natural estavam naquele momento especialmente embriagados de coragem e "substância sibilante", e teriam cambaleado, tanto quanto sua condição permitia, direta e intrepidamente para as garras do arcanjo Morte. Adiante, sempre adiante, seguiu o impiedoso Pernalonga, fazendo ecoar naquele cenário desolador berros semelhantes aos terríveis gritos de guerra dos índios; adiante, sempre adiante, acompanhava o atarracado Tarpaulin, segurando-se no gibão de seu companheiro mais ativo e superando em muito o mais diligente empenho deste último para entoar rugidos graves e guturais, nascidos da profundeza de seus possantes pulmões.

A essa altura a peste já fizera deles suas presas. O caminho que trilhavam, de tombo em tombo, tornava-se cada vez mais fétido e horrendo; as trilhas mais estreitas e confusas. Enormes pedras e vigas que caíam a todo instante dos telhados em decomposição davam mostras, em sua melancólica e pesada queda, da imensa altura das casas circunvizinhas; e ao mesmo tempo em que a passagem através das infindáveis pilhas de lixo exigia enorme esforço, não era raro as mãos encostarem em um esqueleto ou sobre um corpo recém-tragado pelas garras da morte.

De repente, enquanto os marinheiros caminhavam com passos trôpegos, apoiando-se contra a entrada de um edifício alto e sinistro, um berro mais estridente do que o habitual, saído da garganta de Pernalonga, foi ecoado de dentro em uma rápida sucessão de gritos penetrantes e diabólicos, semelhantes a uma risada. Não intimidados por sons de tal natureza, que em um momento e local como aquele teria congelado o sangue em corações menos irremediavelmente em chamas, os dois ébrios se lançaram na direção da porta, escancararam-na e, de tropeço em tropeço, foram proferindo uma saraivada de blasfêmias. Não se deve, entretanto, imaginar que a cena descortinada aos olhos do galante Pernalonga e do valoroso Tarpaulin tenha produzido à primeira vista qualquer outro efeito do que um avassalador e patético assombro.

Uma vez lá dentro, descobriram que a sala em que se encontravam fora a loja de um agente funerário; mas um alçapão aberto em um canto do chão, próximo à entrada, ia dar em uma longa fileira de adegas, em cujas profundezas o som ocasional do estouro de garrafas revelava existir um estoque conveniente de bebida. No meio da sala havia uma mesa, e no centro desta, uma imensa barrica cheia de alguma coisa que lembrava ponche. Garrafas de diversos tipos de vinhos e licor, junto com jarros, cântaros e frascos das mais diferentes formas e características, espalhavam-se profusamente sobre a mesa. Ao redor dela, sentados em cavaletes de sustentação de esquifes, havia um grupo de seis, que me esforçarei para descrever um a um.

Bem defronte à entrada, um pouco acima dos companheiros, sentava-se um personagem magro e alto, cuja postura sugeria ser o presidente da mesa. Pernalonga ficou perplexo ao ver nele uma figura mais emaciada do que a sua. A face da criatura tinha a cor amarela do açafrão; porém só um traço de sua fisionomia merece uma descrição especial. Trata-se da testa, tão invulgar e horrivelmente levantada, a ponto de aparentar uma boina ou coroa de pele apensada acima da cabeça normal. A boca era enrugada e contorcida em uma expressão de sinistra afabilidade, e os olhos, a exemplo dos de todos ali na mesa, estavam vitrificados com os vapores da embriaguez. Esse cavalheiro trajava, da cabeça aos pés, uma negra mortalha de veludo de seda com ricos bordados. A veste estava negligentemente enrolada sobre seu corpo, simulando um manto espanhol. Na cabeça, havia uma profusão de penachos de zibelina usados em ataúdes, os quais ele balançava de um lado a outro, dando mostras de confiança e inteligência. Na mão direita, ele trazia um enorme fêmur humano com o qual parecia ter acabado de golpear algum membro do grupo por causa de uma canção.

No lado oposto, sentada com as costas voltadas para a parede encontrava-se uma senhora com características não menos extraordinárias. Tão alta quanto o homem que acabei de descrever, ela não tinha razão para se queixar do definhamento fora do normal desse sujeito. A mulher se achava, sem a menor sombra de dúvida, no último estágio de uma hidropisia; e sua imagem guardava muita semelhança com a do enorme tonel de cerveja de outubro que estava tombado próximo dela em um canto do aposento. O rosto da senhora era extremamente arredondado, cheio e vermelho; e seu semblante, a exemplo do presidente, carecia de peculiaridades dignas de menção, com exceção de um traço específico. Na verdade, o perspicaz Tarpaulin não tardou em perceber que a mesma observação se aplicava a todas as pessoas do grupo; pois cada uma delas tinha o monopólio de algum traço fisionômico particular. No caso da senhora em questão, esse traço era a boca, que formava uma enorme fenda atravessando todo o rosto desde a orelha esquerda até a direita; e os pequenos pingentes que ela usava nas duas aurículas oscilavam continuamente dentro da estreita abertura. Mas a mulher se esforçava para manter a boca fechada e exibia uma expressão de dignidade, dentro de uma recém-engomada mortalha, fechada na altura do queixo com um babado plissado de musselina.

À sua direita, sentava-se uma jovem senhorinha que parecia ser por ela apadrinhada. Essa delicada e pequena criatura revelava nitidamente, pelo tremor dos dedos definhados, pela lívida tonalidade de seus lábios e a leve mancha tísica que lhe tingia o semblante de resto plúmbeo, as marcas de uma tuberculose galopante. No entanto, todo seu aspecto exterior denotava extraordinária elegância. Ela vestia, com muita graça e modéstia, uma confortável mortalha confeccionada com o mais fino algodão indiano; os cabelos pendiam-lhe em cachos sobre o pescoço; um sorriso suave brilhava sobre seus lábios; mas o nariz exageradamente longo, fino, adunco e flexível, com uma profusão de espinhas, descia até muito abaixo do lábio superior e, apesar do modo delicado com que de quando em quando a moça o movia de um lado a outro com a língua, ele lhe conferia ao semblante uma expressão até certo ponto impenetrável.

No lado oposto a ela e à esquerda da senhora hidrópica estava sentado um senhor gorducho, ofegante e gotoso, cujas bochechas lhe repousavam sobre os ombros como duas imensas bexigas de vinho do Porto. Com os braços cruzados e uma perna envolta em bandagens apoiada sobre a mesa, ele parecia ter a si próprio na conta de uma pessoa digna de especial consideração. Afora o inegável orgulho em relação à aparência pessoal, o que lhe proporcionava uma satisfação ainda maior era a consciência de que seu sobretudo de cores espalhafatosas atraía todos os olhares. Esta peça, a bem da verdade, deve ter custado um bom dinheiro e lhe caía perfeitamente bem. O casação fora confeccionado à semelhança das capas de seda cobertas de caprichosos bordados, usadas para proteger os gloriosos escudos que, na Inglaterra e em outras partes, costumam ser pendurados em local de grande evidência nas residências de uma aristocracia já olvidada.

Ao lado dele, e também à direita do presidente, estava um cavalheiro com meias longas e ceroula de algodão. Seu corpo tremia de forma grotesca, com um acesso do que Tarpaulin denominou "os horrores". O queixo, recém-barbeado, era preso com uma bandagem de musselina; e os braços, amarrados de modo semelhante na altura do pulso, impediam-no de se servir livremente dos licores disponíveis sobre a mesa – uma precaução necessária, na opinião de Pernalonga, dada a expressão ébria e sedenta de vinho estampada em seu rosto. O cavalheiro era dotado de um par de orelhas de tamanho prodigioso, que se elevavam nas alturas e desafiavam qualquer tentativa de ocultação; de quando em quando, atiçadas pelo som da rolha sacada de uma garrafa elas se colocavam em alerta.

O lugar na frente dele era ocupado pelo sexto e último personagem; um sujeito de aparência especialmente inflexível que, impossibilitado de se locomover, devia estar se sentindo muito pouco à vontade na vestimenta incômoda e, de certo modo singular, que trajava. Ele habitava um novo e elegante caixão de mogno. A parte de cima, ou encaixe da cabeça, ficava encostada ao crânio do ocupante e se estendia sobre ele à semelhança de uma capota, conferindo ao rosto da criatura uma expressão de indescritível interesse. Nas laterais da peça foram feitos buracos para passagem dos braços, não tanto por uma questão de elegância como de conveniência; contudo, o traje impedia o dono de permanecer sentado em posição ereta como seus companheiros; e, dado o fato de ele se manter reclinado contra o cavalete, em um ângulo de quarenta e cinco graus, um par de olhos grandes e esbugalhados se revolviam dentro de sua horripilante órbita branca e miravam o teto, perplexos com a própria anormalidade.

À frente de cada um repousava um pedaço de um crânio, que era usado como taça. Acima, pendia um esqueleto humano amarrado por uma das pernas a uma extremidade de uma corda, cuja outra extremidade ficava presa no teto. A outra perna, livre de grilhões, se estendia em ângulo reto para fora do corpo, fazendo com que o esqueleto solto balançasse e rodopiasse ao sabor do vento que penetrava no aposento. O crânio dessa coisa hedionda estava cheio de carvão em brasa, o que iluminava o ambiente com uma luz vacilante, porém vívida. Ao mesmo tempo, caixões e outros apetrechos típicos de uma loja funerária se empilhavam pelo meio da sala e junto às janelas, impedindo a entrada de qualquer raio de luz proveniente da rua.

Diante de tal reunião tão invulgar e daquela parafernália ainda mais extravagante, nossos dois marinheiros não se portaram com o esperado grau de decoro. Pernalonga, recostado contra uma parede próxima, deixou cair o queixo inferior muito mais do que o normal e arregalou os olhos; e Hugh Tarpaulin, com o corpo curvado de forma a permitir que o nariz alcançasse a mesa, e as mãos espalmadas sobre os joelhos, irrompeu em uma longa e ruidosa gargalhada, bastante imprópria para a hora e o lugar.

Contudo, sem se ofender com um comportamento tão grosseiro, o homem alto que presidia a mesa recebeu os intrusos com um sorriso afável e, fazendo-lhes um consentâneo aceno com sua cabeça de plumas de zibelina, levantou-se, tomou-os pelo braço e os conduziu a uma cadeira que os outros membros do grupo haviam nesse meio-tempo providenciado. Pernalonga não se opôs à oferta, sentando-se conforme indicado, enquanto Hugh, deslocando o suporte de caixão que lhe servia de cadeira, de sua posição junto à cabeceira da mesa para outra mais próxima da senhorinha tísica envolta no sudário, sentou-se pesada e alegremente ao lado dela e, enchendo um crânio de vinho tinto, tomou um grande trago para brindar aos novos conhecidos. O cavalheiro que se mantinha rígido dentro do caixão mostrou-se, no entanto, bastante irritado com tal presunção; e não tivesse o presidente, batendo com o bastão sobre a mesa, desviado a atenção de todos os presentes para seu discurso, o evento poderia ter tido graves consequências. Começou ele assim:

"É nosso dever na ocasião que se apresenta" –

"Parado aí!...", interrompeu Pernalonga com ar muito sério, "antes de mais nada, diga-nos que diabos são todos vocês, e o que fazem aqui arrumados como demônios nojentos, fartando-se com esses 'tristes restos' agradáveis preservados das intempéries e reservados para o inverno por meu honesto companheiro de bordo, Will Wimble, o agente funerário?"

Diante dessa imperdoável demonstração de má-educação, todo o grupo que originalmente ocupava a casa levantou-se e começou a emitir a mesma rápida sucessão de gritos demoníacos que já haviam antes despertado a atenção dos marinheiros. O presidente, no entanto, logo recuperou a compostura e, voltando-se para Pernalonga, com grande dignidade, retomou seu discurso:

"De bom grado, nós satisfaremos toda curiosidade da parte de hóspedes tão ilustres, embora intrusos. Saibam então que nestes domínios eu sou o monarca, e governo um império indiviso sob o título de 'Rei Peste I'.

"Neste aposento que, movidos por suposições profanas, vocês imaginaram ser a loja de Will Wimble, o agente funerário – um homem que não conhecemos e cujo nome plebeu até esta noite jamais ferira nossos ouvidos reais –, este aposento é a Sala do Trono de nosso palácio, reservada para os conselhos de nosso reino e outras finalidades sagradas e solenes.

"A nobre senhora que se senta à frente é Rainha Peste, nossa Serena Consorte. Todos os demais eminentes personagens que vocês veem pertencem à nossa família e ostentam a insígnia do sangue real sob os respectivos títulos de 'Sua Graça o Arquiduque Causa-Peste'; Sua Graça o Duque Peste-Funesta'; 'Sua Graça o Duque Tem-Pestuoso' e ' Sua Serena Alteza a Arquiduquesa Ana-Peste'.

"No tocante à sua questão sobre a atividade que nos mantém aqui em conselho pedimos perdão por responder que se trata de assunto régio e privado, de interesse unicamente nosso, e de ninguém mais. Contudo, em consideração àquelas prerrogativas que, na qualidade de hóspedes e estranhos, vocês podem se sentir no direito de reclamar, nós deixamos claro que estamos aqui nesta noite, norteados por pormenorizada pesquisa e acurada investigação, para examinar, analisar e identificar minuciosamente o espírito indefinível e a natureza e as qualidades incompreensíveis daqueles inestimáveis tesouros do palato – os vinhos, as cervejas e os licores dessa importante metrópole. Assim fazemos, para não permitir que nossos desígnios não extrapolem os limites do verdadeiro bem-estar daquele sublime soberano que reina sobre todos nós e possui domínios ilimitados; seu nome é 'Morte'."

"Cujo nome é David Jones!", reagiu Tarpaulin, servindo uma taça de licor para a dama a seu lado e outra para si mesmo.

"Patife profano!", bradou o presidente, voltando agora a atenção para o valoroso Hugh. "Miserável profano e execrável! Conforme já dissemos, em consideração àqueles direitos que nos furtamos a violar, mesmo em se tratando de pessoa tão desprezível como você, nós nos dignamos a responder suas perguntas grosseiras e inoportunas. Acreditamos, no entanto, diante de sua profana intromissão em nosso conselho, termos a prerrogativa de impor a cada um de vocês dois uma multa de um galão de *Black Strap* que, em nome da prosperidade de nosso reino, vocês deverão sorver ajoelhados, e em um só gole. Cumprida a penalidade, estarão imediatamente livres para prosseguir seu caminho ou aqui permanecer e desfrutar, a seu bel-prazer, dos privilégios de nossa mesa."

"Isto seria completamente impossível", retrucou Pernalonga, em quem os pressupostos e a dignidade de Rei Peste I haviam inspirado certo respeito. Em pé, e apoiado na mesa para manter o equilíbrio, ele falou, "Com o perdão de vossa majestade, seria absolutamente impossível transportar sob meus cuidados até mesmo uma quarta parte dessa bebida que vossa majestade acabou de mencionar. Além das mercadorias levadas a bordo de manhã para servir de lastro, e dos diversos frascos de cerveja e licor embarcados nesta noite em diferentes portos marítimos, eu tenho neste momento uma carga completa de certa 'substância sibilante', devidamente recebida e quitada, com a marca do 'Marinheiro jovial'. Espero, portanto, que vossa Majestade seja indulgente e dê por cumprida a penalidade, pois em hipótese alguma eu posso – ou desejo – engolir outra gota – menos ainda todas as gotas – daquela infame água de esgoto que leva o nome de *Black Strap*."

"Parado aí!", interrompeu Tarpaulin atônito nem tanto pela extensão do discurso de seu companheiro como pela natureza da recusa por ele expressa. "Parado aí, seu beberrão contumaz! Seu palavreado não me serve! Meu casco ainda está leve, enquanto você me parece um tanto desequilibrado. E quanto à questão de seu quinhão da carga, eu mesmo encontraria espaço para guardá-la, em vez de sair por aí berrando; todavia..."

Neste ponto o presidente interrompeu dizendo, "tal procedimento não atende em hipótese alguma às condições da multa, que é mediana em sua natureza e, por conseguinte, não pode ser alterada tampouco anulada. As exigências que impusemos devem ser rigorosamente cumpridas, sem um momento sequer de hesitação. Em caso de não cumprimento, nós determinamos que vocês sejam amarrados, com os joelhos junto ao pescoço, e devidamente afogados como rebeldes naquele tonel da cerveja de Outubro!"

"Sentença!... sentença!... uma sentença justa e correta!... um decreto glorioso!... a mais merecida e sagrada condenação!" bradou a família Peste em uníssono. O rei franziu a testa em inumeráveis rugas; o homenzinho gotoso se estufou como um par de foles; a senhorita envolta no sudário balançou o nariz de um lado a outro; o cavalheiro das ceroulas de algodão empinou as orelhas; a mulher da mortalha arfou como um peixe moribundo; e aquele que habitava o caixão fitou inflexível, revirando os olhos para cima.

"Ah! ah! ah!" gargalhou Tarpaulin sem dar atenção à excitação geral. "Ah! ah! ah!... ah! ah! ah!... ah! ah! ah! No momento da intromissão do senhor Rei Peste, eu dizia que mais ou menos dois ou três galões de *Black Strap* são uma ninharia para uma nau sólida e quase vazia, como eu; mas quando se trata de beber à saúde do Demônio – que Deus o perdoe! – e me prostrar diante dessa ímpia majestade que eu, na qualidade de pecador, sei muito bem tratar-se de ninguém mais do que Tim Hurlygurly, o farsante, uma mera quinquilharia sobre a Terra, então... ai! ai! ai!... essa é uma outra história, que foge completamente à minha capacidade de compreensão."

Tarpaulin não conseguiu concluir seu discurso. Ao ouvir o nome Tim Hurlygurly, todos os presentes se levantaram incontinentes de seus assentos.

"Traição!" esbravejou sua Majestade Rei Peste I.
"Traição!" ecoou o homenzinho da gota.
"Traição!" gritou a arquiduquesa Ana-Peste.
"Traição!" murmurou o cavalheiro da mandíbula amarrada.

"Traição!" resmungou aquele que habitava o caixão. "Traição! Traição!" gritou sua majestade da boca grande; e agarrando pela parte traseira dos culotes o pobre Tarpaulin, que acabara de se servir de uma taça de licor, ela o ergueu no ar, deixando-o cair em seguida dentro da enorme abertura do tonel de cerveja de sua preferência. Depois de afundar e emergir algumas vezes, como uma maçã dentro de uma tigela de ponche, ele acabou desaparecendo no meio do redemoinho de espuma que sua luta para se manter à tona criara naquela bebida já efervescente.

Mas Pernalonga não aceitou resignadamente o malogro de seu companheiro. O valoroso marinheiro empurrou o Rei Peste para dentro do alçapão aberto e, vociferando uma imprecação, bateu-lhe a porta nas costas e caminhou com passos firmes e decididos para o centro da sala. Aí, quando os últimos vestígios de luz se apagavam no aposento, ele puxou o esqueleto que pendia sobre a mesa e colocou-o ao seu lado. Foi tamanha a violência do ato que conseguiu arrancar os miolos do cavalheiro pequenino e gotoso. Lançando-se então com toda força contra o mortal barril da cerveja de Outubro, onde Hugh Tarpaulin se afogava, no mesmo instante derrubou-o. A bebida jorrou violenta e avassaladoramente; a sala ficou inundada de uma parede à outra; a mesa cheia de objetos foi derrubada; os cavaletes virados ao contrário; o tonel de ponche acabou dentro da lareira; e as senhoras foram tomadas por uma crise de histeria. Pilhas de peças do mobiliário da morte ficaram nadando sobre o líquido. Jarros, cântaros e garrafões se misturavam promiscuamente na bagunça, e frascos de vime se chocavam no meio da confusão com garrafas usadas destinadas ao lixo. O homem dos horrores foi imediatamente tragado; o homenzinho rígido flutuou em seu caixão; e o vitorioso Pernalonga, agarrando pela cintura a senhora gorducha envolta na mortalha, correu com ela para rua e tomou o caminho mais curto para o "Free and Easy". Atrás dele, espirrando, esbaforido e ofegante, seguiu o valente Hugh Tarpaulin, acompanhado da Arquiduquesa Ana-Peste.

Senhora Zenóbia

Imagino que todos já tenham ouvido falar sobre minha pessoa. Meu nome é Senhora Psiquê Zenóbia. Disso tenho toda certeza. Ninguém, exceto meus inimigos, costuma me chamar de Suky Snobbs. Asseguraram-me que o termo Suky não passa de uma corruptela vulgar de Psiquê, palavra de origem grega que significa "alma" (sou eu, uma alma) e, algumas vezes, "borboleta", cujo significado mais recente diz respeito ao meu visual dentro de um novo vestido de cetim vermelho, com um mantelete azul-celeste em estilo árabe, guarnecido com broches verdes e sete babados de aurículas cor de laranja. Quanto ao sobrenome Snobbs, qualquer pessoa que olhasse para mim perceberia no mesmo instante a total incompatibilidade com minha pessoa. A senhorita Tábita Rutabaga propalou esse comentário por pura inveja. Sim, Tábita Rutabaga! Oh, a pequena miserável! Mas o que se pode esperar de uma rutabaga? Imagine só se ela se recorda do antigo provérbio "tirar sangue de um nabo". (Nota: fazê-la lembrar na primeira oportunidade) (Outra nota: arrancar seu nariz). Bem... o que eu estava dizendo? Ah!... asseguraram-me que Snobbs é uma simples corruptela de Zenóbia, e que Zenóbia foi uma rainha (então também sou, pois o Dr. Moneypenny sempre me chama Rainha de Copas). Além disso, garantiram-me que, assim como Psiquê, Zenóbia é um nome de origem grega e que meu pai era "um Grego"; consequentemente, faço jus a nosso sobrenome original, que é Zenóbia e, de forma alguma, Snobbs. Ninguém além de Tábita Rutabaga me chama Suky Snobbs. Eu sou a Senhora Psiquê Zenóbia.

Conforme acabei de dizer, todos já ouviram falar de mim. Sou a própria Senhora Psiquê Zenóbia, tão merecidamente reconhecida como secretária de comunicações da sociedade denominada "Partido libertador experimental ilustrado arauto da educação tropológica regular imaterial sematológica total". O criador desse título, Dr. Moneypenny, um homem algumas vezes vulgar, mas profundo, diz que o escolheu por sua semelhança com um grande tonel de rum vazio. Todos nós assinamos as iniciais da sociedade depois de nosso nome, a exemplo de outras como a Real Sociedade de Artes (R.S.A.) e da Sociedade para Difusão de Conhecimentos Úteis (S.D.C.U.). O Dr. Moneypenny diz que o S significa *stale*, que D.C.U. escreve-se de fato como *duck* e que S.D.C.U. é na verdade um estrangeirismo para Pato Velho*, e não o nome da sociedade de Lord Brougham. Mas, como o Dr. Moneypenny é um homem excêntrico demais, nunca sei quando ele está de fato falando a verdade. De qualquer modo, nós sempre acrescentamos ao nosso nome as iniciais P.L.E.I.A.D.E. T.R.I.S.T.E. – ou seja, uma letra para cada palavra do nome Partido, Libertador, Experimental, Ilustrado, Arauto, Da, Educação, Tropológica, Regular, Imaterial, Sematológica, Total, o que representa um decisivo aprimoramento em relação a Lord Brougham. O Dr. Moneypenny entende que nossas iniciais definem nosso verdadeiro caráter. No entanto, não consigo entender a aplicação do que ele diz no tocante à minha vida.

A despeito da intervenção do Dr. Moneypenny e dos obstinados esforços da associação para obter expressão pública, ela ainda não havia realizado seus propósitos na época em que eu me associei. A verdade é que o tom das discussões a que seus membros se entregavam era superficial demais. Os documentos lidos todas as noites de sábado primavam pela bufonaria, sendo destituídos de profundidade – não passavam de um conjunto de sílabas juntadas ao acaso. Não se levava a efeito qualquer exame de primeiras causas ou primeiros princípios. Não se realizavam investigações de ordem alguma. Não se dava atenção à grande questão relativa à "adequação das coisas". Em resumo, havia carência total de escritos primorosos como este aqui. Em tudo imperava a superficialidade e o lugar-comum! Ausência de profundidade, de interpretação, de metafísica – nada daquilo que um indivíduo douto chama espiritualidade, e um não iniciado prefere estigmatizar como *cant*† – o Dr. M. diz que eu deveria grafar essa palavra com um K maiúsculo, mas eu sou mais eu.

Quando entrei para a sociedade, meu objetivo maior era introduzir um estilo mais apurado de pensamento e escrita, e todos sabem perfeitamente que fui bem-sucedida. Nós desenvolvemos agora na

---

* Em inglês, "stale duck". (N.E.)
† Em português, "fingimento". (N.E.)

P.L.E.I.A.D.E. T.R.I.S.T.E. bons escritos, como qualquer outro encontrado até mesmo em Blackwood. Refiro-me a Blackwood, porque asseguraram-me que os mais magistrais trabalhos sobre todos os assuntos podem ser encontrados nas páginas daquela revista merecidamente renomada. Todos os temas por nós tratados são norteados pelo modelo desses trabalhos, em consequência do que, estamos rapidamente obtendo notoriedade. E, além do mais, a composição de um artigo nos mesmos padrões característicos de Blackwood não constitui uma tarefa difícil, desde que o tema seja adequadamente abordado. Decerto, não falo dos artigos de cunho político. Todos sabem como *eles* são tratados – desde que o Dr. Moneypenny os explique. O senhor Blackwood possui um par de tesouras de alfaiate e três aprendizes que estão sempre ao seu lado, prontos para executar suas ordens. Um deles se incumbe do jornal inglês "The Times", outro do "The Examiner" e um terceiro do "Novo Compêndio de Gíria", criado por Gulley. O senhor B. limita-se a recortar e intercalar. O trabalho logo está finalizado. Tudo se resume a Examiner – Gíria – Times, Times – Gíria – Examiner e Times – Examiner – Gíria.

Contudo, o principal mérito da Revista está em seus artigos de natureza variada; e o melhor deles ostenta um título que o Dr. Maneypenny chama de *bizarrices* (não importa o significado que o termo possa ter), e todas as demais pessoas denominam *extravagâncias*. Essa é uma espécie de texto que há muito tempo já aprendi a apreciar, embora só depois de minha última visita ao Dr. Blackwood (incumbida pela sociedade) eu tenha compreendido de fato o exato método de composição, que é bastante simples, mas não tão simples quanto a política. Em minha visita ao Senhor B., depois de comunicar a ele os anseios da sociedade, fui recebida com muita cordialidade. Ele me conduziu ao seu gabinete e fez uma explanação precisa de todo o processo.

"Prezada madame", falou ele, nitidamente perturbado por minha majestosa aparência, pois eu trajava o cetim vermelho, com os broches verdes e os babados de aurícula cor de laranja. "Sente-se, *cara* madame. A questão é a seguinte. Em primeiro lugar, seu escritor de extravagâncias precisa ter às mãos uma tinta muito preta e uma pena muito longa com a ponta muito rombuda. E, tome nota Senhorita Psi-

175

quê Zenóbia... tome nota!" Depois de uma pausa, ele continuou, com expressão solene e admirável determinação. "Essa – pena – não deve – nunca – ser – restaurada! Aqui, madame... aqui reside o segredo... a alma da extravagância. Tenho comigo que nenhuma pessoa, por mais genial que seja, jamais escreveu um artigo insigne com uma pena de boa qualidade. Não se esqueça disso jamais! Esteja certa madame, que quando um manuscrito pode ser lido, em hipótese alguma ele merece ser lido. Esse é o princípio norteador de nosso credo; e se a senhora não estiver disposta a aceitá-lo, não haverá por que darmos sequência à nossa reunião."

Ele parou de falar e ficou aguardando. Mas, como eu não tinha, em hipótese alguma, a menor intenção de encerrar ali nossa reunião, concordei com aquela proposição tão incrivelmente óbvia, de cuja verdade eu estava bastante consciente. Meu interlocutor pareceu satisfeito e prosseguiu com suas instruções.

"Pode parecer descortês de minha parte, Senhorita Psiquê Zenóbia, indicar-lhe qualquer artigo ou conjunto de artigos que possam servir de modelo ou estudo; no entanto, não posso deixar de chamar sua atenção para alguns casos. Vejamos! Temos 'O morto vivo', um texto fundamental! Trata-se do registro das sensações de um cavalheiro sepultado antes que a vida tivesse abandonado por completo seu corpo. Uma narrativa recheada de talento, bom gosto, terror, sentimentos, metafísica e erudição. A senhora juraria que o escritor nasceu e foi criado dentro de uma sepultura. Depois desse trabalho, temos 'Confissões de um comedor de ópio'. Formidável; prodigioso! Uma imaginação gloriosa; profunda filosofia! Estudo apurado, repleto de paixão e impetuosidade! Um exemplo inquestionável do que é decididamente ilegível. Uma perfeita amostra do despautério; um texto que descia prazerosamente pela garganta das pessoas. Elas deviam pensar que o ensaio fora escrito por Coleridge – mas não foi. O autor era meu adorado babuíno, Junípero. Ele redigiu enquanto sorvia um grande copo de Holland e água – quente e sem açúcar. (Eu dificilmente acreditaria nisso, tivesse sido outra pessoa, que não o senhor Blackwood, a afirmá-lo). Também havia 'O experimentalista involuntário', texto sobre um cavalheiro que depois de assado em um forno, ainda saiu vivo e saudável; embora, sem dúvida alguma, bem cozido. E então, temos 'O diário de um médico falecido', trabalho cujo mérito estava em apresentar um bom discurso retórico e um grego indiferente, ambos tratando as coisas de um modo geral. Depois, havia 'O homem no sino', um texto que, a propósito Senhorita Zenóbia, não tenho condições de lhe recomendar. Ele conta a história de um jovem que dorme embalado pelo badalo de um sino de igreja e é acordado pelo toque lúgubre de uma marcha fúnebre. O som leva-o à loucura, em consequência do que ele arranca suas tabuletas e registra as sensações que o invadem – afinal de contas, tudo se resume em sensações. Se algum dia lhe acontecer de ser afogada ou enforcada, não deixe de anotar suas sensações; elas lhe valerão dez guinéus por folha. E se deseja escrever de forma convincente, Senhorita Zenóbia, preste muita atenção aos detalhes de suas sensações."

"Certamente o farei, Senhor Blackwood", respondi.

"Bom!", concordou ele. "Reconheço na senhora uma pupila que aprova minhas ideias. Mas devo colocá-la a par dos detalhes necessários para a composição de um genuíno artigo com a marca das sensações, no padrão Blackwood; o tipo que a senhora entenderá quando eu digo se tratar do melhor de todos os propósitos.

"A primeira exigência é se expor a uma tal situação de flagelo, como ninguém jamais o fez. O forno, por exemplo – foi um belo golpe de sorte. Mas se não lhe for possível ter à mão um forno ou um grande sino, nem cair convenientemente de um balão, ser engolida em um terremoto, ou enfiada dentro de uma chaminé, não lhe restará outra coisa senão se contentar em apenas imaginar alguma desventura semelhante. Eu preferiria, no entanto, que a senhora enfrentasse a situação real para melhor suportar sua narrativa. Nada contribui mais para a fantasia do que a vivência do fato em questão. 'A verdade é surpreendente' – a senhora sabe –, 'mais surpreendente do que a ficção'; além de atender melhor ao nosso propósito."

Neste ponto, eu assegurei-lhe que possuía um excelente par de ligas e iria imediatamente me enforcar com elas.

"Muito bom!", exclamou ele. "Faça isso; apesar de um enforcamento ser algo bastante banal. Talvez a senhora devesse escolher alguma coisa melhor. Tome uma dose das pílulas de Morrison e depois conte-nos suas sensações. Mas, minhas instruções também se aplicam muito bem a qualquer espécie de desventura. Em seu caminho de volta para casa, muita coisa poderá acontecer, como um objeto atingi-la na cabeça, um ônibus atropelá-la ou, quem sabe, a senhora ser atacada por um cachorro louco ou se afogar em uma valeta. Mas, vamos em frente.

"Depois de definido o assunto, a senhora precisa se dedicar à escolha do tom ou da forma que deseja adotar em sua narrativa. Existe o tom didático, o entusiástico, o sentimental e o tom natural – todos eles suficientemente triviais. Mas também existe o tom lacônico, ou breve, que nos últimos tempos tem estado muito em voga. Ele é formado por sentenças curtas, mais ou menos algo como: Não seja tão breve. Não seja cortante demais. Sempre um ponto-final. Nunca um parágrafo.

"Além desses, há o tom elevado, prolixo e interjecional. Alguns de nossos melhores romancistas defendem essa forma. As palavras devem jorrar como um turbilhão, gerando um som semelhante ao zunido de um pião; palavras que ressoam extraordinariamente bem em vez de explicar. Esse é o melhor de todos os estilos possíveis; aquele no qual o autor está apressado demais para pensar.

"O tom metafísico é também muito bom. Se a senhora conhece alguma palavra pomposa, essa é sua chance de empregá-la. Fale das escolas jônica e eleática; fale de Arquitas, Górgias e Alcmeão. Diga alguma coisa a respeito de objetividade e subjetividade. Use e abuse das ideias de um homem chamado Locke. Desprezе as coisas genéricas e, quando porventura escrever algo que pareça de certo modo absurdo *demais*, não se dê ao trabalho de esmiuçá-lo, apenas acrescente uma nota de rodapé e se declare em débito com o *Kritik der reinem Vernunft* ou o *Metaphysithe Anfongsgrunde der Noturwissenchaft*, por essas profundas observações. Tal procedimento transmitirá a ideia de erudição e... e... franqueza.

"Existem outros tantos estilos igualmente notáveis, porém, vou me limitar a mencionar apenas mais dois: o metafórico e o heterogêneo. No primeiro caso, o mérito está na capacidade de se depreender a natureza do problema muito além do que qualquer outra pessoa. Essa segunda visão é muito mais eficiente quando conduzida de maneira adequada. Uma breve leitura de *Dial* pode proporcionar um grande avanço. Evite nesse caso as palavras grandes; opte pelas menores, e escreva-as de cabeça para baixo. Estude os poemas de Channing e cite o que fala acerca de um 'homenzinho gorducho com enganadora aparência de Lata'. Inclua algumas linhas sobre a Divina Unicidade. Não mencione uma sílaba sequer a respeito da Infernal Dualidade. Acima de tudo, faça alusões indiretas e nenhuma afirmação. Se a senhora deseja dizer 'pão e manteiga', jamais o diga diretamente. A senhora pode falar qualquer coisa que se *aproxime* da expressão 'pão e manteiga'. Diga, por exemplo, bolo de trigo sarraceno ou chegue até mesmo a insinuar mingau de aveia, mas tenha cuidado, *cara* Senhorita Psiquê, para em hipótese alguma dizer 'pão e manteiga', caso sua real intenção seja dizer 'pão e manteiga'."

Assegurei-lhe que jamais o faria enquanto vivesse. Ele me beijou e prosseguiu:

"O tom heterogêneo, por sua vez, não passa de uma mistura criteriosa, em iguais proporções, de todos os outros tons disponíveis no mundo e é, portanto, composto de todas as coisas profundas, eminentes, bizarras, mordazes, pertinentes e elegantes.

"Vamos agora supor que a senhora tenha chegado a uma decisão acerca de seus incidentes e seu estilo. A parte mais importante – na verdade a alma de todo o negócio – ainda precisa ser tratada. Eu mencionei a questão da suficiência. Não se deve imaginar que uma dama ou um cavalheiro leve a vida como rato de biblioteca. No entanto, acima de todas as coisas é necessário que seu artigo tenha um quê de erudição ou, pelo menos, transmita a ideia de uma ampla leitura de cunho geral. Vou, então, indicar-lhe o caminho para consecução desse quesito. Veja aqui!" (Aqui, ele pegou uns três ou quatro volumes de aparência comum e abriu-os ao acaso). "Passando os olhos por praticamente qualquer página de qualquer livro existente neste mundo, a senhora terá condições de perceber de imediato uma infinidade de pequenos fragmentos de saber ou genialidade que são o tempero de um artigo de Blackwood. Enquanto eu leio, a senhora pode anotar alguns. Eu os dividirei em dois: primeiro, *Fatos Mordazes para Criação de Analogias*; e segundo, *Expressões Mordazes para serem Introduzidas à medida que a Ocasião assim o Exigir*. Escreva agora!" – e eu escrevi enquanto ele ditava.

"FATOS MORDAZES PARA ANALOGIA. 'Existiram originalmente apenas três musas – Mélete, Mneme e Aede – meditação, memória e canção'. Trabalhando adequadamente esse pequeno fato, a senhora pode produzir maravilhas. Veja que ele não é largamente conhecido e transmite uma ideia de *recherché*. A senhora precisa ser cuidadosa e conferir ao texto um ar de total improviso.

"Outro fato. 'O Rio Alfeu passava embaixo do mar e emergia sem que suas águas puras fossem maculadas'. Bastante banal, decerto; mas se convenientemente preparado e servido, parecerá mais inovador do que nunca.

"Eis aqui algo melhor. 'Para algumas pessoas, a Íris da Pérsia parece exalar um perfume doce e muito poderoso, enquanto para outras ela é completamente inodora'. Que primor, quanta delicadeza! Introduza uma ligeira modificação e isso operará maravilhas. Vamos ver alguma coisa mais na linha da botânica. Não existe nada mais eficaz, em especial com a ajuda de um pouco de latim. Escreva!

"'A orquídea da espécie *Epidendrum Flos Aeris*, originária da ilha de Java, produz uma flor realmente bela, e continua a viver mesmo depois de arrancada pela raiz. Os nativos penduram-na ao teto por meio de uma corda e desfrutam de sua fragrância durante anos'. Fundamental! Importantíssimo! E permite analogias! Vamos agora tratar das Expressões Mordazes."

"EXPRESSÕES MORDAZES. 'O venerável romance chinês Ju-Kiao-Li'. Muito bom! Introduzindo essas poucas palavras com habilidade, a senhora evidenciará um profundo conhecimento da língua e da literatura dos chineses. Com a ajuda de tal expressão, será possível conseguir seu objetivo sem necessidade de se recorrer ao árabe, ao sânscrito ou ao idioma falado na tribo indígena Chickasaw. No entanto, não há como abrir mão de francês, italiano, alemão, latim e grego quando o objetivo é causar uma impressão insuperável. Preciso lhe apresentar um pequeno exemplo de cada. Qualquer fragmento será suficiente, porque a senhora deve contar apenas com sua engenhosidade para adaptá-los ao seu artigo. Agora, escreva!

"'*Aussi tendre que Zaïre*' – tão sensível quanto Zaire; francês.

A expressão refere-se à repetição frequente da frase *la tendre Zaïre*, na tragédia francesa de mesmo nome. Se adequadamente introduzida, revelará não apenas seu conhecimento do idioma, como também a abrangência de suas leituras e sua perspicácia. A senhora pode dizer, por exemplo, que a galinha que estava comendo (escreva um conto descrevendo como é ser sufocada até a morte por um osso de galinha) não era de forma alguma *aussi tendre que Zaïre*. Escreva!

'*Van muerte tan escondida,*
Que no te sienta venir,
Porque el plazer del morir
No me torne a dar la vida.'

"Isso é espanhol, de Miguel de Cervantes. 'Venha depressa oh morte! Mas certifique-se de não me deixar perceber sua chegada; pois o prazer proporcionado por sua aparição poderia infelizmente me trazer de volta à vida'. Isso a senhora pode introduzir furtivamente, de um modo adequado, em sua agonia derradeira na luta com o osso de galinha. Escreva!

'*Il pover 'huomo che non s'en era accorto,*
Andava combattendo, e era morto.'

"Italiano, de Ariosto; como pode-se ver. A frase fala de um grande herói que, no calor do combate permaneceu lutando bravamente sem perceber que já estava morto. A aplicação desse exemplo para o seu caso é óbvia, Senhorita Psiquê; pois acredito que a senhora não deixará de descrever uma luta de pelo menos uma hora e meia antes da sufocação final pelo osso de galinha. Agora, escreva, por favor!

'*Und sterb'ich doch, so sterb'ich den*
Durch sie – durch sie.'

181

"Alemão, de Schiller, que se traduz como 'Se eu morrer, pelo menos morrerei por vós; por vós!' Aqui fica claro que a senhora está colocando entre apóstrofes a causa de seu desastre, ou seja, a galinha. Na verdade, eu gostaria de saber que cavalheiro (ou dama) dotado de sensibilidade não morreria por um capão bem cevado de uma apropriada linhagem das Ilhas Molucas, recheado com alcaparras e cogumelos, e servido em uma tigela de salada com geleia de laranja. É possível encontrá-los nessa forma no Tortoni. Escreva! Escreva, por favor!

"Eis aqui uma delicada frase em latim – e rara também. Não se pode ser *recherché* ou breve demais no latim; isso está se tornando muito comum – *ignoratio elenchi*. Ele cometeu um *ignoratio elenchi*, isto é, ele compreendeu as palavras de sua proposição, porém, não entendeu as ideias. Como se vê, um sujeito estúpido. Alguns dos indivíduos medíocres a quem a senhora se dirigiu enquanto sufocava com aquele osso de galinha e que não compreenderam exatamente sobre o que se falava. Repreenda o *ignoratio elenchi* e, no mesmo instante, a senhora o terá aniquilado. Se o camarada tiver a ousadia de retrucar, a senhora pode lhe dizer – lançando mão de Lucan – que o discurso dele contém apenas meras palavras anêmonas, *anemonoe verborum*. As anêmonas têm grande brilho e nenhum aroma. Além disso, se ele começar a se vangloriar, a senhora pode atacá-lo com um *insomnia Jovis*, ou seja, um arroubamento jupiteriano – uma frase que Sílio Itálico (veja!) aplica a ideias pomposas e bombásticas. Isso será suficiente para compungi-lo. Só lhe restará então levantar-se e morrer. Escreva, por favor.

"Em relação à Grécia, precisamos ter alguma coisa elegante de Demóstenes. Por exemplo, *Anerh o pheugoen kai palin makesetai* (Ανερο φευφν και παλιν μαχεσεται). Na narrativa satírica *Hudibras*, existe uma tradução razoavelmente tolerável dessa frase –"

'Pois aquele que voa pode lutar outra vez,
Porém, assassinar, ele não pode jamais.'

"Em um artigo Blackwood não há nada mais elegante do que o grego. As próprias letras encerram um quê de profundidade. Observe bem, madame... observe a aparência sutil daquele Épsilon! O Fi seria certamente um bispo! E aquele Ômicron... haveria alguma coisa mais elegante do que ele? E o Tau? Observe-o! Em resumo, nada como o grego para obter um verdadeiro ensaio sensação. No caso em questão, a aplicação desse idioma não poderia ser mais óbvia. Dê voz à sua sentença, com uma colossal imprecação e um ultimato ao estúpido e imprestável patife incapaz de compreender seu inglês puro no tocante ao osso de galinha. Ele entenderá a insinuação e desaparecerá; pode contar com isso."

Foram essas todas as instruções que o Senhor B. pôde me fornecer sobre o assunto em pauta, mas considerei-as suficientes. Eu estava, finalmente, capacitada a escrever um autêntico artigo Blackwood, e decidi me entregar à tarefa sem perda de tempo. Ao se retirar, o Senhor B. propôs comprar meu conto depois de concluído; porém, como ele só podia me oferecer cinquenta guinéus por folha, julguei que seria melhor deixá-lo por conta de nossa amizade, a sacrificá-lo por uma quantia tão insignificante. No entanto, a despeito desse espírito mesquinho, o cavalheiro demonstrou consideração por minha pessoa em todos os outros aspectos, e de fato me tratou com a mais delicada cortesia. Suas palavras de despedida tocaram profundamente meu coração; e espero poder lembrar-me sempre delas com gratidão.

"Minha cara Senhorita Zenóbia", disse ele com lágrimas nos olhos, "haveria alguma coisa mais em que eu pudesse colaborar para promover o sucesso de sua louvável empreitada? Deixe-me pensar! É possível que a senhora não esteja – tão depressa como é conveniente – apta a... afogar-se, ou sufocar-se com um osso de galinha, ou enforcar-se, ou... bem, já basta! Agora, a respeito disso penso que existem alguns excelentes buldogues no jardim; excepcionais, muito ferozes, eu lhe asseguro... a aplicação ideal para seu dinheiro. Eles poderão devorá-la completamente, com aurículas e tudo o mais, em menos de cinco minutos – marcados no relógio! Pense então nas sensações! Vejamos... Tom! Peter! Dick!... seus canalhas!... deixem-me..."

Mas como eu estava de fato muito apressada e não tinha tempo a perder, fui forçada, embora com relutância, a precipitar minha partida. Assim sendo, saí sem pestanejar; um tanto mais abruptamente, admito, do que o recomendado por um rígido padrão de cortesia.

Ao deixar o Senhor Blackwood, meu objetivo principal era me envolver imediatamente em alguma situação difícil, consoante com o que ele me aconselhou. Portanto, com tal propósito em vista, passei a maior parte do dia vagando por Edimburgo, à procura de aventuras avassaladoras – aventuras compatíveis com a intensidade de meus sentimentos e concordantes com o extraordinário caráter do conto que eu pretendia escrever. Nessa excursão pela cidade fui acompanhada por meu servo negro, Pompeu, e minha pequena cadela Diana, que eu trouxera comigo da Filadélfia. Todavia, só quando a noite já ia avançada, foi que eu alcancei êxito em minha árdua empreitada. Aconteceu então um importante evento, do qual o seguinte artigo Blackwood, redigido em tom heterogêneo, é a substância e o resultado.[‡]

[‡] Em todas as suas versões, esse conto veio acompanhado do *A predicament* ("A foice do tempo"). Entretanto, em 1842 Poe mudou seu nome para *How to write a Blackwood article*, que continuou seguido pelo conto *A predicament*. (N.E.)

A foice do tempo

Que acaso, boa senhora, te deixou assim desolada?
—Comus

A TARDE ESTAVA CALMA E SILENCIOSA QUANDO EU CAMINHEI NA direção da bela cidade de Edina. Era grande o tumulto nas ruas. Homens falando; mulheres gritando; crianças atarantadas; porcos grunhindo; carroças matraqueando; vacas e touros mugindo; cavalos relinchando; gatos ronronando; cachorros dançando. *Dançando!* Seria possível? *Dançando!* Ai de mim!... pensei com meus botões. *Meus* dias de dança já se foram! É sempre assim. Que turbilhão de tristes lembranças são despertadas de tempos em tempos na mente dos gênios por uma contemplação imaginativa, em especial na mente de um gênio condenado à perene, eterna, contínua – sim, contínua e permanente –, e também amarga, fustigante, perturbadora (se me é permitida a expressão), *muito* perturbadora influência do sereno, divino, celestial, arrebatado, sublime e purificador efeito daquela que seria mais corretamente denominada a coisa (permitam-me empregar uma expressão tão ousada) mais invejável – sim, *extremamente* invejável –, ou melhor, a coisa mais generosamente bela, mais deliciosamente etérea e, de certo modo, mais linda do mundo; mas meus sentimentos me conduzem por descaminhos. Que turbilhão de lembranças é excitado em uma mente como essa por uma coisa insignificante! Os cachorros dançavam! Eu... eu não podia fazê-lo! Eles brincavam. Eu chorava. Eles davam cambalhotas. Eu soluçava. Circunstâncias comoventes que não podem deixar de estimular no leitor clássico a recordação de uma requintada passagem relativa à adequação das coisas; passagem esta encontrada no início do terceiro volume daquela admirável e venerável novela chinesa Jo-Go-Slow.

Em minha solitária caminhada pela cidade, fui seguido por dois companheiros humildes, porém fiéis. Diana, minha poodle; a mais doce das criaturas! Ela tinha uma mecha de pelos caída sobre seu único olho e trazia uma fita azul elegantemente amarrada no pescoço. A altura de Diana não superava doze centímetros, mas sua cabeça era de certo modo maior do que o corpo, e o rabo, cortado muito rente, conferia ao interessante animal um ar de ofendida inocência, fazendo dela a favorita de todos.

E Pompeu, meu negro. Doce Pompeu! Como poderia eu esquecê-lo? Eu o segurava pelo braço. Pompeu tinha noventa centímetros de altura (gosto de fazer descrições precisas) e cerca de setenta ou oitenta anos de idade. Um sujeito corpulento, com pernas arqueadas. Sua boca não podia ser considerada pequena, tampouco suas orelhas curtas. Os dentes, no entanto, pareciam pérolas e o globo dos grandes olhos arregalados era deliciosamente branco. A natureza não lhe dera um pescoço e colocara os tornozelos (como é comum naquela raça) no meio da porção superior dos pés. Ele estava trajado com extrema simplicidade. A única peça de vestuário era uma gravata de cerca de vinte centímetros e um sobretudo pesado, que pertencera ao altivo e ilustre Dr. Moneypenny. Era um casaco de boa qualidade – bem cortado e bem confeccionado; quase novo. Pompeu o segurava com as duas mãos para evitar que encostasse na sujeira.

Havia três pessoas em nosso grupo, e duas delas já foram objeto de observações. A terceira era eu. Sou a Senhora Psiquê Zenóbia; *não* sou Suky Snobbs. Minha aparência é autoritária. Na memorável ocasião de que falo eu trajava um vestido de cetim vermelho, com um mantelete azul-celeste em estilo árabe. O vestido era ornamentado com broches verdes e sete graciosos babados de aurículas cor de laranja. Assim estava formado o grupo: a poodle, Pompeu e eu. Éramos *três*. Desse modo, havia originalmente apenas três Fúrias: Melty, Nimmy e Hetty; Meditação, Lembrança e Canção.

Apoiada no braço do galante Pompeu, e acompanhada por Diana, que seguia a uma respeitosa distância, desci uma das mais populosas e agradáveis ruas da agora deserta Edina. De repente, lá estava uma igreja – uma catedral gótica – ampla e venerável, com sua torre majestosa que se elevava na direção do céu. Que loucura se apossou de mim nesse instante? Por que corri ao encontro de meu destino? Fui assaltada por um desejo incontrolável de subir ao pináculo dourado e de lá contemplar toda a imensa extensão da cidade. A porta da catedral permanecia convidativamente aberta; e meu destino falou mais alto. Entrei pela sinistra passagem em abóbada. Onde então estava meu anjo da guarda? Se é que tal anjo de fato existe... *Se!* Mortificante palavra monossílaba! Quanto mistério, quanto significado, quanta dúvida e incerteza estão guardados nessas duas letras! Entrei pela sinistra passagem em abóbada. Entrei e, sem causar danos a minhas aurículas cor de laranja, passei por baixo do portal e fui sair no vestíbulo! Dizem que assim o imenso rio Alceu passava incólume sob o mar, sem com ele se misturar.

Pensei que jamais iria encontrar o fim da escadaria. Voltas e mais voltas! Sim, ela dava voltas e subia, dava voltas e subia. Não pude então deixar de conjecturar com o perspicaz Pompeu, em cujo braço eu me apoiava com toda a confiança inspirada por uma antiga afeição, a respeito da ausência da extremidade superior da contínua escada em espiral. Não sabíamos dizer se ela fora acidentalmente ou propositalmente removida. Fiz uma pausa para respirar; e nesse meio tempo ocorreu um incidente que não poderia passar despercebido dada sua importante natureza, tanto no aspecto moral como também metafísico. Pareceu-me... na verdade, eu estava bastante certa do fato! Não poderia estar enganada. Sem dúvida não poderia! Pois observei cuidadosa e ansiosamente por alguns instantes os movimentos de minha Diana. Então, como eu estava dizendo, pareceu-me que Diana sentiu a presença de um rato. Chamei a atenção de Pompeu e ele concordou comigo. Não restava então a menor dúvida. Havia ali um rato; Diana farejou-o. Céus! Como poderia eu esquecer a intensa excitação daquele momento? Ai de mim! O que é o alardeado intelecto dos homens? Um rato... ele estava ali... ou melhor, em algum lugar. Diana percebia seu cheiro. E eu... eu não conseguia senti-lo! Diz a lenda que algumas pessoas sentiam um doce e poderoso perfume emanado da Ísis da Prússia, enquanto para outras ela era totalmente inodora.

Nós já havíamos transposto a escadaria e faltavam apenas três ou quatro degraus a vencer para chegarmos ao cume. Continuamos subindo... e agora só restava um degrau. Um passo! Um único e pequenino passo! De um degrau assim tão pequeno na grande escadaria da vida humana depende toda a essência da felicidade e da miséria do homem! Pensei em mim mesma, depois em Pompeu; e então, no misterioso e inexplicável destino que nos cercava. Pensei em Pompeu! Ai de mim! Pensei em amor! Pensei nos muitos passos falsos que já foram dados e podem se repetir. Decidi ser mais cautelosa, mais reservada. Soltei então o braço de Pompeu e, sem a ajuda dele, subi o degrau restante para chegar ao recinto do campanário. Minha poodle veio imediatamente depois de mim; só Pompeu permaneceu atrás. Fiquei em pé no topo da escadaria, encorajando-o a subir. Ele esticou sua mão na minha direção e, ao fazê-lo, foi forçado a soltar o casaco que estava segurando. Será que não cessará jamais a perseguição dos deuses? O sobretudo caiu e Pompeu, pisando com um dos pés na longa fralda posterior do casaco, tropeçou e caiu – uma consequência inevitável. Ele caiu para a frente; sua cabeça maldita atingiu-me... direto no peito!, atirando-me de cabeça, junto com ele, sobre o chão duro e imundo do campanário. Mas minha vingança foi certa, repentina e total. Agarrando Pompeu furiosamente pelos cabelos com as duas mãos, arranquei uma gorda mecha daqueles fios negros e encaracolados, e a arremessei para longe em uma demonstração de extremo desdém. A mecha de cabelo caiu junto à corda do sino e lá permaneceu. Pompeu levantou-se sem pronunciar uma palavra sequer. Ele me olhou com seus olhos grandes e lastimosos, e limitou-se a suspirar. Oh, deuses! Aquele suspiro penetrou fundo em meu coração; e o cabelo... aquela mecha de cabelo! Tivesse eu conseguido alcançá-la, eu a teria banhado com minhas lágrimas, como prova de meu arrependimento. Mas, ai de mim! Ela estava longe demais; fora do meu alcance. Ao vê-la balançando no meio das cordas do sino, eu imaginei que tivesse vida; imaginei-a erguendo-se indignada sobre uma de suas extremidades. Assim acontece também, segundo dizem, com a garbosa e feliz orquídea de Java – ela produz uma bela flor, que vive depois de arrancada pela raiz. Os nativos daquela ilha penduram-na no teto com uma corda e se deliciam com sua fragrância durante muitos anos.

 Nossa querela estava agora resolvida, e nós procuramos ao redor da sala uma abertura através da qual pudéssemos contemplar a cidade de Edina. Não havia janelas. A única luz que entrava no sombrio recinto vinha de uma abertura com cerca de trinta centímetros de diâmetro, situada a uma altura aproximada de dois metros acima do chão. Mas do que não é capaz a mente de gênios verdadeiros! Decidi escalar a parede até aquela abertura. No lado oposto a ela, a uma pequena distância, havia uma enorme quantidade de rodas, pinhões e uma máquina de aparência cabalística. Através da abertura passava uma haste de ferro que vinha do equipamento. O espaço existente entre as rodas e a parede do buraco mal bastava para a passagem de meu corpo, mas eu estava afoita e determinada a não desistir. Chamei Pompeu para perto de mim.

"Você está vendo aquela abertura, Pompeu? Eu quero olhar através dela. Então, preciso que você fique exatamente aqui debaixo do buraco. Agora, dê-me uma de suas mãos, e deixe-me subir nela... assim. Agora a outra mão. Com a ajuda dela subirei sobre seus ombros, Pompeu".

Ele fez tudo o que pedi; e depois de alcançar a abertura, descobri que podia passar facilmente a cabeça e o pescoço por ela. A perspectiva era maravilhosa. Nada podia ser mais magnífico. Parei um momento apenas para pedir a Diana que se comportasse e assegurar a Pompeu que eu procuraria aliviar ao máximo o peso sobre seus ombros. Prometi a ele ser compassiva com seus sentimentos – *ossi tender que beefsteak*. Tendo dado essa mostra de reconhecimento a meu fiel amigo, abandonei-me com grande satisfação e entusiasmo ao deleite do cenário que tão gentilmente se descortinava diante de meus olhos.

No entanto, não me alongarei sobre esse assunto. Não vou descrever a cidade de Edimburgo. Todos já estiveram em Edimburgo – a clássica Edina. Vou me restringir aos memoráveis detalhes de minha lamentável aventura. Satisfeita minha curiosidade, até certo ponto, no tocante à extensão, às condições e à aparência geral da cidade, dediquei-me a examinar a igreja na qual eu me encontrava e a delicada arquitetura de sua torre. Observei que o buraco através do qual eu enfiara a cabeça era uma abertura no mostrador de um gigantesco relógio e devia parecer, quando visto da rua, um grande buraco de fechadura, como se vê na face dos relógios franceses. Sem dúvida alguma, o propósito da abertura era permitir a passagem do braço de um assistente, para ajustar, quando necessário, os ponteiros do relógio. Observei também, com surpresa, as imensas dimensões desses ponteiros. O maior deles devia ter no mínimo três metros de comprimento e a largura de ambos parecia superior a vinte centímetros. Eles eram aparentemente feitos de aço maciço e tinham as bordas bastante afiadas. Tendo observado esse e outros aspectos, voltei novamente os olhos para o glorioso panorama abaixo e, distraída, deixei-me enlevar na contemplação.

Depois de alguns minutos, fui despertada pela voz de Pompeu. Ele se dizia incapaz de me suportar por mais tempo e pedia que eu fizesse a gentileza de descer logo. Considerei o pedido despropositado, e tentei convencê-lo disso por meio de um longo discurso. Pompeu respondeu, mas se mostrou bastante equivocado quanto a minhas ideias sobre o assunto. Como seria de se esperar, fiquei enraivecida e lhe falei uma série de impropérios: chamei-o de idiota, ignorante e incapaz de enxergar além do próprio nariz; disse que seus conhecimentos se limitavam à mera pseudociência da geomancia e suas palavras eram pouca coisa melhores do que a verborragia de um inimigo. Com isso, ele pareceu se aquietar e eu voltei para minha contemplação.

Cerca de meia hora depois dessa altercação, eu estava completamente absorta diante do cenário celestial que meus olhos avistavam logo abaixo, quando fui sobressaltada por alguma coisa muita fria pressionando de leve a parte posterior de meu pescoço. Não há palavras capazes de descrever minha inquietação. Eu sabia que Pompeu se encontrava embaixo de meus pés e Diana, obedecendo a ordens explícitas, estava sentada sobre as patas traseiras no canto mais afastado da sala. O que poderia ser então? Ai de mim! Bastaram apenas uns poucos instantes para que eu entendesse a gravidade da situação. Virando a cabeça cuidadosamente para um dos lados, percebi – com extremo horror – que o gigantesco e brilhante ponteiro dos minutos, com forma de cimitarra, durante sua revolução para cobrir o percurso de uma hora *descera sobre meu pescoço*. Não havia um minuto sequer a perder. Afastei-me imediatamente; mas já era tarde demais. Não tive tempo para tirar a cabeça; e a boca daquela terrível armadilha em que ela estava presa estreitava-se mais e mais com uma rapidez impressionante. Não é possível imaginar a agonia daquele momento. Levantei as mãos e lutei com todas as minhas forças na tentativa desesperada de empurrar para cima a pesada barra de metal. Era como se eu tentasse levantar a própria catedral. A haste maciça descia sem clemência e chegava cada vez mais perto. Gritei, pedindo a ajuda de Pompeu; mas ele alegou que eu ferira seus sentimentos ao chamá-lo de "velho vesgo e ignorante". Berrei, chamando Diana; e ela se limitou a dizer "au-au-au-au" e justificar alegando que "eu lhe ordenara para não sair daquele canto em hipótese alguma". Assim sendo, não havia como contar com o socorro de meus companheiros.

Enquanto isso, a pesada e terrível Foice do Tempo (agora descobri o verdadeiro significado dessa frase clássica) continuava impassível seu movimento – para baixo, sempre para baixo. Ela já havia enterrado cerca de dois centímetros de sua borda cortante dentro de minha carne, e me senti dominada por um estado de total confusão e incerteza. Em um momento, eu me imaginava na Filadélfia com o majestoso Dr. Moneypenny; no instante seguinte, eu assistia às inestimáveis aulas do Senhor Blackwood em seu gabinete. E, mais uma vez, a doce recordação de agradáveis tempos passados me vinha à mente, e eu pensava naquele período feliz quando o mundo ainda não era um deserto e Pompeu sabia ser menos cruel.

O tique-taque da máquina me distraiu. Isso mesmo, distraiu; pois minhas sensações agora atingiam as raias da plena felicidade e os fatos mais insignificantes me proporcionavam grande deleite. O eterno tique-taque, tique-taque, tique-taque do relógio soava como a mais melodiosa canção em meus ouvidos, chegando até a me lembrar dos gratificantes e prolixos sermões do Dr. Ollapod. Havia ainda as sedutoras figuras sobre o mostrador do relógio – tão inteligentes, tão transcendentais! Sem demora, elas começaram a bailar a Mazurka, e a dança da figura V foi a que mais me agradou. Sem dúvida alguma, ela era uma dama. Não se notava qualquer demonstração de arrogância em seus movimentos delicados. Suas piruetas eram esmeradas – um perfeito rodopio sobre o próprio vértice. Fiz um esforço para lhe oferecer uma cadeira, pois ela me pareceu fatigada pelo exercício; e só então percebi nitidamente minha lamentável situação. Muito lamentável, de fato! A barra já havia penetrado cerca de cinco centímetros em meu pescoço, fazendo-me sentir uma dor aguda. Rezei, pedindo a morte e, na agonia daquele momento, não consegui deixar de repetir os primorosos versos do poeta Miguel de Cervantes:

Vanny Buren, tan escondida

Query no to senty venny
Pork and pleasure, delly morry
Nommy, torny, darry, widdy!

Então, o horror mostrou novamente sua face; um fenômeno suficientemente horripilante para abalar até mesmo os nervos mais fortes – meus olhos, devido à cruel pressão da máquina, estavam saltando para fora de sua órbita. Enquanto eu pensava em como seria possível viver sem enxergar, um dos olhos se despregou de fato e, rolando para baixo pela íngreme parede do campanário, foi se alojar na calha de chuva do beiral que circundava o edifício principal. A tortura pela perda do olho não foi tanta quanto aquela causada pelo insolente ar de independência e desdém com que ele me fitava lá de baixo. Lá estava ele, dentro da calha, exatamente sob o meu nariz, e sua expressão de superioridade seria ridícula, não fosse tão repugnante – jamais se viu piscadelas semelhantes. Tal comportamento daquele meu olho que se achava dentro da calha não era apenas irritante, por conta de sua manifesta insolência e infame ingratidão, como também extremamente inconveniente, dada a natural afeição que sempre existe entre os dois olhos da mesma cabeça, apesar da separação existente entre eles. Senti-me obrigada, a despeito das circunstâncias, a piscar e pestanejar em conformidade com aquele patife que jazia logo abaixo de meu nariz. Passados alguns momentos, no entanto, também o outro olho saltou da órbita e me senti aliviada ao perceber que tomou a mesma direção de seu par (possivelmente uma trama pré-acordada). Eles se lançaram juntos para fora da calha e, na verdade, fiquei bastante feliz em me ver livre dos dois.

A haste estava agora mais de dez centímetros dentro de meu pescoço, e restava cortar apenas um pequeno pedaço de pele. Fui assaltada por uma sensação de total felicidade, pois sentia que em poucos minutos eu me libertaria dessa desagradável situação – e não me enganei nessa previsão. Passados exatos vinte e cinco minutos das cinco horas da tarde, o movimento descrito na terrível revolução do enorme ponteiro dos minutos já havia atingido a posição que lhe permitia cortar o que restava de meu pescoço. Não lamentei ao ver a cabeça, que tanto embaraço me causara, finalmente se separar de meu corpo. Ela rolou para baixo pela parede do campanário, alojou-se por alguns segundos na calha e, com um mergulho, tomou o rumo do meio da rua.

Confesso que a natureza de meus sentimentos nesse momento era a mais extraordinária, ou melhor, a mais misteriosa, mais desconcertante e mais incompreensível. Meus sentidos estavam, ao mesmo tempo, aqui e acolá. Em dado instante, eu – a cabeça – me imaginava a verdadeira Senhora Psiquê Zenóbia; em outro, eu – o corpo – me sentia convencida de que na verdade a mim pertencia essa identidade. Para clarear as ideias sobre esse assunto, procurei em meus bolsos a caixinha de rapé; mas, depois de encontrá-la, no esforço para utilizar da maneira habitual uma pitada de seu agradável conteúdo, conscientizei-me imediatamente de minha singular deficiência, e atirei o receptáculo para o meio da rua, onde se encontrava minha cabeça. Ela pegou uma pitada com grande satisfação e sorriu para mim em sinal de reconhecimento. Pouco depois, iniciou um discurso que eu podia ouvir, porém indistintamente, dada a falta de meus ouvidos. Captei o suficiente para entender que ela se sentia abismada em me saber disposta a continuar vivendo em tais circunstâncias. Nas frases finais, a cabeça citou as nobres palavras de Ariosto,

Il pover hommy che non sera corty
E ter um combate tenty erry morty.

comparando-me, assim, ao herói que, no calor do combate, permaneceu lutando bravamente sem perceber que já estava morto. Nada mais então me impedia de descer daquele pedestal, e assim o fiz. Que detalhe *tão* especial Pompeu viu em meu aspecto, nunca consegui saber. O sujeito abriu a boca de orelha a orelha e fechou os dois olhos como se tentasse quebrar nozes entre as pálpebras. Finalmente, atirando para o lado seu sobretudo, disparou na direção da escadaria e, depois disso, nunca mais voltei a vê-lo. Lancei contra o patife as veementes palavras de Demóstenes –

Andrew O'Phlegethon, você se apressou em ir embora,

e depois voltei-me para minha querida e pequena Diana, a poodle dos pelos desgrenhados e um só olho. Valha-me Deus! Que visão horripilante me ofendeu os olhos! Era aquilo um rato o que se esgueirava dentro de seu buraco? São esses os ossos triturados do pequeno anjo cruelmente devorado pelo monstro? Oh, deuses! O que me é dado a contemplar? Seria esse o espírito defunto, a sombra, o fantasma de minha amada cachorrinha, que vejo sentado tão melancolicamente ali no canto? Oh céus! Escutem! Ela fala... é o alemão de Schiller –

Unt stubby duk, so stubby dun
Duk she! duk she!

Ai de mim! Não são porventura suas palavras a mais pura verdade?

E se eu morresse, pelo menos morreria
Por ti – por ti.

Doce criatura! Também ela se sacrificou por mim! Privada de meu cachorro, meu negro, minha cabeça, o que resta agora para a infeliz Senhora Psiquê Zenóbia? Nada... infelizmente nada! Estou acabada.

Epimanes*

Chacun a ses vertus.
—Claude Crébillon, *Xerxes*

---

*   Em 1845, Poe mudou o título para *Four Beasts in One – The Homeo-Cameleopard*. (N.E.)

Antíoco Epifânio costuma ser considerado o Gog do profeta Ezequiel. Tal honra, no entanto, é mais compatível com Cambises, o filho de Ciro. De fato, o caráter do monarca sírio não carece, em hipótese alguma, de qualquer adorno fortuito. Seus muitos atos, como a ascensão ao trono, ou melhor, usurpação da soberania, cento e setenta um anos antes da vinda de Cristo; a tentativa de defraudar o templo de Diana de Éfeso; a implacável hostilidade em relação aos judeus; e a profanação do Santuário dos santuários; assim como sua morte miserável em Taba depois de um tumultuado reinado de onze anos, são característicos de um rei proeminente e, portanto, mais destacados pelos historiadores daquele tempo do que as conquistas ímpias, cruéis, covardes, tolas e excêntricas que constituem toda a sua vida privada e definem sua reputação.

Vamos supor, prezado leitor, que estamos no *Anno Mundi* três mil oitocentos e trinta. Imaginemos, por alguns instantes, que nos encontramos na mais fantástica das povoações humanas, a extraordinária cidade de Antioquia. É importante registrar que havia na Síria e em outros países dezesseis cidades com esse nome, além daquela a que me refiro de modo particular. A nossa, contudo, é a que leva o nome de Antioquia Epidafne, devido à sua vizinhança com o pequeno vilarejo de Dafne, onde se localizava um templo dedicado a essa divindade. Embora exista certa controvérsia no tocante à construção desse templo, pode-se dizer que foi erguido pelo primeiro monarca do país depois de Alexandre, o Grande, Seleuco Nicator, em memória de seu pai Antíoco. O templo se converteu imediatamente na residência da monarquia síria. Na próspera época do império romano, ele funcionou como posto oficial do prefeito das províncias orientais; e muitos dos imperadores da cidade matriz (entre os quais se destacam mais especificamente Verus e Valens) passavam aí a maior parte de seu tempo. Mas percebo que chegamos à cidade em si. Vamos ampliar nosso campo de visão para abranger não apenas a cidade, mas também as terras vizinhas.

Que rio largo e ligeiro é aquele que abre seu caminho, com inúmeras cachoeiras, em meio a uma região inóspita e montanhosa; e finalmente através de uma selva de edifícios?

É o Orontes, a única massa de água ao alcance da vista, com exceção do Mediterrâneo, que se estende, como um vasto espelho, por cerca de dezenove quilômetros na direção do sul. Todas as pessoas já contemplaram o Mediterrâneo; mas, permita que eu lhe diga, há algumas que deram uma espiadela em Antioquia; e poucas, tão poucas quanto você e eu, foram ao mesmo tempo brindadas com uma educação moderna. Portanto, vamos deixar de lado a observação daquele oceano, para concentrar toda a nossa atenção na massa de casas que se espalham abaixo de nós. Você se lembrará que estamos no *Anno Mundi* três mil oitocentos e trinta. Fosse mais tarde, por exemplo, o *Anno Domini* um mil oitocentos e trinta e nove, nós lamentavelmente seríamos privados desse extraordinário espetáculo. No século XIX Antioquia está, ou melhor, Antioquia estará em um deplorável estado de decadência. Naquela época ela já terá sido totalmente destruída, em três diferentes períodos, por três terremotos sucessivos. A bem da verdade, o pouco que restará de sua antiga identidade se encontrará em tal estado de devastação, que o patriarca terá transferido sua residência para Damasco. Muito bem! Vejo que meu conselho lhe foi bastante profícuo e que você está aproveitando ao máximo seu tempo para examinar o território e satisfazer seus olhos com as memórias e a fama que contribuíram para o renome dessa cidade.

Peço-lhe desculpas. Eu me esqueci de dizer que Shakespeare não alcançará distinção nos próximos mil setecentos e cinquenta anos. Mas... você não acha que a vista de Epidafne justifica o adjetivo "grotesca" com que a ela me referi?

Ela tem uma excelente fortificação e, nesse aspecto, deve sua gratidão não só à natureza como também à arte.

A mais pura expressão da verdade.

Há um prodigioso número de palácios majestosos.

Sim... sem dúvidas há.

E os incontáveis templos, suntuosos e magníficos, podem ser comparados aos mais enaltecidos da antiguidade.

Não posso deixar de reconhecer tudo isso. Contudo, também existe uma infinidade de cabanas lamacentas e casebres abomináveis. É impossível não perceber a abundância de sujeira espalhada por todos os cantos e, não fosse a poderosa emanação de vapores do incenso pagão, não me restariam dúvidas de que o cheiro fétido seria insuportável. Alguma vez na vida você já contemplou ruas tão insuportavelmente estreitas ou casas tão miraculosamente altas? Como são melancólicas suas sombras projetadas sobre o chão! São bem-vindas as lâmpadas acesas penduradas em um sem-número de pórticos; caso contrário, teríamos a escuridão do Egito no tempo de sua devastação.

Ela é, decerto, um lugar estranho! O que significa aquele edifício singular ali à frente? Veja! Ele se eleva acima de todos os demais e situa-se no lado oriental daquele que eu julgo ser o palácio real.

É o novo Templo do Sol, astro adorado na Síria sob o título de Elah Gabalah. Tempos depois, um notável imperador romano instituirá em Roma o culto a essa divindade, e daí deriva o nome Heliogábalo. Ouso afirmar que você gostaria de dar uma espiadela na divindade do templo. Não é necessário olhar para o firmamento, pois o rei Sol não está lá; pelo menos, não o rei Sol idolatrado pelos sírios. Essa divindade será encontrada no interior do edifício ali adiante. Ela é adorada sob a figura de um enorme pilar de pedra cujo cume tem a forma de um cone ou pirâmide, em decorrência do que simboliza o Fogo.

Ouça!... observe! Quem seriam aqueles ridículos seres seminus, com as faces pintadas, que vociferam e gesticulam para a ralé?

Alguns são saltimbancos. Outros, mais especificamente, pertencem à raça dos filósofos. A maior parte, no entanto, aqueles que espancam o populacho com porretes, são os mais importantes cortesãos do palácio – indivíduos que colocam em prática, como se cumprissem um dever moral, alguma louvável brincadeira do rei.

Mas o que temos aqui? Céus!... a cidade está tomada por um enxame de bestas selvagens! Que espetáculo terrível! Que temerária excentricidade!

Terrível, se assim você prefere; mas nem um pouco temerária. Veja bem, cada animal acompanha com toda tranquilidade a trilha de seu mestre. Alguns poucos, é verdade, são conduzidos por meio de

201

uma corda amarrada ao pescoço, mas esses são, em sua maioria, representantes das espécies inferiores ou mais hesitantes. O leão, o tigre e o leopardo estão completamente soltos. Eles foram treinados, sem a menor dificuldade, para exercer a presente profissão e servem aos respectivos donos na função de *valets de chambre*. Não se pode negar que há ocasiões nas quais a Natureza reivindica seu domínio violado; porém, nessas circunstâncias, a dizimação de guerreiros ou o estrangulamento de um touro consagrado são situações de importância muito pequena para serem mais do que simplesmente sugeridas em Epidafne.

Mas o que será esse extraordinário tumulto que percebo? Não há dúvidas de que, mesmo em se tratando de Antioquia, é um barulho alto demais! Ele evidencia alguma agitação de interesse incomum.

É isso mesmo... indubitavelmente. O rei ordenou a realização de algum novo espetáculo – uma exibição de gladiadores no hipódromo, ou o massacre de prisioneiros citas, ou a conflagração de seu moderno palácio, ou a destruição de um formoso templo ou, quem sabe, uma fogueira com uns poucos judeus. A algazarra aumenta. A atmosfera se torna insuportável com as risadas ruidosas que se misturam ao som dissonante de instrumentos de sopro e aos clamores de milhares de gargantas. Vamos descer, por amor à diversão, e verificar o que se passa. Por aqui... com cuidado! Cá estamos nós na rua principal, que é denominada Rua de Timarco. O enxame de pessoas vem nessa direção, e provavelmente encontraremos dificuldade em deter o vagalhão. Elas vão surgindo através do beco de Heráclides, que vem diretamente do palácio; portanto, é possível que o rei esteja no meio dos revoltosos. Sim... ouço os gritos do arauto anunciando, no pomposo fraseado do leste, a aproximação de sua majestade. Poderemos vê-lo de relance quando ele passar pelo templo de Ashima. Vamos nos abrigar no vestíbulo do santuário; dentro em pouco o soberano estará aqui. Enquanto isso, examinemos esta imagem. De que se trata? Ah, é o próprio deus Ashima – em pessoa. Você pode perceber que ele não é um cordeiro, tampouco uma cabra, nem um orangotango; muito menos guarda alguma semelhança com o Pã dos Arcádios. Mas todas essas formas exteriores foram associadas, ou melhor, serão associadas ao Ashima dos sírios pelos sábios de épocas futuras. Coloque os óculos, e diga-me o que é isto aqui. O que é?

Valha-me Deus, é um chipanzé!

De fato... um babuíno! Mas de modo algum inferior a uma deidade. Seu nome deriva do grego *Simia*. Que rematados tolos são os antiquários! Veja!... veja! Logo ali se corre um pequeno diabrete esfarrapado. Para onde ele está indo? O que está gritando? O que diz? Ah... diz que o rei se aproxima em triunfo; trajando suas vestes de gala; e que ele acabou de matar com as próprias mãos milhares de prisioneiros israelitas acorrentados. O maltrapilho o está enaltecendo por esse feito. Ouça! Aí vem uma tropa com as mesmas características. Enquanto caminham, eles entoam um hino em latim que compuseram para exaltar a bravura do rei.

Mille, mille, mille,
Mille, mille, mille,
Decollavimus, unus homo!
Mille, mille, mille, mille, decollavimus!
Mille, mille, mille!
Vivat qui mille mille occidit!
Tantum vini habet nemo
Quantum sanguinis effudit![†]

Essas linhas podem assim ser parafraseadas:

Um mil, um mil, um mil,
Um mil, um mil, um mil,
Nós, matamos com um só guerreiro!
Um mil, um mil, um mil, um mil,
Cantem mil outra vez!
Bravo! Cantemos

[†] Flavio Vopisco diz que o hino aqui apresentado foi entoado pelo populacho na ocasião em que Aureliano matou com as próprias mãos novecentos e cinquenta inimigos na guerra dos Sármatas.

Vida longa para nosso rei,
Aquele que derrubou mais de mil!
Bravo! Brademos, pois
Ele nos deu mais galões
Vermelhos de sangue coagulado
Do que toda a Síria pode fornecer de vinho!

Ouviu aquele floreio dos trompetes? Sim, o rei está chegando! Veja! O povo está perplexo de admiração e eleva os olhos aos céus em sinal de reverência. Ele se aproxima; ele está chegando; ei-lo ali!

Quem?... onde?... o rei?... não o vejo!... não posso dizer que sinto sua presença!

Então você deve estar cego.

É bem possível. No entanto, não vejo coisa alguma, exceto uma turba agitada de idiotas e loucos, apressados em se colocar prostrados diante de uma gigantesca girafa e ansiosos em ser tocados pelos cascos do animal. Veja! A besta acabou de chutar um dos miseráveis... e outro... mais outro... outro ainda! Na verdade, não posso deixar de admirar o animal pela precisão com que usa os pés.

Ralé! De fato, são esses os nobres e os cidadãos livres de Epidafne! Besta... foi isso o que você disse? Cuide-se para não ser casualmente ouvido. Você não percebe que o animal tem o rosto de um homem? Sem dúvida, caro senhor, aquela girafa não é outro senão Antíoco Epifânio, Antíoco, o Ilustre, Rei da Síria; o mais poderoso de todos os autocratas do Leste! É verdade que algumas vezes ele recebe a denominação de Antíoco Epimanes. Antíoco, o louco; mas isso decorre da incapacidade do povo em reconhecer os méritos do soberano. Também não há dúvidas quanto ao fato de que neste momento ele se esconde na pele de uma besta, e faz essa besta representar o papel de uma girafa. Mas isso tem apenas o objetivo de ratificar sua dignidade de rei. Além do mais, o monarca possui uma estatura colossal e, portanto, a fantasia não é imprópria, nem mesmo grande demais. Devemos, entretanto, presumir que ele não a teria vestido, não fosse esta uma cerimônia de gala – a celebração do massacre de milhares de judeus. Com que dignidade suprema o monarca vagueia apoiado nas quatro patas! Seu rabo – pode-se perceber facilmente – é mantido no alto por suas duas principais concubinas, Elline e Argelais; e seu semblante seria infinitamente cativante, não fosse a excessiva protuberância dos olhos, que parecem saltar para fora, e a bizarra cor de seu rosto, que se tornou indefinível, em consequência da enorme quantidade de vinho por ele ingerida. Vamos seguir até o hipódromo – para onde o rei agora se encaminha – e escutar a canção triunfal que ele começa a entoar:

Quem é o rei senão Epifânio? Ora essa!... vocês conhecem? Quem é o rei senão Epifânio? Bravo!... bravo! Não há outro senão Epifânio. Não... ninguém. Então destruam os templos e apaguem o sol! Quem é o rei senão Epifânio? Ora essa!... vocês conhecem? Quem é o rei senão Epifânio? Bravo!... bravo!

Canção entoada com esmero e tenacidade! O populacho o aclama 'Príncipe dos Poetas', assim como 'Glória do Leste', 'Deleite do Universo' e 'a mais extraordinária das Girafas'. Eles repetiram essa expansiva saudação e... você está ouvindo? Ele começou a cantar mais uma vez. No momento em que chegar ao hipódromo, será cingido com a coroa poética, em antecipação de sua vitória nas próximas Olimpíadas.

Mas... por Júpiter! O que acontece com a multidão atrás de nós?

Você disse atrás de nós? Oh!... ah!... estou vendo. Meu amigo, foi providencial sua observação. Vamos encontrar um lugar seguro o mais rapidamente possível. Aqui!... escondamo-nos no arco deste aqueduto; e logo lhe contarei qual é a origem dessa comoção. Aconteceu como eu previa. Ao que tudo indica, a singular aparição da girafa com uma cabeça de homem feriu a suscetibilidade dos animais selvagens domesticados da cidade. Uma rebelião foi a consequência e, como costuma ocorrer em situações semelhantes, todos os esforços humanos de nada servirão para reprimir a turba amotinada. Muitos sírios já foram devorados, mas parece que a voz geral dos patriotas de quatro patas é devorar a girafa. Agora, o 'Príncipe dos Poetas' está em pé sobre as patas traseiras e corre para tentar salvar sua vida. Os cortesãos abandonaram-no à própria sorte e as concubinas deixaram-lhe cair o rabo. 'Deleite do Universo', vossa astúcia em tenebroso dilema! 'Glória do Leste', vossa esperteza diante do risco de devoração! Então, nunca lastimai a queda de vosso rabo; ele será, sem sombra de dúvida, arrastado na lama, e contra isso não há apelação. *Não* olhai para trás de vós; para vossa inevitável degradação. Mas tenhais coragem; empregai todo o vigor de vossas pernas e correi para o hipódromo! Lembrai de vossa astúcia Antíoco Epifânio, Antíoco, o Ilustre!... e também 'Príncipe dos Poetas', 'Glória do Leste', 'Deleite do Universo' e 'a mais extraordinária das Girafas'! Céus! Que poderosa velocidade vossa astúcia vos confere! Que extraordinária capacidade vossa esperteza imprime a vossas pernas! Correi, Príncipe! *Bravo*, Epifânio! Muito bom, Girafa! Glorioso Antíoco! Ele corre!... ele anda!... ele voa! Como um projétil lançado pela catapulta, ele se aproxima do hipódromo! Ele salta!... ele grita!... lá está ele! Tivésseis vós, 'Glória do Leste', demorado meio segundo mais para alcançar os portões do anfiteatro, não haveria em Epidafne um filhote de urso sequer que não houvesse arrancado um pedaço de vossa carcaça. Deixe-nos sair... vamos embora! Porque entenderemos que nossos ouvidos modernos e delicados são incapazes de aguentar o enorme clamor que está prestes a começar para celebrar a fuga do rei. Ouça!... já começou. Veja!... a cidade está de pernas para o ar.

Seguramente, esta é a cidade mais populosa do Leste. Que pandemônio! Que amontoado de pessoas de todas as classes e idades! Quantas facções... quantas nações! Que colossal variedade de costumes! Que Babel de idiomas! Que assustador tilintar de instrumentos! Que multidão de filósofos!

Vamos sair... vamos encontrar nosso caminho!

Espere um momento! Percebo uma grande agitação no hipódromo; o que será? Diga-me... eu lhe imploro.

O quê? Oh, nada! Os nobres e os cidadãos livres de Epidafne, satisfeitos – conforme declararam – com a fé, a bravura, a sabedoria e a divindade de seu rei e tendo, além do mais, testemunhado uma demonstração da agilidade sobre-humana do soberano, consideram-se na obrigação de colocar-lhe na cabeça (além da coroa poética) um diadema da vitória na corrida a pé – um laurel a que ele certamente fará jus na celebração da próxima Olimpíada; e que, portanto, o povo lhe concede com antecedência.

Siope – uma fábula*

Ἐνδονσιν δ'ορεων κορνφαι τε και φαραγγες
Πρωνες τε και χαραδραι
Os pináculos da montanha dormem;
vales, penhascos e cavernas *estão em silêncio*.
—Alcman

---

* Poe alterou o título deste conto para *Silence* em 1842. (N.E.)

"Escuta-me", falou o Demônio, colocando a mão sobre minha cabeça. "Há um local nesta amaldiçoada Terra que tu jamais viste; e se por obra do acaso a tivestes visto, só poderia ser em um daqueles sonhos violentos que varrem como um simum o cérebro do dorminhoco; aquele que se deitou para dormir entre os proibidos raios de sol – isso mesmo, entre os raios de sol que emanam das solenes colunas dos templos da melancolia na vastidão do mundo. A região à qual me refiro é uma área sombria da Líbia, situada às margens do rio Zaire. Lá não há quietude; não há silêncio.

"As águas do rio têm uma débil cor de açafrão, e não fluem na direção do oceano; ao contrário, pulsam eternamente, com um movimento agitado e convulsivo, embaixo dos olhos vermelhos do sol. Ao longo de muitos quilômetros, em ambos os lados da cabeceira lamacenta do rio, estende-se um pálido deserto de gigantescas ninfeias. Em meio a toda aquela solidão, elas suspiram umas para as outras e erguem para o céu o longo e sinistro pescoço, balançando de um lado a outro sua corola que não tem fim. E ouve-se um murmúrio indistinto que nasce no meio delas, como um burburinho de águas subterrâneas. E elas suspiram umas para as outras.

"Mas existe uma fronteira nesse reino – a fronteira de uma negra, horrível e imponente floresta. Lá, a exemplo das ondas ao redor das Ilhas Hébridas, a vegetação rasteira se mantém em permanente agitação, apesar de não soprar vento algum em todo o firmamento. E as altas árvores nativas balançam eternamente de lá para cá, produzindo um som estridente e forte. E do alto cume dessas árvores o orvalho goteja incessantemente. Nas raízes, estranhas flores venenosas se contorcem em um torpor agitado. E acima, fazendo um ruído alto e farfalhante, as nuvens acinzentadas correm sem parar na direção do oeste, até formar uma catarata sobre a ígnea parede do horizonte. Contudo, não sopra vento algum em todo o firmamento. E nas margens do rio Zaire não há quietude; não há silêncio.

"Era noite, e a chuva caía. Mas enquanto caía, era chuva; depois, era sangue. E eu permaneci no pântano, entre lírios muito altos; e a chuva caía sobre minha cabeça; e os lírios suspiravam uns para os outros em meio ao seu solene desconsolo.

"De repente, a lua surgiu através de uma névoa fina e sinistra; era vermelha, como sangue, sua cor. E meu olhar se deteve sobre uma enorme rocha cinzenta pousada na margem do rio, iluminada pela luz da lua. E a rocha era cinzenta, sinistra e alta – e a rocha era cinzenta. Na parte frontal havia caracteres entalhados na pedra; e eu caminhei dentro do pântano de lírios, até me aproximar da praia e poder ler o que estava escrito. Todavia, não consegui decifrar os caracteres. E estava indo embora pelo pântano, quando a lua brilhou mais forte – uma bola cheia e vermelha; e eu retornei para olhar novamente a rocha; e os caracteres – eles diziam DESOLAÇÃO.

"Olhei para cima, e lá estava um homem sobre o cume da rocha; e eu me escondi entre as ninfeias, na esperança de sondar as ações do homem. Ele era alto e imponente, e estava coberto da cabeça aos pés com uma toga da velha Roma. Seu corpo era apenas um vulto indistinto; mas suas feições faziam lembrar uma deidade; pois o manto da noite, da névoa, da lua e do orvalho lhe havia deixado descobertas as feições da face. E suas sobrancelhas eram eminentes, como as de um pensador; os olhos, cheios de preocupação; e nas poucas rugas sobre as maçãs do rosto eu li histórias de sofrimento, exaustão e aversão pela espécie humana, além de um intenso desejo de solidão.

"E o homem se sentou sobre a rocha, inclinou a cabeça em cima da mão e observou a desolação. Ele olhou para a agitação dos pequenos arbustos na parte de baixo; depois voltou os olhos para cima, na direção das árvores nativas; e mais alto ainda, para o firmamento farfalhante e a lua cor de sangue. E eu permaneci ali perto, ao abrigo dos lírios, observando as ações do homem. E ele estremeceu envolto na solidão. Mas a noite deu lugar ao dia, e o homem se sentou sobre a rocha.

"E o homem voltou seu olhar do firmamento para o melancólico rio Zaire, com suas sinistras águas amareladas, e para as pálidas legiões de ninfeias. Ele escutou os suspiros das ninfeias e o murmúrio que brotava debaixo, bem no meio delas. Eu permaneci nas proximidades, dentro de meu abrigo, e observei as ações do homem. E ele estremeceu envolto na solidão. Mas a noite deu lugar ao dia, e o homem se sentou sobre a rocha.

"Então, desci aos recessos do pântano; caminhei a esmo entre a vastidão de lírios; e chamei os hipopótamos que habitam os brejos naqueles recessos do pântano. Os hipopótamos ouviram meus apelos e vieram com os gigantes até os pés da rocha e urraram ameaçadoramente sob a lua. Eu permaneci nas proximidades, dentro de meu abrigo, e observei as ações do homem. E ele estremeceu envolto na solidão. Mas a noite deu lugar ao dia, e o homem se sentou sobre a rocha.

"Então, amaldiçoei as forças da natureza com a maldição do bulício; e uma horrível tempestade se formou no céu; no lugar onde antes não havia vento. O firmamento se tornou lívido com a violência da tempestade; e a chuva despencou sobre a cabeça do homem. O rio transbordou e se converteu em um mar de espumas; as ninfeias gritaram em seu berço; as florestas se curvaram à força do vento; o trovão ribombou; os raios caíram sobre a terra; e a rocha tremeu até suas fundações. Eu permaneci nas proximidades, dentro de meu abrigo, e observei as ações do homem. E ele estremeceu envolto na solidão. Mas a noite deu lugar ao dia, e o homem se sentou sobre a rocha.

"Então, fiquei furioso e amaldiçoei, com a maldição do *silêncio*, o rio, os lírios, o vento, a floresta, o firmamento, o trovão e os suspiros das ninfeias. A maldição se espalhou e o silêncio tomou conta de tudo. A lua parou de oscilar em sua trajetória no firmamento; o trovão morreu ao longe; o relâmpago deixou de flamejar; as nuvens ficaram imóveis; as águas encolheram até seu nível e lá permaneceram; as árvores cessaram seu balanço; as ninfeias não mais suspiraram e o murmúrio que brotava desde as profundezas embaixo delas se calou; e nem o mais tênue som foi ouvido dentro daquele vasto e ilimitado deserto. Então, quando olhei para os caracteres entalhados na rocha, eles haviam mudado – agora formavam a palavra SILÊNCIO.

"E meus olhos pousaram sobre o semblante do homem – ele estava pálido de terror. Apressadamente, ergueu a cabeça antes apoiada na mão, ficou em pé em cima da rocha e escutou. Mas não se ouvia voz alguma em todo aquele vasto e ilimitado deserto; e os caracteres entalhados na rocha formavam a palavra SILÊNCIO. O homem estremeceu, virou o rosto para o outro lado e dali fugiu. E nunca mais voltei a vê-lo."

Agora há histórias primorosas nos livros dos Magos – naqueles melancólicos e rígidos volume dos Magos. Lá, existem histórias magníficas sobre o Céu e a Terra; sobre o poderoso Oceano e os gênios que governam os mares, a terra e o imponente firmamento. Também há muita erudição nos dizeres das sibilas; e coisas sagradas acerca de tempos passados são ouvidas pelas folhas obscuras que tremulam ao redor de Dodona. Porém, assim como Allah vive, aquela fábula que o Demônio me contou quando esteve ao meu lado na sombra da tumba, reputo a mais extraordinária de todas. E, depois de colocar um ponto-final em sua história, o Demônio caiu para trás, dentro da cova, e deu uma gargalhada. Não pude rir com o Demônio, e ele me amaldiçoou porque fui incapaz de rir. E o lince que desde sempre habitava a tumba, de lá saiu, indo se deitar aos pés do Demônio, com os olhos fixos em sua face.

A aventura sem precedentes de um certo Hans Pfaall[1]

Com o coração transbordante de delírio,
De onde governo, comando,
Com uma lança ardente e um *cavalo de vento*,
Na imensidão, sempre vagando.
—Canção de Tom O'Bedlam

De acordo com os últimos relatos acerca de Roterdã, essa cidade parece estar vivendo um estado de total arrebatamento filosófico. De fato, ocorreram lá fenômenos de tal modo inesperados, de tal forma originais e tão absolutamente em desacordo com opiniões preconcebidas, que a mim não restam dúvidas de que há tempos toda a Europa está em agitação, toda a ciência natural em efervescência e, juntas, a razão e a astronomia são o palco de um desvario total.

Tudo indica que no dia — de — (não tenho certeza a respeito da data), uma enorme multidão, movida por propósitos não mencionados de maneira mais específica, achava-se reunida na grande praça do comércio, na bem conservada cidade de Roterdã. Fazia um dia ameno, o que era bastante incomum naquela época do ano. O ar estava praticamente parado; e o povo se deleitava com uns breves borrifos de água caídos de quando em quando de um grande aglomerado de nuvens brancas que se entremeavam no azul do firmamento formando uma retícula de sombras. Mas, por volta do meio-dia, a multidão começou a se agitar de maneira sutil, porém digna de nota: no início era o tagarelar de dez mil línguas; no instante seguinte, dez mil rostos se erguiam na direção do céu, dez mil cachimbos tombavam do canto de dez mil bocas, e um brado, comparável apenas ao ribombar do Niágara ressoou ruidosa, longa e furiosamente pelos arredores de Roterdã.

Logo foi possível perceber a origem do tumulto. De trás de uma daquelas nuvens que representavam no céu uma estrutura de configuração bem definida, foi surgindo vagarosamente, dentro de um dos espaços azuis, um estranho corpo de substância heterogênea e aparentemente sólida, cujo arranjo extravagante parecia ter o propósito de impossibilitar sua compreensão e nunca permitir que o estado de êxtase daquela hoste de tenazes cidadãos postados ali embaixo de boca aberta viesse porventura a desvanecer. O que poderia ser tal objeto? Valham-me todos os demônios de Roterdã! O que esse evento estaria anunciando? Ninguém sabia; ninguém conseguia imaginar; ninguém... nem mesmo o Alcaide *Mynheer* Superbus Von Underduk tinha a mais vaga ideia de como desvendar o mistério. Assim sendo, na impossibilidade de se fazer alguma coisa mais sensata, todos os homens recolocaram cuidadosamente o cachimbo no canto esquerdo da boca e, enviesando para cima o olho direito na direção do fenômeno, soltaram uma baforada, detiveram-se por uns instantes, andaram ao redor com passos gingados e emitiram um rosnado significativo – depois, voltaram gingando, rosnaram e, finalmente, soltaram nova baforada.

Enquanto isso, aquele objeto que despertara tanta curiosidade e motivara a emanação de tanta fumaça descia de forma lenta e contínua na direção da formosa cidade. Em poucos minutos ele chegou suficientemente perto para ser identificado com precisão. Parecia ser... sim! Sem a menor sombra de dúvida, era uma espécie de balão. Mas, com certeza, nunca antes um balão assim fora visto em Roterdã; pois quem já ouviu falar de um balão inteiramente confeccionado com jornal sujo? Com certeza, nenhum indivíduo na Holanda. No entanto, aqui mesmo, bem embaixo do nariz de todos os cidadãos, ou melhor, a certa distância acima desse conjunto de narizes, estava um exemplar do objeto em questão; e feito – posso afirmá-lo com autoridade – do preciso material, de cujo uso para finalidade semelhante jamais alguém teve notícias. Tratava-se de um grave insulto ao bom senso dos habitantes de Roterdã. Quanto à forma do fenômeno, pode-se dizer que era ainda mais censurável – não passava de um enorme chapéu de bufão virado de cabeça para baixo. Tal semelhança se confirmou quando uma inspeção feita a pequena distância revelou que do vértice do balão pendia uma grande franja, e ao redor da beirada superior – ou base do cone – existia uma fileira de pequenos apetrechos parecidos com os sinos usualmente utilizados no pescoço das ovelhas, sinos estes que tilintavam sem parar ao som de Betty Martin. E mais, suspenso por fitas azuis na extremidade dessa máquina fantástica, pendia um chapéu castor enorme e desbotado, com aba de tamanho absurdamente exagerado e uma coroa semiesférica circundada por uma faixa preta, presa com fivela prateada. Um tanto extraordinário, todavia, é o fato de que muitos cidadãos de Roterdã juravam ter visto o mesmo chapéu inúmeras vezes anteriormente. Na verdade, toda a multidão parecia contemplá-lo com certa expressão de familiaridade, e a senhora Grettel Pfaall ao se deparar com ele, declarou em tom de radiante surpresa tratar-se do chapéu de seu próprio marido. Mas esse é um fato que merece uma consideração mais cuidadosa, pois Pfaall, junto com três companheiros, havia desaparecido súbita e misteriosamente de Roterdã cerca de cinco anos antes, e até a data desta narrativa todos os esforços no sentido de se obter informações relativas ao paradeiro deles haviam fracassado. Para falar a verdade, foram descobertos recentemente em uma localidade distante, no leste de Roterdã, alguns ossos – considerados humanos – misturados com grande quantidade de detritos de aparência bastante estranha; e algumas pessoas chegaram a imaginar que um abominável assassinato fora cometido nesse local, e que as vítimas provavelmente eram Hans Pfaall e seus companheiros. Mas, retornemos à nossa narrativa.

O balão, não havia dúvidas, tinha agora descido até uma altura de trinta metros do solo, permitindo que a multidão logo embaixo enxergasse seu ocupante com perfeita nitidez. Tratava-se, na verdade, de um sujeito muito pequeno e engraçado. Ele não parecia ter mais do que sessenta centímetros, uma altura que embora pequena seria suficiente para desequilibrá-lo, fazendo-o despencar por cima da borda de seu minúsculo carrinho, não fosse pela existência de uma beirada circular que lhe chegava até o peito e se prendia às cordas do balão. O corpo do homenzinho era desproporcionalmente largo, o que lhe conferia uma ridícula aparência cilindriforme. Como se poderia imaginar, não era possível enxergar seus pés, muito embora uma calosidade de natureza suspeita se projetasse através de uma fenda na base da gôndola ou, mais especificamente, no topo do chapéu. Suas mãos eram enormemente grandes. Seu cabelo, muito acinzentado, estava preso em um rabo na parte de trás. O nariz era prodigiosamente longo, curvado e intumescido. Ele tinha os olhos grandes, brilhantes e perspicazes; e o rosto, embora marcado pelas rugas da idade, era redondo, gorducho, com queixo duplo; mas não havia em porção alguma de sua cabeça qualquer coisa que se assemelhasse a orelhas. Esse pequeno e insólito cavalheiro vestia um sobretudo largo de cetim azul, combinando com culotes justos, que se prendiam com fivelas prateadas na altura dos joelhos. Sua túnica era feita de um tecido amarelo brilhante, e ele trazia um capuz de tafetá branco vistosamente colocado em um lado da cabeça. Para completar o traje, o homenzinho tinha um lenço de seda cor de sangue amarrado ao redor do pescoço com um fantástico nó de dimensões consideráveis e as pontas elegantemente caídas sobre seu peito.

Depois de descer até a altura de trinta metros da superfície do solo, como citei antes, o pequenino cavalheiro foi subitamente acometido por uma crise de tremores e parecia propenso a não chegar mais próximo da terra firme. De fato, ele atirou para fora uma grande quantidade de areia contida em um saco de lona, que levantou com muita dificuldade, e estancou no mesmo instante sua descida. Prosseguiu então, de forma apressada e agitada, e retirou do bolso lateral de seu sobretudo um grande livro com capa de couro de cabra. Ele o equilibrou na mão com ar desconfiado e depois observou-o com expressão de surpresa – estava, sem dúvida, admirado com o peso do livro. Finalmente, abriu-o; e retirando do meio das páginas uma enorme carta fechada com selo de cera vermelha e cuidadosamente amarrada com uma fita também vermelha, deixou-a cair bem junto aos pés do Alcaide Superbus Von Underduk. Sua Excelência abaixou-se para pegá-la; e o aeronauta, ainda bastante desconcertado e, pelo que tudo indicava, não tendo mais nada a fazer em Roterdã, iniciou nesse instante os preparativos para a partida. Diante da necessidade de descartar parte do lastro para permitir que o balão voltasse a subir, ele jogou para baixo alguns sacos de areia, um após o outro; porém, sem se dar ao trabalho de esvaziá-los por completo. Os sacos acabaram caindo sobre as costas do Alcaide, fazendo-o tombar e rolar mais de vinte vezes diante de todos os homens de Roterdã. Não se deve, todavia, supor que o notável Underduk deixou passar incólume essa insolência do homenzinho. Muito pelo contrário, dizem que enquanto seu corpo descrevia as mais de vinte circunvoluções, ele expeliu o mesmo número de vigorosas baforadas com o cachimbo, objeto que manteve bem firme nas mãos durante todo o tempo e do qual não pretende se separar até o dia de sua morte.

Nesse ínterim, o balão subiu como uma calhandra e, pairando ao longe sobre a cidade, finalmente se escondeu atrás de uma nuvem semelhante àquela de onde havia emergido de forma tão estranha; depois, nunca mais foi visto pelos bons cidadãos de Roterdã. Todas as atenções convergiram então para a carta, que criara com sua chegada tantos embaraços à pessoa e à autoridade de sua Excelência o ilustre Alcaide *Mynheer* Superbus Von Underduk. Durante suas cambalhotas, esse funcionário não descuidou do importante pacote que tinha em mãos e que, após cuidadosa inspeção, descobriu-se estar em posse da pessoa certa, já que era de fato endereçado a ele próprio e ao Professor Rub-a-dub, ocupantes oficiais da cadeira de Presidente e Vice-presidente do Colégio de Astronomia de Roterdã, respectivamente. Sem perda de tempo, a missiva foi aberta pelos dois dignitários. Ela continha a seguinte comunicação, extraordinária, porém muito importante.

"*A Vossas Excelências, Von Underduk e Rub-a-dub, Presidente e Vice-presidente do Colégio Público de Astronomia da cidade de Roterdã.*

"Vossas Excelências devem porventura se lembrar de um humilde artesão chamado Hans Pfaall, que era por ofício reparador de foles, e há cinco anos desapareceu de Roterdã junto com outros três cidadãos, de uma forma que deve ter sido considerada por todos ao mesmo tempo repentina e absolutamente inexplicável. Desejo então, com a permissão de Vossas Excelências, apresentar-me: eu, o autor deste comunicado, sou o próprio Hans Pfaall. Não é segredo algum para a maioria de meus companheiros que durante um período de quarenta anos eu ocupei o cubículo de tijolos na extremidade da viela denominada Sauerkraut, no qual eu residia na ocasião em que desapareci. Meus ancestrais, que em tempos imemoriais sempre exerceram como eu o respeitável e lucrativo ofício de reparador de foles, também habitaram aquele local. A bem da verdade, até os últimos anos, quando os problemas e a política passaram a ocupar a cabeça de todas as pessoas, nenhum cidadão honesto de Roterdã podia desejar ou merecer uma profissão melhor do que a minha. O crédito era muito bom, não havia carência de emprego e em todas as mãos não faltavam dinheiro nem boa vontade. Todavia, como eu estava dizendo, nós logo começamos a sentir os terríveis efeitos da liberdade, de longos discursos, do radicalismo e toda aquela sorte de coisas. As pessoas, que antigamente costumavam ser os melhores clientes do mundo, já não reservavam um momento sequer para se lembrar de nós. Conforme diziam, elas se esforçavam ao máximo para ler a respeito das revoluções e acompanhar a evolução do intelecto e do espírito da época. Se havia necessidade de se atiçar uma chama, era possível fazê-lo prontamente com a ajuda de um jornal; e não me restam dúvidas de que a durabilidade do couro e do ferro aumentou na mesma proporção em que os governos se enfraqueceram; pois, em curtíssimo período de tempo, não havia um par sequer de foles em toda Roterdã que necessitasse de uma costura ou exigisse a assistência de um martelo. Não era possível alguém conseguir suportar tal estado de coisas. Muito depressa tornei-me mais pobre do que um rato, e a obrigação de sustentar esposa e filhos acabou se convertendo em uma sobrecarga intolerável. Eu passava horas a fio tentando imaginar o método mais rápido e conveniente para colocar um ponto-final em minha vida. Nesse meio-tempo, os cobradores não me permitiam sossego. Minha casa ficava literalmente cercada desde cedo até à noite e, com isso, dei para me enfurecer, espumar e me agitar como um tigre enjaulado contra as grades de sua prisão. Havia, em especial, três sujeitos que me infernizavam além do suportável, mantendo vigilância contínua em minha porta e me ameaçando com o mais extremo rigor da lei. Jurei comigo mesmo infligir a esses três a mais implacável vingança, fosse eu algum dia brindado pela felicidade de tê-los ao alcance de minhas garras. Assim, acredito que nada neste mundo, exceto o prazer dessa expectativa, impediu-me de colocar imediatamente em prática o plano de me suicidar estourando meus miolos com um trabuco. Julguei mais adequado dissimular minha ira e tratá-los com promessas e palavras propícias, até que os ventos favoráveis do destino me permitissem uma oportunidade de vingança.

"Certo dia, tendo despistado meus credores, e sentindo-me mais deprimido do que de costume, vaguei durante um bom tempo pelas ruas mais sombrias da cidade, sem qualquer objetivo mais imediato, e acabei me deparando com a loja de um vendedor de livros. Sentei-me sem pestanejar em uma cadeira que lá estava à disposição dos clientes e, quase sem saber por que, abri as páginas do primeiro volume que minhas mãos alcançaram. Era um livreto sobre Astronomia Teórica, escrito pelo Professor Encke, de Berlim, ou por um francês de nome semelhante. A essência de minhas informações acerca de assuntos dessa natureza era bastante pequena e, portanto, o conteúdo do livro não demorou em monopolizar minha atenção. Na verdade, eu o li duas vezes antes de voltar à realidade e perceber o que se passava ao meu redor. Nesse momento começou a escurecer e eu tomei o caminho de casa. No entanto, o tratado causara-me uma impressão indelével e, enquanto deambulava pelas ruas escuras, eu refletia acerca do raciocínio extravagante e, por vezes, incompreensível do autor. Havia algumas passagens específicas que impressionaram minha imaginação de um modo marcante e extraordinário. Quanto mais eu refletia a respeito delas, mais intenso se tornava meu interesse. A natureza limitada de minha educação em geral, e mais especificamente minha ignorância acerca de assuntos relativos à filosofia natural, ao contrário de despertar insegurança no tocante à minha capacidade de compreensão daquilo que eu tinha lido, ou de gerar suspeitas quanto às diversas ideias vagas estimuladas por essa leitura, apenas operaram como um estímulo a mais à imaginação; e eu fui suficientemente tolo, ou talvez sensato, a ponto de questionar se aquelas ideias incipientes que, quando nascidas em mentes mal disciplinadas, parecem resultantes do instinto ou da intuição, não podiam de fato ser quase sempre dotadas também da força, da realidade e de outras propriedades inerentes ao instinto ou à intuição; e ademais, se a própria percepção aguçada não poderia em questões de natureza puramente teórica, ser identificada como fonte legítima de falsidade e erro. Em outras palavras, eu acreditava – e ainda acredito – que quase sempre a verdade é superficial em sua essência e que, em muitos casos, o conhecimento reside mais nos abismos onde nós o procuramos do que nas verdadeiras situações nas quais ele pode ser encontrado. A própria natureza me garantiu condições de corroborar essas ideias. Na contemplação dos corpos celestes, fiquei absolutamente convencido de minha total impossibilidade de distinguir uma estrela com precisão quando eu mantinha os olhos fixos diretamente sobre ela, ao contrário do que acontecia se eu me permitisse apenas olhar de forma oblíqua para a região circunvizinha à estrela. Naquela época, eu não estava decerto consciente de que esse aparente paradoxo era consequência da menor suscetibilidade do centro da área visual a impressões luminosas de pouca intensidade, do que a porção externa da retina. Tal conhecimento, e alguns de outra espécie, surgiram depois no decurso de um período de cinco anos, durante os quais livrei-me dos preconceitos oriundos de minha humilde condição de vida anterior e esqueci a habilidade de reparador de foles, entregando-me a ocupações diferentes. Contudo, na época à qual me refiro, a contribuição de uma observação casual de estrelas às conclusões que eu já havia elaborado, atingiu-me com a força de uma confirmação absoluta e acabou estabelecendo as bases do caminho que na sequência passei a trilhar.

"Já era tarde quando cheguei em casa, e fui imediatamente para a cama. Todavia, a excessiva agitação de minha mente impediu que eu pegasse no sono e, desse modo, passei a noite toda entregue às meditações. Levantei-me bem cedo no dia seguinte e, depois de me esquivar da vigilância de meus credores, dirigi-me ansiosamente à loja do vendedor de livros, onde gastei o pouco dinheiro que ainda possuía, na compra de alguns exemplares sobre Mecânica e Astronomia Prática. Em posse deles, retornei em segurança para casa, e dediquei todos os momentos disponíveis à tarefa de estudá-los. Pouco tempo depois, a proficiência adquirida por meio dos estudos me pareceu suficiente para a execução de meu plano. Ao longo de todo esse período, não descuidei de aquietar os três credores que tanto aborrecimento a mim haviam causado, tarefa na qual fui bem-sucedido – em parte por meio da venda de algumas peças do mobiliário da família para satisfazer a uma fração daquilo que eles exigiam, e em parte pela promessa de quitação do saldo após finalização de um pequeno projeto que, conforme lhes disse, eu tinha em mente, e para cuja viabilização, solicitei a colaboração deles. Lançando mão de tal estratagema – pois se tratava de homens ignorantes – encontrei pouca dificuldade em conquistar o apoio deles aos meus propósitos. Com as questões assim acertadas, e contando com a ajuda de minha esposa, planejei sigilosa e cautelosamente dispor de todos os bens que ainda me restavam, e emprestei, em pequenas quantidades, sob os mais diferentes pretextos e cuidando para não despertar dúvidas quanto às minhas futuras condições de pagamento, um montante considerável de dinheiro. Com os recursos assim aprovisionados comecei a comprar, de pouco em pouco, peças de musselina de algodão muito fina e trançada, com dez metros cada; uma porção de borracha natural envernizada; um cesto de vime largo e profundo, confeccionado sob medida; e outros tantos artigos necessários para a construção e o aprovisionamento de um balão extraordinariamente grande. A feitura deste deixei a cargo de minha esposa, a quem pedi celeridade e forneci todas as informações essenciais quanto ao método específico a ser empregado. Nesse ínterim, produzi com o tecido entrelaçado uma rede de dimensões suficientes para servir à finalidade a que se destinava; equipei-a com um gancho e o necessário comprimento de corda; comprei um quadrante, um compasso, um pequeno telescópio, um barômetro comum dotado de algumas modificações importantes e dois instrumentos próprios das atividades da astronomia, instrumentos estes pouco conhecidos do público em geral. Aproveitei também para transportar na calada da noite, para uma localidade afastada a leste de Roterdã, um conjunto de apetrechos, incluindo: cinco barris de ferro com capacidade de cinquenta galões cada um; um barril de tamanho maior; seis tubos de louça estanhada, com três metros de comprimento e sete centímetros e meio de diâmetro, adequadamente moldados; certa quantidade de uma substância metálica específica (ou semimetálica), cujo nome me abstenho de fornecer; e uma dúzia de garrafões de um ácido bastante comum. O propósito desses materiais que acabei de citar era a produção de um gás que jamais qualquer outra pessoa, com exceção de mim mesmo, já produziu; ou, pelo menos, nunca foi aplicado com objetivo semelhante. Eu não me oporia à revelação do segredo; contudo, ele por direito pertence a um cidadão de Nantes, na França, que a mim o confiou, mediante rígidas condições. O mesmo indivíduo me ensinou, sem ter conhecimento de minhas intenções, um método para construção de balões a partir da membrana de certo animal, tecido através do qual é praticamente impossível haver vazamento de qualquer espécie de gás. Entretanto, considerei esse método caro demais, além do que eu não estava totalmente convencido de que a musselina de algodão coberta por uma camada de borracha natural não produzisse o mesmo resultado. Menciono esse fato, porque imagino que daqui para a frente o indivíduo em questão possa tentar fazer subir um balão com uso do gás e do material sobre os quais falei e não desejo privá-lo do mérito por uma invenção tão excepcional.

"Nos lugares em que eu pretendia colocar cada um dos barris menores durante o processo de enchimento do balão, cavei buracos com sessenta centímetros de profundidade. Desse modo, os buracos formavam um círculo com sete metros e meio de diâmetro, no centro do qual cavei um buraco com noventa centímetros de profundidade, onde deveria ficar o barril maior. Em cada um dos cinco buracos menores, depositei uma lata contendo vinte e cinco quilos de pólvora de canhão, e no maior, um barrilete com sessenta e cinco quilos dessa substância. Conectei entre si as latas e o barrilete com rastilhos devidamente cobertos; e, depois de colocar dentro de uma das latas cerca de um metro e meio de acionador de combustão lenta, cobri o buraco e assentei o barril sobre ele, deixando para fora cerca de dois centímetros da outra extremidade do acionador, um fragmento praticamente invisível para alguém distante do barril. Preenchi depois os buracos remanescentes e posicionei sobre eles os respectivos barris.

"Além dos artigos acima enumerados, levei para o entreposto, e lá mantive escondido, um dos aperfeiçoamentos implementados pelo Sr. Grimm no dispositivo de condensação do ar atmosférico. Descobri, porém, que eu só teria condições de utilizar essa máquina para o fim desejado se ela fosse submetida a uma considerável modificação. Dediquei-me então à árdua tarefa com incansável perseverança, e finalmente concluí com sucesso meus preparativos. O balão logo ficou pronto. Ele tinha capacidade para mais de um milhão de litros de gás e me faria alçar voo com muita facilidade, levando junto todos os meus implementos; e se corretamente controlado, ainda por cima cerca de oitenta quilos de lastro. Eu apliquei três camadas de verniz e acredito que a musselina não fica devendo nada para a própria seda – tão forte quanto esta e muito mais barata.

"Estando todos os preparativos finalizados, fiz com que minha esposa me jurasse segredo no tocante a todas as minhas ações desde o dia da primeira visita à loja do vendedor de livros e, em contrapartida, prometi-lhe retornar tão logo as circunstâncias assim permitissem. Entreguei-lhe então todo o dinheiro que ainda restava e me despedi. Na realidade, eu não tinha o que temer em relação a ela; pois minha esposa era o que as pessoas costumam chamar uma mulher notável e tinha perfeitas condições de administrar as coisas sem minha assistência. Eu acredito, para falar a verdade, que ela sempre me viu como um ser indolente, um mero contrapeso, bom para nada que não fosse imaginar castelos no ar; e, portanto, estava bastante satisfeita em se ver livre de mim. Já era noite escura quando me despedi, levando comigo meus ajudantes – os três credores que tanto aborrecimento me haviam causado. Nós tomamos um atalho através do qual transportamos o balão, com a gôndola e os equipamentos, até o local onde os demais artigos estavam depositados. Encontrando lá todas as coisas nos devidos lugares, iniciamos imediatamente os procedimentos para a partida.

"Era o dia primeiro de abril. A noite, como eu já disse antes, estava muito escura – não se via uma estrela sequer no firmamento, e uma garoa fininha e intermitente gerava bastante desconforto. Contudo, minha preocupação principal era o balão, que, apesar da camada protetora de verniz, foi ficando mais pesado em virtude da umidade. Também a pólvora estava exposta a risco. Por esse motivo, exigi grande empenho de meus três cobradores, fazendo-os triturar gelo em volta do barril central e revolver o ácido nos demais. Todo esse intenso trabalho, do qual não paravam de se queixar, não os impedia de me importunar com perguntas – queriam a qualquer custo saber o que eu pretendia com todo esse aparato. Eles alegavam não conseguir entender que benefício lhes proporcionaria o fato de se exporem a toda aquela umidade para tomar parte nessa terrível feitiçaria. Fiquei preocupado e me entreguei ao trabalho com toda determinação; pois os idiotas pareciam imaginar que eu fizera um pacto com o demônio e que minhas ações assim o comprovavam. Com medo de ser por eles abandonado, tentei acalmá-los, prometendo efetuar os pagamentos tão logo esse meu empreendimento estivesse concluído. Inferindo, portanto, de meu discurso, que eu estava prestes a ganhar vasta soma de dinheiro vivo e lhes pagaria a quantia devida acrescida de uns trocados pelos serviços prestados, ouso dizer que a eles pouco importava o fim que pudesse ter minha alma ou meu esqueleto.

"Depois de cerca de quatro horas e meia, o balão estava suficientemente inflado. Engatei então a gôndola e coloquei todos os meus apetrechos ali dentro – sem esquecer, é claro, o dispositivo de condensação e um farto suprimento de água e de provisões, tais como carne picada, pois ela contém grande quantidade de nutrientes em um volume relativamente pequeno. Também acomodei na gôndola um par de pombos e uma gata. O dia já estava amanhecendo e julguei que chegara o momento da partida. Jogando para fora um charuto aceso, como que acidentalmente, ao me abaixar para pegá-lo aproveitei para acender a ponta do acionador de combustão lenta que se projetava, como eu já expliquei, um pouco além da beirada inferior de um dos barris menores. Essa manobra não foi percebida pelos três cobradores e, depois de entrar outra vez na gôndola, cortei a corda que me prendia ao chão e me deleitei ao descobrir que a subida ocorria com bastante rapidez, e que os oitenta quilos de lastro inerte eram carregados com facilidade, havendo até capacidade excedente para transportar outros tantos quilos.

"Contudo, fazia pouco tempo que havíamos atingido a altura de quarenta e cinco metros, quando surgiu atrás de nós, rugindo e ribombando, um furioso furacão com fogo, fumaça, enxofre, pernas e braços, cascalhos, madeira queimada e metal em brasa, fazendo meu coração se encolher no fundo do peito. Afundei dentro da gôndola, assaltado por absoluto terror. Percebi então que isso era apenas um simples sinal, e as principais consequências do choque ainda estavam por vir. De fato, em menos de um segundo, senti todo o sangue de meu corpo fluir para as têmporas, e a noite foi imediatamente convulsionada por um abalo abrupto que jamais esquecerei, fazendo parecer que o próprio firmamento viria abaixo. Quando por fim consegui refletir, identifiquei a causa da violência da explosão – minha posição diretamente acima do fator gerador e na exata linha de sua potência mais forte. No entanto, naquele momento eu pensava apenas em salvar minha vida. Logo no início, o balão se contraiu; depois expandiu-

-se furiosamente, rodopiou com uma velocidade impressionante e por fim, rodando e cambaleando como um bêbado, arremessou-me com toda força sobre a beirada da gôndola, deixando-me pendurado de cabeça para baixo a uma altura colossal, com o rosto voltado para o lado de fora. Eu ficara preso por um pedaço de corda muito fina com cerca de noventa centímetros de comprimento, corda esta que estava acidentalmente enganchada em uma fenda próxima do fundo do cesto de vime e na qual, graças à providência divina, meu pé esquerdo ficou preso quando eu caí. Ninguém pode sequer imaginar o horror daquilo que passei. Eu respirava com muita dificuldade, lutando para puxar o ar; um estremecimento semelhante ao que acomete os doentes de malária agitava todos os nervos de meu corpo; os olhos pareciam querer saltar de sua órbita; uma horrível náusea me afligia; e, no final, perdi os sentidos.

"Não sou capaz de dizer quanto tempo permaneci nesse estado; mas creio que muitas horas se passaram, pois, quando recuperei parcialmente os sentidos, o dia já estava raiando, e o balão se encontrava a uma altura colossal sobre a imensidão do oceano – não se avistava o menor sinal de terra dentro dos extensos limites do horizonte. No entanto, depois de voltar a mim nessas condições não senti uma extrema agonia, como se poderia imaginar. Na verdade, as sementes da maldade já se faziam sentir na calma avaliação que comecei a fazer da situação ali reinante. Aproximei de meus olhos as duas mãos, uma depois da outra, e conjecturei sobre as circunstâncias que fizeram minhas veias incharem de tal forma e as unhas se tornarem tão horrivelmente pretas. Em seguida, examinei a cabeça com todo cuidado, balançando-a diversas vezes e tentando senti-la com minuciosa atenção, até chegar à tranquilizadora conclusão de que ela não estava, como eu muito suspeitara, maior do que o balão. Depois, apalpei os dois bolsos dos culotes e não encontrei algumas pastilhas e uma caixinha de palitos de dente que lá deveriam estar. Como não consegui descobrir o motivo do desaparecimento, senti uma inexplicável aflição. Percebi então uma grande instabilidade na articulação de meu tornozelo esquerdo, e uma vaga consciência da situação em que eu me encontrava começou a tomar forma em minha mente. Todavia, por mais estranho que pareça, eu não estava assustado, tampouco atemorizado. Se havia alguma emoção, era uma espécie de divertida satisfação pela astúcia que eu logo exibiria ao me desenredar desse dilema; e nunca, nem por um momento sequer, duvidei que no final eu estaria em segurança. Permaneci durante alguns instantes entregue a uma profunda meditação. Nesse período, eu me lembro claramente de ter diversas vezes comprimido os lábios, colocado o dedo indicador ao lado do nariz e feito outros gestos e trejeitos habituais nos homens que meditam na tranquilidade de suas poltronas sobre assuntos intrincados ou importantes. Depois de organizar minhas ideias de maneira satisfatória, coloquei as mãos atrás das costas, de forma cautelosa e determinada, e desprendi a grande fivela de ferro do cinto de meus culotes. Essa fivela tinha três dentes, os quais, pelo fato de estarem um pouco enferrujados, moviam-se com relativa dificuldade sobre seu eixo. A muito custo, consegui, entretanto, posicioná-los em ângulo reto em relação ao corpo da fivela e, com grande satisfação, percebei que eles permaneciam firmes nessa posição. Prendendo com meus dentes o instrumento assim obtido, passei a desatar o nó de minha gravata. Precisei descansar diversas vezes antes de concluir a manobra – mas finalmente consegui. Então, prendi na fivela uma das extremidades da gravata, e a outra, por uma questão de maior segurança, amarrei ao redor de meu pulso. Puxando o corpo para cima, com um prodigioso esforço dos músculos, consegui logo na primeira tentativa atirar a fivela sobre a gôndola e enganchá-la, como eu havia previsto, na beirada circular do cesto de vime.

"Fiquei então com o corpo inclinado na direção da lateral da gôndola, formando com ela um ângulo aproximado de quarenta e cinco graus – mas não se deve entender que eu estivesse, portanto, apenas quarenta e cinco graus abaixo da perpendicular. Muito pelo contrário; eu ainda permanecia quase nivelado com o plano do horizonte; pois a mudança de posição havia afastado consideravelmente de mim a parte de baixo da gôndola, em consequência do que, eu me encontrava em uma situação de perigo iminente e mortal. É necessário lembrar, no entanto, que eu não teria sido capaz de realizar nem mesmo o que consegui até agora, e as extraordinárias aventuras de Hans

Pfaall estariam irremediavelmente perdidas para a posteridade, se eu tivesse caído da gôndola com o rosto voltado para o balão e não ao contrário, ou se a corda pela qual fiquei pendurado tivesse passado por cima da beirada superior em vez de atravessar por uma fenda próxima à base da gôndola. Eu tinha, portanto, todas as razões do mundo para ser grato – mas na verdade era ainda estúpido demais para ser alguma coisa; e fiquei pendurado ali durante cerca de um quarto de hora, em uma posição invulgar, sem fazer o menor esforço e envolto em um estado de extraordinária tranquilidade e estúpida satisfação. No entanto, esse sentimento logo se dissipou, deixando lugar para o horror, o desalento e uma imobilizadora sensação de completa impotência e ruína. De fato, o sangue que até então se acumulara nas veias da cabeça e do pescoço e instilara em meu espírito a loucura e o delírio, começava a retornar dentro dos próprios canais, e a nitidez que assim delineava minha percepção de perigo, só conseguia me privar do autocontrole e da coragem para reencontrá-lo. Todavia, para minha sorte, esse momento de fraqueza teve curta duração. Logo o desespero chegou em meu socorro e, com gritos frenéticos e um esforço violento, fui empurrando meu corpo para cima, até que finalmente, agarrando-me à beirada com a mesma ânsia de quem é prisioneiro de um vício, rolei sobre ela, caindo trêmulo, de cabeça, dentro da gôndola.

"Algum tempo se passou antes que eu estivesse suficientemente recuperado para ter condições de cuidar do balão. Examinei-o então com toda atenção e descobri, com grande alívio, que não sofrera danos de maior gravidade. Meus apetrechos estavam em perfeita ordem e, felizmente, o lastro e as provisões continuavam ali, intactos. Na verdade, eu os havia prendido tão bem nos devidos lugares, que apesar da gravidade do acidente eles resistiram incólumes. Verifiquei o relógio e vi que eram seis horas. O balão subia rapidamente e o ponteiro de meu barômetro indicava uma altitude de seis quilômetros. Bem embaixo de mim, havia um pequeno objeto negro nas águas do oceano. Seu formato, ligeiramente retangular, e também o tamanho, conferiam a ele uma aparência bastante semelhante àquele brinquedo de crianças denominado dominó. Examinando-o mais detalhadamente com a ajuda de meu telescópio, descobri se tratar de um navio de guerra britânico que navegava à bolina e abria seu caminho com dificuldade, navegando na direção O.S.O. Além desse navio, nada mais se via, exceto o oceano, o céu e o sol, que se levantara já havia um bom tempo.

"Creio que é chegado o momento de eu explicar a Vossas Excelências o objetivo de minha arriscada viagem. Todos devem se lembrar muito bem que a angustiante situação de minha vida em Roterdã me levara à desesperada decisão de cometer o suicídio. Isso não significa, entretanto, que eu estivesse verdadeiramente desiludido com a vida. O real motivo era o extremo constrangimento imposto por uma miséria muito além de minha capacidade de suportar. Nesse estado de espírito eu me encontrava e desejava viver, apesar de todos os aborrecimentos, quando veio cair em minhas mãos, na loja do vendedor de livros, o tratado que me excitou profundamente a imaginação. Decidi então partir, mas permanecer vivo; deixar o mundo, porém continuar vivendo; em suma, tomei a decisão de, qualquer que fosse o resultado, abrir caminho até a Lua – se as condições assim me permitissem. Agora, para não ser tido como um homem mais louco do que de fato sou, vou detalhar tanto quanto possível, as considerações que me levaram a acreditar que para um indivíduo dotado de espírito arrojado uma empreitada dessa natureza, certamente muito difícil e incontestavelmente repleta de perigos, não estava, em hipótese alguma, confinada dentro dos estreitos limites da possibilidade.

"A verdadeira distância entre a Lua e a Terra era o primeiro ponto a ser considerado. O comprimento médio do intervalo entre os centros dos dois planetas equivale a 59,9643 vezes o raio equatorial da Terra, ou seja, mede cerca de 383.000 quilômetros. Eu disse comprimento médio. Mas deve-se ter em mente que a órbita da Lua tem o formato de uma elipse, cuja excentricidade tem valor nunca menor do que 0,05484, medida em relação ao maior semieixo da própria elipse. Dessa maneira, estando o centro da Terra situado no foco dessa elipse, se me fosse possível de algum modo alcançar a Lua em seu perigeu, essa distância então seria menor. Sem levar em conta agora essa possibilidade, eu precisaria de qualquer forma subtrair dos 383.000 quilômetros o raio da Terra, isto é, 6.400 quilômetros, e também o raio da Lua, 1.740 quilômetros, obtendo assim 374.860 quilômetros, que seria a distância real a percorrer em circunstâncias normais. Refletindo sobre isso, concluí que não se tratava de uma distância muito fora do comum. Em viagens através da Terra essa marca já foi inúmeras vezes atingida a uma velocidade de quarenta e oito quilômetros por hora; e, além disso, era possível prever que eu alcançaria velocidades ainda maiores. No entanto, mesmo mantendo esses quarenta e oito quilômetros por hora, eu não levaria mais do que 322 dias para chegar à superfície da Lua. Havia, contudo, alguns detalhes que me levavam a crer na possibilidade de superar a velocidade média de quarenta e oito quilômetros por hora e, como esses detalhes causaram-me forte impressão, vou abordá-los mais pormenorizadamente a partir daqui.

"O próximo ponto a ser tratado tinha uma importância fundamental. Por meio de indicações fornecidas pelo barômetro, descobrimos que ao atingir uma altura de 300 metros distante da superfície da Terra, um trigésimo de toda a massa de ar atmosférico ficou abaixo de nós; a 3.180 metros, nós deixamos para trás um terço dessa massa de ar; e a 5.400 metros, que não é uma altura muito diferente daquela do vulcão Cotopaxi, já atravessamos metade do volume de ar ponderável que cerca nosso globo terrestre. Calcula-se também que a uma altitude não superior à centésima parte do diâmetro da Terra, isto é, 130 quilômetros, a rarefação do ar se torna tão intensa, a ponto de impossibilitar a manutenção da vida animal, além do que, mesmo os meios mais precisos hoje existentes para determinação da presença de atmosfera, seriam inadequados para detectá-la nessa situação. Contudo, não negligenciei o fato de que os cálculos mais recentes são fundamentados em nosso conhecimento experimental das propriedades do ar, e nas leis da mecânica responsáveis por explicar sua dilatação e compressão dentro do espaço que pode ser denominado *vizinhança imediata* da própria Terra. Lembrei ao mesmo tempo a concepção aceita como ponto pacífico, de que a vida animal essencialmente não é – e não deve ser – *capaz de se modificar* em qualquer altitude inatingível em relação à superfície da Terra. Mas todo esse raciocínio e os dados em que ele se baseia devem ser meramente ana-

231

lógicos. A maior altitude já atingida pelo homem foi de 7.500 metros – marco registrado pela expedição aeronáutica dos senhores Gay-Lussac e Biot. Essa é uma altura razoável, mesmo quando comparada com os 130 quilômetros em questão. Diante disso, foi-me impossível não considerar que o assunto deixava espaço para dúvidas e muita margem para especulações.

"Mas, na verdade, independentemente da altitude alcançada, a quantidade mensurável de ar que se transpõe para chegar a uma altura mais acima, não é de maneira alguma, como demonstram as afirmações anteriores, diretamente proporcional à altura adicional percorrida, e sim progressivamente menor. Fica assim evidente que podemos subir até o ponto além do qual não existe atmosfera. Mas, para mim, ela devia existir. Eu acreditava que ela podia existir em um estado de extrema rarefação.

"Por outro lado, eu tinha plena consciência de que os raciocínios apresentados não tinham por objetivo testar a existência de um limite real na atmosfera, além do qual não havia qualquer sinal de ar. Contudo, um pormenor deixado de lado por aqueles que defendiam tal limite, embora não fosse uma refutação terminante daquilo em que acreditavam, pareceu-me um ponto merecedor de criteriosa investigação. Uma comparação dos intervalos entre as sucessivas passagens do cometa Encke por seu periélio, dados os devidos descontos relativos às alterações decorrentes da atração dos planetas, mostra que os períodos diminuem gradativamente, ou seja, o eixo maior da elipse descrita pelo cometa sofre uma diminuição lenta, porém perfeitamente regular. Se imaginarmos a resistência de uma atmosfera de extrema rarefação que o cometa precisa vencer na região de sua órbita, identificaremos aí as condições do caso em questão. Parece evidente que um meio com tais características, ao retardar a velocidade do cometa, deve aumentar sua força centrípeta, em consequência da redução da força centrífuga que age sobre ele. Em outras palavras, a atração exercida pelo Sol deve aumentar constantemente, de tal modo que a cada revolução o cometa dele se aproxima sempre mais. Na verdade, não existe outra explicação plausível para a variação identificada. Mas vamos retornar aos fatos. Observou-se que o diâmetro real da nebulosa desse mesmo cometa se contrai rapidamente à medida que ele se aproxima do Sol, e dilata com a mesma rapidez quando ele se distancia na direção de seu afélio. Não tenho então razão em supor, acompanhando o sr. Valz, que essa aparente contração de volume tem sua origem na compressão do mesmo meio atmosférico de que falei antes, cuja densidade aumenta em proporção direta com sua proximidade em relação ao Sol? O fenômeno luminoso lentiforme também conhecido como luz zodiacal, foi objeto de muita atenção. Essa luminosidade, tão visível nos trópicos e que não pode ser confundida com brilho de meteoros, estende-se obliquamente para cima a partir do horizonte, seguindo a direção do equador solar. Chamou-me a atenção a natureza dessa atmosfera rarefeita que se estende do Sol para fora, pelo menos além da órbita de Vênus, ou talvez indefinidamente adiante.[2] De fato, eu não conseguia conceber que esse meio estivesse confinado à trajetória elíptica do cometa ou à vizinhança imediata do Sol. Pelo contrário, era muito fácil imaginar que ele permeava todas as regiões de nosso sistema planetário, condensando-se na atmosfera dos próprios planetas e sendo modificado em alguns deles devido a condições puramente geológicas.

"Depois de adotar esse ponto de vista a respeito do assunto, não havia mais por que hesitar. Admitindo ser correta a premissa de que em minha passagem eu deveria encontrar atmosfera essencialmente semelhante àquela que envolve a superfície da Terra, imaginei que por meio do mesmo engenhoso aparato do senhor Grimm, eu seria capaz de condensá-la em volume suficiente para me garantir condições de respirar. Com isso, o principal obstáculo para uma viagem à Lua estaria eliminado. Na verdade, eu empregara algum dinheiro e muito trabalho na adaptação do dispositivo aos objetivos pretendidos e esperava com bastante ansiedade e confiança ter êxito em sua aplicação, se eu conseguisse completar a viagem dentro de um período razoável. Esta última particularidade me leva de volta à questão da velocidade que eu teria condições de desenvolver.

"É sabido que os balões avançam com uma velocidade relativamente moderada no primeiro estágio de seu movimento ascendente, ou seja, logo depois de sair do solo. O poder de ascensão depende da

233

leveza do gás contido no balão, comparada com o ar atmosférico; e, em uma primeira análise, não parece provável que, à medida que o balão atinge altitudes maiores e desse modo vai atravessando camadas atmosféricas cuja densidade diminui rapidamente, a velocidade original possa sofrer aceleração. Por outro lado, eu não tinha ciência de que em qualquer uma das subidas registradas observava-se uma diminuição da velocidade absoluta de ascensão; muito embora ela provavelmente acontecesse, em decorrência de alguns fatores, entre os quais o vazamento de gás causado por deficiência na construção ou na impermeabilização do balão é um dos mais frequentes. Parecia, portanto, que um vazamento dessa natureza contribuía apenas para contrabalançar a ação de alguma outra força de aceleração. Considerei então que se ao longo de meu caminho eu encontrasse o meio que havia imaginado, e ele fosse verdadeira e essencialmente o que denominamos ar atmosférico, não faria diferença alguma em termos comparativos, ou seja, em relação ao meu poder de ascensão, o estado de rarefação que ele apresentasse; pois o gás contido no balão não apenas estaria sujeito a uma rarefação em parte similar (com uma vazão de gás proporcional e suficiente para evitar uma explosão), mas também, dada sua natureza, continuaria, de todo modo, mais leve do que qualquer composto de oxigênio e nitrogênio. Simultaneamente, a força gravitacional sofreria uma diminuição constante e proporcional ao quadrado das distâncias e, assim sendo, com uma prodigiosa aceleração da velocidade, eu acabaria alcançando aquelas regiões remotas nas quais o poder de atração da Terra é superado pelo da Lua. De acordo com essas ideias, julguei desnecessário me sobrecarregar com uma quantidade de provisões maior do que o estritamente necessário para um período de quarenta dias.

"No entanto, havia ainda outra dificuldade que me gerou certa inquietação. Observou-se que quando um balão sobe até uma altura considerável, além do sofrimento decorrente da deficiência respiratória, também a região da cabeça e do corpo experimenta grande desconforto, frequentemente acompanhado por sangramento nasal e outras manifestações orgânicas alarmantes, as quais se tornam mais e mais desagradáveis à medida que a altitude aumenta.[3] A percepção de tal dificuldade era um tanto assustadora. Não poderiam esses sintomas aumentar indefinidamente ou, quem sabe, até o limite final da própria morte? Acabei concluindo que não. A origem de tal fenômeno deveria estar na progressiva redução da ação exercida pela pressão atmosférica normal sobre a superfície do corpo, com a consequente distensão dos vasos sanguíneos superficiais, e não em qualquer desorganização profunda do organismo animal, como no caso da dificuldade respiratória, no qual a densidade atmosférica é quimicamente insuficiente para garantir a necessária renovação do sangue em um ventrículo do coração. Portanto, exceto na situação de deficiência nessa renovação, eu não conseguia enxergar qualquer outro fator capaz de impedir a manutenção da vida, mesmo no vácuo; pois o movimento de expansão e compressão do peito, normalmente denominado respiração, não passa de uma ação puramente muscular, que é a causa, e não o efeito, da respiração. Concluí então que, conforme o corpo fosse se habituando à falta de pressão atmosférica, essas sensações de sofrimento deveriam diminuir gradativamente e, para suportá-las até que acabassem por desaparecer, eu contava com minha inabalável coragem.

"Desse modo, saibam, Vossas Excelências, detalhei algumas das considerações – em hipótese alguma todas – que me levaram a elaborar o projeto de uma viagem à Lua. Prosseguirei agora, para revelar aos senhores o resultado de uma tentativa aparentemente tão audaciosa em sua concepção e, de uma forma ou de outra, tão absolutamente sem precedentes nos anais da história da espécie humana.

"Depois de atingir a altitude anteriormente mencionada, ou seja, seis quilômetros, joguei para fora da gôndola uma pequena porção do peso, e descobri que o balão continuava sua subida com rapidez adequada – eu não tinha, portanto, necessidade de me desfazer dos lastros. Tal constatação me agradou, pois minha intenção era manter comigo todo o peso passível de ser carregado, por razões que explicarei na sequência. Como antes, meu corpo não sentia espécie alguma de desconforto, minha respiração era bastante tranquila e também a cabeça não manifestava sinais de sofrimento. A gata, solenemente deitada sobre o casaco que eu tirara e deixara de lado, olhava para os pombos com ar de *indiferença*; e estes, presos pela perna para evitar uma fuga, dedicavam-se diligentemente à tarefa de catar alguns grãos de arroz espalhados para eles no chão da gôndola.

"Vinte minutos após as seis horas, o barômetro exibia uma altitude aproximada de 8.000 metros ou cinco milhas e pouco. A vista parecia não encontrar limites. De fato, a geometria esférica oferece recursos que permitia facilmente calcular quão vasta era a extensão da área terrestre que se descortinava diante de meus olhos. A superfície convexa de qualquer segmento de uma esfera está para sua superfície total assim como o verseno desse segmento está para o diâmetro da própria esfera. No meu caso, o verseno, isto é, a espessura do segmento embaixo de mim, era aproximadamente igual à minha altitude – ou a altitude do ponto de fuga acima da superfície. "A relação de cinco unidades de comprimento para oito mil" deveria expressar a proporção da área da Terra avistada por mim. Em outras palavras, eu via a milésima sexcentésima parte de toda a superfície do globo terrestre. O oceano parecia tão imperturbável quanto um espelho; muito embora, por meio de meu telescópio eu tivesse condições de perceber nele um estado de violenta agitação. O navio já não estava dentro de meu campo de visão e parecia ter tomado a direção do leste. Comecei então a sentir de quando em quando uma forte dor de cabeça, em especial na região das orelhas; mas eu ainda respirava com relativa facilidade. A gata e os pombos não aparentavam sentir qualquer desconforto.

"No instante em que faltavam vinte minutos para as sete, o balão penetrou em uma série de nuvens bastante densas, causando-me um grande problema; pois meu dispositivo de condensação ficou danificado, em consequência do que a umidade atravessou minhas roupas, chegando até a pele. Esse foi para mim um fato inusitado, porque eu não imaginava que uma nuvem dessa natureza pudesse ficar suspensa a uma altura tão grande. Julguei então ser conveniente jogar fora cinco quilos de lastro, mantendo ainda um peso de setenta e cinco quilos. Feito isso, o balão logo subiu um pouco mais, deixando para baixo a fonte do problema; e eu percebi imediatamente que minha velocidade de ascensão havia aumentado bastante. Alguns segundos depois de atravessar as nuvens, um raio muito intenso rasgou o céu de um lado a outro, inflamando-o de uma forma tal que o fez parecer uma enorme massa de carvão em brasa. É importante registrar que isso ocorreu em plena luz do dia. Não há fantasia capaz de expressar a transcendência que teria um fenômeno dessa natureza em meio à escuridão da noite. Só a imagem do próprio inferno teria força suficiente para traduzir aquela cena. Meus cabelos ficaram completamente eriçados quando, olhando dentro do precipício escancarado abaixo de mim, deixei a imaginação voar e espreitei, por assim dizer, entre os salões abobadados, os golfos incandescentes e os abismos sinistros formados pelo fogo terrível e impenetrável. A bem da verdade, eu escapara por um triz. Tivesse o balão permanecido um instante a mais dentro da nuvem, ou minha resistência à inconveniência da umidade se mostrado maior, a consequência inevitável teria sido a ruína. Tais perigos, embora em geral negligenciados, são talvez os mais terríveis que se enfrenta nas viagens de balão. Mas eu havia nesse momento atingido uma altitude tão grande que qualquer preocupação a esse respeito não fazia sentido.

"Eu estava agora subindo rapidamente e, às sete horas, o barômetro indicava uma altitude superior a quinze quilômetros. Comecei a respirar com grande dificuldade; minha cabeça doía demais; e, depois de algum tempo, percebi que a umidade que me escorria sobre a face era sangue fluindo em abundância de meus tímpanos. Os olhos também me causaram muita inquietação. Ao passar a mão sobre eles tive a sensação de que estavam excessivamente projetados para fora de sua órbita, e todos os objetos dentro da gôndola, além do próprio balão, pareciam-me distorcidos. Esses sintomas eram esperados, mas sua intensidade ultrapassava todas as minhas expectativas e, portanto, causaram intensa preocupação. Diante de tal conjuntura, fui imprudente e atirei para fora três porções de lastro, num total de sete quilos. A aceleração resultante provocou uma subida muita rápida e sem a necessária gradação, conduzindo-me a uma camada extremamente rarefeita da atmosfera – por pouco o resultado não foi fatal para minha expedição e, decerto, para mim mesmo. Fui acometido por uma convulsão súbita, que durou cerca de cinco minutos. Suas consequências, mesmo depois de já bastante minoradas, ainda se faziam sentir: minha respiração era irregular e ofegante, e o sangue escorria copiosamente através do nariz, das orelhas e, com menos intensidade, também dos olhos. Os pombos pareciam estar no limite do sofrimento e se esforçavam para escapar. O miado da gata era pura lamentação, e ela cambaleava de um lado a outro como se estivesse sob a ação de um veneno. Tarde demais percebi minha grande imprudência ao descartar aquela quantidade de lastro e fui tomado por intensa agitação. A morte me parecia inevitável e iminente. O sofrimento físico também contribuía para minha quase total incapacidade de empreender qualquer esforço pela preservação da vida. Na verdade, restava-me pouco poder de reflexão e a violência da dor que me pressionava a cabeça parecia aumentar indefinidamente. Nesse estado, percebi que meus sentidos não demorariam muito a sucumbir, e já tinha agarrado uma das cordas da válvula, pensando em tentar uma descida, quando a lembrança da trapaça de que eu havia feito vítima os três credores, e das inevitáveis consequências que me aguardariam caso retornasse a Roterdã, detiveram minha ação por um momento. Permaneci deitado no fundo da gôndola, lutando para recompor minha capacidade de raciocinar. Depois de um tempo, decidi me livrar de parte do meu sangue. Dada a inexistência de um bisturi, fui obrigado a realizar a operação com os recursos ali disponíveis. No final, acabei empregando a lâmina de um canivete para com ela cortar uma veia de meu braço direito. O sangue mal começara a fluir e eu já experimentava um sensível alívio; e depois de ter vazado uma quantidade suficiente para preencher metade de uma vasilha média, a maioria dos sintomas mais terríveis já tinha desaparecido. No entanto, considerei conveniente não tentar me levantar de imediato; e assim, tendo amarrado o braço da melhor maneira que pude, permaneci em repouso durante cerca de um quarto de hora. No final desse tempo, levantei e me descobri absolutamente livre de todas as sensações de dor que me haviam acompanhado ao longo dos últimos setenta e cinco minutos de minha ascensão. No entanto, a dificuldade de respiração havia diminuído pouco e eu percebei que logo seria imprescindível colocar em prática meu condensador. Nesse ínterim, olhando para a gata, que estava outra vez confortavelmente acomodada sobre meu casaco, surpreendi-me ao descobrir que enquanto eu me debatia contra as sensações penosas provocadas pelos distúrbios orgânicos, ela deu à luz uma ninhada de três gatinhos. Esse acréscimo no número de passageiros não era de forma alguma esperado; mas me alegrei com o evento. Ele poderia representar para mim a oportunidade de testar a validade de uma suposição que contribuíra de maneira determinante para minha decisão de empreender essa viagem. Eu imaginara que a resistência *normal* da pressão atmosférica na superfície da Terra era a causa da dor que afeta os animais quando estão a certa distância acima da superfície – ou talvez concorresse em grande parte para isso. Viessem os gatinhos a apresentar alguma inquietação semelhante à da mãe, então minha hipótese seria errada; mas a condição contrária a confirmaria.

"Por volta de oito horas, eu já havia atingido uma altitude aproximada de vinte e sete quilômetros em relação à superfície da Terra. Desse modo, parecia-me evidente que não apenas minha velocidade de ascensão não parava de aumentar, como também essa progressão ainda teria sido percebida mesmo com a manutenção dos lastros que descartei. De quando em quando a dor voltava a me castigar com violência a cabeça e os ouvidos, e o sangramento pelo nariz ainda continuava, embora apenas de maneira ocasional. Todavia, em termos gerais, meu sofrimento era muito menor do que se poderia esperar. A respiração, no entanto, tornava-se pouco a pouco mais difícil, e cada inalação era acompanhada por um penoso movimento espasmódico do peito. Desembrulhei então o equipamento de condensação e preparei-o para uso imediato. A Terra vista dessa altitude constituía de fato um belo panorama. Na direção do oeste, do norte e do sul, até onde meus olhos alcançavam, estendia-se um oceano sem limites, cuja superfície aparentemente imperturbável ia adquirindo pouco a pouco uma tonalidade azul mais profunda e começava a assumir uma sutil curvatura convexa. A uma enorme distância no lado leste, era possível distinguir com surpreendente precisão as ilhas da Grã-Bretanha, toda a costa atlântica da França e da Espanha, além de pequena parte da porção norte do continente africano. Tudo, porém, não passava de grandes extensões de terra, dentro das quais as edificações e as mais altaneiras cidades criadas pelos homens haviam se dissolvido completamente. Desde a pedra de Gibraltar, agora reduzida a uma mancha indistinta, as águas escuras do mar Mediterrâneo, sobre as quais cintilava uma infinidade de pequeninas ilhas, como as estrelas no céu, estendiam-se na direção do leste e pareciam tombar sobre o abismo distante do horizonte. Nesse momento, percebi que eu estava na ponta dos pés, tentando escutar os ecos dessa poderosa catarata. Acima, o firmamento era negro e nele as estrelas brilhavam com toda intensidade.

"Diante do enorme sofrimento que eu agora percebia nos pombos, decidi libertá-los. Desamarrei o primeiro – um belo pombo malhado de cinza – e coloquei-o sobre a beirada do cesto de vime. Ele ficou bastante agitado e olhava ansiosamente ao redor, batendo as asas e arrulhando; mas não consegui persuadi-lo a sair voando. Acabei tomando-o nas mãos e o atirei para longe do balão. No entanto, o animalzinho não fez menção de descer, como eu esperava, e lutou desesperadamente para retornar, emitindo gritos agudos e lancinantes. Ele acabou conseguindo voltar até a beirada do cesto, mas poucos instantes depois sua cabeça tombou sobre o peito e ele caiu morto dentro da gôndola. O outro foi mais afortunado. Para impedir que, como o primeiro, esse também retornasse ao cesto, atirei-o com toda força para baixo, e me alegrei ao ver que ele continuou descendo, batendo as asas de maneira natural, sem qualquer dificuldade. Em pouco tempo, estava fora do alcance de minha vista, e não me resta dúvida de que ele chegou em casa com segurança. A bichana, que já parecia bastante recuperada, fez do pombo morto uma lauta refeição e, aparentemente satisfeita, foi dormir. O filhotes eram cheios de energia e, até esse momento, não revelavam o mais leve sinal de qualquer mal-estar.

"Quando o relógio marcou quinze minutos depois das oito horas, eu já não tinha a menor condição de respirar sem sofrer uma dor insuportável. Iniciei sem perda de tempo os procedimentos necessários para ajustar à gôndola os aparatos do condensador. Esse equipamento exigirá alguma explanação e, portanto, solicito a Vossas Excelências o obséquio de terem em mente que meu objetivo era, em primeiro lugar, erguer em torno de mim uma barricada de proteção contra a atmosfera extremamente rarefeita dentro da qual eu me encontrava; e depois, introduzir nesse espaço interno, com a ajuda de meu condensador, uma quantidade de ar suficientemente condensado para me permitir respirar. Tendo em vista esse objetivo, eu tinha preparado um saco de borracha de grande resistência e perfeita vedação, porém, bastante flexível. Toda a gôndola do balão estava de certo modo colocada nesse saco, cujas dimensões eram adequadas a tal propósito. Em outras palavras, o saco envolvia toda a base da gôndola e subia ao longo das laterais, pelo lado de fora das cordas, chegando até a borda superior ou aro, onde estava presa a rede. Criando desse modo com o saco uma perfeita vedação em todos os lados e na base do cesto, eu precisava agora amarrar a parte de cima, ou boca, passando-a sobre o aro da rede, ou seja, entre a rede e o aro. Havia aí um problema a solucionar. Como sustentar a gôndola quando ela fosse separada do aro para dar passagem à borda do saco? Mas como a cesta não estava presa a ele por meio de um único dispositivo, e sim de uma série de laços ou nós, eu desfiz apenas alguns desses nós de cada vez, deixando a gôndola suspensa pelos restantes. Depois de passar pelo vão assim aberto uma porção da borda superior do saco, voltei a prender os laços – não ao aro, pois isso seria impossível, já que o tecido passava pelo meio. Prendi-os a um conjunto de ganchos afixados no próprio tecido, cerca de noventa centímetros abaixo da boca do saco. O intervalo entre os ganchos foi intencionalmente calculado para corresponder aos intervalos entre os laços. Na sequência, desprendi mais alguns laços e repeti o processo com outras porções do saco, voltando a prendê-los nos respectivos ganchos. Dessa forma, consegui passar toda a borda superior do saco entre a cesta e o aro. Evidentemente, o aro, agora solto, caiu dentro da gôndola, enquanto esta, com todo o peso nela colocado, ficou presa apenas pela força dos ganchos. Tal solução parecia à primeira vista criar uma dependência inadequada, o que na verdade não acontecia, pois os ganchos não apenas eram muito resistentes, como também estavam colocados bem próximos um do outro, de modo que cada um deles sustentava uma pequena parcela do peso total. Na verdade, fosse o conteúdo da gôndola três vezes mais pesado, ainda assim eu não estaria nem um pouco preocupado. Levantei então o aro dentro da cobertura de borracha e prendi-o em uma altura próxima da original, por meio de três postes leves preparados para essa finalidade. Tal providência tinha o objetivo de manter o saco distendido no topo, conservando, assim, a parte inferior da rede na posição adequada. Só faltava então fechar a boca do invólucro, o que consegui sem maiores dificuldades, juntando as pregas do material e torcendo-as pelo lado de dentro com a ajuda de uma espécie de torniquete.

"Nas laterais da cobertura assim colocada em volta da gôndola, encaixei três janelas circulares de vidro espesso, porém translúcido, através das quais eu tinha ampla visão do espaço que me circundava. No tecido que cobria o chão da gôndola, havia uma quarta janela com as mesmas características, cuja posição coincidia exatamente com uma pequena abertura ali existente. Com isso, eu tinha condições de enxergar também o espaço abaixo de mim. No entanto, as pregas na parte superior do tecido, decorrentes do artifício usado para fechá-lo, impediram-me de ali colocar uma janela, obstruindo, portanto, a visualização dos pontos da esfera celeste situados acima de minha cabeça. Mas, a bem da verdade, essa visualização estaria de qualquer forma obstruída pelo próprio balão.

"Cerca de trinta centímetros abaixo de uma das janelas laterais havia uma pequena abertura circular com aproximadamente vinte centímetros de diâmetro em cuja borda interna existia um aro de metal com sulcos na forma de rosca. Parafusei o tubo grande do condensador nesse aro, deixando o corpo do equipamento dentro da câmara de borracha elástica. Por meio do vácuo criado no corpo da máquina, o ar rarefeito da atmosfera circundante era puxado para dentro do tubo, alio condensado, e depois descarregado na câmara, onde se misturava com o pouco existente. Tal operação, repetida diversas vezes, acabava preenchendo a câmara com ar adequado para respiração. Todavia, dada a exiguidade de espaço, em pouco tempo esse ar se tornava sujo e, portanto, nocivo para os pulmões. Havia então necessidade de liberá-lo, e isso era feito através de uma pequena válvula na base da gôndola – o ar pesado penetrava imediatamente na fina atmosfera exterior. Para evitar o problema que poderia representar a criação de um vácuo total dentro da câmara, esse processo de purificação nunca era realizado de uma vez só, mas, sim, de forma gradativa – a válvula era aberta apenas durante alguns segundos e fechada em seguida, de modo que a bomba do condensador fosse acionada uma ou duas vezes para repor a quantidade de ar liberada. Com o propósito de realizar um experimento, coloquei a gata e os gatinhos em uma cesta, que pendurei do lado de fora em um gancho preso na base da gôndola. Tomei a precaução de deixar a cesta bem próxima à válvula, através da qual eu podia alimentar os bichanos sempre que necessário. Esse procedimento – de pequeno risco – foi colocado em prática antes do fechamento da boca da câmara; e para levar a cesta até a parte inferior da gôndola, empreguei os postes citados anteriormente, nos quais eu já havia providenciado a colocação de um gancho.

"No momento em que esses arranjos foram finalizados e a câmara pôde ser preenchida de ar conforme expliquei, faltavam apenas dez minutos para as nove horas. Durante todo o período ao longo do qual me ocupei de tais atividades, enfrentei a mais terrível dificuldade de respiração e lamentei amargamente a negligência, ou melhor, a grande imprudência de ter deixado para o último momento uma questão de tamanha importância. Todavia, depois de tudo concluído, logo comecei a usufruir dos benefícios de minha invenção. Eu conseguia de novo respirar com liberdade e facilidade. Mas... por que não deveria? Também fiquei agradavelmente surpreso com o grande alívio das dores violentas que até então me atormentaram. Uma leve dor de cabeça, acompanhada de certa sensação de inchaço ou dilatação na altura dos pulsos, dos tornozelos e da garganta era agora praticamente meu único motivo de queixa. Assim, parecia que grande parte do problema decorrente da falta de pressão atmosférica estava resolvida, como eu esperava; e quase todo o sofrimento que enfrentei nas últimas duas horas podia ser atribuído aos efeitos de uma respiração deficiente.

"Aos vinte minutos para as nove horas, isto é, pouco tempo antes do fechamento da boca da câmara, o mercúrio do barômetro – aparelho que, como mencionei antes, tinha uma estrutura ampliada –

atingiu seu limite, ou seja, desceu completamente. Nesse instante, ele indicava uma altitude de quase quarenta quilômetros e eu conseguia visualizar não menos do que a tricentésima vigésima parte de toda a superfície terrestre. Às nove horas voltei a perder completamente de vista a Terra no lado leste, mas não antes de eu perceber que o balão estava se desviando rapidamente na direção N.N.O. Era possível notar com nitidez a convexidade do oceano debaixo de mim, embora minha visão fosse encoberta com frequência por grandes massas de nuvem que flutuavam de um lado a outro. Observei então, que até mesmo os vapores mais leves nunca atingiam uma altitude superior a dezesseis quilômetros acima do nível do mar.

"Às nove e meia, experimentei atirar um punhado de penas para fora, através da válvula. Confirmando minha expectativa, elas não flutuaram, mas desceram perpendicularmente com grande velocidade, como se fosse uma bola, e em poucos segundos saíram do alcance de minha vista. A princípio, eu não soube o que concluir desse extraordinário fenômeno; pois não conseguia acreditar que minha velocidade de ascensão tivesse repentinamente alcançado uma aceleração tão prodigiosa. Mas logo entendi que a rarefação da atmosfera era agora intensa demais para ter condições de sustentar até mesmo uma pena – elas de fato desceram com toda a rapidez que me foi possível perceber, e fiquei surpreso pela conformidade entre a velocidade da queda das penas e a da minha subida.

"Quando o relógio marcou dez horas, descobri que já não havia muito com o que ocupar minha atenção. A viagem prosseguia às mil maravilhas e, embora eu não tivesse meios de verificar a aceleração, parecia-me que a velocidade de subida do balão continuava aumentando. Nenhuma dor ou inquietação me importunava e pude desfrutar de uma paz de espírito tal como desde a saída de Roterdã eu não conhecia. Minha atenção se revezava entre a verificação do estado dos vários dispositivos e a regeneração da atmosfera dentro da câmara, atividade que decidi levar a efeito em intervalos regulares de quarenta minutos, mais por conta da preservação de minha saúde do que de uma absoluta necessidade de obedecer a essa frequência de renovação. Enquanto isso, restava-me fazer previsões. A fantasia se deleitava nas regiões remotas e oníricas da Lua. A imaginação, sentindo-se pela primeira vez liberta, deambulava sem restrições entre as maravilhas de uma terra cheia de sombras e variações. Ora eram florestas veneráveis e consagradas pelo tempo, precipícios escarpados e quedas d'água que despencavam ruidosas em abismos sem fim. Depois, eu me deparava subitamente com a solidão silenciosa do meio-dia, jamais perturbada pelos ventos dos céus, e coberta de vastas campinas de papoulas e flores semelhantes ao lírio, para sempre silentes e imóveis. Então, eu descia mais uma vez até outras terras que não passavam de um lago vago e difuso, cercado por uma fronteira de nuvens. E dessa melancólica massa de água brotava, como em uma vastidão de sonhos, uma floresta de altas árvores orientais. Em meus devaneios, as sombras que essas árvores projetavam sobre o lago não permaneciam apenas na superfície, mas mergulhavam vagarosa e gradualmente, dissolvendo-se entre as ondas, enquanto outras sombras continuavam a ser lançadas pelos troncos das árvores, e vinham tomar o lugar de suas irmãs sepultadas na profundeza das águas. Pensei então, 'é essa a verdadeira razão pela qual, com a passagem das horas, as águas desse lago vão se tornando cada vez mais negras e mais melancólicas.' Todavia, não apenas fantasias como essa me visitaram a mente. Os horrores de uma natureza implacável e temível demais frequentemente se infiltravam em minha alma, abalando-a em seus alicerces mais profundos e fazendo-a estremecer à simples ideia de sua possibilidade. No entanto, consciente de que os perigos palpáveis da viagem já eram suficientes para manter minha atenção ocupada, eu não permitia que meus pensamentos se entregassem por mais tempo àquele tipo de especulação.

"Às cinco horas da tarde, enquanto eu procedia a regeneração da atmosfera dentro da câmara, aproveitei para observar através da válvula a condição em que se encontravam a gata e seus gatinhos. Ela parecia estar outra vez sofrendo muito e concluí que a causa principal deveria ser a dificuldade de respirar. Contudo, meu experimento com os gatinhos produzia resultados bastante singulares. De certo modo, eu esperava identificar neles uma expressão de dor, embora menos intensa do que a da mãe. Tal fato já seria suficiente para confirmar minha opinião no tocante à resistência normal da pressão atmosférica. Mas eu não estava preparado para encontrá-los no gozo de boa saúde, respirando com muita facilidade e perfeita regularidade, sem revelar o mais leve sinal de qualquer tipo de inquietação. Para mim, a única explicação plausível exigia uma ampliação de minha teoria e se baseava na suposição de que uma atmosfera altamente rarefeita não deveria ser, como eu de início assumira, quimicamente insuficiente para manter a vida, e dessa forma, um ser nascido em tal meio não sofreria qualquer desconforto ao inalá-lo, enquanto nas camadas mais densas da atmosfera, nas imediações da Terra, ele sofreria torturas semelhantes àquelas de que eu fui vítima anteriormente. Todavia, um inoportuno acidente, que lamentei profundamente, causou-me a perda de minha pequena família de gatos, privando-me do conhecimento que a continuidade de tal experimento poderia proporcionar. Ao passar minha mão através da válvula com a intenção de colocar uma tigela de água para a bichana, a manga de minha camisa enroscou no laço que sustentava a cesta, acabando por desprendê-la do gancho. Tivesse o conjunto de fato evaporado no ar, ele não desapareceria de minha vista de uma forma tão abrupta e instantânea. Seguramente, não se passou mais do que um décimo de segundo entre o desengate da cesta e o desaparecimento total e absoluto dela com todo o seu conteúdo. Em pensamento, acompanhei-os até o solo, mas não me restava qualquer esperança de que a gata ou os gatinhos pudessem viver para contar seu infortúnio.

"Às seis horas, visualizei na direção do leste uma grande porção da superfície terrestre envolta em uma sombra densa, que continuou avançando rapidamente até que, quando faltavam cinco minutos para as sete, toda a área visível foi encoberta pela completa escuridão da noite. Mas só muito tempo depois os raios do pôr do sol deixaram de iluminar o balão, condição que, embora amplamente prevista, não deixou de me proporcionar uma sensação de infinito prazer. Tive certeza de que, pela manhã, eu deveria enxergar o astro luminoso com muitas horas de antecedência em relação aos cidadãos de Roterdã, a despeito do fato de essa cidade estar localizada bem distante no lado leste. E assim, dia após dia, à medida que aumentasse a altitude atingida pelo balão eu iria usufruir da luz do sol por um período que também aumentaria na mesma proporção. Decidi então fazer um diário de minha viagem, computando os dias desde a primeira até a vigésima quarta hora, continuamente, sem desprezar os intervalos de escuridão.

"Às dez horas, sentindo o sono chegar, decidi deitar e descansar pelo restante da noite; contudo deparei-me com uma dificuldade que, embora possa parecer óbvia, havia-me escapado completamente até o exato momento a que agora me refiro. Se eu deitasse para dormir como pretendia, quem se encarregaria da regeneração da atmosfera da câmara durante esse período? Não havia a menor condição de respirar um ar sem renovação por mais de uma hora. Até mesmo um pequeno acréscimo de quinze minutos teria consequências desastrosas. A consciência desse dilema foi motivo de grande preocupação e, por mais que possa parecer inacreditável depois de todos os perigos que eu enfrentei, levou-me a fazer uma avaliação tão rigorosa de toda a empreitada, a ponto de abalar minha confiança na consecução de seu objetivo final e acabar por me convencer da imprescindibilidade de retornar à Terra. Mas essa hesitação foi apenas momentânea. Pensei e concluí que o homem é o mais autêntico escravo de um tipo de comportamento em que não há espaço para o novo, e que muitos aspectos na rotina da existência humana são considerados essencialmente importantes só porque os próprios homens os transformaram em hábito. Estava bastante claro que eu não conseguiria ficar sem dormir; porém, não haveria o menor problema em ser acordado a intervalos regulares de uma hora durante todo o período de repouso. Seriam necessários no máximo cinco minutos para a renovação total do ar no interior da câmara e, a única verdadeira dificuldade era encontrar um método de acordar no momento apropriado para fazê-lo. Mas devo confessar que descobri sem maiores dificuldades uma solução para esse problema. A bem da verdade, eu ouvira falar a respeito de um estudante que, para não dormir sobre seus livros, segurava em uma das mãos uma bola de cobre, deixando no chão, ao lado da cadeira, uma bacia do mesmo material. Se ele fosse vencido pela sonolência, a bola cairia e o barulho metálico do contato entre os dois objetos de cobre o despertaria. Meu caso era, contudo, bastante diferente e não me deixou espaço para uma solução semelhante; pois eu não desejava permanecer acordado, e sim, ser despertado do torpor em intervalos regulares de uma hora. Finalmente, cheguei a um expediente adequado que, apesar de sua configuração bastante simples, representou para mim no momento da descoberta um feito com a mesma relevância do telescópio, da máquina a vapor ou da própria imprensa.

"A premissa subjacente à minha ideia era de que o balão, depois de atingir a atitude em que se encontrava, continuaria a subir de forma constante e invariável, sendo acompanhado passo a passo pela gôndola, em um movimento conjunto de extrema perfeição. Tal condição exerceu decisiva influência na concepção do projeto que me dispus a colocar em prática. Meu suprimento de água fora trazido para bordo em barris contendo cerca de dezoito litros cada um, que estavam presos no interior da gôndola, em uma distribuição regular ao redor dela. Desamarrei um desses barris. Depois, prendi firmemente duas cordas de um lado a outro da beirada da gôndola, deixando-as paralelas entre si e separadas por uma distância de trinta centímetros, de modo a formar uma espécie de prateleira, sobre a qual fixei um barril em posição horizontal. A uma distância aproximada de vinte centímetros abaixo dessas cordas, e a um metro e vinte centímetros da base da gôndola, amarrei outra estante; porém, para esta empreguei uma tábua fina – a única peça semelhante a madeira que eu tinha ali à disposição. Sobre essa última prateleira, e exatamente embaixo da borda do barril, coloquei um pequeno jarro de barro. Fiz então um furo na extremidade do barril que ficava sobre o jarro e adaptei uma tampa de madeira de pouca densidade, cortada em formato cônico. Por meio de testes, determinei a colocação dessa tampa, posicionando-a mais para dentro ou mais para fora, até atingir o ponto no qual a água que escorria através do buraco levava sessenta minutos para preencher o jarro embaixo do barril. O cálculo desse parâmetro foi feito com bastante prontidão e facilidade, bastando para tal observar até que altura o jarro era preenchido em determinados períodos de tempo. Com esses procedimentos devidamente acertados, o restante do plano era óbvio. Posicionei minha cama sobre o chão da gôndola, de modo que a cabeça ficasse imediatamente abaixo da boca do jarro. Assim sendo, a cada sessenta minutos ele ficaria cheio e a água excedente vazaria pela boca que, por sua vez, ficava um pouco abaixo da borda. Essa água, caindo de uma altura superior a um metro e vinte centímetros, atingiria meu rosto, acordando-me instantaneamente, mesmo que eu estivesse mergulhado no mais profundo sono.

"O relógio marcava onze horas em ponto quando terminei esses preparativos e, no mesmo instante atirei-me na cama, confiante na eficácia de minha invenção. De fato, não me desapontei. A cada sessenta minutos eu era pontualmente despertado por meu leal cronômetro, e depois de recolocar a água do jarro dentro do barril e realizar as atividades relativas ao condensador, eu retornava para o leito. Essas interrupções regulares do sono causaram-me menos desconforto do que eu imaginara, e quando finalmente levantei pela manhã, eram sete horas e o sol já estava alto no horizonte.

"Três de abril. Descobri que o balão atingiu uma altitude muito grande, e a convexidade da Terra podia ser percebida com nitidez ainda maior. No oceano lá embaixo havia um aglomerado de manchas negras que, sem dúvida alguma, eram ilhas. Bem distante na direção do norte, visualizei uma faixa fina, branca e extremamente brilhante, bem na linha do horizonte, e logo supus tratar-se do disco de gelo do mar polar. Minha curiosidade se excitou, pois eu nutria a esperança de que minha rota se prolongasse bem longe até o norte e em algum momento eu estivesse diretamente acima do próprio polo. Lamentei então que, nesse caso, a grande altitude me impediria de realizar a pesquisa detalhada que eu desejava. Muita coisa, porém, poderia ser descoberta. O dia transcorreu sem qualquer evento extraordinário. Todo o meu aparato continuava em perfeita ordem e o balão subia sem apresentar alterações perceptíveis. O frio era intenso, o que me obrigava a permanecer enrolado no sobretudo. Quando a escuridão cobriu a terra, fui para a cama, embora a luz do dia ainda perdurasse naquela região das alturas durante muitas horas. O relógio de água cumpriu pontualmente sua função; e eu dormi até a manhã seguinte com as periódicas interrupções.

"Quatro de abril. Levantei, sentindo-me saudável e animado; e fui surpreendido por uma alteração excepcional na aparência do mar. Ele havia perdido bastante daquela tonalidade azul muito escura que eu observara até aqui, tendo adquirido um tom branco acinzentado e um brilho deslumbrante. As ilhas já não estavam visíveis e não me era possível dizer se haviam se escondido abaixo da linha do horizonte na direção sudoeste, ou se minha altitude aumentara de tal forma a ponto de deixá-las fora do alcance da vista. A segunda alternativa parecia-me mais provável. A beirada de gelo no lado norte tornava-se cada vez mais aparente e o frio, menos intenso. Passei o dia todo entregue à leitura; pois tinha à minha disposição um bom suprimento de livros que tomei o cuidado de trazer a bordo. Durante esse período não aconteceu evento algum digno de destaque.

"Cinco de abril. Observei embevecido o extraordinário fenômeno que era o sol se erguer no horizonte enquanto quase toda a superfície visível da Terra continuava envolta na escuridão. Logo, no entanto, a luz se espraiou sobre todas as coisas e, uma vez mais, eu podia divisar a linha de gelo na direção do norte. Essa faixa de gelo era agora bem nítida e tinha uma tonalidade mais escura do que a das águas do oceano. Evidentemente, eu estava me aproximando dela, e com uma velocidade assombrosa. Tive a impressão de estar de novo distinguindo uma faixa de terra no lado leste, e também uma no oeste; mas não me era possível ter certeza. O tempo estava ameno e nenhum fato importante ocorreu durante o dia. Fui cedo para a cama.

"Seis de abril. Fiquei surpreso ao perceber que a barra de gelo não se encontrava a uma distância grande demais e que uma imensa placa do mesmo material se destacava ao longe na direção do horizonte ao norte. Parecia-me evidente que, mantivesse o balão o curso atual, logo chegaríamos à região sobre o oceano gelado, e não havia dúvida de que eu acabaria avistando o polo. Ao longo de todo o dia, aproximei-me do gelo. Com a chegada da noite, os limites de meu horizonte aumentaram repentina e significativamente. Tal fato decerto decorria do formato da Terra – esferoide e oblato – e de minha chegada à região achatada nas vizinhanças do círculo polar ártico. Quando a escuridão finalmente tudo cobriu, fui para a cama em um estado de grande ansiedade, temendo passar sobre aquele objeto que tanta curiosidade me despertava, sem ter a oportunidade de observá-lo.

"Sete de abril. Levantei-me cedo; e com grande alegria, finalmente avistei aquilo que só poderia ser o próprio Polo Norte. Lá estava ele, acima de qualquer dúvida, e bem debaixo de meus pés. Valha-me Deus! Eu havia então subido até uma altura tão imensa, que nada mais podia ser distinguido com precisão. De fato, a se considerar pela evolução dos números que indicam as diversas altitudes alcançadas em diferentes períodos entre seis horas da manhã do dia dois de abril e nove e vinte da manhã do mesmo dia (momento em que o barômetro deixou de funcionar), seria plenamente possível deduzir que o balão atingira agora – quatro horas da manhã do dia sete de abril – uma altitude não inferior a 11.680 quilômetros em relação à superfície do oceano. Essa altitude pode parecer imensa, mas a estimativa com base na qual ela é calculada produz um resultado em todas as hipóteses muito inferior ao real. De uma forma ou de outra, eu indubitavelmente estava vendo o diâmetro maior da Terra em toda a sua extensão – todo o hemisfério norte se estendia abaixo de mim como um mapa representado em projeção ortográfica; e o grande círculo do equador formava a fronteira de meu horizonte. Todavia, Vossas Excelências podem de imediato imaginar que a região confinada dentro dos limites do círculo ártico e até aqui jamais explorada, embora estivesse bem embaixo de mim e, portanto, oferecesse uma visão que parecia total, era assim mesmo pequena demais em relação à distância que a separava de meus olhos, para permitir um exame mais acurado. Não obstante, a vista oferecida era extraordinária e excitante demais. Na direção norte, a partir daquela imensa borda antes mencionada, que pode ser de certo modo considerada o limite das descobertas humanas nessas regiões, continuava, até onde a vista podia alcançar, uma placa de gelo ininterrupta, ou quase ininterrupta. Na porção mais próxima, sua superfície era perceptivelmente achatada; mais adiante, formava uma planície, depois de sofrer uma depressão; e no final, assumindo razoável concavidade, ela terminava no próprio polo, em um centro circular cujo contorno é bem definido. Esse círculo cujo diâmetro aparente subtendia com o balão um ângulo aproximado de

251

65" tinha uma tonalidade escura, variável em intensidade, que na maior parte do tempo era mais escura do que qualquer outro ponto do hemisfério visível, e de quando em quando se transformava no mais absoluto e impermeável negrume. Além disso, nada mais podia ser percebido. Às doze horas, a circunferência desse centro havia aumentado significativamente, e às sete horas da noite minha vista já não mais conseguia divisá-lo; pois o balão passava sobre o braço ocidental do gelo e se distanciava muito depressa na direção do equador.

"Oito de abril. Deparei-me com uma sensível redução no diâmetro aparente da Terra, além de uma significativa alteração de sua coloração e sua aparência geral. Toda a área visível exibia, em diferentes intensidades, um tom amarelo pálido e, em algumas porções, observava-se um brilho muito forte, que chegava até mesmo a incomodar os olhos. Minha visão do espaço abaixo estava bastante prejudicada pela densa camada de nuvens que cobria a superfície da Terra e, de quando em quando, permitia-me apenas um breve vislumbre da própria Terra. Essa dificuldade de visualização direta havia me causado certa preocupação durante as últimas quarenta e oito horas; mas a enorme altitude em que eu agora me encontrava deixou mais próximo o vapor flutuante e o problema foi se tornando cada vez mais óbvio à medida que eu continuava subindo. Não obstante, eu conseguia perceber claramente que o balão agora voava sobre os grandes lagos da América do Norte, mantendo o rumo do sul, de modo que logo chegaríamos aos trópicos. Tal constatação proporcionou-me a mais profunda satisfação, e eu vi nela um feliz presságio do sucesso final. A bem da verdade, a direção seguida até aqui pelo balão me causava muita preocupação; pois estava evidente que, mantivesse eu esse rumo por mais tempo, estaria totalmente comprometida minha possibilidade de chegar à Lua, já que o plano da órbita desse satélite tem apenas uma pequena inclinação de 5° 8' 48" em relação ao da órbita terrestre.

"Nove de abril. Hoje, o diâmetro da Terra se apresentou para mim bastante reduzido e a cor da superfície de nosso planeta foi assumindo a cada hora um tom mais escuro de amarelo. O balão manteve seu curso na direção do sul e atingiu às nove horas da noite a fronteira norte do Golfo do México.

"Dez de abril. Por volta de cinco horas da manhã, fui subitamente despertado de meu sono por um som alto, crepitante e terrível, cuja origem eu não tinha condições de identificar. O fenômeno, cuja duração foi muito breve, não se assemelhava a coisa alguma que eu tivesse anteriormente conhecido. Não é necessário descrever a intensidade do terror que de mim se apossou; pois inicialmente atribuí o barulho a uma explosão no balão. Examinei então meus equipamentos e encontrei tudo na mais perfeita ordem. Passei assim grande parte do dia refletindo a respeito de uma ocorrência tão extraordinária, mas não cheguei a nenhuma explicação plausível. Fui dormir insatisfeito e agitado por uma intensa ansiedade.

"Onze de abril. Percebi uma assombrosa redução do diâmetro aparente da Terra e, pela primeira vez, um considerável aumento do da Lua, que está há apenas uns poucos dias de entrar em sua fase cheia. O esforço necessário para condensar dentro da câmara uma quantidade de ar suficiente para manutenção da vida assumiu proporções enormes.

"Doze de abril. A direção do balão sofreu uma alteração extraordinária, que embora totalmente prevista proporcionou-me um prazer sem igual. Depois de atingir em seu curso anterior as proximidades do paralelo vinte na latitude sul, ele fez uma curva repentina, descrevendo um ângulo agudo na direção leste, e nesse rumo permaneceu ao longo de todo o dia, mantendo-se quase – se não por completo – *no mesmo plano da elipse lunar*. Um evento digno de nota foi uma nítida oscilação da gôndola decorrente dessa mudança de rota – uma oscilação que persistiu, em maior ou menor intensidade, durante diversas horas.

"Treze de abril. Fui outra vez sobressaltado pela repetição do mesmo barulho alto e crepitante que tanto me aterrorizara no dia dez. Refleti longamente acerca do assunto, sem, contudo, chegar a uma conclusão satisfatória. Nova redução expressiva do diâmetro aparente da Terra, que agora subtendia com o balão um ângulo pouco superior a 25°. A Lua, agora no zênite do balão, estava fora do alcance de minha vista. Eu ainda continuava no plano da elipse da Terra, mas já fizera pequeno progresso na direção do leste.

"Quatorze de abril. Redução muito rápida e acentuada do diâmetro da Terra. Hoje fiquei bastante impressionado com a ideia de que o balão agora subia a linha de apsides na direção do perigeu ou, em outras palavras, mantinha um curso que nos conduziria diretamente àquela parte da Lua cuja órbita é mais próxima da Terra. A própria Lua se encontrava na perpendicular sobre minha cabeça e, portanto, escondida de minha vista. O trabalho de condensação do ar atmosférico continuava difícil e demorado.

"Quinze de abril. Nem mesmo o contorno dos continentes e oceanos podia agora ser divisado com nitidez – eles formavam apenas uma imagem difusa. Em torno das doze horas tomei consciência, pela primeira vez, daquele som sobrenatural e temível que tanta inquietação me causara dias atrás. Dessa feita, no entanto, ele assumiu após alguns instantes uma intensidade assustadora, e assim continuou. Depois de certo tempo, estupefato e aterrorizado, fiquei ali esperando o desenlace de um desastre hediondo. A gôndola vibrava com uma violência inacreditável, e uma massa gigantesca e chamejante de um material que não me foi possível identificar acercou-se do balão, produzindo um estrondo cada vez mais forte, semelhante ao troar de milhares de trovões. Quando a perplexidade e o medo me permitiram raciocinar, consegui com certa facilidade concluir que o fenômeno deveria ser consequência de algum potente fragmento vulcânico expelido por aquele astro do qual tão rapidamente eu me aproximava. Com toda certeza, tratava-se daquela espécie singular de substância detectada na Terra de quando em quando, e que por falta de uma denominação mais apropriada é chamada meteoro.

"Dezesseis de abril. Hoje, olhando para cima através das janelas laterais – de um lado e depois do outro – foi grande minha alegria ao divisar, dentro de meu limitado campo visual, uma pequena porção do disco lunar que se projetava fora dos limites da circunferência do balão. Minha agitação foi imensa; pois não me restavam dúvidas de que eu logo alcançaria o destino final de minha perigosa viagem. O trabalho exigido agora pelo condensador havia atingido proporções extremas e praticamente não me deixava espaço para recuperação depois do esforço. Dormir era um assunto quase fora de questão. Eu me sentia enfraquecido e todo meu corpo tremia de exaustão. Parecia impossível que a natureza humana tivesse condições de suportar por muito tempo esse estado de intenso sofrimento. Durante um dos intervalos de escuridão, agora muito breves, outro meteoro passou nas proximidades do balão; e a frequência de tais fenômenos tornou-se para mim um motivo de grande ansiedade e apreensão.

"Dezessete de abril. Esta manhã foi um marco em minha viagem. Os senhores devem lembrar que no dia treze a Terra subtendia uma amplitude angular de 25°. No dia quatorze, esse ângulo sofreu sensível redução. No dia quinze foi possível perceber uma diminuição ainda mais rápida e, quando me retirei para dormir no dia dezesseis, observei um ângulo não superior a 7° 15'. Qual então não foi minha perplexidade ao acordar na manhã de hoje, depois de um sono breve e agitado, e descobrir que a superfície embaixo do balão havia aumentado de forma tão repentina e extraordinária a ponto de este formar com o diâmetro aparente um ângulo de não menos do que 39°. Fiquei estupefato! Não há palavras ou expressões terrenas capazes de traduzir o medo e o assombro absolutos que de mim se apossaram, e me dominaram por completo. Meus joelhos titubeavam; meus dentes rangiam; e meu cabelo ficou em pé desde a raiz. As primeiras ideias tumultuosas que me percorreram a mente diziam 'O balão estourou! Sem dúvida alguma o balão estourou; e está agora caindo... caindo... com uma velocidade sem precedentes. A se considerar pela imensa distância já percorrida, eu me chocarei com a superfície da Terra no máximo em dez minutos, e serei transformado em nada.' Porém, finalmente a razão veio em meu socorro. Parei... pensei... e comecei a duvidar. Tal condição era absolutamente impossível. Eu não poderia, em hipótese alguma, ter descido com tamanha rapidez. Além do mais, embora eu estivesse de fato me aproximando de uma superfície logo abaixo, não havia qualquer termo de comparação entre minha velocidade real e aquela que, com tanto horror, inicialmente imaginei. Essa reflexão acalmou minha mente e acabei conseguindo examinar o fenômeno sob um ponto de vista mais coerente. Decerto, a perplexidade deve ter me privado do uso da razão, quando não pude perceber uma diferença significativa, em termos de aparência, entre a superfície logo abaixo de mim, e aquela de minha terra-mãe. Esta última estava, na verdade, acima de minha cabeça e completamente escondida pelo balão, enquanto a Lua – a Lua em toda a sua glória – se estendia bem embaixo, ao alcance de meus pés.

"Talvez sejam, acima de tudo, o estupor e a surpresa em mim instalados por essa extraordinária mudança na disposição geral da questão, a parte da aventura menos suscetível a explanações. Isso, porque a reversão em si não era apenas natural e inevitável, como havia sido muito tempo antes prevista, já que se tratava de uma condição a ser esperada no momento em que eu atingisse o exato ponto de minha viagem no qual a atração exercida pelo planeta seria superada pela atração do satélite; ou mais precisamente, o ponto em que a força gravitacional da Terra sobre o balão tivesse uma intensidade menor do que a da Lua. A bem da verdade, eu acordei de um sono profundo com todos os meus sentidos ainda confusos e me deparei com um fenômeno surpreendente demais, fenômeno este que, embora previsto, não era esperado naquele momento. A própria inversão de forças deve ter ocorrido de forma suave e gradual e, mesmo que eu estivesse acordado no momento exato, não há como afirmar que teria sido possível percebê-la por meio de alguma alteração evidente em meu organismo ou nos equipamentos do balão.

"Não é necessário dizer que, depois de me libertar do terror que havia dominado todos os meus sentidos e assumir o controle da situação, minha atenção se fixou inicialmente na contemplação da aparência física da Lua. Ela jazia embaixo de mim como um mapa e, embora me parecesse ainda muito distante, os recortes em sua superfície podiam ser vistos com um grau de nitidez impressionante e inexplicável. A ausência total de oceanos ou mares e, na verdade, de rios, lagos ou qualquer massa d'água foi o aspecto da conformação geológica do satélite que a princípio mais me impressionou. Contudo, por mais estranho que pareça, pude observar vastas regiões tipicamente aluviais, muito embora a porção predominante do hemisfério visível fosse coberta por um sem-número de cadeias vulcânicas com formato cônico, que mais pareciam protuberâncias artificiais do que naturais. A altura do mais alto desses vulcões, medida em uma perpendicular em relação à base, não excedia seis quilômetros. Creio, no entanto, que um mapa da imensa área dos Campos Flégreos pode fornecer a Vossas Excelências uma ideia melhor de tais estruturas geológicas, do que qualquer descrição inadequada que eu me proponha a fazer. A maior parte dos vulcões encontrava-se em estado de erupção; e o recorrente ribombar daqueles pedaços de rocha erroneamente denominados meteoros, os quais, com uma frequência cada vez mais assustadora precipitavam-se na direção do balão, permitiu-me compreender sua pavorosa fúria e seu imenso poder.

"Dezoito de abril. Hoje percebi um aumento muito grande do volume aparente da lua; e a evidente aceleração de minha velocidade de descida passou a ser motivo de enorme preocupação. Os senhores devem lembrar que, contrariando as diversas teorias acerca da atmosfera lunar e também a opinião dos céticos, que não acreditavam na existência de qualquer tipo de camada gasosa ao redor da Lua, um dos fatores de maior peso em meus cálculos, nos estágios iniciais das investigações relativas à possibilidade de uma viagem à Lua, foi a existência na região circundante ao satélite, de uma atmosfera proporcionalmente densa em relação à sua massa. Contudo, além dos argumentos que já apresentei no tocante ao cometa Encke e à luz zodiacal, minhas opiniões ganharam mais força em virtude de determinadas observações do senhor Schroeter, de Lilienthal. Ele observou a lua em diferentes estágios: com dois dias e meio de existência; à noite, logo após o pôr do sol; e desde antes até depois de sua parte escura se tornar visível. Na fase crescente, os dois cornos pareciam se afunilar em um prolongamento bastante acentuado e esmaecido, cujas extremidades mais distante mostravam-se debilmente iluminadas pelos raios do sol antes que qualquer parte do hemisfério escuro ficasse visível. Logo em seguida, todo o corpo escuro se iluminava. Considerei então que esse prolongamento dos cornos além do semicírculo deveria ser decorrente da refração sofrida pelos raios solares ao atravessar a atmosfera da Lua. Calculei, também, e cheguei a um valor aproximado de 37 metros para a altura da atmosfera – aquela que seria capaz de produzir em seu hemisfério escuro uma quantidade de luz refratada suficiente para criar um crepúsculo mais luminoso do que a luz refletida pela Terra quando a Lua se encontra em uma posição cerca de 32° antes da fase nova. Tendo em vista esse valor, supus que a maior altura capaz de refratar um raio solar seria da ordem de 146 metros. Minhas ideias acerca dessa questão foram confirmadas por uma passagem no 82º volume de Transações Filosóficas, onde encontrei uma afirmação segundo a qual em uma ocultação dos satélites de Júpiter, o terceiro desaparece depois de ficar desfocado uma fração de tempo que varia entre dois segundos e um minuto, e o quarto deles se torna indiscernível próximo ao contorno do disco.[4]

"A segurança de minha descida final dependia, sem dúvida, da resistência ou mais propriamente do suporte de uma atmosfera, com uma densidade da ordem daquela que eu imaginava. Estivessem minhas suposições erradas, eu não poderia esperar para essa aventura um desenlace mais cabal do que ser transformado em átomos depois de um choque contra a escarpada superfície do satélite. Eu tinha então todos os motivos para me sentir apavorado. A distância que me separava da Lua era relativamente insignificante, enquanto o trabalho exigido pelo condensador não dava mostras de diminuir e eu não vislumbrava qualquer sinal de uma redução no índice de rarefação do ar.

"Dezenove de abril. Nesta manhã, por volta de nove horas, estando a superfície da Lua perigosamente próxima e minhas apreensões excitadas ao extremo, percebi com grande alegria que a bomba de meu condensador finalmente dava sinais evidentes de alteração na atmosfera. Em torno de dez horas a situação me assegurava razões suficientes para acreditar em um considerável aumento da densidade do ar. Às onze horas, o condensador já exigia de mim um esforço muito pequeno; e às doze, experimentei com certa hesitação desaparafusar o torniquete. Como não senti qualquer dificuldade para respirar, acabei abrindo por completo a câmara de borracha e descobri a gôndola. Como seria de se esperar, a consequência imediata de uma experiência tão perigosa e precipitada se fez sentir na forma de uma terrível crise de espasmos e uma dor de cabeça violenta. No entanto, como essas e outras dificuldades relativas à respiração não chegavam ao ponto de colocar minha vida em perigo e logo estariam superadas, pois eu estava prestes a adentrar camadas mais densas da atmosfera nas proximidades da superfície da Lua, decidi suportá-las da melhor forma possível. Mas a velocidade da aproximação ainda era grande demais e não tardou para que eu, profundamente alarmado, entendesse que, embora correta minha expectativa de encontrar uma atmosfera densa em proporção à massa do satélite, eu errara em supor que essa densidade fosse suficiente para suportar o grande peso contido na gôndola de meu balão. Contudo, era essa a condição esperada, e na mesma proporção observada na superfície da Terra, pois a efetiva força da gravidade que atua sobre os corpos nos dois planetas varia na mesma razão da condensação atmosférica. Mas minha queda acelerada contrariava de forma cabal essa suposição e possivelmente eu só encontraria uma justificativa naquelas perturbações geológicas às quais me referi alguns parágrafos atrás. De qualquer modo, eu estava muito perto do satélite e descia com uma velocidade assustadora. Então, não perdi um instante sequer e comecei a me livrar do peso contido na gôndola. Primeiro atirei para fora o lastro, depois meus barris de água, em seguida o condensador e a câmara de borracha elástica e, por fim todos os demais objetos ali existentes; mas isso de nada serviu. Eu ainda caía com uma rapidez tremenda e a distância que me separava da superfície devia medir no máximo um quilômetro. Como último recurso, depois de jogar para fora o casaco, o chapéu e as botas, acabei cortando a corda que prendia a gôndola à rede do balão e me mantive pendurado pelas duas mãos ao aro da rede. Tive tempo apenas para observar que todo o terreno, até onde meus olhos alcançavam, estava densamente coberto por casinhas; e num piscar de olhos caí de cabeça no coração de uma cidade que me pareceu fantástica – bem no meio de uma imensa multidão de seres pequeninos e repulsivos que não pronunciaram uma sílaba sequer e tampouco se deram ao trabalho de me prestar assistência. Ao contrário, permaneceram ali como uma porção de idiotas, com os braços caídos ao lado dos quadris, sorrindo de modo grotesco e olhando de soslaio para mim e para o balão. Desviei o olhar para cima em sinal de desprezo e contemplei o planeta Terra. O planeta que havia tão pouco tempo eu deixara para trás – e talvez para sempre – permanecia imóvel lá no céu, como um enorme e baço escudo de cobre com cerca de dois graus de diâmetro. Em uma de suas extremidades insinuava-se uma borda luminosa crescente, e brilhante como o ouro. Não se distinguia o menor sinal de terra ou água, e toda a superfície ficava semiescondida por trás de variadas porções de nuvens e cercada por um cinturão de zona tropical e equatorial.

"Desse modo, saibam, Vossas Excelências, depois de enfrentar um turbilhão de ansiedades e me safar, nem sei como, de perigos incríveis, consegui finalmente, no décimo nono dia após minha partida de Roterdã, chegar em segurança ao destino final da mais extraordinária e monumental viagem, jamais empreendida, tencionada ou concebida por qualquer habitante do planeta Terra. No entanto, ainda há muito o que contar acerca de minhas aventuras; e na verdade, Vossas Excelências podem muito bem imaginar que, depois de residir durante cinco anos em um planeta profundamente intrigante não apenas em virtude de suas características especiais mas acima de tudo por sua íntima conexão, na qualidade de satélite, com o mundo habitado pelos homens, eu detenha hoje, além das meras informações curiosas da viagem que ora concluí, uma bagagem de conhecimentos muito mais importantes, e que, por essa razão, interessam aos ouvidos do Colégio Estatal de Astrônomos. De fato, é essa a questão. Tenho muito a relatar, e fazê-lo seria para mim motivo de imensa satisfação. Tenho muito a dizer acerca do clima do planeta; das extraordinárias alternâncias entre calor e frio; do sol implacável que queima durante quinze dias e do frio extremo dos quinze seguintes; da constante transferência de umidade desde o ponto abaixo do sol até o mais distante dele, através de um processo de destilação semelhante ao que se dá no vácuo; da zona variável de água corrente; e das pessoas. Sobre estas há muito a comentar: as instituições políticas, as maneiras e os hábitos; sua constituição física, com a característica feiura e a carência de orelhas; suas narinas inúteis em uma atmosfera tão singularmente modificada; a ignorância no tocante ao uso e às propriedades da fala; o invulgar método de intercomunicação que substitui a fala; a incompreensível conexão entre cada um dos indivíduos da Lua e algum ser em especial na terra; a conexão análoga com o orbe dos planetas e satélites e a estreita dependência em relação a eles, conexão esta, por meio da qual a vida e o destino dos habitantes de um se entrelaçam com a vida e o destino dos habitantes do outro. Mas sobretudo, saibam os senhores, tenho muito a falar além de todos os mistérios sombrios e terríveis que habitam as regiões exteriores da Lua, as quais, dada a quase miraculosa conformidade entre a rotação do satélite sobre seu eixo e sua revolução sideral ao redor da Terra, jamais se revelaram – e, por Deus! jamais se revelarão – aos telescópios dos homens. Tudo isso, e muito mais, terei imensa satisfação em detalhar. Mas, para ser objetivo, espero uma recompensa. Desejo ardentemente retornar para minha família e minha casa, e como preço por qualquer outra informação em meu poder, considerando-se seu potencial de esclarecimento para muitos ramos importantes da ciência física e metafísica, solicito a intercessão de vossas honoráveis Excelências, no sentido de me conceder perdão pelo crime de que sou réu, ou seja, a morte dos três credores por ocasião de minha partida de Roterdã. Eis aqui, então, o propósito deste documento. Seu portador, um habitante da Lua a quem persuadi de conduzir minha mensagem até a Terra e, para tanto, forneci as instruções adequadas, aguardará a deliberação de Vossas Excelências e retornará com o perdão que solicito, caso ele venha de alguma forma a ser concedido.

Com cordiais saudações de vosso mais humilde servo.
Hans Pfaall."

Conta-se que, após concluir a leitura cuidadosa desse documento extraordinário, o Professor Rub-a-dub, tomado de extrema perplexidade, deixou cair seu cachimbo e o Alcaide *Mynheer* Superbus Von Underduk, esquecendo-se de si e de sua dignidade, tirou os óculos, limpou-os, guardou-os no bolso e girou três vezes sobre os calcanhares, na mais pura manifestação de espanto e admiração. Não restavam dúvidas sobre a questão – o perdão devia ser concedido. Pelo menos, assim jurou o Professor Rub-a-dub, com uma sonora imprecação, e o ilustre Von Underduk finalmente decidiu, enquanto, segurando o braço de seu irmão na ciência e, sem pronunciar palavra alguma, aproveitou o caminho até sua casa para deliberar a respeito das medidas a adotar. Mas ao chegar à porta da residência do alcaide, o professor tomou a liberdade de sugerir que, como o mensageiro, certamente apavorado com a aparência selvagem dos habitantes de Roterdã, decidira desaparecer, pouca serventia teria o perdão, já que ninguém mais exceto um homem da Lua empreenderia uma viagem até um local tão terrivelmente distante. O alcaide concordou com a propriedade de tal observação e a questão foi assim dada por encerrada. Mas o mesmo não se deu com os rumores e as especulações. A carta, que foi publicada, alimentou uma infinidade de mexericos e opiniões. Alguns dos sabichões chegaram até ao ridículo de classificar toda a situação como nada mais do que uma bela farsa. Todavia, no caso dessa espécie de gente, farsa é o termo empregado para todos os assuntos que lhes fogem à compreensão. De minha parte, não consigo entender em que dados eles fundamentaram tal acusação. Vejamos o que foi dito:

Primeiro. Que certos gaiatos em Roterdã têm certa antipatia especial por certos alcaides e astrônomos.

Tudo isso foge completamente à minha compreensão.

Segundo. Que um estranho anãozinho – um feiticeiro da garrafa –, cujas duas orelhas foram cortadas bem rente à cabeça, em consequência de algum ato de delinquência, estava desaparecido a diversos dias de Bruges, uma cidade vizinha.

Bem... o que isso significa?

Terceiro. Que os jornais colados ao redor de todo o balão eram jornais holandeses e, portanto, não poderiam ter sido produzidos na Lua. Eram jornais sujos – muito sujos – e Gluck, o gráfico, juraria sobre sua bíblia que foram impressos em Roterdã.

Ele estava errado – sem dúvida alguma, muito errado.

Quarto. Que o próprio Hans Pfaall – o vilão embriagado – e os três cavalheiros indolentes ditos seus credores foram vistos havia no máximo dois ou três dias, em uma casa de bebidas nos subúrbios, e tinham acabado de retornar, com dinheiro nos bolsos, de uma viagem além do oceano.

Não acredito em uma só palavra.

Último. Que uma opinião muito bem aceita – ou que deveria ser muito bem aceita – defende que o Colégio de Astrônomos da cidade de Roterdã, assim como todos os outros colégios em todas as partes do mundo – sem falar de colégios e astrônomos em geral – não são, na melhor das hipóteses, nem um infinitésimo superiores, nem maiores, tampouco mais sábios do que deveriam ser.

NOTAS DO AUTOR

[1] Em termos mais exatos, existe uma semelhança muito pequena entre essa descrição superficial e a bela e largamente reconhecida "Moon Story" do senhor [Adams] Locke; mas como ambas têm caráter de brincadeira – embora uma em tom de ironia e a outra de seriedade –, e as duas tratem do mesmo assunto, ou seja, a Lua, o autor de "Hans Pfaall" considera ser necessário dizer em autodefesa que a sua *jeu d'esprit* foi publicada no "Southern Literary Messenger" cerca de três semanas antes da aparição do artigo do senhor L. no *New York Sun*. Imaginando uma similaridade que provavelmente não exista, alguns dos jornais de Nova York copiaram "Hans Pfaall" e a confrontaram com "The Great Moon Hoax" com o propósito de identificar em uma história o autor da outra.

Como, na verdade, muitas outras pessoas foram seduzidas pela "Moon Hoax" muito mais do que estavam dispostas a admitir, cabe aqui o pequeno prazer de mostrar por que nenhuma delas teria sido induzida a apontar certas particularidades da história que seriam suficientes para definir seu verdadeiro caráter. De fato, a despeito da rica imaginação exibida nessa ficção engenhosa, ela carece da força que uma atenção mais cuidadosa aos eventos e às analogias em geral poderia conferir. O fato de que o público foi enganado, até mesmo por um mero instante, serve apenas para atestar a flagrante ignorância, tão amplamente disseminada, sobre os assuntos da astronomia.

A distância entre a Lua e a Terra é, em números redondos, 386 mil quilômetros. Se nós desejamos verificar qual seria a menor distância até onde uma lente teria condições de aproximar o satélite (ou qualquer outro objeto remoto), basta apenas dividir a distância pelo poder de ampliação da lente. O senhor L. produziu suas lentes com um poder de aumento igual a 42 mil vezes. Efetuando a divisão da distância real da Lua (386 mil quilômetros) por esse poder de ampliação obtemos uma distância aparente de nove quilômetros aproximadamente. Nenhum animal poderia ser visto a essa distância, menos ainda os minúsculos pontos particularizados na história. O senhor L. fala a respeito de uma experiência de Sir John Herschel, como a percepção de flores (papoulas etc.) e até a identificação da cor e do formato dos olhos de pequenos pássaros. Pouco tempo antes, ele próprio observou que as lentes não podiam tornar perceptíveis objetos com diâmetro inferior a quarenta e cinco centímetros; mas mesmo esse parâmetro, como eu já mencionei, considera uma lente com poder de ampliação grande demais. Pode-se acrescentar, de passagem, que existem proposições segundo as quais essa lente prodigiosa foi moldada na vidraria dos senhores Hartley e Grant, em Dumbarton. Porém, o estabelecimento desses senhores encerrou suas operações muitos anos antes da publicação de "The Great Moon Hoax".

Na página 13 do livreto, referindo-se a "um véu hirsuto" sobre os olhos de uma espécie de bisão, o autor diz: "Ocorreu imediatamente à acurada mente do senhor Herschel que se tratava de um artifício providencial para proteger os olhos dos animais nas condições extremas de luminosidade e escuridão às quais todos os habitantes da Lua estão periodicamente expostos." Contudo, não há como se considerar "acurada" essa observação do doutor. É evidente que os habitantes do lado da Lua visível para nós desconhecem qualquer tipo de escuridão e, portanto, os tais "extremos" mencionados simplesmente não existem. Na ausência do sol, eles recebem a luz proveniente da Terra, luz esta que equivale à de treze luas desanuviadas e cheias.

Toda a topografia, mesmo quando se admite a validade do Mapa Lunar de Blunt, é totalmente divergente daquela esboçada neste ou em qualquer outro mapa lunar, e apresenta flagrante discrepância até em relação a ela própria. A confusão insolúvel relativa às marcações da bússola deixa transparecer que o autor ignora o fato de que os pontos cardeais em um mapa lunar não correspondem aos pontos cardeais na Terra, ou seja, o leste está à esquerda, e assim por diante.

Iludido talvez pelos títulos imprecisos, *Mare Nubium*, *Mare Tranquillitatis*, *Mare Faecunditatis* etc., dados às manchas escuras por astrônomos antigos, o senhor L. descreveu em detalhes o que acreditava serem oceanos e outras vastas massas de água na Lua, enquanto na verdade não há na astronomia outra evidência mais absoluta do que a inexistência de água naquele satélite da Terra. Examinando as fronteiras entre luz e escuridão (na lua crescente e na minguante) nos pontos em que elas cruzam as manchas escuras, ele concluiu que a linha divisória era irregular e denteada; porém, fossem líquidos esses espaços escuros, tais linhas evidentemente seriam uniformes.

A descrição das asas do homem-morcego, na página 21, não passa de uma cópia literal da descrição dada pelo personagem Peter Wilkins para seus ilhéus voadores. Esse simples fato deveria ter, no mínimo, levantado suspeitas.

Na página 23, temos o seguinte fragmento de texto: "Que prodigiosa influência nosso globo, com sua dimensão treze vezes maior, deve ter exercido sobre o satélite, quando ainda um embrião no ventre do tempo, um objeto passivo da afinidade química!" Isso é muito bonito; mas não se pode deixar de observar que astrônomo algum faria uma observação como essa, especialmente em um periódico científico; porque a Terra, no sentido pretendido, não é apenas treze vezes maior do que a Lua, e sim quarenta e nove. Uma objeção semelhante se aplica a todas as páginas da conclusão, nas quais, a título de apresentação de algumas descobertas em Saturno, o correspondente filosófico entra em um relato escolar minucioso sobre aquele planeta – e isso, para a "Edinburgh Journal of Science"!

Mas há um ponto em especial que deveria ter traído o caráter ficcional do livreto. Imaginemos um observador dotado do verdadeiro poder de enxergar animais sobre a superfície da Lua. O que deveria chamar sua atenção em primeiro lugar? Certamente não o tamanho, a forma ou outra particularidade desse gênero, mas, sim, a incrível situação desses animais. É possível que caminhassem com a cabeça para baixo e os calcanhares para cima, como moscas sobre o teto. Um observador no mundo real teria feito uma exclamação de surpresa (embora preparado com base em conhecimentos anteriores) diante da singularidade dessa posição. Já o espectador da ficção sequer mencionou o assunto, referindo-se apenas a ter visto todo o corpo de tais criaturas, quando é demonstrável que ele só poderia ter enxergado o diâmetro de suas cabeças!

Para concluir, também é necessário observar que o tamanho e, em especial, os poderes dos homens-morcego (por exemplo sua capacidade de voar em uma atmosfera tão rarefeita – se é que a Lua de fato possui uma), assim como a maioria de outras fantasias quanto à existência de animais e vegetais, estão em desacordo com todo o pensamento analógico acerca desses temas; e que a analogia aqui sempre resultará em demonstrações conclusivas. Parece-me praticamente desnecessário acrescentar que todas as ideias atribuídas no início do artigo a Brewster e Herschel, ideias estas a respeito de "uma passagem de luz artificial através do ponto focal da visão", etc. etc., fazem parte daquela espécie de escrita figurativa, mais apropriadamente denominada conversa fiada.

Existe um limite real e bem definido em termos de descobertas ópticas no âmbito das estrelas – um limite cuja natureza precisa apenas ser formulada para que seja compreendida. Na verdade, se tudo pode ser resolvido com a fundição de lentes de grandes dimensões, a engenhosidade humana acabará se mostrando à altura da tarefa e colocará ao nosso dispor lentes de qualquer tamanho necessário. Infelizmente, porém, na mesma proporção em que aumentam os tamanhos das lentes e, por conseguinte, o poder de perscrutação do espaço, diminui a luz emitida pelos objetos, devido à difusão dos raios. E a solução desse problema está fora do alcance da capacidade humana, pois o que torna um objeto visível é a luz que dele provém, seja essa luz direta ou refletida. Assim, a única luz "artificial" em condições de favorecer o estudo do senhor Locke seria alguma forma de luz artificial que ele pudesse lançar não sobre o "objeto formado no foco da visão", mas sobre o objeto real a ser visto – nesse caso a Lua. Já se determinou que, em uma noite clara e sem lua, se a luz proveniente de uma estrela se torna tão difusa a ponto de ser tão fraca quanto a luz natural proveniente de todas as estrelas, então aquela estrela já não está visível para nenhum propósito prático.

O telescópio do Conde de Rosse, construído recentemente na Inglaterra*, possui um espelho metálico com superfície refletora de 2,60 m², enquanto o do telescópio de Herschel mede apenas 1,10 m². O metal do telescópio do Conde de Rosse tem 1,80 metros de diâmetro, com espessura de 13 centímetros nas bordas e de 7,5 centímetros no centro. O equipamento pesa 3 toneladas e a distância focal mede 15 metros. Eu li há pouco tempo um pequeno livro, bastante curioso e engenhoso, com a seguinte página de título: "L'Homme dans la lvne, ou la Voyage Chimerique fait au Monde de la Lvne, nouellement decouvert par Dominique Gonzales, Aduanturier Espagnol, autremét dit le Courier volant. Mis en notre langve par J. B. D. A. Paris, chez Francois Piot, pres la Fontaine de Saint Benoist. Et chez J. Goignard, au premier pilier de la grand' salle du Palais, proche les Consultations", MDCXLVII, p. 176.

O autor declara que seu trabalho é uma tradução feita a partir da versão em inglês do texto do senhor D'Avisson (Davidson?), mas observa-se uma assombrosa ambiguidade nessa afirmação. Diz ele, "J'en ai eu, l'original de Monsieur D'Avisson, medecin des mieux versez qui soient aujourd'huy dans la cònoissance des Belles Lettres, et sur tout de la Philosophic Naturelle. Je lui ai cette obligation entre les autres, de m'auoir non seulement mis en main ce Livre en anglois, mais encore le Manuscrit du Sieur Thomas D'Anan, gentilhome Eccossois, recomendable pour as vertu, sur la version duquel j'advoue que j'ay tiré le plan de la mienne."

Depois de algumas aventuras irrelevantes descritas nas primeiras trinta páginas, aventuras estas bem ao estilo Gil Blas, o autor relata que, devido ao fato de ter sido acometido por uma doença durante uma viagem marítima, ele, junto com um servo negro, foi abandonado pela tripulação do navio na ilha de Santa Helena. Para aumentar as chances de obtenção de alimento, os dois se separaram, e assim viveram na medida do possível. Eles treinaram pássaros para

---

* Esse telescópio, o Leviatã de Parsonstwon, foi construído na década de 1840 e o conto "Hans Pfaall" foi publicado pela primeira vez em 1835; portanto, esta nota deve ter sido acrescentada em edições posteriores. (N.T.)

servir de pombo-correio e transportar objetos de um para o outro. Pouco a pouco esses pássaros aprenderam a levar pacotes, cujo peso foi gradativamente sendo aumentado. No final, surgiu a ideia de reunir um grande número de pássaros, que juntos teriam força suficiente para carregar o próprio autor. O texto faz uma minuciosa descrição de uma máquina concebida para atender a essa finalidade, e a ilustra por meio de uma gravura em metal. Nela observamos o Signor Gonzales com babados e uma enorme cabeleira postiça, montado em alguma coisa que se assemelha muito a um cabo de vassoura, e sustentado no alto por uma multidão de cisnes presos à máquina por meio de cordas.

O principal evento detalhado na narrativa do Signor depende de um fato muito importante, do qual o leitor só toma ciência nas últimas páginas do livro. Os cisnes, dos quais o autor se torna tão íntimo, não eram na verdade habitantes de Santa Helena, mas sim da Lua. Essas criaturas haviam desenvolvido desde tempos imemoriais o hábito de migrar anualmente para alguma parte da Terra e, na estação apropriada, retornavam para casa. E assim, quando certo dia o autor solicitou que os pássaros o conduzissem em uma curta viagem, ele acabou sendo levado diretamente para cima, e em pouco tempo chegou ao satélite. Lá ele descobriu, entre outras coisas singulares, que as pessoas desfrutam de extrema felicidade; que não existem leis; que elas morrem sem sofrimento e vivem cinco mil anos; que medem entre noventa centímetros e nove metros; que têm um imperador chamado Irdonozur; e que são capazes de pular até dezoito metros de altura quando, estando fora da atração gravitacional, flutuam como ventoinhas.

Não posso me furtar a oferecer aqui uma pequena mostra da filosofia geral do trabalho.

"Preciso agora relatar aos senhores", diz o Signor Gonzales, "a natureza do lugar em que fui parar. Todas as nuvens ficavam abaixo dos meus pés ou, se assim preferirem, espalhavam-se entre mim e a Terra. Por outro lado, *como não havia noite onde eu estava, as estrelas tinham sempre a mesma aparência, ou seja, não brilhavam da maneira como as conhecemos, mas eram pálidas e muito parecidas com a lua da ma-*

nhã. Poucas delas ficavam visíveis, e o tamanho destas (tanto quanto me foi possível observar) aparentava ser dez vezes maior do que quando vistas pelos habitantes da Terra. A lua, há cerca de dois dias para ficar cheia, tinha um gigantismo impressionante.

"Não posso me esquecer de mencionar que as estrelas apareciam apenas naquele lado do globo voltado para a Lua, e que quanto mais próximas estavam, maior parecia ser seu tamanho. Preciso também relatar que, em qualquer condição climática – na calmaria ou na tempestade – eu *sempre me encontrava diretamente entre a Lua e a Terra*. Fiquei convencido disso, por duas razões: porque meus pássaros sempre voavam em linha reta; e porque toda vez que nós tentávamos descansar, éramos *imperceptivelmente carregados ao redor do globo terrestre*. Nisso, concordo com a opinião de Copérnico, para quem a Terra está em permanente movimento de revolução *do leste para o oeste*, não sobre os polos do equador, comumente denominados polos do mundo, mas sobre os polos do zodíaco. Essa é uma questão que proponho deixar para outro momento, quando eu tiver tempo livre para refrescar minha memória a respeito da astrologia que aprendi em Salamanca na época da juventude e depois esqueci."

Não obstante os disparates em itálico, o livro merece certa atenção na medida em que oferece uma inocente mostra das ideias a respeito de astronomia que prevaleciam naquele tempo. Uma dessas ideias partia da hipótese de que a "força gravitacional" só se estendia até uma pequena distância da superfície da Terra e, por conseguinte, encontramos nosso viajante "*imperceptivelmente carregado ao redor do globo terrestre*" etc.

Houve outras "viagens à lua", mas nenhuma delas teve mérito maior do que essa que acabei de mencionar. A viagem de Bergerac carece totalmente de sentido. No terceiro volume de "American Quartely Review" é possível encontrar uma apreciação detalhada sobre certa "viagem" do gênero em questão. Nessa apreciação, fica difícil identificar se é a estupidez do livro avaliado ou a ignorância do próprio crítico no que diz respeito à astronomia, o elemento de maior destaque. Não me lembro do título do trabalho; mas o meio através do qual a viagem foi realizada é ainda mais deploravelmente concebido do que os cisnes do Signor Gonzales. O aventureiro descobre, ao cavar a terra, um metal específico pelo qual a Lua tem forte atração e, sem perda de tempo, constrói com ele uma caixa que, quando solta de suas amarras terrestres, voa diretamente para aquele satélite, levando junto o valoroso viajante. O "Voo de Thomas O'Rourke" é um *jeu d'esprit* não totalmente desprezível, e foi traduzido para o idioma alemão. Na verdade, o herói, Thomas, era guarda de caça de um nobre irlandês, cujas excentricidades deram origem à história. O "voo", que parte de Hungry Hill, uma imponente montanha na extremidade da baía de Bantry, é realizado nas costas de uma águia.

O fio condutor de todos esses livretos sempre foi a sátira, e o tema frequentemente se concentra na descrição dos costumes na Lua em comparação com os nossos. Em nenhuma das histórias observa-se qualquer esforço no sentido de se tornar plausíveis os detalhes da própria viagem. Em todas elas, é possível perceber que os autores desconhecem por completo as leis da astronomia. Em "Hans Pfaall", o projeto é original, no que diz respeito a uma tentativa de transmitir certa verossimilhança (tanto quanto a natureza excêntrica do assunto permite) na aplicação dos princípios científicos à viagem entre a Terra e a Lua.

[2] Provavelmente, a luz zodiacal é aquilo que os povos da antiguidade denominavam *Trabes* (feixe de luz). *Emicant Trabes quos docos vocant.* —Plínio liv. 2, p. 26.

[3] Depois da publicação original de Hans Pfaall, descobri que Sr. Green, de Nassau, uma notoriedade em questões relativas a balões, e outros aeronautas posteriores negam as afirmações de Humboldt no tocante a esse aspecto, e falam de uma inconveniente diminuição – corroborando por completo a teoria aqui defendida com o mero intuito de brincadeira.

[4] Hevelius relata que, examinando com um mesmo telescópio de grande precisão um céu perfeitamente claro, no qual era possível enxergar até as estrelas de sexta e sétima magnitude, percebeu diversas vezes,

na mesma altitude da Lua e no mesmo afastamento angular a partir da Terra, que a Lua e sua mácula não apareciam sempre com a mesma luminosidade. Dessas condições de observação, é possível inferir que a causa de tal fenômeno não está em nosso ar, no equipamento, na Lua ou nos olhos do observador; mas deve, isto sim, ser procurada em alguma coisa (uma atmosfera?) existente ao redor da Lua.

Cassini observou com certa frequência que a forma de Saturno, de Júpiter e das estrelas fixas, quando eles se aproximavam da Lua para se ocultar, sofria uma transformação, passando de circular para oval, enquanto em outros tipos de ocultação nenhuma alteração ocorria. Isso permite supor que em algumas situações, e não em todas, a Lua é circundada por uma matéria densa, na qual os raios das estrelas são refratados.

Uma fábula de Jerusalém

Intensos rigidam in frontem ascendere canos
Passus erat _____ —Lucan, *De Catone*

– uma embaraçosa *inconveniência*. —Tradução

"Vamos correr para as paredes", disse Abel-Phittim para Buzi-Ben-Levi e Simeon, o Fariseu, no décimo dia do Tamuz, do ano de três mil novecentos e quarenta e um. "Vamos nos apressar até as muralhas da porta de Benjamim, que fica na cidade de David e tem vista para o acampamento dos incircuncisos; pois esta é a última hora da quarta vigília e o sol está nascendo; e os idólatras, cumprindo a promessa de Pompeu, devem estar nos aguardando, com os cordeiros para o sacrifício."

Simeon, Abel-Phittim e Buzi-Ben-Levi, eram os Gizbarim ou subcoletores das oferendas, na cidade sagrada de Jerusalém.

"Em verdade", retrucou o Fariseu, "apressemo-nos; pois essa generosidade é invulgar nos gentios; e a inconstância de espírito sempre foi atributo dos adoradores de Baal".

"Que eles são volúveis e traiçoeiros é tão verdadeiro como o Pentateuco", disse Buzi-Ben-Levi, "mas isso só diz respeito ao povo de Adonai; pois, houve porventura algum dia em que os descendentes de Amón se mostraram descuidados dos próprios interesses? Parece-me que não há grande generosidade em nos concederem cordeiros para o altar do Senhor, recebendo em pagamento trinta dinheiros de prata por cabeça!"

"Tu te esqueces, no entanto, Ben-Levi", respondeu Abel-Phittim, "que o Pompeu romano, aquele que neste momento sitia impiedosamente a cidade do Altíssimo, não tem certeza de que não sejam para o sustento do corpo, em lugar do espírito, os cordeiros comprados para o altar".

"Por minhas barbas!" bradou o Fariseu, que pertencia à seita denominada Os Batedores (aquele pequeno grupo de santos cujo modo de bater e mortificar os pés contra o pavimento era, havia muito tempo, motivo de aflição e reprovação por parte de devotos menos zelosos; um obstáculo para andarilhos menos talentosos), "por aquela barba que na qualidade de sacerdote sou impedido de cortar, quisera podermos viver para ver o dia em que um arrivista blasfemo e idólatra de Roma nos acusará de termos nos apropriado dos elementos mais divinos e sagrados para saciar os apetites da carne! Quisera fosse a nós permitido viver para ver o dia em que..."

"Não questionemos os motivos dos Filisteus", interrompeu Abel-Phittim, "porque hoje, pela primeira vez, nós nos beneficiamos da avareza ou da generosidade deles; é melhor corrermos para as muralhas, a fim de evitar que as oferendas sejam desejadas naquele altar cujo fogo as chuvas do Paraíso não conseguem extinguir, e cujas colunas de fumaça não há tempestade capaz de dissipar".

Aquela parte da cidade que levava o nome de seu arquiteto, o Rei Davi, para a qual nosso valoroso Gizbarim agora corria, era considerada o distrito mais solidamente fortificado de Jerusalém; situada sobre a íngreme e imponente Colina de Sião. Aqui, uma trincheira ampla e profunda, cavada nas sólidas rochas, era circundada por uma robusta muralha de defesa erguida sobre a borda mais interna. Em cima desse paredão foram erigidas, em intervalos regulares, torres quadradas de mármore branco; as seis menores mediam sessenta côvados de altura, e a mais alta, cento e vinte. Todavia, nas vizinhanças da porta de Benjamim, a parede não se elevava acima das margens do fosso. Ao contrário, entre o nível da vala e a parte mais baixa da muralha, subia um penhasco perpendicular de duzentos e cinquenta côvados, formando parte do íngreme Monte Moriá. Desse modo, quando Simeon e seus companheiros chegaram ao cume da torre chamada Adoni-Bezek – a mais alta de todas as torres que cercam Jerusalém, e local usualmente utilizado para as deliberações com o exército sitiante – eles contemplaram desde uma altura muitos metros superior à da Pirâmide de Quéops e ainda muito maior do que o templo de Baal, o acampamento do inimigo lá embaixo.

"Em verdade", suspirou o Fariseu espreitando atordoado sobre o precipício, "os incircuncisos são como as areias da praia – como gafanhotos na natureza selvagem! O Vale do Rei tornou-se o Vale de Adommin".

"Ainda assim", acrescentou Ben-Levi, "tu não consegues apontar um Filisteu – nem um sequer – de Aleph a Tau, da vastidão selvagem às ameias, que pareça maior do que a letra Yod!"

"Arria a canastra com os dinheiros de prata!", bradou um soldado romano com voz rouca e rude que parecia vir do âmago de Plutão. "Arria a canastra com as moedas amaldiçoadas, pois só de pronunciar essa palavra a mandíbula de um nobre romano é violentada! É assim que tu demonstras gratidão a nosso mestre Pompeu, aquele que, inspirado por uma nobre condescendência, julgou apropriado escutar tua impertinência idólatra? O deus Febo – um deus verdadeiro – foi transportado por uma biga durante uma hora; e não deverias tu estar nas muralhas ao nascer do sol? Céus! Pensas tu que nós, os conquistadores do mundo, não temos nada mais a fazer do que permanecer junto aos muros de todas as sarjetas para barganhar com os patifes deste mundo? Arria! Afirmo que tuas quinquilharias são brilhantes na cor e justas no peso!"

"Eloim!" exclamou o Fariseu, quando os sons dissonantes do centurião crepitaram nas rochas escarpadas do precipício e sumiram na direção do templo. "Eloim! quem é o deus Febo, aquele que o blasfemo invoca? Tu, Buzi-Ben-Levi!, que compreendes as leis dos Gentios, e entre aqueles que se envolvem com as imagens dos ídolos resididiste! Seria Nergal de quem o idólatra fala? ou Asima?... ou Nibaz?... ou Tartaque?... ou Adramelech?... ou Anamalech?... ou Succoth Benoth?... ou Dragon?... ou Belial?... ou Baal-Berite?... ou Belfegor?... ou Belzebu?

"Em verdade, nenhum deles; mas veja... tu deixaste a corda escorregar muito depressa por entre os teus dedos; assim, estivesse o cesto pendurado na projeção daquele penhasco, haveria então um lamentável derramamento de coisas sagradas do santuário."

Com a ajuda de uma máquina de estrutura rudimentar, o cesto com sua carga pesada foi cuidadosamente arriado no meio da multidão; e do pináculo vertiginoso, podia-se ver os romanos se juntarem desordenadamente ao redor dele. Porém, a imensa altura e a bruma que cobria a área impediam uma visão mais nítida das operações.

Passada meia hora, o Fariseu observou o abismo e murmurou, "Vamos nos atrasar! Seremos destituídos da função pelo Katholim*".

---

* Não há consenso entre os críticos se essa palavra diz respeito a Katholikin, os fiscais do tesouro, ou é uma forma irônica de referência aos Católicos Romanos, que em hebraico moderno se traduz por Katholim. Cf. Dawn B. Sova, *Critical Companion to Edgar Allan Poe: A Literary Reference to His Life and Work*; Facts on File Ed. (N.T.)

E Abel-Phittim emendou, "nunca mais festejaremos sobre a fartura da terra; nossas barbas nunca mais terão o perfume do incenso; a carne de nosso quadril não mais será envolvida pelo linho do Templo".

"*Raca!*", praguejou Ben-Levi, "*raca!*" Pretendem eles nos despojar do dinheiro da aquisição? Ou será... santo Moisés!... que estão pesando as moedas do tabernáculo?"

"Eles deram finalmente o sinal...", gritou o Fariseu, "eles deram o sinal! Afasta-te Abel-Phittim! Também tu, Buzi-Ben-Levi, afasta-te! Pois, na verdade, ou os Filisteus se agarraram ao cesto ou o Senhor lhes abrandou o coração e eles colocaram no lugar um animal de bom peso!" E Gizbarim se afastou, enquanto o fardo subia balançando por entre a névoa cada vez mais densa.

Ao final de uma hora, quando se tornou visível na extremidade da corda a imagem ainda indefinida de algum objeto, os lábios de Ben-Levi exclamaram "Booshoh... booshoh!".

"Booshoh!... que vergonha! É um carneiro das matas de Ein Gedi, e tão selvagem quanto o Vale de Josafá!"

"É o primogênito do rebanho", exclamou Abel-Phittim, "eu o conheço pelo balido dos lábios e pela flexão inocente das pernas. Os olhos são mais belos do que todas as joias do Peitoral do Juízo e sua carne lembra o mel do Hebron."

"É um novilho cevado das pastagens de Basã", falou o Fariseu. "Os pagãos negociaram esplendidamente conosco. Vamos erguer nossas vozes em um salmo! Vamos agradecer com a flauta dos pastores, com o alaúde, e também com a harpa, a cítara e a sambuca."

Mas foi só quando o cesto chegou bem próximo de Gizbarim que um grunhido quase inaudível traiu a presença de um porco de tamanho descomunal.

"Deus esteja conosco!", bradaram os três quando, com os olhos voltados para cima, soltaram a corda deixando que o leitão gordo caísse de cabeça entre os Filisteus. "Deus esteja conosco! Deus esteja conosco; essa é uma carne inescrutável!"

Von Jung*

Esquiva-te, se a ti pertencem tais *"passados"* e *"montantes"*
Eu não os terei.
—Ned Knowles

---

* Em 1842, este conto passou a ser chamado *Mystification*. (N.E.)

O Barão Ritzner von Jung descendia de uma nobre família húngara cujos membros – pelo menos até onde os registros históricos permitem saber – eram notáveis por certo tipo de talento que, na maioria deles se destacava pela extravagância da qual Tieck, um dos rebentos da casa, constituía apenas um pequeno exemplo. Meu relacionamento com Ritzner teve início no magnífico Chateau Jung, para onde uma sucessão de curiosas aventuras – que não devem vir a público – me levaram durante o verão de 18—. Ali entrei para o rol daqueles que mereciam sua estima e, com boa dose de dificuldade, consegui vislumbrar uma pequena mostra de seu temperamento. Posteriormente, com o estreitamento de nossa camaradagem, essa noção imprecisa adquiriu contornos mais claros; e quando, depois de uma separação de três anos, encontramo-nos na universidade, compreendi tudo o que precisava saber sobre o caráter do Barão Ritzner von Jung.

Lembro-me bem do burburinho de curiosidade que sua chegada despertou dentro dos recintos da escola na noite de vinte e cinco de junho. Lembro-me com precisão ainda maior de que enquanto, à primeira vista, todos os grupos o proclamavam "o homem mais notável do mundo", ninguém fazia o menor esforço para justificar suas opiniões. A singularidade de sua pessoa era a tal ponto inegável, que quem se atravesse a perguntar em que consistia essa característica distintiva levava pecha de impertinente. Contudo, deixando esse assunto de lado por enquanto, eu me limitarei a observar que desde o primeiro momento de sua entrada nos limites daquele estabelecimento, ele passou a exercer influência sobre hábitos, maneiras, pessoas, práticas e pendores de toda a comunidade que o circundava, uma influência ampla e despótica, porém, ao mesmo tempo indefinida e totalmente inexplicável. Assim, o breve período de sua estada na universidade definiu um marco histórico nos anais da instituição, que é definido por todas as classes de pessoas a ela pertencentes como "a extraordinária época marcada pela influência do Barão Ritzner von Jung".

Eu presenciei então o mais disparatado dos eventos, provocado pelos meios mais intangíveis e aparentemente inadequados. E fique aqui registrado que aqueles cavalheiros ainda vivos de Gotham, os quais junto comigo testemunharam esses acontecimentos, decerto recordarão todas as passagens às quais agora faço uma mera alusão. Eu presenciei – e o que na verdade não presenciei? Eu vi Villanova, a dançarina, ministrando uma aula da cadeira de Legislação nacional, enquanto D—, P—, T— e von C— assistiam, extasiados com sua erudição. Eu vi o protetor, o cônsul e todo o corpo docente perplexos com o movimento sinuoso do cata-vento. Eu vi o Sontag recebido com assobios e um realejo com suspiros. Eu vi uma carroça com os bois no cume da Rotunda. Eu vi todos os porcos de G— com chinós, e todas as suas vacas com vestes sacerdotais. Eu vi mais de mil ruidosos gatos no campanário de St. P—. Eu vi a capela da escola bombardeada e as muralhas da instituição tristemente cobertas de cartazes. Eu vi o mundo todo em desarmonia e o velho Wertemuller banhado em lágrimas. E acima de tudo, eu vi tais eventos se transformarem no símbolo das coisas mais sensatas, louváveis e inevitáveis criadas por meio da silenciosa – muito embora mágica e ampla – influência do dominador Barão Ritzner von Jung.

Na ocasião de sua chegada, ele passou a me fazer visitas regulares em meus aposentos. Julgo impossível imaginar sua idade a partir de quaisquer dos dados pessoalmente fornecidos. Ele tanto podia estar na casa dos quinze como dos cinquenta anos, mas tinha vinte e um e sete meses. Em sua aparência física não se identificava, de modo algum, as marcas da formosura – talvez o oposto. O contorno do rosto era um tanto angular e duro; a testa, alta e muito séria; o nariz, arrebitado; e os olhos, largos, pesados, vítreos e inexpressivos. A respeito da boca havia outros detalhes dignos de observação. Os lábios eram levemente salientes, e não existe uma combinação de traços humanos – mesmo a mais complexa – capaz de traduzir total e singularmente a ideia de gravidade, solenidade e paz absolutas expressas pela maneira segundo a qual um se apoiava sobre o outro. Com essa descrição, meus leitores a figura do barão têm diante de si. O que poderia ser acrescentado no tocante àquelas particularidades mentais às quais fiz apenas uma breve menção, contarei em minhas palavras; pois parece-me que, ao falar de meu amigo, tenho incorrido involuntariamente em um dos muitos bizarros maneirismos literários do dominador Barão Ritzner von Jung.

Sem dúvida alguma, será possível perceber pelo relato que já fiz que o Barão era uma dessas anomalias humanas encontradas de quando em quando, que fazem da ciência da mistificação o objeto de estudo e o propósito de sua vida. Uma mente singular dotou-o de instintiva inclinação por essa ciência, e a aparência física garantiu-lhe recursos incomuns para colocar em prática seus desígnios. Acredito, sem a menor sombra de dúvida, que nenhum estudante que frequentou aquela universidade durante o período curiosamente denominado Domínio do Barão Ritzner von Jung jamais penetrou no mistério que eclipsava seu caráter. Penso de fato que ninguém na instituição, com exceção de mim mesmo, algum dia suspeitou que ele fosse capaz de uma brincadeira, quer verbal ou prática. Nesse caso, a culpa recairia incontinente sobre o velho buldogue do portão da escola, o fantasma de Heráclito ou a peruca do Emérito Professor de Teologia. Isso também ocorria até mesmo quando havia evidência inegável de que os mais escandalosos e imperdoáveis de todos os estratagemas e todas as excentricidades e fanfarrices concebíveis foram colocados em prática, se não diretamente por ele, pelo menos com sua plena e total participação ou conivência. A beleza – se assim posso denominá-la – de sua arte da mistificação assentava-se em uma extrema habilidade, resultante de um conhecimento quase intuitivo da natureza humana e um notável domínio de si mesmo, por meio da qual ele sempre lograva êxito em fazer parecer que os atos burlescos que procurava colocar em prática surgiam, por um lado, como consequência dos louváveis esforços levados a cabo para evitá-los e preservar a boa ordem e a dignidade da Alma Mater, e por outro, a despeito dos mesmos fatores. Quando, porventura, fracassava uma dessas empreitadas dignas de louvor, seu semblante evidenciava todas as marcas de um profundo, pungente e avassalador desapontamento, não deixando espaço para que mesmo o mais cético dos companheiros alimentasse a mais tênue dúvida acerca da sinceridade abrigada em seu peito. Não menos merecedora de destaque era a destreza com que ele desvestia o sentido de bizarrice deslocando-o do criador para a criatura – de sua pessoa para os absurdos que ele criara. Por meio de obstinada observação das excentricidades de meu amigo e atenta escuta de suas exposições, entendi todas as nuances do método por ele empregado para consecução dessa difícil empreitada. Contudo, não posso me alongar em detalhes sobre esse assunto. Em momento algum antes deste ao qual me refiro, consegui identificar no habitual mistificador a tentativa de se esquivar às consequências naturais de seus estratagemas – uma vinculação do grotesco a seu próprio caráter e à sua pessoa. Permanentemente envolto em uma atmosfera de extravagância, meu amigo parecia viver apenas em função do rigor da coletividade; e nem mesmo no seio da própria família a memória do Barão Ritzner von Jung jamais foi associada a outras qualidades que não a rigidez e a dignidade.

Penetrar nos labirintos das sutilezas do Barão, ou mesmo dedicar espaço ao engraçado ofício de mistificador que lhe conferia uma extraordinária ascendência sobre os espíritos maus da universidade, exigiria que eu me alongasse nesta narrativa muito mais do que me propus a fazer. Eu poderia concentrar-me aqui nesses aspectos e então trazê-los à luz. Tenho plena consciência de que ao remontar meticulosa e deliberadamente até os resultados quase mágicos da ação de um intelecto semelhante ao de Ritzner, no qual um gosto hereditário e refinado pelo bizarro aliava-se a uma perspicácia intuitiva em relação aos impulsos cotidianos do coração, um campo inexplorado se abriria à minha frente, um campo rico de descobertas e vitalidade, de emoções e incidentes, e abundante em raro material tanto para a especulação quanto a análise. Mas tal exploração minuciosa, conforme eu já disse, não pode ser levada a efeito em um espaço exíguo. Além do mais, o Barão ainda vive na Bélgica e não se pode descartar a hipótese de que ele venha a pousar os olhos nisto que agora escrevo. Devo, portanto, ser cuidadoso em não revelar – pelo menos assim e aqui – os mecanismos mentais que ele tinha tanto prazer em manter ocultos, apesar de seu caráter bizarro. Contudo, um episódio tomado ao acaso pode transmitir alguma ideia do espírito de suas ações. O método possuía infinitas variações; e era exatamente nessa ampla diversidade que residia o segredo da surpresa intrínseca às suas ações multifárias.

Durante o período em que ele residiu na universidade, parecia que o demônio do *dolce far niente* pesava sobre a atmosfera como um pesadelo. Nada se fazia além de comer, beber e se divertir. Os aposentos dos estudantes eram convertidos em muitas tabernas, e nenhuma delas superava a do Barão em notoriedade e número de frequentadores. Vivíamos em uma orgia perpétua, sempre turbulenta e nunca carente de acontecimentos.

Certa ocasião, prolongamos nossa sessão até quase o nascer do dia e ingerimos uma quantidade de vinho muito além da habitual. Havia no grupo cerca de sete ou oito indivíduos, fora o Barão e eu. A maioria era formada por jovens ricos que desfrutavam de boas relações na alta sociedade e se orgulhavam da estirpe familiar. Todos prezavam sobremaneira o princípio da honra e partilhavam, sem exceção, das opiniões dos extremistas alemães no tocante aos duelos. A essas ideias quixotescas algumas publicações parisienses recentes, apoiadas por três ou quatro cronistas veementes e proféticos da universidade, haviam conferido novo vigor e decisivo impulso; e, dessa forma, as conversas que correram soltas durante a maior parte da noite versaram sobre esse fascinante assunto da época. O Barão, que se mantivera invulgarmente quieto e abstraído no início da noite, acabou saindo da apatia e assumiu as rédeas da discussão. Ele concentrou sua argumentação nos benefícios e, mais especificamente, na perfeição do código de ética em duelos que recebera. O ardor, a eloquência e a sinceridade com que defendeu seu ponto de vista suscitaram o mais caloroso entusiasmo nos ouvintes em geral e me deixaram absolutamente estupefato; até eu que conhecia muito bem sua disposição intrínseca a ridicularizar os mesmos pontos que ali defendia e, em especial, a encarar toda a bazófia da etiqueta em duelos com o supremo desdém que a questão merecia.

Passando os olhos pela sala durante uma pausa no discurso do Barão – do qual meus leitores podem ter uma débil ideia quando digo que ele guardava certa semelhança com os sermões ardentes, cantados e enfadonhos de Coleridge –, percebi, na expressão de um dos rapazes, sinais de um interesse ainda mais intenso do que o dos demais. Esse cavalheiro, que chamarei Hermann, era um excêntrico em todos os aspectos, exceto talvez pelo simples fato de ser um dos mais rematados imbecis no mundo do Senhor. Ele se esforçava, no entanto, para manter dentro de um grupo específico da universidade, a reputação de atilado pensador metafísico e, acredito eu, possuidor de certo talento para a lógica. Sua aparência pessoal era tão singular que, com toda certeza, todos aqueles que privaram de sua companhia o reconhecerão imediatamente nessa descrição que ora faço. Jamais conheci um homem mais alto do que ele – creio media cerca de dois metros. Suas proporções eram particularmente inadequadas. As pernas muito curtas, curvadas e delgadas demais, contrastavam com um tronco digno de um Hércules. Ele tinha os ombros arredondados e o pescoço longo, embora largo. Uma deformidade que tornava o corpo arqueado para a frente, conferia-lhe um aspecto desengonçado. Sua cabeça era colossal e encimada por uma densa massa de cabelos negros e lisos, dos quais duas mechas rigidamente emplastradas com brilhantina caíam sobre a têmpora e a maçã do rosto, dando-lhe um ar de chorão – uma moda que em tempos recentes caiu nas graças (o surpreendente é ela não ter chegado antes aqui) dos cidadãos dos Estados Unidos. Entretanto, era nas faces que residia toda a sua excentricidade. A porção superior destas, com suas delicadas proporções, revelava indícios do mais portentoso intelecto. A testa era ampla e larga, e os órgãos da imaginação sobre as têmporas, bem como os da causalidade, das comparações e das possibilidades, evidenciados acima da fronte, tinham tal extraordinário grau de desenvolvimento, que atraíam imediata atenção de todos aqueles que o viam. Os olhos grandes e radiosos emitiam um brilho que podia ser confundido com inteligência e eram atenuados por uma sobrancelha curta e reta, de aparência pitoresca, onde talvez se encontre o traço mais evidente de seu talento geral. O nariz aquilino também era soberbo; com toda certeza, nunca antes se viu nada mais magnífico, tampouco mais delicado ou modelado com tal perfeição. Todas essas coisas bastavam por si só, como já comentei. Mas era a porção inferior de seu rosto que abundava em deformidades e desmentia instantaneamente o testemunho da metade superior. O lábio de cima – imenso, de fato – parecia entumecido por uma mordida de abelha e se tornava ainda mais horrível por causa de um pequeno bigode, muito preto, logo abaixo do nariz. Já o lábio inferior, reduzido e delgado, dava a impressão de desaprovar a vulgar obesidade do parceiro superior, que pendia sobre ele fazendo-o parecer bem menor e muito mais retraído do que seria possível, como se sentisse vergonha de ser visto. E o queixo, ainda mais recuado, poderia ser tomado por qualquer coisa, exceto um queixo.

Havia uma analogia entre a abrupta transição – ou melhor, depauperamento – da porção inferior do rosto em relação à superior, com a que existia entre a face propriamente dita e o corpo, cuja estrutura singular já tive oportunidade de comentar. Em consequência de tais características, era frequente a divergência de opiniões a respeito da aparência pessoal de Hermann. Quando em pé, sua figura era absolutamente repugnante e fazia-o parecer – o que de fato ele era – um rematado idiota. No entanto, sentado à mesa, com as mãos cobrindo-lhe a parte inferior do rosto em uma atitude de profunda meditação que muito o satisfazia, confesso nunca ter visto um retrato mais extraordinário. Na qualidade de duelista, ele adquirira renome até mesmo dentro dos muros da instituição. Não me lembro agora do número exato de vítimas que caíram em suas mãos; mas foram muitas. Ele era, sem qualquer sombra de dúvida, um homem de coragem; mas seu verdadeiro motivo de orgulho fundamentava-se em um minucioso conhecimento da etiqueta dos duelos e um sutil senso de honra, passatempos aos quais se entregava sem moderação. Ritzner, sempre vigilante para identificar fatos caricatos, já havia muito tempo encontrara nessas peculiaridades um alimento para o prazer que sentia na mistificação. Eu, todavia, não estava consciente desse pormenor; muito embora percebesse claramente no presente exemplo que meu amigo matutava alguma excentricidade da qual Hermann seria seu alvo especial.

À medida que o Barão continuava a discussão – ou melhor, um monólogo – eu notei que a excitação de Hermann aumentou momentaneamente. Por fim, ele falou, apresentando objeções a alguns pontos sobre os quais Ritzner insistia, e explicando em detalhes seus motivos. O Barão fez uma longa réplica, mantendo ainda seu tom de exagerada sentimentalidade, e concluiu com uma zombaria e um escárnio, que eu considerei de tremendo mau gosto. Hermann assumiu então o controle da situação. Consegui percebê-lo pela minuciosa e

285

estudada mixórdia de sua tréplica. Lembro-me claramente das últimas palavras por ele pronunciadas: "Permita-me dizer, Barão von Jung, que suas opiniões, embora corretas no todo, em muitos pontos interessantes são desabonadoras de sua pessoa diante da universidade da qual o senhor é um membro. Em alguns aspectos elas sequer merecem uma séria refutação. Digo mais ainda, senhor; não fosse pelo receio de lhe causar uma humilhação (nesse momento o orador sorriu maliciosamente), eu diria que essas suas opiniões não são opiniões que se possa esperar de um cavalheiro".

Quando Hermann concluiu essa frase controversa, todos os olhares se voltaram para o Barão. Ele ficou pálido e depois muito vermelho. Em seguida, deixando cair seu lenço de bolso, curvou-se para pegá-lo. Nesse momento, a posição em que eu me encontrava na mesa, permitiu-me vislumbrar seu semblante. Ali observei aquela expressão zombeteira característica de seu temperamento, mas que eu nunca o vira assumir exceto em ocasiões nas quais estávamos a sós, ocasiões estas em que ele se soltava livremente. Logo depois, meu amigo se ergueu e confrontou Hermann. A total alteração sofrida por sua fisionomia em um período de tempo tão breve, certamente nunca antes eu presenciara. Por um instante, imaginei ter errado no julgamento; não seria um sinal de sobriedade? Ele parecia sufocado pelo choque e seu rosto exibia uma palidez cadavérica. Ele permaneceu em silêncio durante um breve tempo, aparentemente lutando para conter a emoção. Em seguida, mostrando-se outra vez senhor de si, apanhou um jarro que estava ao lado e apertando-o com firmeza disse: "A linguagem que lhe pareceu apropriada, caro senhor Hermann, ao se dirigir à minha pessoa, é deplorável em tantos aspectos, que me falta disposição e tempo para relacioná-los. Dizer, contudo, que opiniões como as minhas não podem ser esperadas de um cavalheiro, é uma observação de tal modo ultrajante, que só me permite uma linha de conduta. Não obstante, sua presença aqui neste momento, na qualidade de meu hóspede, bem como a desse grupo de cavalheiros, exige certa cortesia de minha parte. O senhor me perdoará, portanto, por um ligeiro afastamento do padrão normal de conduta em casos semelhantes de afronta pessoal. O senhor me perdoará pelo tributo moderado que irei cobrar de sua imaginação, e creio que dará o melhor de si para ver, por alguns instantes, no reflexo de sua pessoa naquele espelho o próprio Senhor Hermann. Dessa forma, não haverá qualquer dificuldade. Atirarei essa jarra de vinho na imagem refletida naquele espelho e assim, abrandarei o espírito indignado por seu insulto, abrindo mão do recurso à violência pessoal contra sua verdadeira pessoa."

Com essas palavras, ele lançou a jarra cheia de vinho contra o espelho pendurado na parede oposta a Hermann, atingindo a imagem refletida com grande precisão e, decerto, reduzindo o vidro a estilhaços. Todo o grupo levantou-se imediatamente e, exceto Ritzner e eu, tomou o rumo da porta. Enquanto Hermann saía, o Barão sugeriu que eu o seguisse e lhe oferecesse assistência; com o que concordei, sem, no entanto, saber exatamente que atitude tomar em uma situação tão ultrajante.

O duelista, com seu ar de rigidez e elegância, aceitou a companhia e me conduziu pelo braço até seus aposentos. Só com muito esforço consegui reprimir uma risada enquanto ele se empenhava em explanar, com a mais profunda gravidade, aquilo que denominava "o caráter elegantemente singular" do insulto de que fora alvo. Após um discurso enfadonho, pronunciado em seu estilo habitual, ele apanhou na estante alguns exemplares embolorados que tratavam do assunto duelo e me manteve durante um bom tempo ocupado em escutá-lo. Ele lia em voz alta e, ao mesmo tempo, tecia comentários. Lembro-me os títulos de alguns dos trabalhos. Lá estavam, uma *Portaria sobre combate individual*, de Filipe o Belo; o *Teatro de honra* de Favyn e o tratado *A permissão de duelos*, de Andiguier. Além desses, ele também exibiu, com grande pompa, *Memórias de duelos*, de Brantome, publicado em Colônia em 1666, no padrão da editora Elzevir – um precioso e exclusivo volume em pergaminho, com uma margem delicada, encadernado por Derôme. Entretanto, ele chamou particularmente minha atenção, com certo ar de misteriosa sagacidade, para um espesso volume em formato in-oitavo, com o pitoresco título *Duelli Lex scripta, et non; aliterque*, redigido em um latim inculto, por um francês chamado Hedelin. Ele leu para mim os capítulos mais curiosos desse livro no to-

287

cante a *Injuriae per applicationem, per constructionem, et per se*, metade dos quais, assegurou meu amigo, tinha relação direta com seu caso "elegantemente singular", muito embora eu não conseguisse entender uma única sílaba de todo o assunto. Terminada a leitura do capítulo, ele fechou o livro e quis saber o que eu julgava necessário ser feito. Expressei minha total confiança na serena sensibilidade de seus sentimentos e me propus a agir de acordo com o que ele propusesse. Ele pareceu lisonjeado com minha resposta e sentou-se para escrever uma nota dirigida ao Barão. Esta nota rezava o seguinte:

Caro senhor.

Meu amigo M.P— fará chegar às suas mãos esta nota. Considero minha obrigação solicitar que, tão logo lhe seja conveniente, apresente-me uma explicação sobre os acontecimentos desta noite em seus aposentos. Caso o senhor venha a rejeitar esta solicitação, o Senhor P. terá imenso prazer em levar a efeito, junto a qualquer amigo pelo senhor indicado, os trâmites preliminares para um encontro.

Aceite as sinceras saudações,

de seu humilde servo,

JOHAN HERMANN

Para o Barão Ritzner von Jung,

18 de agosto de 18—

Sem saber que atitude tomar, tomei nas mãos essa missiva e dirigi-me aos aposentos de Ritzner. Ele fez uma reverência quando a apresentei e, então, com uma expressão grave no rosto, conduziu-me até uma poltrona. Depois de ler atentamente o desafio, redigiu a seguinte resposta, que coube a mim fazer chegar até Hermann:

Senhor.

Recebi, por intermédio de nosso amigo comum, o Senhor P—, sua nota relativa a esta noite. Após oportuna reflexão, eu reconheço sinceramente a plausibilidade da explanação sugerida. Admitido o fato, ainda sinto grande dificuldade (devido à natureza elegantemente singular de nossa desavença e da afronta pessoal que protagonizei) em verbalizar as desculpas que devo apresentar, de modo a atender a todas as mínimas exigências e diferentes implicações do caso. Deposito, no entanto, plena confiança em sua escrupulosa capacidade de discernimento em questões relativas às regras de etiqueta nas quais há tempos o senhor se distingue de maneira tão proeminente. Certo, portanto, de ser compreendido, peço licença para, em vez de emitir qualquer julgamento, indicar-lhe as opiniões de Sir Hedelin, conforme expostas no nono parágrafo do capítulo *Injuriae per applicationem, per constructionem, et per se* de seu *Duelli Lex scripta, et non; aliterque*. O requinte de seu discernimento no tocante a todas as questões aqui tratadas será suficiente, não me restam dúvidas, para convencê-lo de que a mera referência a essa admirável passagem deverá satisfazer ao pedido de explicação de um homem honrado.

Com o mais profundo respeito,
De seu humilde servo,

VON JUNG

Para Herr Johan Hermann
18 de agosto de 18—

Ao iniciar a leitura, o rosto de Hermann estampava uma carranca. Mas logo que chegou ao trecho sobre *Injuriae per applicationem, per constructionem, et per se*, seu semblante se abriu em um sorriso que revelava a mais ridícula fatuidade. Terminando de ler, pediu-me, com uma doce expressão de amabilidade, que permanecesse sentado enquanto ele examinava o tratado em questão. Quando encontrou a passagem especificada, Hermann leu-a cuidadosamente para mim, fechou o livro e solicitou que eu, na qualidade de conhecido com quem mantinha relações de confidencialidade, fizesse saber ao Barão von Jung que ele tinha em elevada conta seu comportamento cavalheiresco e, além disso, que a explanação oferecida cumprira plena, justa e inequivocamente seu objetivo.

Um tanto atônito com tudo isso, retirei-me e fui ter com o Barão. Ele pareceu receber com naturalidade a carta de Hermann e, depois de uma breve conversa, dirigiu-se para um quarto interno, de lá retornando com o perene tratado *Duelli Lex scripta, et non; aliterque*. Ele me entregou o volume, pedindo que eu examinasse algumas passagens. Foi o que fiz; porém, muito pouco me valeu, pois não consegui apreender nem a mais diminuta parcela do significado. Von Jung tomou então o livro nas mãos e leu um capítulo em voz alta. Para minha surpresa, a passagem lida se revelou o mais horrendo e absurdo relato de um duelo entre dois babuínos. Ele depois explicou o mistério, mostrando que o livro, conforme parecia à primeira vista, fora escrito com base no plano dos disparatados versos de Du Bartas; isto é, a linguagem era engenhosamente estruturada de forma a apresentar aos ouvidos todos os sinais externos de inteligibilidade e, até mesmo, profundidade, enquanto, na verdade, carecia por completo de significado. A chave para compreensão do enigma residia em se deixar de lado todas as segundas e terceiras palavras, alternadamente, e então aparecia uma série de problemas grotescos sobre um simples combate conforme exercitado nos tempos modernos.

Depois, o Barão me confessou que havia manobrado propositalmente para que duas ou três semanas antes da aventura o tratado chegasse às mãos de Hermann; e ficara satisfeito em perceber, pelo teor geral de sua conversa, que ele o estudara com a mais cuidadosa atenção e acreditava firmemente tratar-se de um trabalho de mérito incomum. Após essa deixa, ele continuou. Hermann teria preferido mil vezes morrer do que reconhecer sua incapacidade em compreender qualquer coisa que algum dia tenha sido escrita neste mundo no tocante a duelos.

O fôlego sumido*

Oh, respirar não etc.
—Thomas Moore, *Melodias*

---

* Título modificado em 1846 para *Loss of breath: A tale neither in nor out of "Blackwood"*. (N.E.)

Mesmo a mais notória adversidade deve, no final, render-se à incansável coragem da filosofia; do mesmo modo que a mais obstinada cidade se submete à perseverante vigilância de um inimigo. De acordo com os escritos sagrados, Salmanezer cercou Samaria durante três anos – e ela foi tomada. Sardanapalo (veja Diodoro) manteve-se sete anos em Nínive – inutilmente, todavia. Troia pereceu no final do segundo censo romano; e Azoto, conforme assegura Aristeu por sua honra de homem, acabou abrindo os portões para Psamético, depois de resistir por vinte anos.

"Sua miserável!... megera!... víbora!", disse eu para minha esposa na manhã seguinte às nossas núpcias. "Sua bruxa!... feiticeira!... mulher insignificante!... poço de iniquidades!" Depois, na ponta dos pés, agarrando-a pela garganta e aproximando minha boca de seu ouvido, eu já me preparava para disparar outra injúria ainda mais ignóbil, que, se pronunciada, certamente seria suficiente para convencê-la de sua insignificância, quando, perplexo e apavorado, descobri-me incapaz de respirar.

As expressões "estou sem fôlego", "perdi o fôlego" etc., são em geral bastante repetidas nas conversas triviais; mas nunca me ocorrera que o terrível incidente a que me refiro pudesse de fato acontecer! Imagine então – se você tiver pendor para a fantasia – a perplexidade, a consternação e o desespero que de mim se apossaram!

Contudo, há um bom espírito que jamais me abandonou por completo. Mesmo nos momentos do mais incontrolável mau humor, eu ainda mantenho certo senso de decoro; a exemplo do que Lord Edouard[†] afirma, em "Julie", *et le chemin des passions me conduit a la philosophie veritable*.

Muito embora eu não tivesse, à primeira vista, conseguido entender a extensão do efeito negativo acarretado pelo evento, não hesitei

---

[†] Na versão de 1840, o nome citado é Rousseau. (N.E.)

em esconder o assunto de minha esposa até que experiências futuras pudessem me revelar a dimensão dessa calamidade sem precedentes. Recompondo imediatamente meu semblante, então inchado e deformado, para exibir uma maliciosa e galanteadora expressão de bondade, dei um tapinha em uma das bochechas da dama e um beijo na outra, saindo apressado sem dizer nada (que raiva, por não poder fazê-lo!) e deixando-a atônita com meu comportamento de palhaço, pois saí do quarto fazendo piruetas em um *pas de Zephyr*.

Experimentei então, resguardado na segurança de meu *boudoir* particular, um assustador exemplo das danosas consequências advindas da irascibilidade – vivo, com os traços característicos da morte; morto, com as inclinações naturais dos vivos; uma anomalia sobre a face da terra; muito calmo e, ainda assim, completamente incapaz de respirar.

Sim, incapaz de respirar! Sou sincero ao afirmar que minha respiração desaparecera por completo. Eu não seria sequer capaz de mover uma pena, caso minha vida estivesse em risco, ou de conspurcar a delicadeza de um espelho. Destino inflexível! Entretanto, ainda havia alguma mitigação para o primeiro avassalador paroxismo de meu infortúnio. Descobri, por meio de experimentação, que os poderes de elocução que, ao me ver incapaz de dar sequência à conversa com minha esposa, eu considerei totalmente perdidos, na verdade estavam apenas parcialmente obstruídos; e percebi que, tivesse eu, no momento daquela intrigante demonstração de desequilíbrio, dado à minha voz um tom gutural – mais grave e profundo –, poderia ter continuado a transmitir a ela meus sentimentos. A voz gutural não depende, conforme percebi, do fluxo da respiração, mas sim de certa ação espasmódica dos músculos da garganta.

Abandonando meu corpo sobre uma cadeira, permaneci algum tempo absorto em pensamentos. Mas minhas reflexões não trouxeram qualquer espécie de consolo. Um sem-número de fantasias vagas e dignas de compaixão tomaram conta de minha alma; e até mesmo o fantasma do suicídio perpassou-me a mente. Contudo, um traço da perversa natureza humana é rejeitar o óbvio e disponível, em favor do mais distante e ambíguo. Por isso, estremeci diante da ideia de suicídio, que me pareceu a mais inquestionável das barbaridades. Enquanto isso, o gato malhado ronronava tenazmente sobre o tapete e o cão de água resfolegava sem parar embaixo da mesa; cada um deles vangloriando-se da força de seus pulmões; tudo, é claro, como forma de escárnio de minha incapacidade pulmonar.

Atormentado por uma inquietação de esperanças e temores indefinidos, finalmente escutei os passos de minha esposa que descia a escada. Certo de sua ausência, retornei, com o coração palpitante, à cena do desastre.

Trancando cuidadosamente a porta pelo lado de dentro, iniciei uma busca diligente. Imaginei que poderia encontrar o objeto perdido de minha investigação escondido em algum recanto escuro ou à espreita em qualquer armário ou gaveta. Ele deveria emanar algum tipo de vapor ou, até mesmo, possuir uma forma tangível. A maioria dos filósofos é ainda bastante antifilosófica no tratamento de diversos aspectos da filosofia. William Godwin, no entanto, diz em seu *Mandeville* que "as coisas invisíveis constituem a única realidade". Todos hão de convir que esse é o caso em questão. Eu espero que meus leitores sensatos façam uma pausa antes de incluir tais afirmações na conta de absurdos desmedidos. Todos devem se lembrar que, para Anaxágoras, a neve tinha coloração preta. Desde então, isso para mim se converteu em verdade.

Com toda determinação, continuei a investigação; porém, a abjeta recompensa de tanto esforço e perseverança revelou-se apenas como um conjunto de dentes falsos, dois pares de ancas, um olho e um punhado de *billets-doux* enviados pelo Senhor Abastado d'Ares para minha esposa. Não posso deixar de neste ponto observar que essa confirmação da simpatia de minha mulher pelo Sr. A. causou-me alguma inquietação. Que a Senhora Karente D'Fôlego pudesse demonstrar admiração por qualquer coisa tão diferente de mim, era uma perversidade natural e inevitável. Como todos bem sabem, sou um indivíduo robusto e corpulento, mas, ao mesmo tempo, um tanto diminuto em estatura. Seria então motivo de surpresa o fato de a excessiva delgadeza de meu conhecido e sua atitude, que se transformou em provérbio, terem encontrado a devida estima nos olhos da

Senhora Karente D'Fôlego? Uma lógica semelhante a essa habilita a verdadeira filosofia a desafiar os infortúnios. Mas... retornemos!

Meus esforços, como já falei antes, mostraram-se completamente infrutíferos. Um armário depois de outro; uma gaveta após a outra; recanto seguido de recanto; tudo foi esquadrinhado à exaustão – nada! Em certo momento, entretanto, considerei certa minha recompensa; pois, vasculhando uma mala, quebrei acidentalmente uma garrafa Óleo dos arcanjos, de Grandjean, que me fez sentir um extraordinário aroma, doce e suave. (Tomo aqui a liberdade de recomendar esse agradável perfume).

Com o coração aflito, retornei para meu *boudoir*, movido pela intenção de refletir acerca de algum método capaz de iludir a sagacidade de minha esposa, até que eu pudesse tomar as necessárias providências para deixar o país – pois isso eu já havia decidido. Na condição de desconhecido, em um local estrangeiro, eu teria provavelmente mais chances de sucesso na tentativa desesperada de esconder o infeliz flagelo que sobre mim se abatera – um flagelo capaz de, ainda mais do que a mendicância, suscitar a rejeição do povo e esmagar o miserável com o peso da merecida indignação dos virtuosos e felizes. Sendo por natureza ativo, como sou, não me delonguei em hesitações. Empenhei-me em relembrar toda a tragédia de "Metamora". Eu tinha a sorte de me recordar que na entonação desse drama ou, pelo menos, nas porções representadas por seus heróis, o tom de voz de que eu então carecia era completamente desnecessário, pois a monotonia do tom gutural, intenso e profundo, reinava absoluta o tempo todo.

Pratiquei durante algum tempo pelas bordas de um pântano bem conhecido – não há aqui, no entanto, nenhuma relação com procedimento semelhante de Demóstenes, mas sim, com um modelo exclusivamente meu. Aparelhado assim em todos os aspectos, tomei a decisão de levar minha esposa a acreditar que eu fora repentinamente feito prisioneiro de uma paixão pelos palcos. Meu êxito foi extraordinário. Consegui com facilidade responder a todas as questões e sugestões com citação de passagens da tragédia pronunciadas com a mais sepulcral e coaxante das vozes. Todos os trechos, como logo me deliciei em observar, aplicavam-se igualmente a qualquer questão mais específica. Não se deve imaginar, no entanto, que na interpretação de tais passagens faltou-me um olhar enviesado, uma exibição de dentes, um jogo de joelhos, um arrastamento de pés, ou qualquer uma das inomináveis graças que são agora consideradas características de um ator popular. Para ser sincero, tais gestos pareciam revelar toda a insegurança que me mantinha preso em uma camisa de força; mas... bom Deus!... jamais deixaram transparecer que me faltava o fôlego.

Depois de finalmente resolver minhas questões, tomei assento certa manhã bem cedo na diligência do correio com destino a ——, dando a entender a meus conhecidos que negócios inadiáveis exigiam minha presença naquela cidade.

O coche estava abarrotado; mas na brumosa luminosidade do alvorecer, não era possível reconhecer as feições de meus companheiros. Sem opor uma efetiva resistência, consenti em me acomodar entre dois cavalheiros de avantajada constituição física; enquanto um terceiro, ainda mais corpulento, desculpando-se pela liberdade, estendeu-se sobre meu corpo e, caindo instantaneamente no sono, transformou meu gutural pedido de socorro em um ronco que faria corar os rugidos de um touro de Fálaris. Felizmente, o estado de minhas faculdades respiratórias evitou a ocorrência de uma sufocação.

No entanto, quando nos aproximamos das imediações da cidade, com o dia já claro, meu torturador levantou-se, recompôs sua camisa de colarinho e agradeceu amistosamente por minha cortesia. Percebendo que eu continuava imóvel, com os membros deslocados e a cabeça torcida para um dos lados, ele se alvoroçou e, despertando os demais passageiros, comunicou-lhes que um homem morto havia se introduzido entre eles durante a noite, fazendo-se passar por um viajante vivo e responsável pelos próprios atos – neste ponto o sujeito deu-me uma pancada sobre o olho direito para demonstrar a veracidade do que estava dizendo.

Logo após, todos os nove que compunham o grupo, um após o outro, acreditaram-se no dever de me puxar pela orelha; e depois de um jovem médico aproximar de minha boca um espelhinho e não identificar qualquer sinal de respiração, a denúncia de meu opressor foi declarada verdadeira e o grupo expressou sua determinação de,

297

no futuro, não aceitar submissamente tais encargos; e, no presente, não levar adiante esse esqueleto.

Tomada a decisão, fui imediatamente jogado para fora. Isso ocorreu no exato momento em que o coche, por acaso, passava pela tabuleta da taberna do "Corvo"; e com exceção dos dois braços fraturados sob a roda esquerda do veículo, nada mais me aconteceu. Devo, além disso, fazer justiça ao condutor e deixar registrado que ele não se esqueceu de atirar para fora, depois de mim, o maior de meus baús, o qual – por obra da má sorte – caiu sobre minha cabeça, fraturando-me o crânio de um modo ao mesmo tempo intrigante e extraordinário.

O proprietário do "Corvo", um homem hospitaleiro, descobrindo que a quantia contida em meu baú bastaria para compensá-lo por qualquer problema que eu viesse a lhe causar, não tardou em chamar um cirurgião conhecido e me entregar a seus cuidados – a amabilidade me custou dez dólares.

O comprador me levou para seus aposentos e iniciou imediatamente as operações. Depois de arrancar minhas orelhas, descobriu sinais de vida. Tocou então a campainha e mandou chamar um boticário vizinho, com quem pudesse se consultar em uma emergência. Todavia, precavendo-se para o caso de suas suspeitas em relação à minha existência se revelarem corretas ele fez, nesse meio-tempo, uma incisão em meu estômago e removeu parte das vísceras para uma dissecção particular.

O boticário concluiu que eu estava de fato morto. Lancei mão de toda minha energia para demonstrar o equívoco de tal ideia, esforçando-me para movimentar e contorcer todo o corpo; pois a operação levada a efeito pelo cirurgião havia me devolvido certo controle sobre minhas ações. No entanto, todo esse estado de agitação foi atribuído à ação de uma nova bateria galvânica com que o farmacêutico – um homem muito bem informado – realizou diversos experimentos curiosos, pelos quais, devido ao fato de eu estar pessoalmente neles envolvido, não pude deixar de sentir profundo interesse. Contudo, a despeito das diversas tentativas de comunicação com meus algozes, a capacidade de falar havia me abandonado tão completamente, a ponto de eu não conseguir sequer abrir a boca – menos ainda responder a algumas teorias engenhosas, embora fantásticas, sobre as quais, em outras circunstâncias, meu minucioso conhecimento das patologias de Hipócrates me teria capacitado a refutar de imediato.

Sem condições de chegar a uma conclusão, os profissionais me colocaram em um sótão à espera de novos exames. A senhora do cirurgião me supriu de ceroulas e meias; e o próprio doutor amarrou minhas mãos e prendeu minha mandíbula com um lenço de bolso. Depois disso, trancaram a porta pelo lado de fora e se apressaram para o jantar, deixando-me sozinho a meditar em meio ao silêncio.

Descobri então, para meu profundo deleite, que seria capaz de falar não estivesse minha boca amarrada com o lenço. Consolando-me com essa ideia, comecei a repetir mentalmente algumas passagens do poema "Omnipresence of the Deity", como costumo fazer antes de me entregar ao sono. Nesse momento, dois gatos de comportamento voraz e desafiador entraram através de um buraco na parede, deram um salto *a la Catalane* e, aterrissando um de cada lado de meu rosto, lançaram-se a uma petulante disputa por meu insignificante nariz.

Porém, da mesma forma que a perda das orelhas valeu ao Mago da Pérsia o trono de Ciro, e a supressão do nariz deu a Zópiro o domínio sobre a Babilônia, assim a perda de alguns fragmentos de meu rosto representou para mim a salvação do corpo. Incitado pela dor e dominado pela indignação, rompi com um supetão as amarras e as bandagens. Rastejando pela sala, lancei um olhar de desprezo aos beligerantes que, tomados por profundo horror e desapontamento, viram-me escancarar a janela e, sem dificuldade, precipitar-me para fora através dela.

O salteador de malotes postais W—, com quem guardo uma semelhança singular, estava nesse instante sendo transferido da prisão da cidade para o cadafalso erguido nos subúrbios, onde seria executado. O grave estado de saúde do homem, devido a uma permanente enfermidade, garantiu-lhe o privilégio de permanecer sem as algemas. Trajando a vestimenta usual dos condenados à forca – bastante semelhante àquela que eu vestia –, ele estava deitado no fundo da carroça do carrasco, sem qualquer outro guarda exceto o condutor – então embalado no sono – e dois outros recrutas da sexta infantaria, já bêbados àquela altura. Quis o acaso que a carroça estivesse parada debaixo da janela do cirurgião no momento de minha fuga.

A má sorte fez-me cair em pé dentro do veículo. W—, que era um sujeito muito esperto, logo percebeu sua oportunidade. Erguendo-se rapidamente, ele saltou pela parte de trás e desapareceu, num piscar de olhos, por uma viela. Os recrutas se sobressaltaram com o movimento, mas não conseguiram compreender o motivo do alvoroço. Entretanto, ao ver ali diante de seus olhos um homem em pé – uma cópia perfeita do condenado –, concluíram que o patife (ou seja, W—) tentava fugir; e, depois de discutir entre si o assunto, tomaram um trago e me abateram com a coronha de seus mosquetes.

O evento ocorreu não muito tempo antes de chegarmos a nosso destino. Sem dúvida alguma, eu não podia dizer nada em minha defesa – a forca era minha sina inevitável. Rendi-me então à resignação, sentindo-me ao mesmo tempo estúpido e acrimonioso. Sendo, como sou, um descrente, eu era invadido por sentimentos iguais aos de um cão. O carrasco ajeitou o laço em torno de meu pescoço; o alçapão se abriu.

Vou me esforçar para fazer uma descrição acurada de minhas sensações no patíbulo, pois só quem já foi enforcado é capaz de escrever sobre esse tema. Qualquer autor deve se limitar aos assuntos sobre os quais tem experiência. Por esse motivo, Marco Antônio escreveu um tratado acerca de embriaguez.

Morrer, certamente não morri. O repentino tranco que meu pescoço sofreu quando o alçapão se abriu serviu apenas para corrigir o efeito da torção provocada pelo cavalheiro na carruagem do serviço postal. Embora meu corpo estivesse suspenso, a respiração não se interrompera, simplesmente porque inexistia – ai de mim! E, com exceção do atrito da corda, da pressão do nó atrás de minha orelha e do rápido afluxo de sangue para o cérebro, ouso dizer que a experiência me causou pouca ou quase nenhuma inconveniência.

Por boas razões, entretanto, fiz o máximo ao meu alcance para retribuir à multidão com um espetáculo digno de ser observado. Espasmos como os meus seria difícil haver iguais. O populacho pedia bis. Diversos cavalheiros desmaiaram e algumas senhoras foram carregadas para casa em uma crise de histeria. Como o grande pintor da "Esfola de Mársias", também meu verdugo não deixou passar a oportunidade de retocar um esboço feito *in loco* e apensar a ele sua assinatura.

A última sensação, no entanto, tornou-se momentaneamente mais dolorosa. Meu coração batia acelerado; as veias das mãos e dos pulsos, cada vez mais entumecidas, pareciam prestes a estourar; minhas têmporas pulsavam violentamente e eu sentia que os olhos começavam a saltar de suas órbitas. Entretanto, quando digo que, a despeito de tudo isso, minhas sensações estavam longe de ser intoleráveis, é possível que ninguém em mim acredite.

Meus ouvidos foram tomados por ruídos que inicialmente se assemelhavam ao badalar de um imenso sino; em seguida, eles se transformaram na batida de milhares de tambores e, por fim, começaram a reproduzir sons parecidos com o murmúrio grave e taciturno do mar. Mas, esses ruídos não me eram, em hipótese alguma, desagradáveis.

Muito embora, também minha mente estivesse dominada por intensa confusão, eu tinha plena consciência desse estado de perturbação – por mais estranho que possa parecer! Eu conseguia, com infalível presteza, identificar em que pontos minhas sensações estavam corretas e em quais deles eu havia perdido o rumo. Era-me possível até mesmo sentir, com surpreendente precisão, a magnitude de meu desvio, sem contudo ter condições de corrigir o rumo de meus sentimentos. Ao mesmo tempo, deixei-me tomar pela extraordinária satisfação de analisar minhas ideias.[‡]

A memória, que entre todas as demais faculdades deveria ter sido a primeira a me abandonar, parecia, muito pelo contrário, dotada de um poder quatro vezes maior. Todos os incidentes de meu passado desfilaram diante de mim como uma sombra. Não havia um ti-

---

[‡] Ouso afirmar que o leitor comum reconhecerá nessas sensações do senhor Karente D'Fôlego muito da absurda metafísica do formidável Schelling.

jolinho sequer no edifício onde nasci, uma única folha na cartilha que folheei quando criança, uma árvore na floresta em que eu caçava quando menino, uma só rua nas cidades que atravessei quando homem, que naquele momento não tivessem aparecido vívidos diante de mim. Eu me sentia capaz de repetir em sua totalidade linhas, passagens, capítulos e mesmo livros de meus primeiros estudos. E ouso dizer que, enquanto a multidão ao redor de mim estava estupefata com aquele espetáculo de medo e horror, eu era ora um semideus em Ésquilo, ora um sapo em Aristófanes.

De repente, um prazer onírico tomou posse de meu espírito, e eu imaginei que estivera consumindo ópio, ou me banqueteando com o haxixe dos antigos assassinos. Entretanto, minha alma ainda revelava capacidade de capturar breves instantes de pura e autêntica razão, durante os quais eu ainda me deixava embalar pela esperança de finalmente conseguir escapar àquela morte que pairava sobre mim como um abutre.

Em decorrência de uma pressão incomum exercida pela corda contra meu rosto, uma parte do capuz se esfacelou e descobri, absolutamente atônito, que eu não havia perdido o poder da visão. Um mar de cabeças se movia como ondas no espaço que me cercava. No auge do deleite, eu os observava com o mais profundo sentimento de comiseração e agradecia, ao olhar para a desvairada multidão, a extrema magnanimidade de minha boa estrela.

Então, refleti – muito depressa, acredito; profundamente, estou certo – sobre os princípios da lei consuetudinária; sobre a legitimidade daquela lei por força da qual fui enforcado; sobre os absurdos da economia política que até agora eu nunca fora capaz de reconhecer; sobre os antigos dogmas aristotélicos atualmente negados, mas, nem por isso, carentes de uma verdade intrínseca; sobre as detestáveis fórmulas escolares de Bourdon, Garnier e Lacroix; sobre os sinônimos empregados por Crabbe; sobre as ilógicas teorias de St. Pierre a respeito da Lua; sobre as falsidades dos romances de Pelham;

sobre as belezas em Vivian Grey (belezas excelsas); sobre a profundidade, a genialidade e todas as coisas em Vivian Grey.

Então, surgiram como uma enxurrada, Coleridge, Kant, Fitche e o panteísmo; depois, na forma de dilúvio, a Academia, Pergola, La Scala, San Carlo, Paul, Albert, Noblet, Ronzi Vestris, Fanny Bias e Taglioni.

Minhas sensações começaram a experimentar uma rápida transformação, e as reflexões que me povoavam a mente perderam a última sombra de coerência. Uma violenta tempestade de ideias – amplas, singulares e comoventes – fustigava-me o espírito como se uma pena distante por ele resvalasse. A confusão, que só fazia aumentar, acabou tomando a forma de um vagalhão. Em curto espaço de tempo, o próprio Schelling estaria satisfeito com minha total perda de identidade. A multidão se converteu em uma massa de mera abstração.

Nesse período, tomei consciência de algo pesado que caiu, causando forte impacto; mas, embora a violenta pancada tenha me abalado todo o esqueleto, eu não percebi que se tratava de meu próprio corpo, e considerei o evento um incidente característico de uma outra existência – uma idiossincrasia de outro Ente.

Depois de já ter proporcionado diversão suficiente, considerou-se apropriado remover meu corpo do cadafalso – mais especificamente porque o verdadeiro culpado havia sido preso outra vez e identificado; um fato sobre o qual não tive a sorte de ter conhecimento.

Passei então a merecer toda a compaixão dos presentes; e como não aparecesse ninguém para reclamar meu corpo, foi dada a ordem para que logo no início da manhã seguinte eu fosse enterrado em uma sepultura pública. Nesse ínterim, permaneci ali, sem qualquer sinal de vida; muito embora desde que a corda foi retirada de meu pescoço – imagino que foi depois disso – uma vaga consciência sobre minha situação afligiu-me a mente como um pesadelo.

Fui colocado em um quarto bastante pequeno e atulhado de móveis; apesar do que me pareceu suficientemente grande para conter todo o universo. Nunca antes sofri, no corpo ou na mente, a metade sequer da agonia que agora aquela ideia me causava. Estranho! Muito estranho, que a mera noção de uma magnitude abstrata – do infinito – fosse acompanhada de tanta dor. Mas assim aconteceu. Pensei comigo, "que enormes diferenças, na vida e na morte, no tempo e na eternidade, hoje e depois, se consolidam em nossas simples sensações!".

O dia ia aos poucos dando lugar para a noite, e eu percebia que tudo se tornava escuridão; no entanto, a mesma ideia terrível ainda me dominava. Ela não estava confinada às fronteiras daquele quarto. Estendia-se, muito embora de forma mais definida, a todos os objetos e também (talvez eu não seja compreendido ao fazer esta afirmação) a todos os sentimentos. Em minha imaginação, a intumescência de meus dedos – gelados, rígidos, pegajosos e agarrados impotentes uns aos outros – conferia a eles as dimensões do gigante Anteu. Todas as partes de meu esqueleto também assumiram essa proporção. As moedas colocadas sobre meus olhos não conseguiram mantê-los efetivamente fechados e pareciam as rodas colossais das carroças de Olímpia, ou a esfera do sol.

Contudo, parece bastante estranho que eu não experimentasse qualquer sensação de peso, ou seja, a ação da gravidade. Ao contrário, incomodava-me a inconveniente impressão de estar flutuando – aquela torturante dificuldade de permanecer embaixo, que é sentida pelos nadadores em águas profundas. Em meio ao tumulto causado pelo medo eu ria – uma confortante risada interior – ao pensar na incongruência que haveria, pudesse eu levantar e andar, entre a elasticidade de meus movimentos e a enormidade de minhas formas.

A noite chegou, e com ela um novo turbilhão de horrores. A consciência do sepultamento iminente começou a assumir novos contornos e nova consistência; no entanto, jamais – por um instante sequer – eu imaginei que não estivesse verdadeiramente morto.

"É esta então", falei mentalmente, "esta escuridão palpável que oprime, que parece sufocar... esta é, de fato, a morte. É ela a morte...

a terrível morte... a venerável. Esta é a morte experimentada por Régulo; e também por Sêneca. Sim... assim também eu permanecerei para sempre... para todo o sempre. A razão é uma tolice, e a filosofia, uma mentira. Ninguém jamais saberá como são minhas sensações, meu horror e meu desespero. Contudo, os homens ainda continuarão, obstinadamente, refletindo, filosofando e se fazendo tolos. Acredito que não há vida futura, apenas esta. Esta, somente esta... a única eternidade! E que eternidade! Oh, Príncipe dos demônios!... permanecer neste vasto e horripilante vazio... uma anomalia vaga, hedionda e desprovida de sentido... imóvel, mas ansiando por movimento... impotente, mas desejando poder... sempre, para todo o sempre!"

Mas finalmente raiou a manhã; e esse enevoado e tenebroso alvorecer trouxe consigo, envolta em horror, toda a parafernália de um sepultamento. Só então percebi, de forma total e absoluta, a assustadora fatalidade que pairava sobre mim. Os fantasmas desapareceram junto com as sombras da noite e o terror verdadeiro da tumba que à minha frente se escancarava, não deixou espaço para o terror imaginário das especulações fantasiosas do transcendentalismo.

Já mencionei anteriormente que meus olhos estavam apenas parcialmente fechados; mas como eu não tinha condições de fazer com eles qualquer movimento, apenas aqueles objetos que cruzavam meu estreito campo de visão podiam ser compreendidos. Contudo, figuras espectrais e furtivas atravessavam continuamente essa linha, como os fantasmas de Banquo. Eles se apressavam nos preparativos para meu sepultamento. O primeiro a chegar foi o ataúde, que colocaram placidamente ao meu lado. Em seguida, foi a vez do agente funerário, que chegou junto com seus auxiliares, trazendo uma chave de parafuso. Depois, um homem robusto que consegui ver com nitidez. Ele segurou-me os pés, enquanto outro, cuja presença eu podia apenas sentir, levantou-me pela cabeça e pelos ombros. Juntos, eles me colocaram dentro do caixão e, cobrindo-me o rosto com a mortalha, começaram a prender a tampa. Devido à falta de cuidado do cangalheiro ao apertar os parafusos, um deles saiu de sua trilha e penetrou com toda força em meu ombro. Um forte estremecimento me percorreu o esqueleto. Pensei então – com muito horror, com uma profunda dor no coração – que, tivesse uma manifestação de vida semelhante a essa ocorrido um minuto mais cedo, minha inumação poderia ter sido evitada! Mas... ai de mim! Agora já era tarde demais; e a esperança se desvaneceu dentro de meu peito, quando senti os homens me carregando sobre os ombros, descendo a escadaria e me colocando na carreta fúnebre.

Durante o breve trajeto até o cemitério, minhas sensações, até então letárgicas e estólidas, assumiram de repente uma vivacidade intensa e anormal, cuja explicação está além de minha capacidade. Eu conseguia ouvir nitidamente o farfalhar das plumas, os cochichos dos auxiliares e a respiração solene dos cavalos da morte. Confinado naquele abraço rígido e estreito, eu podia sentir os movimentos mais lentos ou mais acelerados da procissão, bem como a inquietude do condutor e as curvas da estrada, à medida que nos jogavam ora para direita, ora para a esquerda. Eu conseguia distinguir o aroma forte e penetrante dos parafusos de aço; podia ver a textura da mortalha estendida sobre minha face; e estava até mesmo consciente da rápida alternância entre luz e sombras, que a oscilação das cortinas de zibelina, de um lado a outro, provocava dentro do veículo.

Em pouco tempo, no entanto, chegamos a nosso destino – e me senti depositado na cova. A entrada foi fechada; eles partiram; e eu fiquei ali sozinho. Lembrei-me então de um fragmento da peça *Malcontent*, de Marston, "A morte é uma boa companheira, e mantém aberta sua casa". Naquele momento, essas linhas me pareceram uma verdade inquestionável. Com tristeza, eu ali jazia, carne viva entre os mortos – Anacársis sepultado em Cita.

Aquilo que escutei no início da manhã, levou-me a acreditar que eram muito raras as ocasiões em que se usava a cripta funerária. Isso significava que, possivelmente, diversos meses se passariam antes que as portas da tumba fossem outra vez destrancadas; e nesse caso, conseguisse eu sobreviver até lá, que outros meios, além dos que ali estavam, eu teria para me fazer notar ou, talvez, escapar do caixão? Acabei, portanto, resignando-me tranquilamente a esse destino e, depois de muitas horas, caí em um sono profundo como a morte.

Não sei dizer quanto tempo permaneci nesse estado. Quando acordei, meus membros já não mais estavam paralisados pela imobilidade da morte; eu havia recuperado a capacidade de me movimentar. Uma leve pressão foi suficiente para abrir a tampa de minha prisão; pois a umidade da atmosfera provocara o apodrecimento da madeira em volta dos parafusos.

Percebi, então, a debilidade e a incerteza de meus passos enquanto eu tateava ao redor de minha morada; e senti todo o tormento da fome, misturado à agonia de uma sede insuportável. Contudo, à medida que passava o tempo, surpreendi-me com a pouca inquietação que esses flagelos da terra ocasionavam, se comparados à terrível presença do diabólico Tédio. E ainda mais surpreendentes foram os recursos por meio dos quais me entreguei à tarefa de afastá-lo de mim.

O sepulcro era amplo e subdividido em diversos compartimentos. Ocupei-me então do exame das peculiaridades da construção. Calculei o comprimento e a largura de minha morada. Contei e recontei o número de pedras da alvenaria. Esses, porém, não foram os únicos métodos de que lancei mão para aliviar o tédio das horas lá passadas. Tateando entre os inúmeros caixões arranjados ao redor, retirei e coloquei no chão, um por um; e depois de abrir a tampa, entreguei-me a especulações acerca da mortalidade ali contida.

Tropeçando em um cadáver – intumescido e empolado –, refleti comigo mesmo, "não há dúvidas de que este foi, na verdadeira acepção da palavra, um infeliz, um desafortunado. O destino terrível tornou-o incapaz de andar, restando-lhe apenas bambolear; ele passou pela vida como um elefante, e não um ser humano; como um rinoceronte, não um homem.

"Suas tentativas de andar para a frente fracassaram; e seus movimentos em círculo, foram um malogro inquestionável. Para andar um passo à frente, ele dava dois para a direita e três na direção da esquerda. Seus estudos ficaram restritos à poesia de Crabbe. Esse homem jamais pôde experimentar as maravilhas de uma pirueta e, para ele, um *pas de papillon* não passava de mera concepção abstrata. Subir ao cume de uma colina era algo totalmente alheio a suas possibilidades. Ele jamais contemplou do alto de um campanário as glórias de uma metrópole. O calor era seu inimigo mortal, fazendo-o sofrer como um cão nos dias mais quentes do verão. Ele sonhava então com chamas e sufocação, com montanhas sobre montanhas, o monte Pelion sobre o Ossa. Não tinha fôlego, ou seja, não conseguia respirar. Tocar instrumentos de sopro era uma atividade incompatível com sua realidade. Foi este homem quem inventou as ventarolas, os veleiros e os ventiladores. Ele patrocinou Du Pont, o fabricante de foles; e morreu miseravelmente tentando fumar um charuto. Seu caso despertou em mim intenso interesse – um destino pelo qual alimento sincera compaixão."

"Mas aqui...", disse eu, e arranquei contrariado de seu receptáculo uma forma esquelética, alta, de aspecto estranho, cuja aparência extraordinária causou-me uma desagradável sensação de familiaridade. "Eis aqui um miserável que não merece a comiseração terrena". Procurando então obter uma visão melhor daquele espécime, puxei-o pelo nariz com o polegar e o indicador e, mantendo-o sentado a certa distância de mim, continuei meu solilóquio.

Repeti comigo, "Um miserável que não merece a comiseração terrena. Quem na verdade pensaria em ter compaixão de uma sombra? Além do mais, já não coube a ele uma parcela substancial na bem-aventurança da morte? Foi ele o criador dos monumentos muito altos; das torres; dos para-raios; dos álamos da Lombardia. Seu tratado sobre 'Vultos e sombras' o imortalizou. Ele foi muito cedo para a escola e estudou pneumática. Retornou então para casa e se dedicou à trompa francesa. Patrocinou as gaitas de foles. O Capitão Barclay, que andava contra o tempo, não andaria contra ele. Windham e Allbreath eram seus escritores favoritos. Ele morreu gloriosamente enquanto inalava um gás; *levique flatu corrumpitur*, do mesmo modo que *fama pudicitia* em Hieronymus.[§] Ele foi indubitavelmente um..."

---

§ *Tenera res in feminis fama pudicitiae et quasi flos pulcherrimus, cito ad levem marcessit auram, levique flatu corrumpitur – maxime, etc.* — Hieronymus ad Salvinam.

"Quem lhe deu esse direito? Quem... quem?", interrompeu ofegante o objeto de minha crítica, rasgando, em um esforço desesperado, a bandagem que lhe amarrava as mandíbulas. "Quem lhe deu esse direito, senhor Karente D'Fôlego, de ser tão cruel a ponto de me puxar pelo nariz daquela maneira? O senhor não vê como eles amarraram minha boca? E o senhor deve saber – se é que sabe alguma coisa – quanto ar eu tenho para desprender! Porém, se não souber, sente-se e lhe mostrarei. Para alguém na minha condição, é mesmo um grande alívio poder abrir a boca; poder falar e me comunicar com uma pessoa como o senhor, que não se considera autorizado a interromper a todo momento a linha de raciocínio do discurso de um cavalheiro. Interrupções são extremamente desagradáveis e, sem a menor sombra de dúvida, devem ser abolidas; o senhor concorda comigo? Não responda... eu lhe peço. Basta que uma pessoa fale a cada vez. Logo concluirei, e então o senhor poderá se manifestar. Com que diabos o senhor veio parar neste lugar? Não fale ainda, eu lhe suplico. Estou aqui já há algum tempo... um terrível acidente! Provavelmente o senhor deve ter ouvido falar... calamidade pavorosa! Andando embaixo de sua janela... não faz muito tempo... naquela época o teatro o fascinava... um evento horroroso! Já ouviu falar sobre tomar o fôlego, não é verdade? Não fale nada! Pois, tomei o de outra pessoa... sempre tive muito! Encontrei o Tagarela na esquina. Ele falava sem parar; não me daria chance de uma palavra sequer. Então... contágio com epilepsia. O Tagarela conseguiu escapar... danem-se os miseráveis! Eles me tomaram por morto... e aqui estou eu. Bela coisa, todos eles! Ouvi tudo o que disse sobre mim... deslavadas mentiras... horrível!... extraordinário!... ultrajante!... incompreensível!... *et cetera, et cetera, et cetera*."

Ninguém seria capaz de imaginar minha perplexidade diante de um discurso tão inesperado; ou a alegria extraordinária que foi de mim se apossando enquanto eu aos poucos compreendia que o fôlego tão afortunadamente apanhado pelo cavalheiro – em quem logo reconheci meu vizinho, o senhor Abastado d'Ares – era na verdade a própria expiração perdida por mim quando da discussão com minha esposa. O momento, o local e as fortuitas circunstâncias não deixavam margem para dúvidas. No entanto, não relaxei a pressão sobre o nariz do Sr. A. – pelo menos durante o longo período no qual o inventor dos álamos da Lombardia continuou a me privilegiar com suas explanações.

Nesse aspecto, falou mais alto a habitual precaução que sempre foi uma característica minha. Considerei que existiam ainda muitas dificuldades em meu caminho e, para superá-las, seria necessário um esforço bastante grande. Penso que muitas pessoas são propensas a valorizar os artigos em sua posse, embora estes careçam de valor para o então proprietário ou propiciem problemas e aflição na mesma proporção das possíveis vantagens que outras pessoas usufruam ao tê-los ou essas próprias, ao deles abrirem mão. Não seria esse o caso no tocante ao senhor Abastado d'Ares? Ao demonstrar inquietação quanto ao fôlego do qual no presente instante ele desejava tão ansiosamente se livrar, não deveria eu estar aberto às exigências de sua avareza? Perturbou-me então o amargo pensamento de que há neste mundo muitos canalhas inescrupulosos que não perderiam qualquer oportunidade, por mais injusta, de levar vantagens – mesmo contra um vizinho de porta. E lembrei-me de uma observação de Epiteto, segundo quem, é exatamente naqueles momentos em que os homens estão mais desejosos de se livrar do peso das próprias desgraças, que eles se sentem menos desejosos de aliviar o dos outros.

Perdido em considerações semelhantes a essas, e ainda mantendo o Sr. A. preso pelo nariz, julguei conveniente dar uma resposta.

"Monstro!", desandei a falar em tom de profunda indignação, "seu monstro!... idiota com dois fôlegos! Por acaso pretendia o senhor, a quem, por suas iniquidades, os céus se exultaram em amaldiçoar com duplo fôlego, dirigir-se a mim com a linguagem familiar de um velho conhecido? Eu barganho... pois não!... e 'furto-me a falar'... pode estar certo!. Que bela conversa para um cavalheiro que só possui um fôlego! E tudo isso quando sou eu quem tem o poder de aliviar a desgraça que, tão merecidamente, o aflige; de suprimir o excesso de sua respiração infeliz."

Como Brutus, interrompi minha fala, dando espaço para uma resposta. E o senhor Abastado d'Ares disparou imediatamente feito um tornado, na tentativa de me subjugar. Protestos seguidos de protestos; desculpas e mais desculpas. Não havia condições que ele não se propusesse a cumprir; e eu não deixei passar a menor oportunidade de aproveitar ao máximo todas elas.

Feitas finalmente as tratativas iniciais, meu conhecido entregou-me a respiração, pela qual, depois de proceder às devidas verificações, eu lhe passei às mãos um recibo.

Estou certo de que muitas pessoas poderão condenar a mim, pelo fato de eu me referir de maneira tão superficial a uma transação com tal grau de intangibilidade. Provavelmente, pensarão que eu deveria descer a um nível de profundidade que permitisse esclarecer as minúcias de um evento por meio do qual – e tudo isso é a mais pura verdade – muita luz poderia ser lançada sobre um ramo extremamente interessante da filosofia da física.

Infelizmente, não posso responder a essas questões. Uma simples sugestão é a única resposta que me sinto autorizado a dar. Houve alguns incidentes; mas, pensando bem, considero mais sensato dizer o mínimo possível acerca de um caso tão delicado – delicado demais; e que, ao mesmo tempo, envolve os interesses de uma terceira pessoa, de cujo ressentimento eu não tenho neste momento a menor intenção de me colocar como alvo.

Não nos demoramos, depois desse necessário acordo, a fugir das masmorras do sepulcro. A força conjunta de nossas vozes ressuscitadas logo revelou sua eficiência. Scissors, editor do Whig, republicou um tratado sobre "a natureza e a origem dos ruídos subterrâneos". Seguiram-se, nas colunas da Gazette, resposta, réplica, refutação e justificativa. Contudo, só depois da abertura da sepultura, a dúvida foi dirimida – a aparência do senhor Abastado d'Ares, bem como a minha, era uma prova inquestionável de que ambas as partes estavam decididamente erradas.

Não posso finalizar esses detalhes a respeito de algumas passagens bastante singulares de uma vida sempre memorável, sem trazer outra vez à atenção do leitor os méritos dessa promíscua filosofia que é uma proteção certa e ao alcance das mãos, contra aquelas manifestações de desgraça que não podem ser vistas nem sentidas, tampouco plenamente compreendidas. Foi dentro do espírito dessa sabedoria que, entre os antigos hebreus, alimentou-se a crença de que os portões do céu inevitavelmente se abririam para todos os pecadores, assim como também aos santos, que, dotados de um pulmão eficaz e absoluta confiança, fossem capazes de bradar a palavra "Amém!". Foi por meio do espírito dessa sabedoria que, quando uma terrível peste se abateu sobre Atenas e todos os meios se mostraram ineficazes em dizimá-la, Epimênides – de acordo com relato de Laércio em seu segundo livro sobre a vida daquele filósofo – aconselhou a construção de um santuário e um templo "para o Deus apropriado".

Metzengerstein

Pestis eram vivus – moriens tua mors ero.
—Martinho Lutero

Desde sempre, o horror e a fatalidade estiveram à espreita. Por que então eu deveria dar uma data para esta história que vou contar? Basta-me dizer que em todos os períodos aos quais me refiro prevaleceu no interior da Hungria uma crença secreta fundamentada nas doutrinas da Metempsicose. Sobre as doutrinas propriamente ditas, ou seja, sobre seu caráter de falsidade ou probabilidade, não direi coisa alguma. Afirmo, no entanto, que boa dose de nossa incredulidade – como diz La Bruyére acerca de toda a nossa infelicidade – *"vient de ne puvoir etre seuls"**.

Havia, contudo, alguns aspectos da superstição dos húngaros que beiravam as raias do absurdo. Eles – o povo da Hungria – discordavam essencialmente das autoridades orientais. Por exemplo, *A alma*, de acordo com definição de um parisiense muito perspicaz e inteligente, *"ne demeure qu'un seul fois dans un corps sensible: au reste – um cheval, un chien, un homme même, n'est que la ressemblance peu tangible de ces animaux"*.

As famílias Berlifitzing e Metzengerstein viveram durante séculos em clima de desacordo. Nunca antes duas famílias tão ilustres alimentaram uma hostilidade mútua tão mortal. De fato, na ocasião em que se passa esta história, foi profetizado por uma anciã de aparência encovada e sinistra que "seria mais fácil o fogo e a água se misturarem do que um Berlifitzing apertar as mãos de um Metzengerstein". A origem dessa inimizade pode ser encontrada nas palavras de uma antiga profecia – "um nome eminente sofrerá uma terrível derrocada quando, a exemplo do cavaleiro sobre seu cavalo, a mortalidade dos Metzengerstein triunfar sobre a imortalidade dos Berlifitzing".

Com toda certeza, meras palavras têm pouco ou nenhum significado. No entanto, causas mais corriqueiras engendraram – não muito tempo atrás – consequências igualmente memoráveis. Além de

---

* Mercier, em *L'an deux mille quatre cents quarante* (O ano 2440), defende seriamente as doutrinas da Metempsicose, e I. D'sraeli diz que "nenhum sistema é tão simples e tão pouco repugnante à compreensão". Coronel Ethan Allen, o "Green Mountain Boy" (o garoto da montanha verde) foi também, segundo dizem, um sério metempsicosista.

315

tudo, as propriedades, que eram contíguas, havia muito rivalizavam com os assuntos de um governo bastante atarefado. De mais a mais, vizinhos raramente são amigos; e é provável que os habitantes do Castelo de Berlifitzing olhassem de suas imponentes muralhas para dentro das janelas do Palácio Metzengerstein. E a magnificência mais do que feudal assim descoberta conseguia apaziguar a irritação dos mais jovens e menos abastados Berlifitzing. Assim sendo, que surpresa poderia haver no fato de as palavras daquela profecia, embora tolas, terem conseguido estabelecer e perpetuar o desacordo entre duas famílias já predispostas, por uma inveja hereditária, a se envolverem em disputas? A profecia parecia indicar – fosse ela considerada indicação de alguma coisa – um triunfo final da casa já detentora de maior poder; e, sem dúvida, era lembrada com a mais encarniçada animosidade por parte da mais fraca e menos influente.

Wilhelm, Conde de Berlifitzing, muito embora pertencente a uma linhagem honorável e pomposa, era, na época em que se passa esta narrativa, um velho enfermo e caduco, notável por nada menos do que uma desmedida e inveterada antipatia pessoal pela família de seu rival; e tão apaixonado por cavalos e caçadas que nem mesmo a enfermidade do corpo, a idade avançada ou a incapacidade mental o impediam de participar diariamente dos perigos da caça.

Por outro lado, Frederick, Barão de Metzengerstein, desfrutava ainda de certa juventude. Seu pai, o Ministro G—, morreu muito jovem, e sua mãe, Lady Mary, também veio a falecer não muito tempo depois da morte do marido. Frederick tinha quinze anos naquele tempo. Em uma cidade, quinze anos é um período curto – uma criança pode ainda ser uma criança em seu terceiro quinquênio de vida. Mas na inóspita natureza, uma tão magnífica extensão de terra como daquele antigo principado, quinze anos guardam um significado bem mais profundo.

A bela Lady Mary! Como poderia ela morrer? – ainda mais de tuberculose! Mas esse é o fim que peço em minhas preces. Desejo que todos aqueles a quem amo possam perecer dessa amena enfermidade. Que glória, poder partir no apogeu da juventude! O coração apaixonado... a imaginação em chamas... envolto em lembranças de dias mais felizes... e dormir o sono eterno em meio à beleza radiosa das folhas do outono!

Assim morreu Lady Mary. O jovem Barão Frederick ficou ali, sem um único parente vivo, ao lado do caixão da mãe. Ele colocou as mãos sobre a fronte plácida da mulher, e nenhum estremecimento percorreu o corpo delicado do jovem, nenhum suspiro emanou de seu peito pétreo. Cruel, obstinado e impetuoso desde a infância, ele atingira aquela idade de que falei, depois de percorrer um caminho de insensibilidade, devassidão e incauta dissipação; e assim, estabeleceu-se uma barreira contra todos os pensamentos excelsos e as recordações afáveis.

Devido a certas circunstâncias especiais no tocante à administração levada a efeito pelo pai, quando do falecimento deste o jovem Barão assumiu imediatamente a posse de todos os bens. Em raras ocasiões antes disso, um nobre húngaro deteve propriedades como essas. Havia um sem-número de castelos, entre os quais o mais magnífico em termos de suntuosidade e extensão era o "Palácio Metzengerstein". As fronteiras de seus domínios nunca foram claramente estabelecidas, mas o parque principal cobria uma circunferência com cerca de oitenta quilômetros.

Quando da transmissão dos direitos sobre uma fortuna tão inigualável a um descendente tão jovem e dono daquele tipo de caráter conhecido de todos, não se imaginava a possibilidade de moderação em sua conduta. E, na verdade, durante um período de três dias, o comportamento do herdeiro excedeu em muito o do próprio Herodes e ultrapassou bastante as expectativas de seus mais entusiastas admiradores. Vergonhosas libertinagens, flagrantes traições e atrocidades sem precedentes levaram seus amedrontados vassalos a compreender rapidamente a inutilidade de atitudes pautadas pela submissão servil ou um zelo meticuloso para protegê-los contra os implacáveis e sangrentos ataques de um Calígula mesquinho. Na noite do quarto dia, os estábulos do Castelo Berlifitzing foram encontrados em chamas, e o crime foi imediata e unanimemente computado pelos vizinhos na conta da já imensa relação de hediondos delitos e ultrajantes maldades do Barão.

Entretanto, enquanto não se conseguia conter o tumulto ocasionado pelo sinistro, o jovem nobre permanecia sentado, aparentemente entregue à meditação, em um imenso e desolador aposento do Palácio Metzengerstein. As ricas e desbotadas tapeçarias que pendiam das paredes, conferindo ao ambiente um ar de melancolia, representavam as formas sombrias e majestosas de milhares de ancestrais ilustres. *Aqui*, sacerdotes e dignidades pontifícias em suntuosos arminhos, postados intimamente ao lado de autocratas e soberanos, criavam embaraços aos desejos de um rei secular – ou restringiam, com um decreto do papa supremo, a imperial autoridade insubordinada do Arqui-inimigo. *Lá*, o porte sombrio e imponente dos monarcas Metzengerstein, com os poderosos corcéis de guerra precipitando-se sobre a carcaça de inimigos derrotados, fazia tremer os nervos mais inabaláveis com sua vigorosa expressão; e *aqui*, novamente, as voluptuosas e presunçosas figuras de damas de tempos passados planavam em meio à confusão de uma dança irreal, acompanhando o toque de uma melodia imaginária.

Contudo, enquanto o Barão escutava, ou fingia escutar, o crescente alvoroço nos estábulos dos Berlifitzing – ou talvez engendrasse algum novo e mais decisivo ato de audácia –, seus olhos se fixaram involuntariamente na figura de um enorme cavalo de coloração incomum, que segundo a representação vista em uma das tapeçarias pertencia a um ancestral sarraceno da família de seu rival. O cavalo aparecia imóvel no primeiro plano do desenho, enquanto seu desconcertado cavaleiro perecia sob a adaga de um Metzengerstein.

Quando tomou consciência da direção para a qual seu olhar instintivamente se deslocara, os lábios de Frederick exibiram uma expressão diabólica. Ele não desviou os olhos; pelo contrário, foi tomado por uma avassaladora inquietação que lhe fugia ao controle e parecia envolver seus sentidos em uma mortalha. Foi necessário um grande esforço para que ele conseguisse conciliar esses sentimentos nebulosos e incoerentes com a certeza de estar acordado. Quanto mais fixava os olhos na figura, mais o feitiço o dominava, causando-lhe uma sensação de total incapacidade para se livrar do fascínio exercido por aquela tapeçaria. Entretanto, com a repentina exacerbação do tumulto no lado de fora ele conseguiu, num esforço desesperado, desviar a atenção para o intenso brilho avermelhado que a estrebaria em chamas projetava sobre as janelas do aposento.

O deslocamento, no entanto, foi apenas momentâneo e, sem perceber, Frederick voltou outra vez os olhos para a parede. Nesse momento, qual não foi seu espanto ao observar horrorizado que naquele breve interlúdio a cabeça do gigantesco corcel havia assumido outra posição. O pescoço do animal, antes curvado sobre o corpo de seu senhor, em um simulado gesto de compaixão, estava agora totalmente estendido na direção do Barão. Os olhos, antes fora do alcance da vista de quem olhava a figura, exibiam agora uma expressão humana cheia de vida e, ao mesmo tempo, um brilho vermelho ardente e invulgar – e os lábios distendidos do cavalo, aparentemente enraivecido, deixavam à mostra seus dentes descomunais e repugnantes.

Estupefato de horror, o jovem nobre caminhou vacilante até a porta. Quando a abriu, um raio de luz vermelha atravessou o quarto, projetando-lhe a sombra, com contornos bem nítidos, contra a tremulante tapeçaria; e ele, apoiando-se cambaleante na soleira, estremeceu ao perceber que a sombra se instalara na posição exata e dentro da silhueta precisa do implacável e triunfante assassino do sarraceno Berlifitzing.

Buscando aliviar o abatimento que lhe tomou conta do espírito, o Barão correu para fora. No principal portão do palácio, encontrou três cavalariços que, a despeito de um perigo iminente, lutavam com muita dificuldade para conter os estranhos e violentos saltos de um colossal e feroz cavalo cor de fogo.

"A quem pertence o cavalo? De onde o trazem?" perguntou o jovem em um tom de voz rude e impertinente ao perceber de repente que o misterioso corcel representado na tapeçaria do quarto guardava total semelhança com aquele animal ali à sua frente.

"Ele lhe pertence, senhor", respondeu um dos cavalariços. "Pelo menos não foi reivindicado por nenhum outro dono. Nós o capturamos quando fugia da estrebaria em chamas do Castelo de Berlifitzing, chamuscado e espumando de raiva. Imaginando-o um animal desgarrado do plantel de cavalos exóticos pertencentes ao velho Conde, nós o levamos de volta. Mas os estribeiros de lá rejeitaram a posse da criatura – o que é bastante estranho, já que ele exibe sinais evidentes de uma difícil fuga das chamas."

"Além disso, na testa do corcel estão nitidamente gravadas as letras W. V. B.", interrompeu um segundo cavalariço. "Pareceu-me não haver dúvidas de que se tratava das iniciais de Wilhelm von Berlifitzing; mas todos no castelo são unânimes em afirmar que não conhecem o cavalo."

"Extremamente singular!", exclamou o Barão perdido em suas reflexões e, ao que tudo indica, ignorando o significado de suas palavras. "Ele é, como vocês dizem, um animal extraordinário; um cavalo prodigioso! Mas, apesar de sua advertência quanto ao caráter intratável e suspeito do animal, peço que o deixem comigo", acrescentou o Barão depois de uma pausa. "Quem sabe um cavaleiro como Frederick de Metzengerstein tenha condições de domar até mesmo um demônio dos estábulos de Berlifitzing."

"O senhor está enganado, milorde. Acredito termos mencionado claramente que o cavalo *não* pertence aos estábulos do Conde. Fosse esse o caso, temos perfeita consciência de nosso dever e não o traríamos à presença de um nobre de sua família."

"É verdade!", observou o Barão friamente. E nesse instante, um pajem do quarto de dormir saiu exaltado do palácio e se aproximou com passos apressados. Ele segredou no ouvido de seu senhor um relato do repentino e miraculoso desaparecimento de uma porção da tapeçaria existente em determinado aposento; e não se furtou a descrever detalhes minuciosos do ocorrido. Apesar da voz sussurrada em que esses pormenores foram narrados, nada escapou à excitada curiosidade dos cavalariços.

Enquanto o pajem falava, o jovem Frederick parecia agitado por uma infinidade de emoções. Mas ele logo recobrou a serenidade e, com uma expressão de implacável perversidade estampada no semblante, determinou de forma peremptória que certo aposento deveria ser imediatamente trancado e as chaves colocadas em seu poder.

"O senhor ouviu falar da desditosa morte do velho caçador Berlifitzing?", perguntou um dos vassalos ao Barão, quando, depois da saída do pajem, o enorme e misterioso corcel que aquele nobre havia adotado, começou a saltar e empinar, com fúria redobrada, ao longo da extensa alameda que se estendia do palácio até os estábulos de Metzengerstein.

"Não!", respondeu o Barão voltando-se abruptamente na direção do orador. "Morte! Foi isso que você disse?"

"É verdade, milorde – e para um nobre de sua linhagem, imagino que tal informação não seja indesejada."

Um sorriso fugaz, que escondia um significado singular, mas não inteligível, brilhou no belo rosto do ouvinte. "De que modo ele morreu?"

"Em um esforço imprudente para salvar os espécimes favoritos de sua criação de corcéis de caça, ele acabou devorado pelas chamas."

"Ver-da-a-a-de-e!" exclamou o Barão, como se gradativamente percebesse o significado de uma ideia muito excitante.

"Verdade!" repetiu o vassalo.

"Chocante!" disse o jovem calmamente, retornando em silêncio para o palácio.

Desse dia em diante, o comportamento manifesto do dissoluto Barão Frederick von Metzengerstein sofreu uma transformação marcante. Na verdade, sua conduta contrariava todas as expectativas e se mostrava incompatível com a visão de muitas mamães ardilosas – ao mesmo tempo em que nos hábitos e nas maneiras ele exibia, cada vez menos, alguma coisa aceitável segundo os padrões da vizinha aristocracia. O jovem nunca passava além dos limites de seus domínios e, no vasto mundo da sociedade, vivia sempre sozinho – salvo se aquele sinistro e impetuoso cavalo cor de fogo que ele cavalgava constantemente fizesse jus, por alguma razão inexplicável, ao título de amigo.

A despeito de seu comportamento, ainda continuaram a chegar periodicamente inúmeros convites da parte dos vizinhos. "Caro Barão, ficaríamos muito honrados em poder contar com sua presença em nosso evento festivo!" "Gostaria o Barão de se unir a nós em uma caçada ao javali?" No entanto, a resposta era sempre arrogante e lacônica: "Um Metzengerstein não caça" ou "Metzengerstein não comparecerá".

Uma nobreza soberba jamais toleraria esses insultos reiterados e, assim sendo, os convites tornaram-se cada vez menos cordiais e menos frequentes, até cessar definitivamente. Propalou-se, inclusive, um comentário, atribuído à viúva do desafortunado Conde Berlifitzing, segundo o qual "o Barão devia ficar em casa quando assim não o queria, já que desprezava a companhia de seus pares; e devia cavalgar quando não desejava cavalgar, já que preferia a companhia de um cavalo". Isso não passou, na verdade, de uma tola explosão de animosidade com raízes na herança genética; e serviu apenas para provar a completa falta de sentido de nossas palavras, quando pretendemos ser invulgarmente enérgicos.

Os mais benevolentes, não obstante, atribuíam a transformação na conduta do jovem nobre à dor natural de um filho pelo prematuro passamento de seus pais; mas se esqueciam do comportamento abominável e incauto do rapaz durante o breve período imediatamente ulterior ao luto. Havia aqueles que diziam identificar nele um excesso de empáfia e amor-próprio. Outros, entre os quais se inclui o médico da família, não hesitavam em creditar essa conduta a uma melancolia mórbida e à saúde precária geneticamente herdada. Mas a maioria reconhecia indícios sombrios de natureza questionável.

Na verdade, o injustificado apego do Barão a seu corcel recém-adquirido – um apego que parecia se tornar mais intenso a cada nova exibição da índole feroz e demoníaca do animal – acabou adquirindo, aos olhos de todos os homens sensatos, a conotação de uma paixão repugnante e anormal. Na claridade do meio-dia, ao alvorecer, na doença ou na saúde, na calmaria ou na tempestade, à luz da lua ou debaixo das sombras, o jovem Metzengerstein estava eternamente preso à sela daquele cavalo gigantesco, cuja ousadia incontrolável era condizente com o espírito do dono.

Houve, além do mais, situações que, conjugadas aos eventos recentes, conferiram um caráter pressagioso e sobrenatural à compulsão do cavaleiro e às aptidões do corcel. A distância alcançada em um único salto foi medida com precisão e descobriu-se que superava por uma diferença assombrosa a mais exagerada expectativa do mais visionário dos mortais. De mais a mais, muito embora todos os exemplares da extensa coleção de corcéis do Barão fossem individualizados por um nome, o colossal cavalo cor de sangue não recebera uma denominação. Sua estrebaria ficava distante das demais e só o próprio dono se aventurava a nela entrar; além do que, só ele assumia todas as tarefas relativas ao cuidado do animal, tarefas normalmente realizadas por um cavalariço. Outra observação importante diz respeito ao fato de que, apesar de os três homens que capturaram o cavalo quando este fugiu da conflagração nos estábulos dos Berlifitzing, terem conseguido dominá-lo por meio de rédeas e laço, nenhum deles podia afirmar com certeza que durante aquela perigosa luta ou em qualquer instante posterior havia de fato colocado as mãos no corpo do animal. Não se deve supor que uma demonstração de rara inteligência no comportamento de um corcel nobre e intrépido tenha condições de despertar uma atenção desproposita, em especial entre homens que, treinados diariamente para o ofício da captura, estejam bem familiarizados com a astúcia de um cavalo. Contudo, ocorreram determinados fatos cujo impacto abalou até mesmo os mais céticos e fleumáticos; e, segundo comentários, houve ocasiões nas quais o animal levou a multidão embasbacada, que se postava ao redor, a recuar muda de pavor diante do terrível golpe de suas patas, momentos estes em que o jovem Metzengerstein retrocedeu apavorado diante da desvairada expressão estampada naqueles olhos que mais pareciam os olhos de um homem.

Ninguém, entretanto, dentre aqueles que acompanhavam o Barão, duvidava da extraordinária e impetuosa afeição do jovem nobre pelas fogosas qualidades de seu cavalo – ninguém, exceto um pajem insignificante e desfigurado, cujas deformidades se interpunham no caminho de todos e cujas opiniões não tinham a menor importância. Esse pajem – se é que suas ideias mereçam qualquer menção – teve a insolência de afirmar que seu senhor jamais montou sobre a sela sem ser abalado por um inexplicável e quase imperceptível estremecimento, e que, ao retornar de todas as longas e habituais cavalgadas, uma expressão de triunfante perversidade contraía todos os músculos de sua face.

Em certa noite de tempestade, ao despertar de um pesado e opressivo torpor, Metzengerstein levantou-se da cama como um alucinado, montou às pressas seu cavalo e seguiu para os labirintos da floresta. Um fato tão comum não chamou a atenção de ninguém. No entanto, algumas horas depois de sua partida, alarmados por uma densa e furiosa massa de chamas incontroláveis que abalava até o mais profundo alicerce as estupendas e majestosas muralhas do Palácio Metzengerstein, os servos da casa aguardaram com grande ansiedade o retorno de seu senhor.

Dado que, no momento em que foram percebidas, as chamas já haviam assumido uma proporção tão terrível a ponto de inviabilizar todos os esforços no sentido de preservar qualquer parte da edificação, os vizinhos atônitos se limitaram a observar em apático silêncio. Mas logo um novo e apavorante elemento desviou a atenção de todos eles, provando o quanto a agitação que domina os sentimentos de uma multidão pode ser mais intensa quando ela está exposta à visão da agonia humana, do que diante do mais chocante espetáculo proporcionado pela matéria inanimada.

Subindo a longa avenida de carvalhos envelhecidos que marcava o percurso desde a floresta até a entrada principal do Palácio Metzengerstein, avistou-se um corcel que se aproximava em incontida disparada, carregando um cavaleiro perturbado e sem chapéu. A impetuosidade do animal, muitas vezes superior à do próprio Demônio da Tempestade, arrancou dos observadores estupefatos a exclamação "horripilante!".

O corcel em seu galope estava, sem a menor sombra de dúvida, completamente fora do controle do cavaleiro. A agonia estampada no rosto do jovem e a violenta convulsão que sacudia seu corpo evidenciavam uma luta sobre-humana; todavia, nenhum som, exceto um grito solitário, escapou daqueles lábios dilacerados pelas sucessivas dentadas inspiradas pelo terror. Em um momento, o tropel dos cascos do animal ressoou nítida e estrepitosamente, abafando o fragor das chamas e o uivo do vento; no instante seguinte, ultrapassando o fosso e o portão com um único salto, o cavalo seguiu na direção da escadaria, já prestes a ruir, e desapareceu junto com seu cavaleiro em meio do redemoinho de fogo.

A fúria da tempestade imediatamente enfraqueceu, dando lugar a uma melancólica calmaria. Uma chama pálida ainda envolvia o edifício como uma mortalha e, flutuando ao sabor da brisa na serena atmosfera, emitia raios de uma luz sobrenatural, enquanto uma pesada nuvem de fumaça suspensa acima da muralha produzia a nítida figura de um colossal – *cavalo*.

Berenice

*Dicebant mihi sodales, si sepulchrum amicae
Visitarem, curas meas aliquantulum forelevatas.*
—Ebn Zaiat

O INFORTÚNIO É ABUNDANTE. A DESGRAÇA SE ABATE SOBRE A terra em múltiplas formas. Ela atravessa o extenso horizonte como um arco-íris; e suas tonalidades são tão diversas e tão definidas como as daquele arco luminoso – entretanto, estreitamente amalgamadas. Atravessando o extenso horizonte como um arco-íris! Como pude eu, de tanta beleza extrair tanto desencantamento? De um pacto de paz, uma alegoria de tristeza? Mas, da mesma forma que na ética o mal é uma decorrência do bem, assim a tristeza nasce da alegria. Tanto a lembrança de uma felicidade passada é a angústia do presente, como as agonias de hoje têm suas raízes no êxtase que já passou. Vou contar uma história cuja essência transborda de horror e certamente não a contaria não fosse ela um registro de sentimentos muito mais do que de fatos.

Meu nome de batismo é Egeu – não mencionarei o nome de família. Mas digo que não existem sobre a Terra torres mais consagradas pelo tempo do que os sombrios salões acinzentados de meus antepassados. Pertenço a uma linhagem à qual se atribuiu a denominação de "raça de visionários"; e em muitos aspectos admiráveis, como o caráter das mansões pertencentes à família, os afrescos do salão de recepções, as tapeçarias dos dormitórios, o cinzelamento de algumas colunas do arsenal das armas, e mais especificamente a galeria das pinturas antigas, o estilo da biblioteca e a natureza extraordinariamente singular das obras nela contidas, encontram-se evidências mais do que suficientes para sustentar essa convicção.

As lembranças de meus primeiros anos de vida estão intimamente associadas a esse aposento e seus volumes – sobre os quais não direi mais nada. Aqui morreu minha mãe; aqui eu nasci. Contudo, é inútil dizer que não vivi antes; que a alma não tem existência anterior. Você discorda? Mas... não vamos discutir essa questão. Convencido eu estou, e não procuro a outros convencer. Entretanto, guardo uma recordação de formas imateriais; de olhos incorpóreos e significativos; de sons repletos de música, porém tristes; uma recordação que não se apagará; uma lembrança semelhante a uma sombra – vaga, mutável, indefinida e vacilante; e também uma sombra, na impossibilidade que sinto de dela me liberar, enquanto brilhar a luz de minha razão.

Naquele aposento eu nasci. Não surpreende que, acordando assim da longa noite daquilo que parecia – mas não é – uma não-existência, para adentrar imediatamente uma terra encantada, um palácio de sonhos, os inexplorados domínios do pensamento monástico e da erudição, eu tenha contemplado o espaço ao meu redor com olhos assustados e ardentes; que eu tenha passado toda a meninice ociosamente entre os livros e dissipado minha juventude em devaneios. Mas é extraordinário perceber a dimensão da estagnação que se instalou sobre os mananciais de minha vida e a completa inversão que se operou na natureza de meus pensamentos ordinários, à medida que os anos se passaram e a idade madura me encontrou ainda na mansão de meus pais. A realidade do mundo se traduzia para mim em visões – apenas visões –, enquanto as ideias fantásticas da terra dos sonhos deixavam de ser a matéria de minha existência cotidiana, para se transformar nas realizações que existem plena e exclusivamente em si mesmas.

Berenice e eu éramos primos e crescemos juntos nos salões da casa paterna – contudo, crescemos diferentes. Eu, com a saúde debilitada e soterrado em melancolia; ela, dinâmica, graciosa e transbordante de energia. Eu, devotado aos estudos na solidão do claustro; ela, desfrutando dos passeios pelas colinas. Eu, ensimesmado e entregue de corpo e alma à mais profunda e penosa meditação; ela, vagando despreocupadamente pela vida, sem se incomodar com as sombras em seu caminho ou a passagem silenciosa das horas aladas como os corvos. Berenice! Clamo por seu nome... Berenice! E das cinzentas ruínas da memória, uma infinidade de recordações tumultuosas é despertada por esse som. Ah!... tenho agora sua imagem bem vívida diante de mim, como era naqueles dias distantes, embalada pela despreocupação e pela alegria! Oh, que beleza deslumbrante, embora quimérica! Ah, sílfide entre os arbustos de Arnheim! Oh, Náiade mergulhada em suas fontes! E então... tudo se torna mistério e terror... e uma história que não deve ser contada. Uma doença fatal lhe devastou o corpo como um simum; e ainda enquanto eu a contemplava, o espírito da mudança passou por ela violentamente, impregnando-lhe a mente, as maneiras e o caráter; e, de um modo sutil e terrível, transformou até mesmo sua identidade! Ai de mim! Aquela fúria destruidora chegou e se foi. E a vítima; onde estava ela? Eu não mais a conhecia... não mais como Berenice.

Entre a infinita sucessão de males desencadeados por aquele infortúnio – inicial e fatal – que realizou uma revolução tão terrível na constituição física e moral de minha prima, a mais angustiante e pertinaz em sua natureza foi uma espécie de epilepsia que não raro terminava em estupor – um estupor bastante semelhante à própria morte, e do qual a recuperação era, em muitos aspectos, assustadoramente repentina. Nesse ínterim, minha própria doença – pois eu fora orientado a assim denominá-la – experimentou, devido ao exagerado uso de ópio, um rápido agravamento em seus sintomas, assumindo um caráter monomaníaco extraordinariamente singular, que a todo momento ganhava novo ímpeto, e acabou me subjugando de uma forma absolutamente estranha e incompreensível. Essa ideia fixa – se devo assim denominá-la – se traduzia em uma mórbida irritabilidade nervosa com imediata consequência sobre aquelas propriedades da mente que a ciência metafísica associa com atenção. É muito provável que eu não seja compreendido; contudo, temo não ser possível fazer chegar à mente do leitor ordinário uma ideia adequada daquela intensidade nervosa a que me refiro; na qual, minha capacidade de meditação (sem falar tecnicamente) me permitia mergulhar, até mesmo quando contemplando os objetos mais comuns do universo.

Meditar durante longas e incansáveis horas, com minha atenção cravada em algum elemento insignificante nas margens ou na tipografia de um livro; concentrar-me no decorrer da melhor parte de um dia de verão, em uma bizarra sombra projetada obliquamente sobre a tapeçaria, ou sobre o chão; perder-me durante toda a noite na contemplação da invariável chama de uma lamparina ou das cinzas da lareira; sonhar dias inteiros com o perfume de uma flor; repetir monotonamente alguma palavra comum até que o som, por força da constante repetição, deixasse de transmitir à mente qualquer significado; perder toda a sensação de movimento ou de existência física em um estado de absoluta quietude do corpo, mantida longa e obstinadamente – essas são algumas das mais comuns e menos perniciosas excentricidades induzidas por uma condição das faculdades mentais, na verdade não totalmente sem precedentes, mas que decerto desafiam qualquer tentativa de análise ou explicação.

Não desejo, contudo, ser mal interpretado. A desmedida, fervorosa e mórbida atenção assim despertada por objetos em si mesmos frívolos, não deve ser confundida com uma tendência à reflexão comum a toda a humanidade e mais especificamente assumida por pessoas dotadas de ardente imaginação. Tal propensão não era nem mesmo, como se poderia supor à primeira vista, uma condição extrema ou exagerada, mas sim essencialmente distinta e diferente. O sonhador – ou entusiasta – atraído em determinado instante por um objeto de certa forma relevante, sem se dar conta perde-o de vista dentro de uma vastidão de deduções e sugestões dele derivadas, para perceber, no desfecho de um devaneio transbordante de extravagância, que o estímulo ou fator gerador de suas meditações está inteiramente dissipado ou esquecido. No tocante à minha história, o objeto principal era invariavelmente irrelevante, muito embora assumisse, em consequência de minha visão desatinada, uma importância irreal e destorcida. Poucas deduções foram feitas (quando muito); e convergiam sempre, com incrível tenacidade, de volta ao objeto original. As meditações não proporcionavam prazer; e no final do devaneio, a semente que as fizera germinar, ainda inserida no campo de visão, despertava uma espécie de interesse sobrenatural e extravagante que constituía o aspecto prevalente da doença. Em suma, os poderes da mente mais meticulosamente exercitados eram a atenção, no que diz respeito a mim (já mencionei isso antes) e a especulação, por parte do sonhador.

O leitor terá oportunidade de perceber que os livros aos quais eu me dedicava nessa época, se na realidade não promoviam uma exacerbação da enfermidade, somavam-se, em larga medida, dada sua natureza imaginativa e inconsequente, às características próprias da doença. Lembro aqui, entre outros, o tratado do nobre italiano Celio Secondo Curione, *De amplitudine beati regni Dei* e os grandes trabalhos de Santo Agostinho, *City of God* e Tertuliano, *Carne Christi*, no qual a obscura frase *"Mortuus est Dei filius; credibile est quia ineptum est: et sepultus resurrexit; certum est quia impossibile est"* monopolizou meu tempo durante semanas de estudo minucioso, porém estéril.

Assim, ficará claro que minha razão, sensível apenas ao interesse despertado por coisas triviais, guardava semelhança com os caranguejos do oceano citados por Ptolomeu Hephaestion, os quais, resistindo obstinadamente à violência dos homens e à fúria feroz das águas e dos ventos, só estremeciam ao toque de uma flor chamada Asphodelus. Muito embora para um pensador descuidado possa parecer inquestionável que a terrível transformação provocada por um mal infeliz na condição moral de Berenice fosse suficiente como fonte do necessário alimento para o exercício daquela intensa e mórbida meditação, cuja natureza me esforcei para esclarecer, a realidade era, de fato, bastante diferente. Nos intervalos em que minha enfermidade me permitia momentos de lucidez, a desgraça que sobre ela se abatera causava-me de fato uma dor verdadeira e, preocupado com a miséria total de sua vida bondosa e honesta, eu não podia deixar de ponderar amargamente os espantosos meios através dos quais uma revolução de tal forma estranha podia ter tão repentinamente acontecido. No entanto, essas reflexões não partilhavam da idiossincrasia de minha doença e seriam uma prática comum, em circunstâncias semelhantes, à maior parte da humanidade. Minha moléstia, todavia, fiel às próprias características, fazia de mim um obcecado pelas mudanças menos importantes, porém surpreendentes demais, forjadas na aparência física de Berenice, e pela extraordinária e assombrosa deformação de sua identidade.

Nos dias gloriosos em que brilhava sua beleza incomparável, com certeza jamais a amei; pois na estranha anomalia de minha existência, os sentimentos nunca encontraram suas raízes no coração e minhas paixões sempre habitaram a mente. Através da névoa cinza da manhã; entre as sombras reticuladas da floresta, ao meio-dia; e no silêncio de minha biblioteca, à noite, ela passava rapidamente diante de meus olhos e eu a via não como a mulher de carne e osso, mas a Berenice de um sonho; não como um ser terrestre, mas uma abstração de tal ser; não como uma coisa a ser admirada, mas sim analisada; não como objeto de amor, mas um tema passível da mais intrincada, embora desconexa, especulação. Entretanto, agora estremeço em sua presença e empalideço à sua aproximação. Apesar de deplorar amargamente sua condição alquebrada e desoladora de agora, eu sabia que ela muito me amara e, num momento de extrema perversidade, pedi-a em casamento.

Então, a ocasião de nossas núpcias se aproximava; e, em certa tarde de inverno, num daqueles dias excepcionalmente cálidos, calmos e enevoados que acalentam o belo pássaro Halcyon*, sentei-me sozinho – assim imaginava – no aconchego da biblioteca. De repente, levantando os olhos deparei com Berenice postada logo à minha frente.

Não sei dizer o que fez aquele vulto me parecer tão ameaçador e anormal. Seria apenas minha imaginação excitada, ou a influência exercida por uma atmosfera sombria, ou quem sabe a vaga penumbra do aposento, ou ainda o tecido cinzento da vestimenta que a cobria? Não me sinto capaz de afirmar. Ela não disse uma única palavra; e eu, não consegui pronunciar uma sílaba sequer. Um calafrio me percorreu todo o corpo; uma insuportável inquietação me oprimiu o peito; uma destruidora curiosidade me invadiu a alma. E ali permaneci durante algum tempo – afundado na cadeira, imóvel, impossibilitado de respirar, com os olhos cravados sobre ela. Ai de mim! Seu definhamento assumira proporções colossais; e nem o mais leve vestígio daquele ser que um dia ela foi, escondia-se no contorno de seu corpo. Meu olhar em chamas pousou finalmente em suas faces.

Sobre a testa, alta, muito pálida e estranhamente plácida, caíam algumas mechas dos cabelos outrora dourados, cobrindo-lhe as têm-

---

* Segundo Simonides, como Júpiter proporciona durante a estação de inverno quatorze dias de calor, os homens denominaram esse tempo ameno e agradável de protetor do belo Halcyon.

poras cavernosas com cachos, agora negros como as asas dos corvos, que destoavam, em seu aspecto fantástico, da melancolia estampada no semblante da mulher. Os olhos embaçados careciam de vida; e eu me retraí involuntariamente diante daquele olhar vítreo, desviando o meu na direção de seus lábios finos e murchos. Eles se separaram; e um sorriso significativo, que se abriu vagarosamente, deixou-me entrever *os dentes* da transfigurada Berenice. Quisera Deus eu fosse poupado dessa visão; ou, depois dessa cena repugnante, que eu tivesse morrido!

A batida de uma porta se fechando me despertou; e, olhando para cima, percebi que minha prima já havia saído da sala; mas não do pandemônio que se instalara em minha mente. Valha-me Deus! Eu ainda não conseguira superar o impacto do *espectro* branco e apavorante daqueles dentes. Nem uma pequena mancha na superfície; nem uma sombra sobre o esmalte; nem um desvio na configuração geral; nem um pequeno defeito nas bordas; mas aquele breve sorriso foi suficiente para gravá-los profundamente em minha memória. Vejo-os agora com uma nitidez ainda maior do que quando diante de meus olhos se apresentaram. Os dentes!... os dentes! Eles estavam sempre por toda parte; tangíveis e visíveis; longos, estreitos e excessivamente brancos, com os lábios pálidos que se contorciam em torno deles, como no exato momento de sua primeira e terrível aparição. Então vinha o frenesi total de minha monomania, e eu lutava em vão para me libertar de sua influência estranha e irresistível. Entre os infinitos objetos do mundo exterior, meu pensamento só tinha lugar para os dentes! Todas as outras questões e os mais diferentes interesses convergiam sempre para sua contemplação. Só eles eram presença constante diante dos olhos do espírito e só eles, em sua pura e simples individualidade, tornaram-se a essência de minha vida mental. Eu os via em todas as circunstâncias, e eles eram parte integrante de todas as minhas ações. Eu esquadrinhava suas características; refletia sobre seu formato; perdia-me em devaneios acerca das alterações em sua natureza, e estremecia ao conceder a eles, em imaginação, um poder sensível e senciente e, mesmo quando separados dos lábios, uma extraordinária capacidade de expressão moral. Já se falou a respeito de Mademoiselle Sallé, *"que tous ses pas etaient des sentiments"* e sobre Berenice acreditei mais sinceramente *que tous ses dents etaient des idées. Des idées!* Ah!... aqui estava o pensamento tolo responsável pela destruição de minha vida! *Des idées!...* foi por isso então que eu os cobicei tão alucinadamente! Eu sentia que o fato de possuí-los seria suficiente para me trazer de volta a paz, para me fazer recuperar a razão.

E assim a noite se fechou sobre mim; a escuridão chegou, demorou-se e partiu. Depois o dia despontou novamente e as névoas de uma segunda noite começaram a se juntar e me encontraram ainda imóvel, sentado naquela sala solitária, mergulhado em meditações; e o fantasma dos dentes imperava soberano, mantendo sua influência dominadora; e de repente, com uma nitidez hedionda pairou entre as luzes e sombras cambiante do aposento. Finalmente, meus devaneios foram interrompidos por um grito frenético de horror ou sobressalto; e, depois de uma pausa, ecoou o som de vozes agitadas, misturado com gemidos abafados de tristeza ou dor. Levantei-me incontinente e, escancarando a porta da biblioteca, deparei com uma criada em pé na antecâmara. Banhada em lágrimas, ela me contou que Berenice partira deste mundo. Acometida por um ataque epilético, caíra morta no início da manhã, e agora, com a proximidade da noite, a sepultura estava pronta para receber a inquilina; e todos os preparativos do funeral já haviam sido feitos.

Com o coração cheio de tristeza e oprimido pelo terror, dirigi-me, ainda que com certa relutância, ao aposento da defunta. O quarto era amplo e muito escuro; e a cada passo dentro daquele recinto sombrio, deparava-se com as parafernálias da morte. O caixão, conforme contou-me um serviçal, estava cercado pelos cortinados da cama logo adiante e, ali, segredou-me ele, encontravam-se os restos de Berenice. Teria alguém me perguntado se eu não ia olhar o cadáver? Não percebi movimento nos lábios de ninguém e, no entanto, a questão fora colocada e o eco de suas sílabas ainda pairava dentro do quarto. Recusar era algo fora de cogitações; e, com uma sensação de asfixia arrastei-me até o lado da cama e, delicadamente, levantei os panos do cortinado de zibelina. Ao soltá-los, eles caíram sobre meus ombros, separando-me dos vivos e me confinando na mais estreita comunicação com a falecida. O cheiro da morte estava impregnado na própria atmosfera do ambiente; e aquele odor da urna funerária provocou-me náuseas, levando-me a imaginar que já exalava do cadáver. Eu teria dado qualquer coisa ao meu alcance para fugir daquele lugar! Fugir da perniciosa influência da morte; respirar outra vez o ar puro do céu imortal. Mas, a capacidade de movimento me havia abandonado; meus joelhos cambalearam; e eu permaneci preso no lugar, com os olhos fixos na pavorosa extensão daquele corpo rígido, que jazia estendido dentro da urna escura aberta à minha frente.

Meu Deus! Seria isso possível? Teria sido fruto de um momento de vacilação ou, de fato, o dedo da defunta movera-se na mortalha que a envolvia? Imobilizado por um sentimento indescritível de terror, ergui vagarosamente os olhos na direção do semblante da mulher. Havia antes uma bandagem prendendo a mandíbula; mas, não sei dizer como, ela se rompera. Uma espécie de sorriso cingia aqueles lábios lívidos e, uma vez mais, os dentes brancos, reluzentes e sinistros de Berenice me encararam de um modo real demais, em meio a toda aquela atmosfera de melancolia. Levantei-me em um salto e, sem proferir uma palavra sequer, fugi como um louco daquele aposento envolto em horror, mistério e morte.

Quando dei por mim, estava novamente sentado na biblioteca e, mais uma vez, sozinho. Era como se eu tivesse acabado de acordar de um sonho confuso e desconcertante. O relógio já marcava meia-noite, e eu tinha plena consciência de que desde o pôr do sol Berenice estava sepultada. Contudo, não me era possível compreender plena e categoricamente os acontecimentos que se desenrolaram nesse período. As lembranças me apareciam repletas de horror e medo – um horror ainda mais intenso dada sua imprecisão e um medo mais terrível em virtude de sua ambiguidade. Aquilo se convertera em uma assustadora página da história de minha vida – uma página escrita por meio de recordações hediondas, indistintas e ininteligíveis. Eu lutava para conseguir decifrá-las, mas meus esforços se mostravam vãos. Ao mesmo tempo, uma voz de mulher parecia de quando em quando chegar aos meus ouvidos, num grito agudo e lancinante, como se fosse o espírito de um som há muito extinto. Eu fizera alguma coisa – o que foi isso? E os ecos do aposento responderam – "o que foi isso?"

Na mesa ao meu lado ardia a chama de uma lamparina, e ao lado dela repousava uma pequena caixa de ébano. Essa caixa não tinha qualquer característica extraordinária; e anteriormente eu já tivera inúmeras oportunidades de vê-la – pertencia ao médico da família. Mas então, como ela poderia ter vindo parar em cima de minha mesa, e por que eu estremecia ao observá-la? Não havia como responder a essas questões; e, finalmente, meus olhos foram pousar sobre uma frase sublinhada nas páginas de um livro ali aberto. As linhas grifadas continham as palavras estranhas, porém simples, do poeta Ebn Zaiat: "*Dicebant mihi sodales si sepulchrum amicae visitarem curas meas aliquantulum fore levatas*". Por que motivo, enquanto eu as lia com atenção, os fios de meu cabelo ficaram em pé e o sangue se congelou em minhas veias?

Escutei então uma suave batida na porta da biblioteca, e um serviçal, tão pálido como a ocupante da tumba, por ela entrou na ponta dos pés. Ele tinha o semblante transtornado de terror, e balbuciou baixinho, com a voz trêmula e rouca. O que disse ele? Ouvi algumas frases entrecortadas. Ele falou a respeito de um grito bárbaro que rompera o silêncio da noite; dos empregados que se juntaram; da tentativa de localizar a origem do som; e então... com sussurros pronunciados em tom nítido e eletrizante ele me fez saber sobre uma tumba violada; sobre um corpo desfigurado que foi encontrado junto a ela – um corpo amortalhado, mas ainda respirando, ainda palpitando, *ainda com vida!*

O serviçal apontou para minha roupa – ela estava toda suja de sangue coagulado. Não consegui falar; e ele me tomou delicadamente pelas mãos, nas quais se viam marcas profundas de unhas humanas. O criado dirigiu minha atenção para um objeto colocado na parede. Observei-o por alguns instantes – era uma pá. Com um grito, voltei-me para a mesa e agarrei a caixa de ébano; mas não pude abri-la, e minhas mãos trêmulas deixaram que ela caísse, partindo-se em pedaços. No meio dos estilhaços rolaram, fazendo um barulho estridente, alguns instrumentos usados para cirurgia dentária; e junto com eles, pequenos fragmentos de um material branco e brilhante se espalharam pelo chão.

Por que o francezinho traz a mão na tipoia*

---

* Este conto foi escrito por Poe de maneira peculiar, em uma espécie de dialeto. Para a sua tradução, tomou-se como referência a análise do conto feita por Stuart Levine e Susan Levine em *The Short Fiction of Edgar Allan Poe: An Annotated Edition*; University of Illinois Press. (N.E.)

Decerto é em meus cartões de visita (aqueles em papel acetinado cor-de-rosa) que qualquer cavalheiro que se preze pode ver estas interessantes palavras: "Sir Patrick O'Grandison, Baronete, Southampton Row 39, Russel Square, Paróquia de O'Bloomsbury." E se você quer saber quem é o protótipo das boas maneiras, a personificação do bom-tom na cavernosa cidade de Londres – pois sou eu. Por isso mesmo, não surpreende em absoluto (tenha a bondade de não mais empinar seu nariz), que em cada milímetro de minha nobreza eu sou um cavalheiro, e abandonei a vida nos pântanos para assumir o Baronato; é Patrick quem agora vive como um sagrado imperador e recebe educação e favores. Ai de mim! Não seria então uma bênção para seu espírito se você pudesse botar os olhos na figura de Sir Patrick O'Grandison, o Baronete, quando ele está vestido para as solenidades ou passeando no Hyde Park com sua carruagem? Mas é por causa de minha elegância que todas as damas se apaixonam por mim. Será minha estatura de um metro e oitenta, mais os centímetros das meias, que me faz extraordinariamente bem proporcionado? De qualquer forma, é mais do que os noventa e poucos centímetros do velho francês que mora bem na frente. O homenzinho passa o dia inteiro espichando os olhos (que má sorte a dele!) para a bela viúva, a Senhora Tracle (bendita mulher!), que muito mais do que vizinha de porta, é minha amiga particular. Você percebeu que o francezinho anda deprimido e traz a mão esquerda em uma tipoia? Pois é exatamente essa história que vou contar.

    A verdade é toda ela muito simples. Logo no primeiro dia quando cheguei de Connaught e exibi minha pequena doce figura para a viúva, que estava olhando pela janela, o coração da pobre Senhora Tracle ficou irremediavelmente caído de amores. Isso eu percebi de imediato, e sem equívoco, juro por Deus. Em primeiro lugar, foi até a janela; depois arregalou os olhos; então, me olhou com uma pequena luneta dourada e... que o diabo me carregue se estou mentindo, mas ela falou comigo tão naturalmente como uma bisbilhoteira pode falar e disse: "Bom dia, Sir Patrick O'Grandison, o Baronete, seja bem-vindo! Vejo que o senhor é um simpático cavalheiro. Estou aqui a seu dispor, meu querido; a qualquer hora do dia; é só pedir." E eu não podia deixar de lado minhas boas maneiras. Então, fiz para ela uma reverência. Seu coração não resistiria, meu caro, se tivesse presenciado. Tirei o chapéu com um floreio e olhei para ela com os dois olhos como se dissesse: "O mesmo de minha parte, Senhora Tracle, doce criatura; e que eu, Sir Patrick O'Grandison, o Baronete, morra afogado agora mesmo em um pântano, se não colocar diante de sua senhoria um tonel de amor, com a mesma ligeireza que faíscam os olhos de uma beldade de Londonderry."

Na manhã seguinte – estou bem certo disso – no exato momento em que eu pensava se não seria uma atitude polida escrever algumas linhas para a viúva, como demonstração de meu amor, chegou um criado trazendo um elegante cartão. Ele me contou que o nome ali escrito (pois eu nunca fui capaz de ler manuscritos, pelo fato de ser canhoto) era nada menos do que o de *monsieur* o Conde Auguste Lucquès*, um professor de dança, e que o diabólico dialeto rabiscado no papel nada mais era senão o nome completo do francezinho que mora do outro lado.

Logo depois chegou o pequeno patife em pessoa; cumprimentou-me com uma grande reverência; então disse que tomou a liberdade de me dar a honra de sua visita e disparou a falar muito depressa; mas eu não consegui entender nem uma palavra do que ele estava me contando, com exceção de *"pouvez vou"* e *"voulez vou"*. E no meio de um monte de mentiras ele contou – azar o dele – que estava louco de amor por minha viúva, a Senhora Tracle; e que a minha viúva, a Senhora Tracle, tinha uma queda por ele.

Você pode imaginar como eu fiquei depois de ouvir isso – tão louco como um gafanhoto; mas lembrei que eu era Sir Patrick O'Grandison, o Baronete, e que não seria gentil deixar a raiva ofuscar minhas boas maneiras; então, passei por cima da questão e tratei o sujeitinho com sociabilidade; e não é que depois de algum tempo ele me pediu para acompanhá-lo até a casa da viúva, dizendo que me faria uma elegante apresentação da senhoria?

---

* No original, *the Count, A Goose, Look-aisy*. Stuart Levine e Susan Levine interpretam o termo A Goose (um ganso) como Auguste. (N.T.)

"Pois veja só onde você chegou!", disse para mim mesmo. "Também é verdade, Patrick, que você é o mais afortunado dos mortais. Então, logo vamos ver se é por você mesmo ou por esse pequenino *Monsieur* Mestre de Dança que a Senhora Tracle está perdida de amor."

Com isso, fomos para a casa da viúva, na porta ao lado; e preciso dizer que era um lugar muito elegante. Havia um tapete que cobria todo o chão e, em um dos cantos um piano, uma harpa e sabe lá Deus o quê mais. No outro canto tinha um sofá – a coisa mais bela do mundo –, e nele estava sentado um anjinho encantador, a Senhora Tracle.

"Bom dia, Senhora Tracle", disse eu; e então fiz uma elegante mesura que, se você visse, teria ficado totalmente perplexo.

"*Voulez vou, pouvez vous...*", disse o francezinho forasteiro. "Senhora Tracle, este cavalheiro que aqui está é o respeitado Sir Patrick O'Grandison, o Baronete, em pessoa; o amigo e conhecido mais íntimo que eu tenho em todo o mundo."

Com isso, a viúva levantou-se do sofá e fez a mesura mais doce que jamais se viu; depois sentou-se de novo como um anjo; então... por Deus! pois não é que o francezinho, *Monsieur* Mestre de Dança, aboletou-se ao lado dela no sofá. Oh, como pôde? Pensei que meus dois olhos fossem sair pra fora da órbita; tão louco e desesperado eu fiquei! Mas raciocinei, e disse depois de alguns instantes, "Pois é isso que senhor quer, *Monsieur* Mestre de Dança?", e me instalei no lado esquerdo da senhoria, para ficar tal qual o patife. Que amolação! Mas você iria gostar de ver a elegante piscada que dei então para ela com os dois olhos.

Mas o francezinho não suspeitou de nada, nadinha, e afoito começou a cercar de atenções a senhoria. "*Voulez vou, pouvez vous...*"

"Isso é inútil, estimado *Monsieur* Francês", pensei com meus botões; e falei imediatamente com toda a rudeza e rapidez que pude, que na verdade era eu quem divertia sua senhoria, com minha conversa elegante sobre os encantadores pântanos de Connaught. E de quando em quando ela me mostrava um sorriso de orelha a orelha, o que me deu coragem para tocar em seu dedo pequenino da maneira mais delicada do mundo, olhando para ela com um olhar terno.

E então, conheci a espertaza do doce anjo, pois tão logo percebeu que eu queria segurar sua mão, ela escondeu-a imediatamente

341

nas costas, como se quisesse dizer: "E agora, Sir Patrick O'Grandison, há de ser mais discreto, meu querido, porque não é gentil querer pegar na minha mão logo na frente daquele pequeno forasteiro francês, *Monsieur* Mestre de Dança."

Com isso, pisquei para ela, querendo dizer, "deixe por conta de Sir Patrick"; e parti imediatamente para a ação. Você morreria de rir se visse com que astúcia escorreguei meu braço direito entre as costas do sofá e as da senhoria; e ali encontrei – você pode ter certeza – uma doce mãozinha esperando para dizer: "Bom dia Sir Patrick O'Grandison, o Baronete." E não é que eu apertei aquela mãozinha do modo mais delicado do mundo? Só um prelúdio, sem querer ser grosseiro com a senhoria. E então... veja que coisa! Pois ela me retribuiu com o mais delicado e gentil apertão! "Cena de melodrama, Sir Patrick, meu querido", pensei comigo. "Tão certo como você é o filho de sua mãe e de ninguém mais, é também o mais formoso e afortunado jovem pantaneiro que jamais saiu de Connaught!" E com isso, apertei mais forte aquela mãozinha; e... por Deus! mais forte ainda foi o apertão, que a senhoria deu em retorno. Você teria frouxos de riso se visse o pretencioso comportamento de *Monsieur* Mestre de Dança. Ele desandou a tagarelar, com *voulez vou* pra cá e *poulez vou* pra lá, e a lançar sorrisos afetados para sua senhoria, como nunca antes se viu na face da terra; e que os demônios me carreguem se não vi com meus próprios olhos quando ele arriscou uma piscadela com um olho. Pelos céus! Se não fui eu quem ficou tão enlouquecido como um gato de Kilkenny, desafio alguém a dizer quem foi!

"Quero informar ao senhor, *Monsieur* Mestre de Dança", disse eu com a maior cortesia jamais vista na face da terra, "que não é gentil de modo algum de sua parte, ficar lançando olhares daquela maneira para sua senhoria; e dito isso, dei outro apertão na mão dela, como para dizer "aqui está Sir Patrick, minha joia, o único capaz de protegê-la!" A resposta veio com outro apertão, que dizia tão claro quanto um apertão pode dizer, "É verdade, Sir Patrick querido, o senhor é um verdadeiro cavalheiro; é a pura verdade." Com isso, ela abriu os dois olhos encantadores e eu acreditei que iam saltar para fora. Primeiro olhou para *Monsieur* Francês, e parecia enlouquecida como um gato; depois virou-se para mim, sorrindo.

"Então," disse o patife, "Por Deus!... *voulez vou, poulez vou...*", e com isso, encolheu tanto os ombros a ponto de sua cabeça quase desaparecer; e arriou desdenhosamente os cantos da boca. E o patife não me deu nenhuma satisfação.

Acredite-me; quem ficou enlouquecido naquela hora fui eu, Sir Patrick; e mais ainda porque ele continuou lançando olhares e piscando para a viúva; e a viúva, seguiu apertando minha mão, como se quisesse dizer, "Ataque-o outra vez, Sir Patrick O'Grandison, meu querido." Então, amaldiçoei o patife e me limitei a dizer:

"Você, francezinho insignificante, maldito filho dos pântanos!" E então, o que você acha que sua senhoria fez? Ela saltou imediatamente do sofá, como se tivesse sido espetada por alguma coisa, e saiu pela porta; e eu fiquei ali, completamente perplexo e irritado; só consegui virar a cabeça e acompanhá-la com os olhos. Mas eu tinha minhas razões para saber que ela não podia ir embora desse jeito; porque só eu sabia muito bem que tinha segurado sua mão; e o diabo é testemunha de que eu não pretendia largá-la. Então disse: "Olhe aqui; sua senhoria está prestes a cometer um pequeno engano. Volte já, e eu devolverei sua mãozinha." Mas ela desceu as escadas como um raio; e eu me virei para o francezinho patife. Pelos céus! Não é que era dele aquela mãozinha que eu tinha segurado na minha? Oh, não! Então, não era a dela!

Quase morri de tanto rir ao ver a cara do pequeno patife quando ele descobriu que não estava segurando a mão da viúva e sim a de Sir Patrick O'Grandison. O próprio demônio velho jamais viu uma cara assim tão apoplética! Quanto a Sir Patrick O'Grandison, o Baronete, ele não é dado a se importar com um engano tão insignificante. No entanto, quero dizer que (palavra de honra) antes de largar a mão do forasteiro (o que só aconteceu depois que o servo de sua senhoria nos botou pra fora a pontapés) eu lhe dei tamanho apertão que fiz dela uma geleia de framboesa.

"*Voulez vou*", disse ele, "*poulez vou...* diabo infeliz!"

E essa é a verdadeira razão por que ele traz a mão esquerda na tipoia.

O visionário*

Espera lá por mim! Não faltarei.
Naquele vale cavernoso te encontrarei!
—Exéquias dedicadas por Henry King, Bispo de Chichester,
por ocasião da morte de sua esposa

---

* Em 1842, Poe mudou o título deste conto para *The Assignation*. (N.E.)

Tu, homem misterioso e infeliz! Perplexo com o brilhantismo de tua própria imaginação e mergulhado nas chamas de tua juventude! Em fantasia, mais uma vez olho para ti! Uma vez mais teu vulto surge diante de mim! Não... oh, não! Não aquele que habita o vale gelado e as sombras, mas o que deverias ser... esbanjando uma vida de inspiradora meditação naquela cidade de visões indistintas, tua própria Veneza – o elísio do mar adorado pelas estrelas – e nas amplas janelas através das quais os palácios palladianos se debruçam misteriosa e implacavelmente sobre os segredos das águas silenciosas da cidade. Sim! Como tu deverias ser! Certamente existem outras palavras além dessa; outros pensamentos além dos pensamentos da multidão; outras reflexões além das reflexões do sofista. Quem então poderia questionar tua conduta? Quem te incrimina por tuas horas visionárias, ou acusa de serem inutilidades aquelas atividades que não passam de mero transbordamento de tuas energias perenes?

Foi em Veneza, debaixo da arcada coberta que lá denominam *Ponte di Sospiri*, que eu encontrei pela terceira ou quarta vez a pessoa a quem me refiro. As recordações das circunstâncias que cercaram aquele encontro se misturam em minha mente. No entanto ainda me lembro – ah! como eu poderia esquecer? – da escura meia-noite, da Ponte dos Suspiros, da beleza da mulher e do Espírito do Idílio que caminhava furtivamente para cima e para baixo no estreito canal.

Era uma noite de brilho incomum. O grande relógio da *Piazza* badalara as cinco horas daquela noite italiana. A praça do campanário estava silenciosa e deserta; e as luzes do antigo Palácio Ducal desapareciam ao longe. Eu retornava para casa, vindo da *Piazetta*, e navegava ao longo do Grande Canal. Quando minha gôndola atingiu o lado oposto da boca do canal San Marco, uma voz feminina saída das profundezas das águas rompeu subitamente a noite, em um grito selvagem, histérico e contínuo. Sobressaltado com o som, levantei-me de imediato, ao mesmo tempo em que o gondoleiro deixou o único remo escorregar e se perder na negra escuridão, sem qualquer chance de recuperação. Ficamos assim à mercê da corrente, que nesse ponto passa do Grande Canal para outro mais estreito. Como um enorme condor coberto de penas negras, nossa gôndola era vagarosamente carregada para o sul, na direção da Ponte dos Suspiros. De repente, milhares de tochas iluminaram as janelas e as escadarias do Palácio Ducal, transformando aquela pesada escuridão em um dia pálido e sobrenatural.

Uma criança, escorregando dos braços da própria mãe, havia despencado de uma janela na parte superior da imponente edificação, indo cair dentro das águas escuras e profundas do canal, que se fecharam placidamente sobre sua vítima. Muito embora minha gôndola fosse a única coisa ao alcance da vista, muitos nadadores corajosos, já dentro da correnteza, procuravam em vão na superfície o tesouro que àquela altura já habitava as profundidades insondáveis das águas. Valha-me Deus! Em pé sobre a extensa laje de mármore negro situada na entrada do palácio, alguns passos acima do leito do canal, estava uma criatura cuja imagem ficou para sempre impressa na memória de todos aqueles que a viram. Era a Marquesa Afrodite, mulher adorada por toda Veneza; a mais jubilosa entre as criaturas jubilosas; a mais encantadora onde todas são encantadoras; e, acima de tudo, a jovem esposa do velho e fascinante Mentoni e mãe daquela linda criança – o filho primeiro e único –, que naquele momento, na profundeza lúgubre das águas, lembrava com amargura os doces afagos da mãe e esvaía sua vida pequenina em uma luta inglória para chamar pelo nome dela.

A Marquesa estava sozinha. Seus pezinhos nus e argênteos brilhavam no espelho negro do mármore sobre o qual pisavam. Nos cabelos, agora já preparados para a noite, os arranjos próprios das recepções foram substituídos por uma coroa de diamantes que os prendia parcialmente ao redor da cabeça harmoniosa, deixando pender alguns cachos, à semelhança do jovem Jacinto. Uma veste de gaze, branca como a neve, parecia ser a única peça a lhe envolver o delicado corpo. Mas a noite de pleno verão era quente, melancólica e imóvel. Nenhum sinal de movimento se percebia na figura estática da mulher, nem mesmo nas pregas do tecido vaporoso que pesava sobre ela do mesmo modo que o pesado mármore aprisiona Níobe. Contudo, estranho como possa parecer, seus olhos grandes e fúlgidos não se dirigiam para a sepultura lá embaixo onde jazia sua mais promissora esperança; eles estavam cravados em uma direção completamente distinta – a prisão da Velha República! Acredito que esse seja o edifício mais majestoso em toda Veneza; mas como poderia aquela senhora ter o olhar assim fixo sobre ele quando embaixo dela jazia afogado seu único filho? Aquela escura e sombria alcova se escancara bem à frente da janela de seus aposentos. O que então haveria naquelas sombras, naquela arquitetura, naquelas cornijas solenes e amortalhadas em hera que já não tenham arrebatado o espírito da Marquesa di Mentoni infinitas vezes antes? Absurdo! Quem não sabe que em um momento como este, os olhos, da mesma forma que um espelho estilhaçado, multiplicam as imagens de seu sofrimento e enxergam em inúmeros lugares longínquos o infortúnio que têm diante de si?

Dentro do arco da barragem, muitos passos acima da Marquesa, postava-se, em veste de gala, a figura de sátiro do próprio Mentoni. Ele se entretinha, tamborilando casualmente um violão, e de quando em quando dava orientações para os homens envolvidos no resgate de seu filho, tarefa que parecia entediá-lo ao extremo. A perplexidade e o horror me imobilizaram. Eu permaneci em pé, como no momento em que escutei o grito, e meu aspecto deve ter se afigurado espectral e sinistro aos olhos do agitado grupo, enquanto, com a face pálida e os membros enrijecidos, dentro daquela gôndola lúgubre eu passava flutuando entre eles.

Todos os esforços foram vãos. Muitos dos que mais se empenhavam nas buscas foram aos poucos esmorecendo e se deixando abater por uma pesada tristeza. Pareciam restar poucas esperanças para a criança – e menos ainda para a mãe! Mas então, do interior daquele escuro recinto que, conforme já mencionado, fazia parte da velha prisão republicana e se escancarava na frente da gelosia da Marquesa, emergiu uma figura envolta em um manto. Essa criatura, depois de parar por um breve momento à beira daquele abismo, lançou-se de cabeça dentro das águas do canal. Um instante depois, quando postado sobre o pavimento de mármore ao lado da Marquesa e trazendo nos braços a criança ainda viva, o manto encharcado de água se soltou e lhe caiu dobrado junto aos pés, os espectadores perplexos viram-se diante de um gracioso rapaz, muito jovem, cujo nome reverberava na maior parte da Europa.

Ele não pronunciou uma sílaba sequer. Mas a Marquesa!... ela irá agora tomar seu filho nos braços, apertá-lo contra o peito, agarrar-se ao corpinho da criança e sufocá-la de carinhos. Mas, meu Deus! Foram outros braços que tomaram do estranho o pequeno; outros braços o levaram embora para longe, fora do alcance de todos os olhares... para dentro do palácio! E a Marquesa? Seus belos lábios tremem; lágrimas brotam em seus olhos... aqueles olhos que, como os acantos de Plínio são "suaves e quase transparentes". Sim! São lágrimas que brotam daqueles olhos, e o corpo da mulher é perpassado por um estremecimento que lhe vem do fundo da alma – a estátua ganha vida outra vez! A palidez do semblante de mármore, o intumescimento dos seios de mármore, a verdadeira pureza dos pés de mármore adquirem subitamente um rubor incontrolável; e um leve tremor lhe perpassa o corpo delicado como faz a branda atmosfera de Nápoles com os ricos lírios prateados que se espalham sobre a relva.

Por que motivo aquela dama enrubesceria? Não existe uma resposta para essa dúvida, exceto que, ao deixar a privacidade de seu toucador, premida pela ânsia e o medo que lhe agoniavam o coração de mãe, ela se esqueceu por completo de proteger os pezinhos delicados com seus chinelos e de colocar sobre os ombros venezianos a veste adequada. Que outra razão plausível poderia existir para tal enrubescimento? Para aquele olhar frenético e suplicante? Para a agitação incomum daqueles seios palpitantes? Para os apertos convulsivos daquelas mãos trêmulas? A mão que pousou acidentalmente sobre a do estranho logo que Mentoni retornou para o palácio. O que poderia justificar o tom extraordinariamente baixo daquelas palavras inexpressivas que a senhora pronunciou às pressas ao lhe dizer *adieu*? "Tu triunfaste", balbuciou ela. Ou, quem sabe, o burburinho da água tenha me enganado. "Tu triunfaste... uma hora após o pôr do sol... nos encontraremos... assim seja".

O tumulto acalmara e dentro do palácio as luzes se apagaram. O estranho, que agora eu tinha condições de reconhecer, permaneceu sozinho sobre o pavilhão. Ele estremecia, abalado por uma agitação inimaginável, e seus olhos esquadrinhavam o espaço circundante, em busca de uma gôndola. Eu não poderia fazer menos do que lhe oferecer a minha; e ele educadamente aceitou. Depois de conseguir um remo junto à barragem, seguimos até a sua residência. Ao longo do caminho, recuperando rapidamente o autocontrole, ele falou, com aparente cordialidade, sobre nosso antigo e breve relacionamento.

Há alguns assuntos sobre os quais eu prefiro ser bastante meticuloso. O estranho – peço licença para tratá-lo desse modo –, que para todo o mundo ainda não passava de um estranho, é um desses assuntos. Em termos de estatura, ele ficava mais abaixo do que acima da média – muito embora houvesse momentos de intensa emoção, durante os quais sua estrutura física se alongasse, desmentindo minha afirmação. As proporções suaves e quase esguias de seu corpo sugeriam muito mais a mesma prontidão e a mesma agilidade demonstradas na Ponte dos Suspiros do que aquela força hercúlea que ele reconhecidamente emprega, sem esforços, em situações de grave perigo. Suas feições, marcadas pela expressão quase divina da boca e do queixo; por olhos singulares, transparentes, cheios e inquietos, cuja tonalidade variava desde a pura cor de avelã até o preto intenso e brilhante; e pela profusão de cabelos encaracolados negros e lustrosos, através dos quais uma testa de pequenas dimensões, tão clara como o marfim, revelava-se de quando em quando, eram feições de tal harmonia clássica que eu talvez só tenha conhecido na estátua de mármore do Imperador Cómodo. O semblante do estranho era, no entanto, um daqueles que todos os homens já tiveram a oportunidade de ver uma vez na vida – e nunca mais. Ele não possuía traços distintivos ou, para ser mais explícito, não havia nenhuma expressão marcante que ficasse impressa na memória de quem o via – um rosto uma vez visto e imediatamente esquecido. Tal esquecimento era, contudo, acompanhado de um vago e permanente desejo de se transformar em lembrança. Não que o espírito de todas as paixões breves, de qualquer época, tenha fracassado em deixar gravada no espelho daquela face a marca distintiva de sua existência efêmera; mas, sim, que o espelho, a exemplo de todo espelho, não reteve o menor vestígio da paixão depois que ela se foi.

Após deixá-lo, naquela noite de nossa aventura, ele fez uma solicitação que me pareceu motivada pela urgência – pediu-me para ir visitá-lo na manhã seguinte, *logo* cedo. Pouco tempo após o nascer do sol, eu já estava em seu Palácio, um daqueles colossais edifícios sombrios, embora fantásticos, que se elevam nas águas do Grande Canal nas vizinhanças da Ponte de Rialto. Fui conduzido através de uma larga e sinuosa escadaria de mosaicos até um aposento cujo esplendor, absolutamente incomparável, revelava-se já na porta de entrada com um brilho e um luxo tais que me deixaram cego e atordoado.

Eu tinha ciência de que meu conhecido era um sujeito abastado. Corriam relatos acerca de suas possessões em termos que eu cheguei até mesmo a considerar um exagero absurdo. Contudo, olhando à minha volta, parecia impossível acreditar que a riqueza de qualquer indivíduo em toda a Europa tivesse condições de proporcionar aquela magnificência imperial que resplandecia por toda parte.

Muito embora o sol já se mostrasse inteiro no horizonte, o quarto ainda tinha uma profusão de luzes acesas. Concluí, com base nessa circunstância, assim como na exaustão estampada na fisionomia de meu amigo, que ele não havia se recolhido ao leito durante toda a noite anterior. A arquitetura e os ornamentos do aposento evidenciavam que sua concepção fora pautada pelo propósito de deslumbrar e surpreender. Pouca atenção se dispensara à decoração daquilo que é tecnicamente denominado harmonia ou às convenções sociais próprias de sua linhagem. Meus olhos vagaram de objeto em objeto sem se fixar em nenhum – nem na extravagância das pinturas gregas; nem nas esculturas dos gloriosos dias da velha Itália; nem nas colossais gravuras do Egito inculto. As ricas cortinas espalhadas em todo o quarto tremulavam ao ritmo de uma música débil e melancólica de origem desconhecida, mas que, com toda certeza, só podia nascer nos recessos das treliças vermelhas que revestiam o teto. Meus sentidos ficaram oprimidos pela imensa profusão de perfumes não harmonizáveis que exalavam de estranhos incensórios convolutos, misturados a uma infinidade de chamas tremulantes de um fogo em coloração esmeralda e violeta. Os raios do sol recém-nascido banhavam o ambiente, penetrando através das janelas – cada uma delas constituída por um único painel de vidro cor de sangue. Cintilando aqui e acolá, em milhares de reflexos provenientes das cortinas, que pendiam de suas cornijas como cataratas de prata derretida, a luz natural acabava se misturando de forma irregular com a artificial, formando um emaranhado suave sobre o tapete confeccionado em tecido sofisticado cuja aparência fazia lembrar o ouro do Chile. Aqui então trabalharam as mãos do gênio. Um caos; uma vastidão de beleza se descortinava diante de mim. Uma sensação de grandeza desconexa e onírica se apossou de minha alma; e permaneci na soleira da porta, totalmente incapaz de falar.

Ha! ha! ha! ha! ha! gargalhou o proprietário, indicando-me uma cadeira e largando, ao mesmo tempo, seu corpo sobre uma poltrona. "Posso ver...", disse ele ao me perceber perturbado com o *bienséance* de uma recepção tão singular, "que meus aposentos, minhas estátuas, minhas pinturas, toda a originalidade de minha concepção arquitetônica e minhas tapeçarias, deixaram-no atônito, não é mesmo?,... absolutamente atordoado com minha magnificência! Perdoe-me, caro senhor (aqui sua voz adquiriu um tom de verdadeira cordialidade)... perdoe-me pela falta de delicadeza da gargalhada. Mas... sua perplexidade era tão evidente! Além do mais, algumas coisas são de tal forma ridículas que ao homem só resta rir ou morrer; e morrer rindo deve ser a mais gloriosa forma de morte! Sir Tomás Morus... que homem elegante! Pois é... Sir Tomás Morus morreu rindo, lembra-se? Nos Absurdos de Jean Tixier de Ravisi existe uma extensa lista de personagens que tiveram o mesmo fim magnífico. Mas o senhor deve saber", continuou ele pensativo, "que em Esparta, ou melhor, a oeste da fortaleza, em meio ao caos de ruínas muito pouco visíveis, há uma espécie de supedâneo sobre o qual ainda estão legíveis as letras λασμ, que indubitavelmente fazem parte de ιελασμα. Mas veja... em Esparta havia milhares de templos e santuários dedicados a milhares de divindades diferentes. Não lhe parece extraordinariamente espantoso que o altar consagrado à Risada tenha sobrevivido a todos os demais? Mas no tocante ao contexto presente...", ele retomou com uma estranha alteração no tom de voz e na postura, "não tenho o direito de me divertir às suas custas. É perfeitamente justificável sua perplexidade. À Europa não é permitido produzir nada assim tão especial como meu suntuoso gabinete. Os outros aposentos não ostentam, em hipótese alguma, a mesma opulência – não passam de mera insipidez elegante levada ao extremo. Este não se limita a ser apenas elegante, não é mesmo? Não obstante, ele deve ser visto como um capricho só permitido àquele que se dispõe a pagar com todo o seu patrimônio e, portanto, desperta a cobiça. Mas dessa forma de profanação tenho me resguardado. Só houve uma exceção: o senhor é o único ser humano, além de mim mesmo e de meu criado particular, a ser admitido no âmago dos mistérios deste recinto imperial, desde quando ele foi assim vistosamente decorado."

Curvei-me para demonstrar minha aquiescência; pois a avassaladora sensação provocada pelo esplendor, o perfume e a música, somada à inesperada excentricidade do discurso e das maneiras de meu anfitrião, impediram-me de expressar em palavras meu apreço por aquilo que eu deveria ter interpretado como um elogio.

"Aqui...", retomou ele, levantando e apoiando-se em meus braços enquanto caminhava pelo quarto, "aqui estão as pinturas desde os gregos até Cimabue, e de Cimabue até os dias de hoje. Muitas foram escolhidas, como o senhor pode ver, sem muita consideração pelas opiniões dos entendidos nas artes. Todavia, todas elas são compatíveis com a atmosfera de um aposento como este. Aqui estão alguns *chéf d'oeuvres* de grandes desconhecidos, e aqui, desenhos inacabados feitos por homens afamados em seus dias, mas cujos nomes a sagacidade dos acadêmicos consagrou ao silêncio e a mim. Então, virando-se abruptamente enquanto falava, perguntou: "O que o senhor acha da Madona de Pietá?"

"É do próprio Guido!", falei com todo o entusiasmo que me é característico, pois eu estivera observando atentamente sua insuperável beleza. "É do próprio Guido! Como o senhor conseguiu obtê-la? Sem dúvida alguma, ela é na pintura o mesmo que a Vênus na escultura."

"Ah!", exclamou ele pensativo, "a Vênus!... a bela Vênus!... a Vênus de Médici!... aquela dos cabelos dourados! Parte do braço esquerdo (aqui sua voz se tornou muito baixa, quase inaudível) e todo o direito resultam de restaurações; e a faceirice daquele braço direito reside, penso eu, na quintessência de toda a afetação. Pense em Canova! Também Apolo é uma cópia, não resta a menor dúvida. Quão imensas são minha cegueira e minha estupidez; pois me fazem incapaz de ver a alardeada inspiração em Apolo! Pobre de mim! Não consigo deixar de preferir Antínoo. Não é de Sócrates a afirmação segundo a qual o escultor encontrou sua estátua no bloco de mármore? Então Michelangelo não foi de modo algum o criador destas duas linhas –

'Non ha l'ottimo artista alcun concetto
Che un marmo solo in se non circunscriva.'"

Já foi dito, ou deveria ter sido, que sempre percebemos nos modos de um verdadeiro cavalheiro aquilo que o diferencia de um indivíduo vulgar; porém, não temos condições de identificar em que consiste essa diferença. Tendo assumido que essa observação se aplicava em sua totalidade ao comportamento exterior de meu conhecido, eu senti naquela manhã memorável que também se adequava, e ainda mais plenamente, à sua conduta moral e ao seu caráter. Não encontro uma forma melhor de descrever aquele espírito singular que parecia distingui-lo tão nitidamente de todos os seres humanos, do que o identificando com um hábito de intensa e permanente reflexão que lhe permeava até mesmo as ações mais triviais, invadindo seus momentos de galanteio e misturando-se com os instantes de diversão como víboras que se contorcem para fora dos olhos de máscaras sorridentes nas cornijas que circundam os templos de Persépolis.

No entanto, não pude deixar de observar reiteradas vezes, através do misto de frivolidade e circunspecção com que ele rapidamente discorria sobre assuntos de pouca importância, certo ar de apreensão – uma espécie de entusiasmo nervoso nas ações e no discurso; um desassossego incontido nas maneiras, aspectos que para mim sempre tiveram um caráter enigmático e, em algumas ocasiões, chegaram a me deixar bastante alarmado. Frequentemente acontecia de, ao fazer uma pausa no meio de uma frase cujo início parecia esquecido, ele dar a impressão de estar escutando com a mais profunda atenção, como se naquele momento aguardasse a chegada de um visitante, ou ouvisse sons existentes apenas em sua imaginação.

Foi durante um desses devaneios, ou pausas de aparente abstração, que descobri, virando uma página de um livro deixado sobre a poltrona a meu lado, página esta da bela tragédia *O Orfeu* do poeta e político erudito (a primeira tragédia italiana nativa), um trecho sublinhado a lápis, já no final do terceiro ato. Era uma passagem arrebatadoramente emocionante; uma passagem que, embora manchada de impurezas, homem nenhum jamais conseguirá ler sem sentir um frêmito de singular emoção; e mulher alguma, sem deixar escapar um suspiro. Em toda a página havia marcas de gotas de lágrimas recentes e, na entrefolha oposta, encontrei as seguintes linhas escritas em inglês, com uma letra cursiva tão diferente da que é característica de meu amigo, que tive dificuldades em reconhecer como sendo dele:

Tu foste tudo para mim – Amor,
Por ti minh'alma anseia.
Um oásis sobre o mar – Amor,
Minha fonte, meu santuário,
Amortalhada em flores encantadas,
Flores que a mim pertenciam.

Sonho lindo demais para durar!
Oh!, a Esperança radiosa brilhou
E na escuridão pereceu!
Uma voz lá do Futuro grita,
"Adiante!" – mas pairando no Passado
(Abismo sombrio!) Meu espírito permanece,
Calado, imóvel, assustado!

Ai de mim! Ai de mim!
A luz da vida se apagou.
"Nunca mais... nunca mais",

(Tais palavras prendem o majestoso oceano
Às areais da praia),
Que floresça a árvore golpeada pelo corisco,
Ou alce voo a águia ferida!

Minhas horas são puro êxtase.
Meus sonhos noturnos habitam
Onde espreitam teus olhos escuros;
E onde teus passos brilham
Em danças celestes,
Pelos regatos d'Itália.

Ai de mim! Um tempo amaldiçoado
Que te carrega no vagalhão do Amor
Para tempos e delitos nobres,
E um travesseiro profano!
De mim e nosso reino enevoado,
Onde chora o salgueiro prateado!

O fato de essas linhas terem sido escritas em inglês – um idioma com o qual não acreditei que o autor tivesse familiaridade – não me causou grande surpresa. Eu tinha perfeita ciência da extensão de seus conhecimentos e de seu prazer especial em mantê-los incógnitos; não poderia, portanto, surpreender-me com qualquer descoberta dessa espécie. Mas, devo confessar que, por outro lado, não foi pequena minha perplexidade ao observar o registro de local e data. Onde originalmente se escrevera Londres, agora se lia outro nome; mas o sobrescrito, apesar de cuidadosamente realizado, não conseguia esconder de olhos perscrutadores a palavra anterior. Repito... tal evento deixou-me de fato atônito; pois lembro-me muito bem de ter em certa oportunidade perguntado a um amigo, de forma bastante específica, se alguma vez ele já havia encontrado a Marquesa di Mentoni em Londres (ela que durante alguns anos antes do casamento residira naquela cidade). A resposta, se não me engano, deu a entender que ele nunca visitara aquela metrópole da Grã-Bretanha. Preciso do mesmo modo mencionar aqui que ouvi mais de uma vez (sem decerto dar crédito a um relato envolto em tantas improbabilidades) que a pessoa a quem me refiro não era apenas um inglês de nascimento, como também fora na Inglaterra educado.

Depois, sem se dar conta de que a tragédia não me passara despercebida, ele disse: "Ainda há uma pintura que o senhor não viu". E, afastando para o lado uma cortina, deixou totalmente à mostra um retrato da Marquesa Afrodite.

A arte humana não conseguiria delinear com mais perfeição aquela beleza sobrenatural. A mesma figura celestial que esteve à minha frente na noite anterior nos degraus do Palácio Ducal, estava mais uma vez diante de meus olhos. No entanto, na expressão de seu semblante, iluminado pelo sorriso, ainda espreitava (que incompreensível anomalia!) aquele vestígio de melancolia que com a plenitude da beleza forma um par inseparável. Ela tinha o braço direito dobrado sobre o peito, e com o esquerdo apontava para baixo na direção de um jarro de estilo curioso. Só se via um dos pés, pequenino e encantador, que mal tocava o chão; e quase imperceptível em meio àquela aura brilhante que a envolvia como um santuário, flutuava um par de asinhas, fruto da mais delicada concepção. Meu olhar passou da pintura para a expressão de meu amigo e as poderosas palavras escritas por Chapman para *Bussy D'Ambois* brotaram instintivamente de meus lábios –

> Lá ele está em pé
> Como uma estátua romana!
> Assim ficará esperando que a morte
> O transfigure em mármore!

"Venha!", disse ele por fim, voltando-se para uma suntuosa mesa de prata maciça e esmaltada, sobre a qual havia algumas taças fantasticamente coloridas, junto com dois grandes jarros etruscos no mesmo estilo extraordinário daquele observado no quadro da marquesa. Esses jarros estavam cheios de um líquido que me pareceu ser Johannisberger. "Venha!", disse ele subitamente. "Vamos beber! Ainda é cedo... mas vamos beber assim mesmo. De fato ainda é muito cedo", continuou meu amigo pensativo, no momento em que um querubim com um pesado martelo de ouro fez o aposento ressoar com a primeira hora depois do nascer do sol. "Ainda é de fato muito cedo, mas que diferença faz? Vamos beber! Façamos uma oferenda ao solene sol, aquele que essas lâmpadas e esses incensórios brilhantes têm tanta urgência em subjugar!" Então, depois de me fazer brindar com o copo cheio, tragou em rápida sucessão de goles diversas taças do vinho.

"Sonhar...", retomou ele no mesmo tom de sua conversa desconexa, levantando na direção da luz reluzente de um turíbulo um dos jarros magníficos, "sonhar tem sido a atividade de minha vida. Portanto, construí para mim um pavilhão de sonhos. Poderia eu ter erigido um mais belo em pleno coração de Veneza? Olhando em volta o senhor vê uma profusão de ornamentos arquitetônicos; isso é verdade. A pureza de Jônia é maculada por artifícios antediluvianos; e esfinges do Egito se espalham sobre tapetes de ouro. Contudo, o efeito só é impróprio para os covardes. As convenções de lugar e, especialmente de tempo, são os fantasmas que aterrorizam a humanidade e a impedem de contemplar o magnífico. Eu fui outrora devotado ao decoro da arte; mas aquela sublimação da tolice enfastiou minha alma. Agora, aí está o mais adequado aos meus propósitos. Como esses turíbulos extravagantes, também meu espírito se contorce no fogo; e o delírio dessa cena está me preparando para a exuberante visão daquela terra de sonhos verdadeiros para onde estou agora rapidamente partindo." Ele fez então uma pausa repentina, baixou a cabeça ao encontro do peito e parecia estar escutando algum som que só a ele era dado escutar. Finalmente, endireitando o corpo, olhou para cima e pronunciou estas linhas do Bispo de Chichester:

> Espera lá por mim! Não faltarei.
> Naquele vale cavernoso te encontrarei!

No instante seguinte, rendendo-se aos poderes do vinho, ele abandonou seu corpo sobre a poltrona.

De repente, ouvi passos ligeiros na escadaria e logo em seguida uma batida ruidosa na porta. Eu já estava pronto para me antecipar a um segundo bulício, quando um criado da família Mentoni irrompeu dentro da sala e gaguejou palavras incoerentes, com a voz embargada pela emoção, "Minha senhora!... minha senhora!... envenenada!... envenenada! Oh, bela Afrodite!"

Atônito, apressei-me na direção da poltrona e lancei mão de todo meu empenho para fazer o adormecido compreender a gravidade daquela informação alarmante. Mas seus membros estavam rígidos; os lábios lívidos; os olhos outrora reluzentes, agora exibiam a paralisia da morte. Cambaleei para trás na direção da mesa; minha mão posou sobre uma taça quebrada e enegrecida; e a consciência de toda aquela verdade terrível aflorou subitamente em minha alma.

O diálogo entre Eiros e Charmion

Eu trarei o fogo para ti.
—Eurípedes, *Andrômeda*

EIROS

Por que tu me chamas Eiros?

CHARMION

Doravante assim serás para todo o sempre chamado. Tu também deves esquecer meu nome terreno e a mim chamar Charmion.

EIROS

Na verdade, isso não é um sonho!

CHARMION

Não mais existem sonhos entre nós; apenas aqueles mistérios agora. Alegro-me por ver em ti os sinais da vida e da racionalidade. A camada de sombras já não mais te anuvia os olhos. Sê corajoso e destemido. Os dias de entorpecimento que a ti cabiam já chegaram ao fim e amanhã eu mesmo te conduzirei às alegrias e maravilhas absolutas de tua singular existência.

EIROS

Verdade! Já não sinto nenhum entorpecimento. O mal devastador e a terrível escuridão se foram, e não mais escuto aquele som insano, impetuoso e pavoroso, semelhante às "vozes de muitas águas". No entanto, meus sentidos estão aturdidos, Charmion, com a agudeza da percepção que eles têm do *novo*.

CHARMION

Em poucos dias tudo isso terá acabado. Mas eu te compreendo muito bem, e sinto por ti. Há dez anos terrenos eu experimentei isso que hoje tu experimentas; e ainda a lembrança desse passado permanece arraigada em mim. Não obstante, tu sofres agora todas as dores que sofrerás nos jardins do Éden.

EIROS

No Éden?

CHARMION

No Éden.

EIROS

Oh, Deus! Tenha pena de mim, Charmion! Eu estou prostrado com a majestade de todas as coisas – conhecidas e desconhecidas – e com o Futuro hipotético fundido no Presente augusto e certo.

CHARMION
Não te debatas agora com tais pensamentos. Amanhã falaremos sobre isso. Tua mente se inquieta; e essa agitação encontrará alívio no exercício de memórias muito simples. Não olha ao redor de ti, nem à frente – apenas para trás. Quase não consigo dominar a ansiedade de ouvir os detalhes daquele evento estupendo que te lançou no meio de nós. Fala-me sobre ele. Vamos conversar a respeito de coisas ordinárias, na velha linguagem comum do mundo que pereceu de forma tão assustadora.

EIROS
Assustadora... assustadora demais! Isso na verdade não é um sonho.

CHARMION
Não mais existem sonhos. Eu fui muito pranteado, caro Eiros?

EIROS
Pranteado, Charmion? Oh!, profundamente. Até a última das horas, permaneceu sobre tua família uma nuvem de intensa melancolia e piedosa tristeza.

CHARMION
E aquela última hora... fala-me sobre ela. Lembra-te que além da catástrofe em si mesma, despida de qualquer disfarce, não tenho recordação alguma. Se me lembro bem, quando deixei para trás a espécie humana e adentrei a Noite através da Sepultura, a calamidade que te esmagou foi absolutamente inesperada. Mas, na verdade, muito pouco eu conhecia acerca da filosofia especulativa daquele tempo.

EIROS
A calamidade em si foi, como tu dizes, inteiramente inesperada; contudo, infortúnios semelhantes havia muito tempo dominavam as discussões dos astrônomos. Desnecessário é contar para ti, amigo meu, que precisamente na época em que tu nos deixaste, os homens haviam concordado em interpretar como uma referência exclusiva ao orbe da Terra aquelas passagens dos escritos mais sagrados nas quais se fala da destruição final de todas as coisas pelo fogo. Mas, no tocante à ação imediata da devastação, as especulações daquele tempo careciam do conhecimento de astronomia segundo o qual os cometas se desvestem do terror das chamas. A densidade relativamente pe-

quena desses corpos foi comprovada com exatidão. Observou-se que eles passavam no meio dos satélites de Júpiter sem provocar qualquer alteração perceptível tanto na massa como na órbita desses planetas secundários. Havia tempos, nós considerávamos tais objetos errantes como aglomerados de vapor de inimaginável rarefação e absolutamente incapazes de causar qualquer espécie de dano a nosso sólido globo, até mesmo na hipótese de haver um choque entre eles. Não se temia um contato; pois os elementos constituintes de todos os cometas eram conhecidos com muita precisão. E também a ideia de se reconhecer neles os agentes de uma ameaçadora destruição pelo fogo foi durante muitos anos tida como inadmissível. No entanto, nos últimos tempos, a obcecação e as fantasias extravagantes têm se manifestado com espantosa frequência entre os homens; e embora a descoberta de um novo cometa anunciada pelos astrônomos só tenha causado verdadeira apreensão para uns poucos ignorantes, a recepção geral desse anúncio envolveu uma forma de agitação e desconfiança difícil de compreender.

 Sem perda de tempo, os elementos do estranho globo foram calculados e imediatamente todos os observadores concluíram que a trajetória por ele descrita no periélio o faria chegar a uma distância muito próxima da Terra. Houve dois ou três astrônomos de reputação secundária, para os quais um contato seria totalmente inevitável. Não tenho como expressar a ti o verdadeiro impacto que tal informação causou nas pessoas. Durante um curto período de alguns dias elas se recusaram a acreditar em uma afirmação que seu intelecto, desde muito tempo consagrado apenas a considerações mundanas, não conseguia de maneira alguma entender. Mas a veracidade de um fato de importância vital logo foi reconhecida até mesmo pelos mais fleumáticos. Finalmente, todos os homens perceberam que o conhecimento de astronomia traduzia a verdade, e esperaram pela chegada do cometa. No início, a aproximação não se mostrou muito rápida, tampouco apresentava o objeto uma aparência incomum. Ele era vermelho escuro e possuía uma cauda pouco perceptível. Ao longo de sete ou oito dias, não percebemos um aumento significativo em seu diâmetro aparente e apenas uma alteração pequena na cor. Nesse ínterim, os afazeres ordinários dos homens foram deixados de lado e todos os interesses cada vez mais concentrados em uma discussão estabelecida pelos filósofos, a respeito da natureza do cometa. Mesmo aqueles manifestamente ignorantes despertaram suas morosas faculdades mentais para tais discussões. Os sábios agora não permitiam que seu intelecto – sua alma – se dedicasse ao apaziguamento de temores ou apoiasse as teorias cultuadas. A vida desses homens ilustrados era norteada pela busca de ideias corretas e de um conhecimento aprimorado. A verdade resultava da pureza da sua força e insuperável majestade e os sábios se curvavam diante dela em adoração.

A opinião de que o choque previsto causaria um estrago de grandes proporções para nosso planeta ou seus habitantes ia a cada instante perdendo o apoio dos sábios, que já controlavam livremente o pensamento e as fantasias da multidão. Ficou demonstrado que a densidade do núcleo do cometa era muito menor do que até mesmo nossa atmosfera mais rarefeita; e a passagem inofensiva dele entre os satélites de Júpiter foi um ponto peremptoriamente defendido, pois atendia ao propósito de aquietar os temores. Os teólogos, pautados por um fervor inflamado pelo medo, amparavam-se nas profecias bíblicas e as expunham ao povo com uma franqueza e uma simplicidade de que antes jamais alguém teve conhecimento. Por um lado, a ideia de que a destruição final da Terra seria causada pela ação do fogo era exortada com uma disposição tal que fomentava a convicção por toda parte; e por outro, a de que os cometas não tinham uma natureza ígnea (como agora todos os homens sabiam) era uma verdade capaz de mitigar em grande medida o medo de todos em relação à enorme calamidade profetizada. É digno de nota o fato de que o preconceito popular e os equívocos banais no que diz respeito a pestes e guerras – equívocos costumeiramente hegemônicos em relação a toda e qualquer aparição de um cometa – eram agora ignorados por completo. Parecia que a razão, como se movida por um esforço repentino e violento, havia imediatamente desalojado a superstição de seu trono. O mais débil dos intelectos extraíra energia de seu colossal interesse.

Os danos menores que o choque podia provocar era um ponto passível de cuidadoso questionamento. Os ilustrados falavam a respeito de leves perturbações geológicas; de prováveis alterações climáticas, com consequente efeito sobre a vegetação; e de uma possível influência de caráter magnético e elétrico. Muitos defendiam a hipótese de que nenhum efeito visível ou perceptível seria produzido. Enquanto tais discussões seguiam seu curso, o objeto que as estimulara se aproximava gradativamente – seu diâmetro aparente aumentava e ele adquiria um brilho radioso cada vez mais forte. À medida que o cometa chegava mais próximo, a humanidade se tonava mais lívida. Todas as ações humanas entraram em estado de suspensão. Houve um momento decisivo que se transformou em um marco para a opinião geral – foi quando o cometa finalmente atingiu um tamanho que excedia todos aqueles já registrados em visitas prévias. As pessoas, abandonando todas as esperanças obstinadas de que os astrônomos estivessem errados, viam-se agora diante da certeza do mal. Os aspectos quiméricos do terror que sentiam haviam desaparecido por completo; e o coração dos mais intrépidos de nossa raça batia-lhes violentamente dentro do peito. Poucos dias foram suficientes para fundir tais sentimentos em outros ainda mais insuportáveis. Nenhuma das noções familiares a nós se aplicavam ao estranho globo, pois seus atributos históricos haviam desaparecido. Ele despertava emoções novas e hediondas, que nos oprimiam. Nós não o víamos como um fenômeno astronômico dos céus, mas um pesadelo sobre nosso coração e uma sombra sobre nosso cérebro. Ele havia assumido, com uma rapidez inimaginável, a forma de um manto gigantesco, de rara incandescência, que se estendia de um horizonte a outro.

Mais um dia; e os homens respiravam com uma liberdade muito maior. Não havia dúvida de que já estávamos sob a influência do cometa – porém, vivos. Até sentíamos uma elasticidade do corpo e uma vivacidade da mente, até então incomuns. A extrema tenuidade do objeto de nosso medo era aparente; através dele era possível enxergar com perfeição todos os corpos celestes. Enquanto isso, nossa vegetação sofrera uma visível alteração; e dada tal circunstância, passamos a acreditar nas previsões dos sábios. Uma folhagem arrebatadoramente exuberante, até então jamais vista, brotou em todas as coisas do mundo vegetal.

Mais um dia; e a calamidade ainda não desabara sobre nós. Agora era evidente que seu núcleo deveria nos atingir primeiro. Uma alteração devastadora se produzira sobre todos os homens; e a primeira sensação de dor sinalizou o início de lamentações e horror generalizados. Essa primeira sensação de dor era resultado de uma violenta compressão do peito e dos pulmões e de um insuportável ressecamento da pele. Não havia como negar que nossa atmosfera fora radicalmente afetada – a constituição dessa atmosfera e as possíveis modificações a que ela podia estar sujeita passaram a ser objeto de discussões. O resultado de nossa investigação fez uma onda de terror intenso e eletrizante percorrer o coração da humanidade.

Há muito tempo já se sabia que a atmosfera que nos circunda é composta pelos gazes oxigênio e nitrogênio, numa proporção de vinte e uma partes de oxigênio e setenta e nove de nitrogênio, para cada cem de ar. O oxigênio, principal elemento da combustão e veículo do calor, era absolutamente necessário para manutenção da vida animal, além de ser o mais potente e ativo agente encontrado na natureza. O nitrogênio, por sua vez, não tinha capacidade de sustentar a vida animal, tampouco a chama do fogo. Asseverava-se que uma exultação do espírito animal tal como há pouco havíamos experimentado, seria resultante da ação de um excesso anormal de oxigênio. A questão residia em uma ampliação da ideia que dera existência ao temor. Qual seria a consequência de uma *eliminação total do nitrogênio*? Uma combustão imediata, devoradora, irrefreável e onipresente – a completa realização, em todos os seus mínimos e terríveis detalhes, das ardentes e horripilantes profecias do Livro Sagrado.

Por que, Charmion, preciso eu retratar o agora desencantado delírio da humanidade? Aquela tenuidade do cometa que inicialmente nos inspirou esperança era agora a fonte do mais implacável desespero. Nós percebíamos de maneira inequívoca naquele gás impalpável a consumação do Destino. Enquanto isso, mais um dia se passou, levando com ele a última sombra de Esperança. Nós arquejávamos em decorrência da rápida modificação sofrida pelo ar. O sangue rubro palpitava furiosamente dentro de seus estreitos canais. Um delírio incontrolável tomou conta de todos os homens, que, com os braços imóveis e estendidos na direção do céu ameaçador, gritavam e tremiam. O núcleo do destruidor estava então em cima de nós. Mesmo agora aqui no Éden, sinto um estremecimento me percorrer o corpo enquanto falo. Serei breve – tão breve quanto a calamidade que nos subjugou. Por um curto espaço de tempo o cenário foi dominado por uma luz lúgubre e frenética, que penetrava em todas as coisas. Em seguida... curvemo-nos, Charmion, diante da excepcional majestade do grande Deus! Todo o espaço foi então invadido pelo som penetrante de gritos que pareciam nascer da garganta do próprio Deus; e toda a massa de éter que nos envolvia se transformou imediatamente em uma espécie de chama intensa, dotada de um brilho inigualável e um calor abrasador, para os quais nem mesmo os anjos sapientíssimos que habitam os Céus grandiosos são capazes de encontrar um nome. E assim, tudo se acabou.

Bônus

O gato preto

NÃO ESPERO, TAMPOUCO PEÇO, QUE ACREDITEM NESSA NARRAtiva extravagante, embora singela, que estou prestes a começar a escrever. Na verdade, seria eu um louco se assim esperasse, pois este é um caso a respeito do qual minha razão rejeita sua própria evidência. Todavia, louco não sou – e, com toda certeza, não estou sonhando. Mas amanhã morrerei e hoje preciso aliviar o peso de minha alma. Meu objetivo mais imediato é revelar aos olhos do mundo, clara e suscintamente, sem tecer comentários, uma sucessão de meros eventos domésticos. Em sua consequência, esses eventos me aterrorizaram, torturaram e destruíram. No entanto, não tentarei interpretá-los. Para mim, eles representaram apenas horror; para muitos parecerão menos terríveis do que extravagantes. No futuro, talvez surjam algumas mentes em condições de reduzir meu fantasma a um lugar-comum – alguma mente mais tranquila, mais lógica, muito menos excitável do que a minha e capaz de perceber nos fatos que vou detalhar com toda reverência, nada mais do que um encadeamento ordinário de causas e efeitos bastante naturais.

Desde a infância, meu comportamento dócil e humano sempre me destacou. Meu coração terno e sensível era de tal forma notável a ponto de me converter em objeto de galhofa dos companheiros. Eu tinha especial apreço pelos animais e meus pais me presenteavam com grande variedade de bichos de estimação. Com eles, eu passava a maior parte do tempo, e nunca me sentia tão feliz quanto nas ocasiões em que os alimentava e deles cuidava. Essa peculiaridade de meu temperamento só fez aumentar enquanto eu crescia e, na idade adulta, passei a encontrar nos animais minha mais fundamental fonte de prazer. Para aqueles que já acalentaram uma verdadeira afeição por um cãozinho fiel e sagaz, não preciso me dar ao trabalho de explicar a natureza ou a intensidade da gratificação que daí nasce. Existe no amor desinteressado e abnegado de um animal alguma coisa que toca diretamente o coração de quem tem oportunidades frequentes de testar a amizade mesquinha e a frágil fidelidade de um Homem.

Casei-me cedo e fui feliz em descobrir em minha esposa um temperamento compatível com o meu. Observando minha predileção por animais domésticos, ela não perdia oportunidade de adquirir aquelas espécies que mais prazer proporcionavam. Nós tínhamos pássaros, peixinhos dourados, um cachorro encantador, coelhos, um macaco pequenino e *um gato*.

Este último era um animal extraordinariamente grande e bonito; todo negro e dotado de excepcional perspicácia. Ao se referir à inteligência do bichano, minha esposa, cuja alma as garras da superstição haviam aprisionado, fazia frequentes alusões à antiga crença popular segundo a qual gatos pretos não passavam de bruxas disfarçadas. Não que ela alguma vez tivesse tratado esse assunto com seriedade; e menciono a questão pelo simples fato de que neste exato momento me ocorreu dele lembrar.

Plutão – era esse o nome do gato – ocupava o lugar de meu bicho de estimação e camarada favorito. Só eu o alimentava e ele me acompanhava onde quer que eu fosse dentro da casa; não era pouca a dificuldade para impedi-lo de me seguir quando eu precisava sair.

Nossa amizade perdurou, dessa maneira, por diversos anos, durante os quais minha índole e meu caráter, pela influência de um diabólico descomedimento, experimentou (enrubesço ao confessá-lo) uma radical transformação para pior. Eu me tornava, dia após dia, mais mal-humorado, mais irritadiço e menos interessado pelos sentimentos dos outros. Eu me permitia empregar uma linguagem sem moderação no trato com minha esposa e no final, acabei dando livre vazão à agressividade. Como se podia esperar, essa mudança de comportamento não passou despercebida a meus animais de estimação, que a sentiam de perto. Eu não apenas os negligenciava, como também fazia deles alvo de minha crueldade. Plutão, no entanto, ainda desfrutava de certo cuidado de minha parte, o que o colocava a salvo dos maus-tratos dispensados aos coelhos, ao macaco e, até mesmo, ao cachorro, quando este, acidentalmente ou para demonstrar afeição, cruzava meu caminho. Contudo, a doença tomava as rédeas de minha vida (pois não há doença que se possa comparar ao Álcool!), e aos poucos, o próprio Plutão, que em consequência do envelhecimento tornava-se a cada dia mais rabugento, conheceu os efeitos de meu temperamento mau.

Certa noite, retornando para casa, muito embriagado, depois das horas passadas em um de meus antros favoritos na cidade, imaginei que o gato estava se esquivando de mim. Agarrei-o. E ele, assustado com tamanha violência, feriu de leve minha mão com seus dentes. A fúria de um demônio imediatamente se apoderou de mim. Eu não mais me reconhecia. Era como se aquela alma que um dia possuí tivesse de repente abandonado meu corpo; e uma maldade demoníaca, incitada pelo álcool, fizesse vibrar todas as minhas células. Tirei um canivete do bolso do casaco, abri-o, prendi o pobre animal pela garganta e deliberadamente arranquei da órbita ocular um de seus olhos! Agora, enquanto relato aquela execrável atrocidade, sinto-me consumir pelas chamas e, envergonhado, estremeço de horror.

Ao nascer da manhã seguinte, depois de o sono ter dissipado os vapores da orgia e o delírio dado lugar à razão, fui tomado por um misto de repulsa e remorso pelo crime cometido; mas, na melhor das hipóteses, não passava de um sentimento débil e ambíguo, pois a alma permanecia intocada. Mergulhei mais uma vez no excesso e não tardou para que eu afogasse no vinho todas as memórias do ato praticado.

Nesse meio-tempo, o gato lentamente se recuperou. É verdade que a órbita do olho arrancado tinha um aspecto horripilante, mas o bichano parecia não mais sentir dor. Ele continuava a vagar pela casa como de costume, porém, como era de se esperar, fugia aterrorizado à minha aproximação. Restava-me ainda pouco mais do que um espectro do antigo coração, e ele lamentava essa evidente rejeição por parte daquele que um dia tanto me amara. Contudo, tal sentimento logo sucumbiu frente à irritação, dando espaço para o que viria a precipitar minha derrocada final, o espírito de *perversidade*. Desse espírito, a filosofia não trata. No entanto, a convicção que tenho acerca da vida de minha alma não supera a de que a perversidade é um dos impulsos primitivos do coração humano – a consciência primária indissociável, ou sentimento – que dá direcionamento ao caráter do Homem. Quem já não se viu uma centena de vezes cometendo uma ação vil ou estúpida, pela simples razão de sabê-la proibida? Não temos nós uma tendência permanente, a despeito de nosso melhor juízo, a violar o que tem caráter de Lei, simplesmente porque assim entendemos? Repito que esse espírito de perversidade foi o advento de minha derrocada final. Foi o insondável desejo da alma de se aborrecer, de alimentar com a violência sua própria natureza, de cometer erros pela simples razão de cometê-los que me estimulou a continuar, e no final consumar, a brutalidade cometida contra o animal inofensivo. Certa manhã, prendi um laço a sangue frio em seu pescoço e pendurei-o no galho de uma árvore; pendurei-o com lágrimas em meus olhos e o mais amargo remorso no coração; pendurei-o porque sabia que ele me amara e nunca me dera motivos para violência; pendurei-o porque sabia que assim agindo cometia um pecado, um pecado mortal capaz de expor minha alma imortal ao risco de ser levada – como se fosse possível – para além do alcance da infinita misericórdia do mais misericordioso e mais temível Deus.

Na noite desse dia no qual o ato mais cruel foi cometido, fui despertado do sono por um grito de fogo. O cortinado de minha cama estava em chamas e toda a casa ardia. Com grande dificuldade, minha esposa, uma empregada e eu conseguimos escapar da conflagração. A destruição foi total. O fogo consumiu toda a minha riqueza terrena e, desde então, entreguei-me ao desespero.

Resisto à fraqueza de tentar estabelecer uma sucessão de causa e efeito entre o desastre e a atrocidade. Mas estou detalhando uma cadeia de fatos e pretendo não deixar o menor elo imperfeito. No dia seguinte ao incêndio, visitei as ruínas. Todas as paredes, exceto uma só, haviam desmoronado. Essa exceção era uma parede divisória, não muito espessa, situada mais ou menos no meio da casa, e contra a qual se encostava a cabeceira de minha cama. Quase toda a camada de reboco havia resistido à ação do fogo – condição que atribuo ao fato de ele ter sido recentemente aplicado. Próximo a essa parede estava reunida uma grande multidão, e diversas pessoas pareciam examinar com particular minúcia e atenção uma porção específica da peça de alvenaria. As expressões "estranho!" e "singular!", entre outras similares, excitaram minha curiosidade. Aproximei-me e vi, como se esculpida em baixo-relevo sobre a superfície branca, a figura de um gigantesco *gato*. O entalhe fora gravado com uma perfeição verdadeiramente notável. Havia uma corda ao redor do pescoço do animal.

Quando me deparei pela primeira vez com essa aparição – não poderia ser menos do que isso – um sentimento indescritível de espanto e terror de mim se apossou. Mas, finalmente, a razão aflorou para me ajudar. Lembrei-me de ter pendurado o gato em um jardim adjacente à casa. Dado o alarme de incêndio, tal jardim fora imediatamente tomado por uma multidão, e alguém deve tê-lo tirado da árvore e jogado, através da janela aberta, para dentro de meu quarto, em uma tentativa de me despertar do sono. Provavelmente, a queda de outras paredes comprimiu a vítima de minha crueldade contra o reboco ainda fresco, cuja cal, somada à amônia do esqueleto, produziu a figura que eu via.

Embora eu tenha de imediato deixado por conta da razão – se não completamente da consciência – a explicação do fato assustador que acabei de relatar, isso não atenuou em nada a profunda impressão causada em minha mente. Ao longo de muitos meses lutei contra o fantasma do gato; e, durante esse período, voltei a sentir uma sombra do que parecia – mas não era – o remorso. Cheguei a lamentar a perda do animal, e procurava, nos depravados covis que passei a frequentar com assiduidade, outro bichano da mesma espécie, com aparência semelhante, que pudesse tomar o lugar do desaparecido.

Sentado certa noite, meio entorpecido, em um covil de abjeta reputação, minha atenção foi repentinamente atraída por um objeto preto deitado sobre um dos imensos barris que constituíam o mobiliário principal do recinto – uma enorme barrica de gim, ou talvez rum. Já havia algum tempo, meus olhos estavam cravados no topo desse tonel, e agora me surpreendia o fato de o objeto ali em cima ter inicialmente passado despercebido. Aproximei-me e toquei-o com as mãos. Era um gato preto, muito grande, quase tão grande quanto Plutão, e bastante parecido com ele em todos os aspectos, exceto um. Plutão não tinha pelos brancos em nenhuma parte do corpo, enquanto uma mecha grande e indefinida cobria toda a região do peito do gato que se encontrava diante de mim.

Ao tocá-lo, ele imediatamente se ergueu, ronronou bem alto, esfregou-se na minha mão e demonstrou contentamento por ter sido notado. Estava ali a criatura que eu procurava. No mesmo instante propus comprá-lo ao proprietário; mas este, que declarou não ser seu dono, não o conhecia e jamais o avistara naquele lugar.

    Continuei a acariciar o bichano e, quando eu me preparava para ir embora, o animal manifestou disposição de me acompanhar. Permiti que assim fizesse; e, enquanto caminhava, inclinei-me diversas vezes para afagá-lo. Em casa, ele logo se adaptou ao convívio doméstico e tornou-se o grande favorito de minha esposa.

    Quanto a mim, não demorei a perceber o surgimento de certa repulsão pelo gato – o exato oposto daquilo que eu imaginara. Não sei como, nem por que, mas sua demonstração de carinho só me causava repugnância e aborrecimento. Aos poucos esse sentimento foi se convertendo em ódio absoluto. Passei a evitar a criatura; porém, certa dose de vergonha e a lembrança de meu antigo ato de crueldade impediam-me de lhe infligir sofrimentos físicos. Durante algumas semanas não desferi golpes contra ele, nem lancei mão de outras práticas violentas; mas gradativamente – muito gradativamente – comecei a olhá-lo com uma aversão indizível e a fugir em silêncio de sua odiosa presença, como se fugisse do espírito da peste.

    O que sem dúvida alguma contribuiu para a intensificação de meu ódio pelo animal foi a descoberta, logo na manhã seguinte à sua chegada em nossa casa, de que, a exemplo de Plutão, ele também fora privado de um dos olhos. Essa deficiência, no entanto, só serviu para cativar ainda mais minha esposa que, como já tive oportunidade de mencionar, possuía em elevado grau aquele sentimento de humanidade, outrora um traço distintivo de meu caráter e a fonte de muitos de meus prazeres mais simples e puros.

    Entretanto, parecia que a estima do gato por minha pessoa aumentava na mesma proporção de minha aversão por ele. O bichano seguia meus passos com uma obstinação que não me sinto capaz de levar o leitor a compreender. Sempre que eu me sentava, ele se aninhava debaixo de minha cadeira ou se acomodava sobre meus joelhos para me cobrir com seus carinhos repugnantes. Se eu levantava para caminhar, ele se enfiava entre meus pés e quase me causava um tombo; ou, fincando as longas unhas afiadas em minha roupa, escalava-me o peito. Nessas ocasiões, embora eu desejasse ardentemente exterminá-lo com um golpe, a memória daquele ato criminoso do passado e principalmente – não posso deixar de confessar – um pavor absoluto em relação ao animal, impediam-me de fazê-lo.

Esse medo não era exatamente o medo de um mal físico, porém, não sei como defini-lo de outra forma. Sinto-me quase envergonhado em admitir – sim, mesmo nesta cela de criminoso, estou quase envergonhado em admitir – que o terror inspirado em mim pelo animal foi exacerbado por uma das mais puras quimeras que se possa conceber. Em diversas oportunidades, minha esposa me chamara a atenção para a característica da mancha de pelo branco sobre a qual já falei anteriormente – a única diferença entre esse estranho bichano e aquele que eu exterminara. O leitor se lembrará de que essa mancha, embora ampla, não tinha inicialmente uma forma definida. Contudo, muito devagar – quase imperceptivelmente, a ponto de minha Razão ter por um longo tempo se debatido na esperança de enquadrar o assunto na conta de pura imaginação – ela acabou assumindo um contorno bastante definido. A figura agora representava um objeto cujo nome eu estremeço só de pronunciar – um monstro que acima de tudo eu abominava, temia, e do qual me livraria se *tivesse a ousadia* de fazê-lo. A figura era agora a imagem de uma coisa hedionda, sinistra... um CADAFALSO! Oh, desolado e infernal instrumento do horror e do crime – da agonia e da morte!

Eu me transformara em um miserável maior do que toda miséria da espécie Humana. E um animal irracional, cujo companheiro eu desdenhosamente destruíra, agora representava para mim – eu, um homem concebido à imagem e semelhança do Altíssimo – a angústia mais extrema e indescritível! Valha-me Deus! Dias e noites eu passei sem conhecer a bênção de um estado de quietude! Durante o dia a criatura não me possibilitava um momento sequer de isolamento; e à noite, de hora em hora eu acordava sobressaltado de sonhos povoados com o mais indescritível medo, sentindo o bafo quente *da coisa* sobre minha face e o enorme peso inabalável de seu corpo sobre meu *coração* – um pesadelo de carne e osso que eu não tinha forças para afastar!

Sob a pressão desses tormentos o que ainda restava de bondade dento de mim acabou sucumbindo. Pensamentos perversos – os mais tenebrosos e perversos – passaram a dominar meu espírito. O mau humor habitual se converteu em ódio por todas as coisas e toda a humanidade; enquanto minha resignada esposa, alvo preferencial das repentinas, frequentes e incontroláveis explosões de fúria às quais me abandonei por completo, pacientemente sofria e tudo suportava.

Certo dia, por conta de uma incumbência doméstica, ela me acompanhou ao porão da velha casa que a pobreza nos havia forçado a habitar. Seguindo meus passos na descida da escada, o gato por pouco não provocou minha queda. O evento me fez chegar às raias da loucura. Levado pela ira, tomei nas mãos um machado e, esquecendo o medo infantil que até então as freara, mirei no animal e desferi um golpe. Não fosse a mão de minha esposa impedir a concretização daquilo que eu intencionara, decerto o golpe teria sido fatal. A interferência indesejada provocou uma explosão de raiva ainda mais demoníaca que comandou as ações. Soltei meu braço que ela agarrava e lhe enterrei o machado na cabeça. Ela caiu morta no mesmo instante sem um gemido sequer.

Cometido esse homicídio hediondo, entreguei-me imediata e deliberadamente à tarefa de esconder o corpo. Eu estava ciente da total impossibilidade de levá-lo para fora da casa, quer fosse à luz do dia ou da noite, sem correr o risco de ser observado pelos vizinhos. Muitas ideias me passaram pela mente. Em determinados momentos eu pensava em cortar o corpo em pequenos pedaços e destruí-los pelo fogo. Outras vezes, decidia cavar uma sepultura no chão do porão; outras ainda, a solução por mim encontrada era jogá-lo dentro do poço do quintal ou colocá-lo em uma caixa embrulhada com os habituais ornamentos de um pacote, como uma mercadoria qualquer, e deixar que um carregador o levasse. Por fim, cheguei à alternativa que considerei a melhor entre todas. Decidi adotar uma prática que, segundo os registros históricos, os monges da Idade Média empregavam com suas vítimas – encerrá-la entre as paredes.

Para tal finalidade, encontrei no porão a solução adequada. A estrutura de suas paredes não era compacta, e em tempos recentes elas haviam sido totalmente recobertas com uma camada irregular de reboco que a atmosfera úmida do ambiente impedira de solidificar. Além do mais, em uma das paredes existia uma projeção resultante de uma falsa chaminé, ou lareira, que foi fechada e revestida como as restantes do porão. Eu não tinha a menor dúvida de que conseguiria deslocar os tijolos nesse local, enfiar no espaço interno o cadáver e voltar a fechar tudo como antes, de modo a não despertar suspeitas em quem quer que porventura viesse a examinar o lugar.

De fato, não me enganei na avaliação. Por meio de um pé-de-cabra, retirei com facilidade os tijolos e, depois de colocar cuidadosamente o corpo encostado na parede interna, escorei-o nessa posição, enquanto, sem precisar fazer grande esforço, recoloquei a estrutura na forma em que antes se encontrava. Com o cimento, a areia e os filamentos adquiridos com a maior precaução, preparei um novo reboco – em tudo igual ao antigo – e com ele recobri a obra de alvenaria recém-acabada. Quando terminei, senti-me satisfeito com o resultado – tudo correra como planejado. A parede não apresentava o menor sinal de alteração. O lixo caído sobre o chão foi recolhido com o mais minucioso cuidado. Olhei ao redor, triunfante, e disse a mim mesmo: "Pelo menos aqui meu trabalho não foi em vão".

A providência seguinte foi procurar o animal causador de uma sordidez tão descomunal; pois eu agora estava firmemente decidido a pôr um fim na vida dele. Tivesse o bichano sido encontrado naquele momento, não haveria a menor sombra de dúvida quanto a seu destino; contudo, quis-me parecer que o astuto gato se assustara com minha explosão de cólera e vira por bem ficar bem distante até que aquele estado de ânimo se dissipasse. Não é possível descrever ou imaginar o profundo e feliz sentimento de alívio que a ausência da detestável criatura produziu em meu peito. O gato não apareceu durante a noite; e desse modo, pelo menos por uma noite desde que ele chegou à minha casa, eu dormi plena e tranquilamente; sim... nem mesmo a culpa de um assassinato pesando-me na alma, perturbou a paz de meu sono.

Passaram-se o segundo e o terceiro dia sem que meu algoz aparecesse, e mais uma vez respirei como um homem livre. O terror havia afastado o monstro para sempre do local! Eu não mais seria obrigado a vê-lo! Que felicidade suprema! A culpa pelo ato tenebroso perturbava-me muito pouco. Tive que responder a algumas perguntas, mas desembaracei-me delas com facilidade. Até mesmo uma busca foi realizada; e, por certo, nada encontrado. O futuro feliz que se descortinava à minha frente parecia incontestável.

Por volta do quarto dia após o assassinato, um grupo de policiais apareceu inesperadamente em minha casa e realizou uma nova e rigorosa inspeção do local. Seguro, no entanto, da inescrutabilidade do esconderijo que criei, não me senti perturbado pela situação. Os oficiais determinaram que eu os acompanhasse na busca. Nem um recanto sequer passou incólume; e finalmente, pela terceira ou quarta vez, eles desceram ao porão. Como se poderia esperar de alguém que repousa na inocência, as batidas de meu coração continuavam tranquilas e em meus músculos não se observava qualquer sinal de tensão. Perambulei tranquilamente no porão, de um lado a outro, com os braços cruzados sobre o peito. Os policiais estavam satisfeitos e já se preparavam para partir. A alegria em meu coração era grande demais para ser contida. Eu me corroía de desejo de pronunciar uma palavra que fosse, em sinal de triunfo, e convencê-los duplamente de minha inocência.

"Cavalheiros", disse eu por fim enquanto o grupo subia a escada, "eu me regozijo que tenham dissipado suas suspeitas. Desejo-lhes toda saúde e um pouco mais de cortesia. A propósito senhores, esta é uma casa muito bem construída" (no afã de dizer alguma coisa sem esforço, não me dei conta daquilo que eu falava), "por certo, uma casa de construção bastante sólida. A estrutura dessas paredes... os senhores estão vendo?... é maciça". E nesse momento, numa demonstração de bravata, bati com uma bengala que eu tinha em minhas mãos sobre a parte da alvenaria exatamente atrás do local onde estava o cadáver da esposa querida.

Pudesse Deus me proteger e libertar das presas de Satanás! Tão logo a reverberação das batidas mergulhou no silêncio, uma voz respondeu de dentro da tumba!... um grito, inicialmente abafado e entrecortado, semelhante ao soluço de uma criança, que depois aumentou e se transformou em um aulido alto e contínuo, completamente incomum e inumano – um uivo; um grito penetrante e plangente, misto de horror e triunfo, cuja origem só poderia ser o inferno; uma combinação de sons nascidos da garganta de condenados e demônios – os primeiros padecendo sua agonia e os últimos, exultantes em sua danação.

    Inútil seria tentar descrever meus pensamentos. Sentindo-me desfalecer, cambaleei até a parede oposta. Durante alguns instantes, os policiais permaneceram imóveis nos degraus da escada, vacilantes e aterrorizados. No momento seguinte, uma dúzia de braços robustos trabalhava sofregamente para abrir a parede. Eu desabei. O cadáver, já em franca decomposição e coberto de sangue coagulado, ali se encontrava, ereto, diante dos olhos dos espectadores. Sobre a cabeça, com sua larga boca vermelha e o solitário olho de fogo, sentava-se o hediondo animal cuja astúcia havia me induzido ao crime; o alcaguete cuja voz me entregara às mãos do carrasco. Eu havia emparedado o monstro dentro da tumba!

Os assassinatos da Rua Morgue

As canções que as sereias entoavam ou o nome tomado por Aquiles ao se ocultar entre as mulheres, conquanto questões intrigantes, não desafiam todas as suposições.
—Sir Thomas Browne

Os traços mentais tidos como analíticos são em si mesmos pouco suscetíveis a análise. Nós os avaliamos apenas a partir de seus efeitos, e sobre eles sabemos, entre outras coisas, que sempre representam para o portador, quando presentes em excesso, uma fonte da mais viva fruição. A exemplo do homem robusto, que se deleita com suas habilidades físicas, experimentando imenso prazer na prática de exercícios que lhe colocam os músculos em ação, vangloria-se o analista naquela espécie de atividade moral que *liberta*. Ele encontra satisfação até mesmo na mais trivial ocupação capaz de estimular seus dotes inatos. Aprecia enigmas, charadas e hieróglifos, em cujas soluções exibe um grau de sagacidade tal, que se afiguram sobrenaturais para as criaturas dotadas de capacidade ordinária de compreensão. Os resultados, decorrentes da própria alma e essência do método, deixam transparecer, na verdade, certo quê de intuição.

A aptidão para encontrar soluções é possivelmente nele potencializada pelos estudos da matemática e, em especial, do ramo mais elevado dessa disciplina, o qual, única e exclusivamente por conta de suas operações inversas recebeu a injusta denominação de análise, como se isso fosse o bastante. No entanto, o cálculo não é em si mesmo uma análise. Um jogador de xadrez, por exemplo, realiza um sem recorrer à outra. Segue daí que o jogo de xadrez é muito mal compreendido no que tange à sua influência sobre as faculdades mentais. Não estou aqui escrevendo um tratado, mas apenas e tão somente prefaciando uma narrativa bastante curiosa com observações feitas ao acaso. Aproveito, portanto, a ocasião para afirmar que os poderes mais elevados de um intelecto reflexivo decididamente são mais exigidos no discreto jogo de damas do que na requintada frivolidade do xadrez. Neste último, no qual as peças realizam movimentos variados e bizarros, com valores diferentes, a pura e simples complexidade é tomada (um erro não incomum) por profundidade. A *atenção* é aqui o elemento-chave do jogo. Se for desviada, por um único instante que seja, o jogador faz um julgamento equivocado e acaba perdendo a jogada ou toda a partida. Pelo fato de os movimentos possíveis serem não apenas numerosos como também intrincados, a chance de ocorrerem tais lapsos se multiplicam; e, em cada nove de dez casos, é o jogador mais atento e não o mais perspicaz que sai vencedor. No jogo de damas, por outro lado, no qual existe um só movimento com poucas variações, as possibilidades de distração ficam bastante minimizadas, e sendo a atenção comparativamente menos importante, as vantagens de qualquer um dos parceiros decorrem de uma maior capacidade de percepção. Vou procurar ser menos abstrato: imaginem um jogo de damas em que as peças sejam reduzidas a quatro reis e no qual não possa haver qualquer descuido. Fica claro que nesse caso a vitória só será decidida (partindo-se da premissa que os oponentes jogam em igualdade de condições) por algum movimento sutil, nascido de um intenso esforço intelectual. Privado de seus recursos ordinários, o analista invade o espírito de seu oponente, identifica-se de imediato e, não raramente vislumbra, por esse mecanismo, os métodos exclusivos (algumas vezes absurdamente simples) por meio dos quais pode induzir a erros ou interpretações equivocadas.

Há muito tempo o jogo de uíste vem sendo observado por sua influência sobre aquilo que é denominado poder de cálculo; e os homens dotados de abalizado intelecto são conhecidos por desfrutar de inexplicável satisfação ao jogá-lo, ao passo que se esquivam do xadrez, tido por eles como irrelevante. Sem qualquer sombra de dúvida, não existe nada de natureza semelhante que demande um esforço tão grande da capacidade de análise. O melhor jogador de xadrez do mundo cristão *pode* ser pouca coisa mais do que o melhor jogador de xadrez; mas a mestria no uíste implica competência para o sucesso em todas as mais importantes empreitadas em que acontece a disputa de uma mente contra outra. Quando falo mestria, refiro-me àquela perfeição no jogo que inclui a plena compreensão de todas as fontes a partir das quais uma vantagem legítima pode ser auferida. Elas não são apenas múltiplas, como também polimorfas; e costumam residir naqueles recessos da mente que a capacidade ordinária de entendimento não consegue alcançar. Observar atentamente é o mesmo que lembrar nitidamente; e, até certo ponto, um concentrado jogador de xadrez consegue se sair muito bem no uíste; é verdade que as regras de Hoyle (que se baseiam nos simples mecanismos do jogo) são, em geral, suficientemente compreensíveis. Desse modo, ter uma memória retentiva e a capacidade de se orientar pelo "livro" são pontos normalmente tidos como a plenitude do bom jogo. Mas é nas questões além dos limites das meras regras que a aptidão do analista se confirma. Ele faz, em silêncio, um conjunto de observações e inferências. E, talvez, proceda seu parceiro da mesma forma; e a diferença na abrangência das informações obtidas, resida nem tanto no valimento das inferências quanto na qualidade das observações. O conhecimento necessário está na escolha *do que* observar. Nosso jogador não se limita; tampouco, pelo fato de ser o jogo o objeto da atenção, deixa ele de fazer deduções a partir de elementos externos ao jogo. Ele examina o semblante de seu parceiro, comparando-o cuidadosamente com o de todos os demais oponentes; observa a forma pela qual as cartas são embaralhadas em cada mão, contando sempre cada trunfo e cada figura através dos olhares que os portadores dessas cartas trocam entre si. À medida que a partida se desenrola, ele nota as expressões estampadas no rosto dos jogadores e amealha um acervo de ideias a partir das diferentes fisionomias que exprimem confiança, surpresa, triunfo ou desapontamento. Pela forma com que o ganhador da rodada recolhe a vaza, ele sabe se o mesmo jogador tem condições de fechar outra mão, e no gesto feito pelo adversário ao atirar as cartas sobre a mesa reconhece uma jogada baseada em manobras ardilosas. Uma palavra involuntária ou inadvertida; a virada ou caída acidental de uma carta com a consequente manifestação de inquietação ou despreocupação em esconder o fato; a contagem de vazas na exata ordem da disposição das cartas; embaraço, hesitação, impaciência e apreensão proporcionam para sua percepção aparentemente intuitiva indicativos da verdadeira situação do jogo. Depois de duas ou três rodadas, ele já tem pleno domínio das cartas que cada jogador segura nas mãos, e daí em diante, descarta as suas com precisão tão absoluta, como se o resto do grupo tivesse colocado à mostra aquelas que possuem.

 O poder analítico não deve ser confundido com um talento irrestrito; pois, enquanto por um lado o analista é necessariamente talentoso, um homem talentoso, por outro, costuma ter uma extraordinária incapacidade para desenvolver análises. O poder construtivo ou composto, através do qual a engenhosidade normalmente se manifesta, e ao qual os frenologistas (na minha opinião erroneamente) associam um órgão distinto, imaginando-o uma aptidão primitiva, tem sido com muita frequência identificado naqueles cujo intelecto de resto se aproxima dos limites da imbecilidade, a ponto de chegar a atrair a atenção geral entre autores que se dedicam a escrever a respeito da moral. Entre talento e aptidão analítica existe uma enorme diferença, na verdade muito maior do que a que distingue fantasia e imaginação; porém com um caráter rigorosamente análogo. Será visto, de fato, que os indivíduos talentosos sempre são fantasiosos, e aqueles *verdadeiramente* imaginativos, por outro lado, não passam de analíticos.

A narrativa que vem a seguir poderá parecer para o leitor nada mais do que meros comentários feitos à luz das proposições apresentadas.

Em Paris, onde residi durante o período da primavera e parte do verão de 18—, tive a oportunidade de conhecer Monsieur C. Auguste Dupin. Esse jovem cavalheiro descendia de uma excelente família – ilustre na verdade – que, todavia, em decorrência de certos eventos infelizes, foi reduzida a uma condição de miséria tal que a energia de seu caráter sucumbiu sob o peso da indigência, levando o rapaz a perder o vigor e a disposição de lutar pela recuperação de sua fortuna. Por cortesia dos credores, ele continuou em posse de uma pequena parcela de seu patrimônio; e da receita proveniente desses recursos, conseguiu retirar os meios necessários para sua subsistência, sujeitando-se, no entanto, a rigorosa economia e abrindo mão do supérfluo. Na verdade, os livros eram o único luxo que se concedia; e em Paris eles estão facilmente ao alcance das mãos.

Nosso primeiro encontro aconteceu em uma sombria biblioteca na Rua Montmartre, onde a casualidade de estarmos os dois em busca do mesmo raro e extraordinário exemplar acabou por ocasionar nossa aproximação. Passamos a nos encontrar com frequência. Eu fiquei profundamente interessado em conhecer a história daquela pequena família; e ele detalhou-a para mim com toda a ausência de reserva que um francês se permite sempre que o assunto é a própria pessoa. Fiquei assombrado, também, pela vasta extensão de suas leituras; e, acima de tudo, senti minha alma em chamas, estimulada pelo ardente fervor e a vivacidade de sua imaginação. Tentando encontrar em Paris os objetos que eu então procurava, senti que a companhia de um homem como ele seria um valioso tesouro; e esse sentimento segredei a ele com toda franqueza. No final, acabamos decidindo que deveríamos morar juntos durante o período de minha estada na cidade; e, como minha situação terrena era de certa forma menos embaraçosa do que a dele, eu assumi o encargo de pagar o aluguel e mobiliar, em um estilo que atendia à fantasmagórica melancolia de nosso temperamento, uma mansão extravagante e corroída pelo tempo em uma região longínqua e desabitada no subúrbio de St. Germain. A edificação, ameaçada de ruir, havia muitos anos fora abandonada em virtude de superstições que não procuramos conhecer.

Fosse a rotina de nossa vida nesse lugar conhecida pelo mundo, nós seríamos tidos por homens loucos, muito embora, talvez, loucos inofensivos. Nosso isolamento era perfeito; não recebíamos visitas. Na verdade, eu escondi cuidadosamente de meus antigos companheiros a localização de nosso retiro; e já fazia muitos anos que Dupin deixara de conhecer Paris, e lá ninguém mais dele sabia. Vivíamos dentro de nós mesmos; absolutamente sozinhos.

Foi por um capricho da fantasia (que outro nome posso dar a isso?) que meu amigo se apaixonou pela Noite, assim como ela é; e nessa excentricidade dele, como em todas as outras, eu acabei por silenciosamente mergulhar; *abandonando-me* ao bel sabor de todas as suas devastadoras extravagâncias. Aquela divindade sombria não permanecia conosco para sempre; mas nós podíamos simular sua presença. Aos primeiros raios da manhã, fechávamos as desalinhadas venezianas de nossa velha mansão e acendíamos alguns círios que, com seu perfume marcante, lançavam apenas uns poucos raios de uma luz débil e sinistra, com cuja ajuda nós embrenhávamos nossa alma em sonhos – lendo, escrevendo e conversando até o momento em que o relógio anunciava a chegada da verdadeira Escuridão. Então, de braços dados, tomávamos o caminho das ruas para dar seguimento aos assuntos do dia ou perambular até altas horas buscando em meio às luzes e sombras fantasmagóricas da populosa cidade, aquele estado de plena excitação mental que a observação silenciosa é capaz de proporcionar.

Em tais ocasiões, eu não podia me furtar a notar e admirar em Dupin uma incomum habilidade analítica – muito embora sua rica capacidade imaginativa me houvesse preparado para tal. Ele aparentava, também, uma ardente satisfação em exercitar essa disposição inata – ou, quem sabe, mais precisamente em demonstrá-la – e não hesitava em confessar o prazer que o exercício lhe propiciava. Meu companheiro alardeava, com um risinho abafado, que era capaz de penetrar no mais íntimo recôndito da alma dos homens através das janelas invisíveis que eles trazem no peito, e para provar sua afirmação, revelava espantoso conhecimento acerca daquilo que eu carrego dentro de mim. Nesses momentos, ele agia com frieza e alheamento; seus olhos careciam de expressão; enquanto sua voz, costumeiramente um rico tenor, elevava-se em um agudo que soaria impertinente não fosse pela serenidade e total nitidez da declaração. Observando-o nesse estado de ânimo, eu quase sempre mergulhava nas meditações sobre a antiga filosofia da dualidade da alma e me divertia concebendo a ideia fantasiosa de um duplo Dupin – o criativo e o resoluto.

Não se deve inferir do que acabei de falar que se trata da descrição pormenorizada de algum mistério ou da composição de algum romance. O que revelei sobre o francês não passou de mero produto de uma inteligência excitada e, talvez, doente. Contudo, o exemplo seguinte ilustra melhor o caráter de seus comentários nas circunstâncias em questão.

Caminhávamos certa noite por uma rua longa e imunda nas cercanias do *Palais Royal*. Já fazia talvez mais de quinze minutos que nenhum de nós dois pronunciava uma sílaba sequer, absortos que estávamos nos próprios pensamentos. De repente, Dupin quebrou o silêncio com estas palavras:

"Ele é, sem dúvida, um sujeito muito baixinho, e faria melhor pelo *Théâtre des Variétés*."

"Realmente, não pode haver dúvidas quanto a isso", respondi involuntariamente, sem perceber de pronto (tal era meu estado de total recolhimento nas reflexões) a extraordinária maneira pela qual o orador havia se intrometido em minha meditação. Logo me dei conta da situação e minha perplexidade foi profunda.

"Dupin", continuei em tom grave, "isso foge à minha compreensão. Não hesito em dizer que estou perplexo e quase não consigo acreditar em meus sentidos. Como lhe foi possível saber que eu estava pensando em...?" Fiz aqui uma pausa para me certificar de que ele realmente sabia quem eu tinha em mente.

"Em Chantilly", completou ele. "Por que a interrupção? Você observava em seu íntimo que aquela estatura diminuta o torna inadequado para a tragédia."

Foi precisamente esse o tema que vinha habitando minhas reflexões. Chantilly era um antigo sapateiro da Rua St. Denis que contaminado por ardente arrebatamento pelos palcos tentara obter o papel de Xerxes na tragédia de mesmo nome, escrita por Crébillon, e acabara alvo de escárnio por seus esforços em consegui-lo.

"Deixe me saber, pelo amor de Deus", exclamei, "qual é o método – se é que algum método existe – que lhe permitiu perscrutar tão profundamente minha alma". Na verdade, meu assombro era muito mais intenso do que eu me dispunha a revelar.

"Foi o vendedor de frutas", respondeu meu amigo, "quem o levou a concluir que o reparador de solas não tinha estatura suficiente para representar Xerxes *et id genus omne*."

"O fruteiro!... você me deixa atônito. Não conheço fruteiro algum, ou quem mais que possa ser."

"O homem que se chocou com você no momento em que chegamos à rua. Isso pode ter sido há cerca de quinze minutos."

Lembrei então que, de fato, um vendedor de frutas que carregava sobre a cabeça uma grande cesta de maçãs quase me derrubara, acidentalmente, quando passamos da Rua C— para a via pública onde agora permanecíamos. Mas que relação isso poderia ter com Chantilly, era-me impossível compreender.

Havia um quê de charlatanismo envolvendo Dupin. "Explicarei", falou ele, "e para que você compreenda tudo claramente, vamos começar reconstruindo o curso de suas meditações desde o momento no qual me dirigi a você até aquele do choque com o fruteiro em questão. Os elos mais importantes da cadeia são Chantilly, Órion, Dr. Nichols, Epicuro, Estereotomia, as pedras da rua, o vendedor de frutas."

São poucas as pessoas que nunca, em algum período da vida, distraiu-se retraçando os passos que conduziram sua mente a uma conclusão específica. Essa atividade costuma despertar grande interesse, e aqueles que a ela se dedicam pela primeira vez surpreendem-se pela distância e incoerência aparentemente ilimitadas que separam o ponto de partida e o objetivo. Imaginem qual não foi meu espanto quando ouvi o francês dizer o que acabara de dizer e fui obrigado reconhecer a verdade do que fora dito. Ele continuou:

"Vínhamos falando sobre cavalos, se me lembro corretamente, um pouco antes de deixarmos a Rua C—. Esse foi o último assunto discutido. Ao cruzarmos a rua, um vendedor de frutas que levava uma enorme cesta sobre a cabeça, esbarrou em nós quando seguia apressado e jogou você em cima de uma pilha de paralelepípedos amontoada no local onde o pavimento está passando por reparos. Você tropeçou em um dos pedaços de pedra; escorregou, torcendo ligeiramente o tornozelo; mostrou-se aborrecido; murmurou algumas palavras; voltou-se para olhar a pilha de pedras; e continuou em silêncio. Eu não estava particularmente atento às suas ações; mas o ato de observar tornou-se para mim nos últimos tempos uma espécie de necessidade.

"Com uma expressão de irritação estampada no rosto, você manteve os olhos baixos, fitando os buracos e sulcos existentes no pavimento (por isso eu percebi que seus pensamentos ainda estavam voltados para as pedras) até quando chegamos à viela chamada Lamartine, que fora experimentalmente pavimentada com blocos superpostos e fixados por meio de rebites. Nesse ponto seu semblante se iluminou e, notando o movimento de seus lábios, não tive dúvidas de que você pronunciava a palavra 'estereotomia', um termo pretensiosamente empregado na referência a esse tipo de pavimentação. Eu tinha consciência da impossibilidade de você dizer a si mesmo 'estereotomia' sem ser levado a pensar em átomos e, em seguida, nas teorias de Epicuro; e como, na ocasião em que discutimos esse assunto, não muito tempo atrás, eu chamei sua atenção para a maneira singular e quase despercebida que as vagas suposições daquele nobre grego haviam encontrado confirmação na recente cosmogonia das galáxias, entendi que você não poderia deixar de voltar os olhos na direção da portentosa Nebulosa de Órion e, sem dúvida alguma, esperei que o fizesse. Você de fato olhou para cima; e tive assim a certeza de que eu havia acompanhado a trilha exata de seus passos. Mas naquela mordaz invectiva sobre Chantilly, que apareceu ontem no *Musée*, o satírico fez algumas alusões infames ao fato de o sapateiro ter trocado de nome ao assumir seu papel na tragédia, e citou um verso em latim sobre o qual já conversamos em diversas oportunidades. Diz ele:

Perdidit antiquum litera sonum.

Eu lhe dissera que essa era uma referência a Órion, que no passado se escrevia Urion; e, em virtude de certa mordacidade associada a essa explanação, convenci-me de que você não poderia ter esquecido. Pareceu-me certo, portanto, que você faria uma conexão imediata entre Órion e Chantilly, o que de fato aconteceu e ficou evidente pelo sorriso que iluminou os seus lábios. E na imolação do pobre sapateiro seu pensamento se demorou. Até então, você vinha caminhando encurvado; mas de repente percebi que seu corpo assumira uma postura ereta; e esse comportamento me levou a concluir que você pensava a respeito da figura diminuta de Chantilly. Foi quando interrompi sua meditação para comentar que, de fato, ele – Chantilly – era um indivíduo baixinho e se sairia melhor no Théâtre des Variétés."

Não muito tempo depois disso, nós passávamos os olhos pela edição noturna do jornal *Gazette des Tribunaux*, quando os seguintes parágrafos monopolizaram nossa atenção.

"ASSASSINATOS IMPRESSIONANTES. – Esta manhã, por volta das três horas, os habitantes do *Quartier St. Roch* foram repentinamente despertados por uma sucessão de gritos horripilantes, aparentemente oriundos do quarto pavimento de uma casa na Rua Morgue, casa esta na qual se sabia residirem apenas Madame L'Espanaye e sua filha Mademoiselle Camille L'Espanaye. Após breve espera, decorrente de uma inútil tentativa de entrada no local pelos meios costumeiros, oito ou dez vizinhos arrebentaram o portão com um pé-de-cabra e adentraram a residência acompanhados por dois policiais. A essa altura, os gritos já haviam cessado; mas, quando o grupo subiu apressadamente o primeiro lance da escada, foi surpreendido pelo som de algumas vozes alteradas proveniente da parte superior da casa, que sugeria a presença de duas ou mais pessoas envolvidas em colérica discussão. Quando o segundo lance foi alcançado, também esses sons cessaram, e tudo permanecia no mais completo silêncio. O grupo então se dividiu e foi examinando apressadamente cômodo por cômodo. Ao chegar a um espaçoso aposento na parte dos fundos do quarto andar, cuja porta estava trancada internamente a chave e precisou ser arrombada, todos foram assaltados muito mais pela perplexidade do que pelo horror frente ao espetáculo diante deles descortinado.

"A desordem que reinava no aposento era total; móveis quebrados e espalhados por todos os cantos. Havia apenas um estrado de cama, do qual o leito tinha sido removido e atirado no meio do quarto. Em uma cadeira repousava um aparelho de barba coberto de sangue. Na lareira distinguiam-se dois ou três grossos cachos grisalhos de cabelo humano, também impregnados com sangue, que pareciam ter sido arrancados pela raiz. Sobre o chão, havia quatro moedas de napoleões, um brinco de topázio, três colheres grandes de prata e três outras menores de *métal d'Alger*, além de duas sacolas contendo cerca de quatro mil francos em ouro. Em um canto, via-se uma escrivaninha com as gavetas abertas que pareciam ter sido saqueadas, muito embora restassem objetos dentro delas. Debaixo da *cama* – não do estrado – foi descoberto um pequeno cofre de ferro. Ele estava aberto, com a chave ainda na porta e não continha nada mais do que algumas cartas antigas e outros papéis de pequena importância.

"Não se via nem sequer vestígios de Madame L'Espanaye; mas uma quantidade impressionante de fuligem encontrada dentro da lareira motivou uma busca na chaminé; e qual não foi o horror geral! O corpo da filha que havia sido enfiado, de cabeça para baixo, até uma considerável distância dentro do estreito duto de fumaça, foi dali retirado. O corpo conservava ainda o calor natural. Ao examiná-lo, foram descobertas diversas lesões, sem dúvida alguma decorrentes da violência com que ele fora enfiado na chaminé e da força necessária para de lá retirá-lo. O rosto estava coberto por contusões brutais, sobre a garganta havia escoriações escuras e marcas profundas de ferimentos à unha como se a falecida tivesse sido vítima de estrangulamento.

"Depois de um exame minucioso de toda a casa, sem novas descobertas, o grupo se dirigiu a um pequeno pátio pavimentado nos fundos da edificação, onde encontrou o corpo da velha senhora. Era tão profundo o corte existente no pescoço do cadáver, que na tentativa de levantá-lo a cabeça caiu. Cabeça, tronco e membros mostravam marcas de total mutilação, a ponto de quase impossibilitar que se reconhecesse no semblante da defunta alguma semelhança com um ser humano.

"Acreditamos que ainda não há o menor indício capaz de esclarecer um mistério tão horripilante."

O jornal do dia seguinte trouxe estes pormenores adicionais.

"A Tragédia da Rua Morgue. Na busca de elucidação para esse caso incompreensível e medonho, muitos indivíduos foram investigados, mas não se encontrou nada capaz de indicar um caminho para a solução. Relatamos a seguir todo o material obtido nos depoimentos.

"Pauline Dubourg, a lavadeira, declarou que conhecia as duas falecidas havia três anos, e que lavara roupas para elas durante esse período. A velha senhora e a filha pareciam ter um relacionamento tranquilo – demonstravam grande afeição uma pela outra. Eram excelentes pagadoras e ela não sabia falar sobre a fonte de renda ou o modo de vida das duas. A lavadeira acreditava que Madame L. ganhava seu sustento como cartomante e disse saber que ela tinha fama de possuir dinheiro guardado. Além disso, contou que nunca encontrou com ninguém nas ocasiões em que ia retirar ou devolver as roupas; portanto estava certa de que não havia criados na casa. Acrescentou também que os únicos móveis existentes na residência eram aqueles do quarto pavimento.

"Pierre Moreau, o vendedor de fumo, declarou em seu depoimento que vendia pequenas quantidades de tabaco e rapé para Madame

L'Espanaye havia cerca de quatro anos. Ele nascera na redondeza e sempre residira ali. Já fazia mais de seis anos que a falecida e a filha viviam na casa em que os cadáveres foram encontrados. A casa, propriedade de Madame L., fora anteriormente habitada por um joalheiro que subalugava os cômodos da parte de cima para diversas pessoas. Descontente com o mal uso do edifício, a proprietária despejou o inquilino e mudou-se para lá, passando a ocupar toda a casa. A velha senhora era muito infantil. Testemunhas só viram a filha cerca de cinco a seis vezes durante os seis anos. As duas levavam uma vida de total reclusão e tinham fama de possuir dinheiro. O joalheiro ouviu comentários dos vizinhos dando conta de que Madame L. lia a sorte, mas não acreditara nisso. Ele disse nunca ter visto qualquer pessoa entrar na casa, com exceção das duas mulheres, de um carregador que lá esteve uma ou duas vezes e um médico que as visitou em oito ou dez oportunidades.

"Muitas outras pessoas da vizinhança relataram as mesmas coisas. Nenhuma delas tinha conhecimento de que alguém mais frequentasse a casa e não se sabia da existência de qualquer criatura que tivesse ligação com Madame L. e sua filha. Os postigos da janela da frente raramente ficavam abertas e as da parte de trás viviam fechadas, exceto as da grande janela do cômodo dos fundos no quarto andar. A casa era muito boa e não muito velha.

"Em seu depoimento, Isidore Muset, um policial, declarou que fora chamado à casa por volta das três horas da manhã e, ao chegar, encontrou junto ao portão um grupo de vinte a trinta pessoas aguardando angustiadas que alguém abrisse a porta. Ele acabou arrombando-a com uma baioneta – não um pé-de-cabra. A operação não foi difícil, porque o portão tinha folhas duplas e não ficava aferrolhado em cima nem em baixo. Os gritos continuaram até o momento em que o portão foi forçado, e cessaram repentinamente. O alarido, produzido por gritos altos e prolongados – e não curtos e rápidos –, parecia vir de alguém (ou algumas pessoas) em grande agonia. A testemunha dirigiu-se à escada e, ao transpor o primeiro lance, escutou as vozes de duas pessoas que discutiam furiosamente – uma voz rouca e a outra estridente e muito estranha. Conseguiu identificar algumas palavras pronunciadas pela primeira voz, que era de um francês, entre elas '*sacré*' e '*diable*'. Não restava dúvida de que esta não era a voz de uma mulher. Já a voz estridente pertencia a um estrangeiro, que não foi possível identificar se tratava-se de um homem ou uma mulher. A testemunha também não conseguiu distinguir o que foi dito, mas acreditava que o idioma falado era o espanhol. A descrição do estado em que se encontravam o quarto e o cadáver das vítimas coincidiu com aquela que demos na edição de ontem.

"Henri Duval, um vizinho que se dedicava ao ofício de ourives, declarou que estava no primeiro grupo que entrou na casa e corroborou as linhas gerais do testemunho de Muset. Tão logo entraram, eles fecharam outra vez a porta, para manter afastada a multidão que se juntou rapidamente, apesar do avançado da hora. A voz estridente, essa testemunha acreditava ser de um italiano; tinha certeza não se tratar de francês, mas não conseguia afirmar se era a voz de um homem, pois poderia muito bem ser de uma mulher. O homem não conhecia o idioma italiano e não foi capaz de distinguir as palavras, mas estava convencido, pela entonação da voz, de que o sujeito falante era italiano. Conhecia Madame L. e a filha, e frequentemente conversava com as duas. Estava certo de que a voz estridente não era da mãe, nem da filha.

"Odenheimer, o *restaurateur*, um nativo de Amsterdã, apresentou-se voluntariamente para dar seu depoimento, e como não falava francês, foi acompanhado por um intérprete. Ele passava pela rua no momento dos gritos – longos, altos, medonhos e muito angustiantes – que duraram vários minutos, talvez dez. A testemunha foi uma daquelas pessoas que entraram na casa e ratificou as evidências anteriores em todos os aspectos, exceto um. Ele tinha certeza de que a voz estridente era de um homem – um francês –, mas não conseguiu distinguir as palavras pronunciadas, porque foram ditas muito depressa, em voz alta e entrecortada, e aparentemente em um instante de muito medo e muita raiva. A voz era áspera – não tanto estridente quanto áspera. Ele não a classificaria de estridente. Já a voz rouca disse diversas vezes as palavras '*sacré*' e '*diable*', e uma única vez '*mon Dieu*'.

"Jules Mignaud, banqueiro, sócio mais antigo da empresa Mignaud et Fils, na Rua Deloraine. O velho Mignaud declarou que Madame L'Espanaye possuía algumas propriedades e abrira uma conta em seu estabelecimento bancário havia oito anos, durante a primavera. Ela fazia depósitos frequentes de pequenas quantias, e a única retirada em todo esse período tinha sido três dias antes de sua morte, quando resgatou pessoalmente a soma de 4.000 francos, paga em ouro, que um funcionário a ajudou a levar para casa.

"Adolphe Le Bon, funcionário do Mignaud et Fils, disse em seu depoimento que por volta de meio-dia, na data do ocorrido, ele acompanhou Madame L'Espanaye até sua residência, carregando os 4.000 francos em duas sacolas. Quando a porta foi aberta, Mademoiselle L. apareceu e tomou nas mãos uma das sacolas, ficando a outra com a velha senhora. Ele então despediu-se com uma reverência e partiu, não tendo avistado ninguém na rua naquele horário – uma rua secundária e sem movimento.

"William Bird, alfaiate, era nascido na Inglaterra e vivia em Paris havia dois anos. Ele fez parte do grupo que entrou na casa e foi um dos primeiros a subir a escada. Ouviu a discussão e afirmou que a voz rouca era de um francês. Ele conseguiu ouvir nitidamente diversas palavras, mas agora só se lembrava de '*sacré*', e '*mon Dieu*'. Segundo essa testemunha, houve naquele momento um som estranho, como se diversas pessoas estivessem lutando – um som de coisas raspando e pés se arrastando. Ele afirmou que a voz estridente era muito mais alta do que a rouca, e também que tinha certeza de não se tratar de um inglês; parecia ser um alemão – talvez uma mulher. Mas ele não entendia esse idioma.

"Mais tarde, ao serem reconvocadas, quatro das testemunhas citadas declararam que a porta do aposento onde foi encontrado o corpo de Mademoiselle L. estava trancada por dentro quando o grupo chegou. Imperava ali silêncio total – nenhum gemido ou outro barulho qualquer. No instante em que a porta foi arrombada, não havia ninguém lá dentro. As janelas, tanto a do quarto da frente como dos fundos, estavam abaixadas e trancadas por dentro. Uma porta existente entre os dois quartos estava fechada, porém, destrancada. A porta que dava passagem para o corredor estava fechada, com a chave do lado interno. A porta de uma pequena sala do quarto andar, localizada na parte da frente da casa, na extremidade do corredor, estava entreaberta. Dentro dela havia uma infinidade de camas e caixas velhas, entre outras coisas. Tudo ali foi cuidadosamente aberto e examinado, não restando um milímetro sequer da casa – de quatro andares mais o sótão – que não tenha sido submetido a rigoroso escrutínio. A chaminé foi varrida de alto a baixo. A porta de um alçapão no telhado, firmemente pregada, parecia estar fechada desde longa data. Não houve concordância entre as testemunhas no tocante ao tempo decorrido entre o momento em que a discussão foi ouvida e aquele em que a porta do quarto foi arrombada. Para alguns foram menos de três minutos, enquanto outros declararam ter-se passado mais de cinco. De acordo com todos eles, a porta foi aberta com dificuldade.

"Alfonzo Garcio, um agente funerário, afirmou que é espanhol e reside na Rua Morgue. Ele fez parte do grupo que entrou na casa, mas não subiu as escadas como os demais, porque é nervoso e estava preocupado com as possíveis consequências da agitação. A exemplo dos outros, também ouviu as vozes alteradas que discutiam. A voz rouca era de um francês. Muito embora não entendesse o idioma inglês, ele disse que, pela entonação da fala, podia atribuir com certeza a voz mais estridente a um homem inglês.

"O confeiteiro italiano Alberto Montani depôs e asseverou ter feito parte do primeiro grupo que subiu a escadaria. Ele ouviu as vozes em questão, tendo identificado diversas palavras; e assegurou que a voz mais rouca era de um francês – a pessoa que falava parecia estar protestando. Já as expressões vociferadas pela voz mais estridente, que ele pensa ser de um russo, não lhe foi possível distinguir, pelo fato de a fala ter sido rápida e entrecortada. Essa testemunha ratificou o depoimento das demais. Ele nunca conversou com um russo.

"Diversas testemunhas, chamadas de volta, asseguraram que as chaminés de todos os aposentos, nos quatro andares, eram estreitas demais para permitir a passagem de um ser humano. Na parte do depoimento em que citaram a 'varrição' das chaminés, estavam literalmente referindo-se ao emprego de uma escova cilíndrica que foi esfregada na parte interior de todos os dutos existentes na casa. Não havia qualquer passagem posterior através da qual alguém pudesse ter descido enquanto o grupo subia a escada. O corpo de Mademoiselle L'Espanaye estava de tal modo entalado na chaminé que sua remoção só foi possível depois que quatro ou cinco indivíduos uniram forças para empreender a ação.

"Paul Dumas, o médico, declarou que foi chamado, já perto da hora do amanhecer, para examinar os cadáveres. Os dois jaziam sobre a aniagem que cobria o estrado da cama, no quarto onde Mademoiselle L. foi encontrada. O corpo da mulher mais jovem estava cheio de hematomas e lesões, provavelmente decorrentes da brutalidade com que ela foi empurrada para dentro da chaminé. Sua garganta, muito ferida, apresentava arranhões profundos logo abaixo do queixo, junto com uma série de pequenos hematomas que indicavam a evidente pressão de dedos. O globo ocular saltava de suas cavidades na face terrivelmente lívida e parte da língua fora arrancada com uma mordida. Na boca do estômago foi descoberta uma grande contusão, possivelmente produzida pela pressão de um joelho. Na opinião de M. Dumas, Mademoiselle L'Espanaye tinha sido estrangulada por uma pessoa – ou talvez pessoas – desconhecida. O cadáver da mãe apresentava sinais hediondos de mutilação. Todos os ossos da perna e do braço do lado direito pareciam reduzidos a pedaços. A tíbia, bem como todas as costelas do lado esquerdo, estava estilhaçada. Não era possível saber como os ferimentos tinham sido infligidos àquele corpo assustadoramente machucado e sem cor – um pesado porrete de madeira, uma larga barra de ferro, uma cadeira ou outra arma grande, pesada e pontuda poderia produzir tal estrago se manejado pelas mãos de um homem muito forte. Nenhuma mulher teria força suficiente para desferir golpes com qualquer tipo de arma. A cabeça da falecida, quando vista pela testemunha, estava totalmente separada do corpo, além de bastante dilacerada. A garganta mostrava sinais evidentes da ação de algum instrumento de corte – provavelmente uma lâmina de barbear.

"Alexandre Etienne, o cirurgião, foi chamado junto com M. Dumas, para examinar os cadáveres; e corroborou o depoimento e as opiniões deste último.

"Mais nenhuma informação relevante foi descoberta, embora outras tantas pessoas tivessem sido interrogadas. Nunca antes Paris fora palco de um assassinato tão misterioso e chocante em todos os seus aspectos – se é que de fato ocorreu um assassinato. A polícia não conseguia encontrar o menor indício capaz de levar à elucidação do caso – uma situação incomum em questões dessa natureza. Não se via, portanto, nem sombra de uma provável solução."

A edição noturna do jornal afirmava que o Quartier St. Roch continuava envolto na mais completa agitação e que as premissas levantadas haviam sido cuidadosamente reexaminadas e novos interrogatórios de testemunhas realizados, porém, sem nenhum resultado prático. Em um posfácio, no entanto, o periódico revelava que Adolphe Le Bon fora preso – embora aparentemente não houvesse nada que pudesse incriminá-lo, além dos fatos já detalhados.

Dupin mostrava-se bastante interessado no andamento desse caso – pelo menos assim sua conduta fazia parecer, pois ele não tecia quaisquer comentários. Só depois do anúncio da prisão de Le Bon ele pediu minha opinião a respeito dos assassinatos.

Para mim, assim como para toda Paris, o mistério parecia insolúvel. Eu não conseguia enxergar expedientes capazes de conduzir até o assassino.

"Não devemos fazer um julgamento dos meios", falou Dupin, "pautados por uma investigação que prima pela superficialidade. A polícia parisiense, tão enaltecida por sua perspicácia, é ardilosa e nada mais. Não existe um método sequer nos procedimentos por ela adotados que superem os métodos do momento. Uma vasta coleção de medidas é posta em prática, mas não raramente elas são tão inadequadas aos objetivos propostos a ponto de nos trazer à mente o evento em que Monsieur Jourdain exigiu seu *robe-de-chambre, pour mieux entendre la musique*. Os resultados obtidos pelos policiais parisienses são com muita frequência surpreendentes, todavia, derivados em sua maioria de simples diligência e assiduidade. Nas situações em que tais qualidades são ineficazes, os esquemas adotados conduzem sempre ao insucesso. Vidocq, por exemplo, era não apenas um bom adivinho como homem perseverante. Contudo, a carência de uma sólida capacidade de reflexão, levava-o a incorrer constantemente em erros devidos à própria intensidade do esforço empregado em suas investigações. Ele comprometia sua visão pelo fato de não colocar o objeto da investigação a uma distância adequada. Possivelmente, Vidocq distinguia um ou dois pontos com nitidez, mas ao limitar seu foco, acabava perdendo de vista o caso como um todo. Desse modo, fica claro o impacto do excesso de profundidade, pois a verdade nem sempre se esconde em um poço. De fato, acredito que as informações mais relevantes invariavelmente se encontram na superfície. Na profundeza dos vales nós as procuramos, mas é nos topos das montanhas que podemos encontrá-las. As formas e as fontes dessa espécie de erro ficam muito bem tipificadas na contemplação dos corpos celestes. Olhar uma estrela obliquamente por meio de relances com a porção exterior da retina – mais suscetível a leves impressões de luz do que a porção interior – significa ver a estrela em todos os detalhes, ou seja, obter uma melhor avaliação de seu brilho, cuja intensidade diminui à medida que viramos os olhos para encará-la de frente. Na verdade, um número maior de raios atinge a visão no última caso; contudo, no primeiro prevalece uma capacidade mais apurada de compreensão. Uma profundidade inadequada confunde e debilita o poder de percepção. A observação de Vênus por um tempo demasiado, bem como a concentração ou o direcionamento excessivos do foco do olhar, podem até mesmo dar a impressão de que ela desapareceu no firmamento.

"No tocante a esses assassinatos, vamos proceder alguns exames por conta própria, antes de manifestar uma opinião sobre eles. Uma investigação nos proporcionará certo entretenimento", (considerei um tanto estranha a aplicação desse termo, mas não disse nada) "e ademais, Le Bon certa vez prestou-me um serviço pelo qual sou-lhe muito grato. Examinaremos as pressuposições com nossos olhos. Conheço G—, o comissário de polícia, e creio que não terei dificuldade em obter as permissões necessárias."

Isso de fato aconteceu, e em posse delas seguimos para a Rua Morgue, uma via abominável entre as ruas Richelieu e St. Roch. A tarde já terminava quando lá chegamos, pois esse quarteirão fica a boa distância daquele em que nós residimos. Não foi difícil encontrar a casa, porque ainda havia no lado oposto da rua muitas pessoas que, movidas pela mera curiosidade, espreitavam pelas venezianas fechadas. A casa seguia o padrão comum em Paris: havia um portão, ao lado do qual se via uma guarita envidraçada com janela de correr, onde ficava o *concierge*. Antes de entrar, nós subimos a rua, viramos em uma viela e, virando novamente, passamos na parte dos fundos do edifício. Dupin aproveitou a caminhada para examinar a vizinhança, assim como a própria casa, com uma atenção tão minuciosa para a qual não consegui enxergar um objetivo possível.

Refazendo nossos passos, retornamos à frente da moradia, tocamos a campainha e, depois de apresentar nossas credenciais, fomos recebidos pelo agente em serviço. Subimos a escadaria e nos dirigimos para o aposento no qual o corpo de Mademoiselle L'Espanaye fora encontrado e onde os dois cadáveres ainda permaneciam. A desordem do quarto, como é habitual, persistia inalterada. Não identifiquei nada além do que a *Gazette des Tribunaux* havia divulgado. Dupin examinou pormenorizadamente todas as coisas, inclusive o corpo das vítimas. Passamos então pelos outros aposentos e fomos para o pátio, acompanhados o tempo todo por um policial. A inspeção nos manteve ocupados até o anoitecer, depois do que partimos. No caminho para casa, meu companheiro entrou rapidamente no escritório de um dos jornais diários.

Eu já disse que os caprichos de meu amigo são muitos e que *Je les ménagais*. Por conta disso, ele se esquivou a falar sobre o assassinato até o início da tarde do dia seguinte. Então, subitamente me perguntou se eu notara alguma coisa peculiar na cena da atrocidade.

Havia algo na forma com que ele enfatizou a palavra "peculiar", que me fez estremecer, sem saber exatamente por quê.

"Não, nada *peculiar*", respondi; "pelo menos nada mais do que os jornais já noticiaram."

"Temo que a *Gazette*, objetou ele, "não tenha atentado para o horror invulgar do ato. Não tenha em conta, portanto, as improcedentes opiniões desse jornal. Para mim, as mesmas razões que levam esse mistério a ser considerado insolúvel justificam a certeza de uma fácil elucidação – digo, por outras características observadas. A aparente ausência de motivos desorienta a polícia – não devido ao assassinato em si mesmo, mas à atrocidade do ato. Ela também se vê desconcertada pela suposta impossibilidade de conciliar as vozes que discutiam, segundo as testemunhas, com o fato de não terem encontrado no andar de cima ninguém mais exceto o cadáver de Mademoiselle L'Espanaye, e não haver condições de qualquer pessoa de lá sair sem que o grupo percebesse enquanto subia. A tremenda desordem do quarto, o corpo enfiado de cabeça para baixo dentro da chaminé e a assustadora mutilação do cadáver da velha senhora, somadas às considerações que já mencionei e a outras que não é necessário mencionar, bastaram para neutralizar o poder de ação dos agentes do governo, aniquilando sua alardeada perspicácia. Eles incidiram no erro grosseiro, porém comum, de confundir singularidade com dificuldade de compreensão. Contudo, é exatamente através desse afastamento em relação a um plano trivial que a razão percebe seu caminho – quando muito – na busca da verdade. Em investigações tais como essa a que agora nos dedicamos, não se deve formular questões limitadas como 'o que ocorreu', mas sim ampliá-las na tentativa de conseguir resposta para 'o que ocorreu aqui e nunca havia ocorrido antes'. De fato, a facilidade com que chegarei – eu já cheguei – à elucidação desse mistério, é diretamente proporcional à aparente impossibilidade de solução aos olhos da polícia."

Encarei meu interlocutor em estado de muda perplexidade.

"Estou agora aguardando", continuou ele, olhando na direção da porta de nosso aposento, "a pessoa que, muito embora talvez não tenha sido a autora dessa carnificina, deve estar de algum modo envolvida com sua consumação. Provavelmente ela não seja culpada da pior parte dos crimes cometidos. Espero estar certo em minha suposição, pois foi nela que apoiei minha esperança de elucidar todo o enigma. Espero o homem aqui nesta sala a qualquer momento. É verdade que ele pode não aparecer, mas a probabilidade indica que aparecerá. Caso venha, será necessário detê-lo. Eis aqui as pistolas. Nós dois sabemos como usá-las quando a situação assim exige."

Tomei a pistola em minha mão, praticamente sem saber o que fazia, ou talvez acreditando no que ouvi. Enquanto isso, Dupin prosseguiu aquilo que mais parecia um monólogo. Já tive oportunidade de falar sobre a maneira abstrata de proceder que meu amigo mostrava algumas vezes. Seu discurso era endereçado a mim; porém, sua voz, embora de tonalidade baixa, tinha aquela entonação comumente empregada quando se fala para uma audiência posicionada à distância. Seus olhos, sem qualquer expressão, limitavam-se a olhar para a parede.

"As provas já deixaram claro", disse ele, "que aquelas vozes envolvidas na discussão que o grupo declarou ter escutado no andar de cima enquanto subia a escada, não eram das próprias mulheres. Isso elimina qualquer possibilidade de a velha senhora ter assassinado a filha e depois cometido suicídio. Enfatizo esse ponto principalmente por uma questão de método; pois a força de Madame L'Espanaye não seria em hipótese alguma compatível com aquela exigida pela tarefa de enfiar o corpo da filha na chaminé, da forma que ele foi encontrado; e a natureza dos ferimentos nela própria eliminam por completo a ideia de autodestruição. O assassinato foi, portanto, cometido por terceiros; e da discussão entre eles vinham as vozes que o grupo escutou. Deixe-me agora fazer uma advertência, que não está relacionada aos depoimentos concernentes a essas vozes, mas sim a uma característica singular que identifiquei em tais depoimentos. Você observou algo especial em relação a isso?"

Comentei que, enquanto todas as testemunhas concordavam na suposição de que a voz rouca era de um francês, houve grande discordância no tocante à voz estridente, ou áspera, como um dos depoentes a classificou.

"Você citou a própria evidência", concluiu Dupin, "e não uma particularidade da evidência. Sua observação não destaca um traço distintivo, embora exista algo a ser observado. As testemunhas, como você comentou, foram unânimes em relação à voz rouca. Contudo, no que diz respeito à voz estridente, a característica dos depoimentos não é a ausência de unanimidade, mas sim o fato de que na tentativa de descrevê-la, todos eles – um italiano, um inglês, um espanhol, um holandês e um francês – consideraram-na a voz de um *estrangeiro*, ou seja, cada um deles identificou uma pronúncia diferente daquela de seu país de origem. Eles a compararam não com a voz de um indivíduo oriundo de uma nação com cujo idioma tinham familiaridade, mas exatamente o contrário. O francês imaginou se tratar da voz de um espanhol e 'teria identificado algumas palavras, tivesse ele conhecimento de espanhol'. O holandês a atribuiu a um francês, mas encontramos a afirmação de que pelo fato de 'não entender francês, essa testemunha foi interrogada na presença de um intérprete'. O inglês pensou ser a voz de um alemão e 'não entende alemão'. Já o espanhol declarou 'estar certo' de que quem falava era um inglês, mas 'julgando pela entonação, pois ele não tem conhecimento do idioma'. O italiano acreditava tratar-se da voz de um russo, mas 'nunca conversou com uma pessoa dessa nacionalidade'. Além do mais, um segundo francês discordou do primeiro e assegurou que aquela voz era de um italiano; mas, por não ser conhecedor do idioma foi, a exemplo do espanhol, 'induzido pela entonação'. Convenhamos pois que aquela voz deve ter soado estranhamente incomum, a ponto de cidadãos de cinco grandes regiões da Europa nela não conseguirem reconhecer nada familiar. Não lhe parece esse o motivo de depoimentos tão díspares? Você dirá que pode ter sido a voz de um asiático, ou um africano. Nenhuma dessas duas nacionalidades abundam em Paris; mas, sem contradizer a dedução, peço-lhe apenas que atente para três pontos. Uma das testemunhas definiu a voz como 'mais áspera do que estridente'. Duas outras disseram-na 'rápida e entrecortada'. Nenhuma delas distinguiu naquilo que escutou uma palavra ou um som passível de ser associado a uma palavra.

"Eu não sei", continuou Dupin, "que julgamento você pode ter sido levado a fazer a partir do que expus até agora; mas não hesito em afirmar que deduções legítimas, mesmo pautadas por essa porção dos depoimentos – aquela que diz respeito à voz rouca e à estridente – são em si mesmas suficientes para engendrar uma suspeita capaz de orientar todo o andamento futuro da investigação desse mistério. Eu falei 'deduções legítimas', mas a expressão não traduz completamente o que pretendo dizer, pois minha intenção é transmitir a ideia de que tais deduções são as únicas apropriadas e que a suspeita não passa de simples resultado inevitavelmente decorrente delas. No entanto, vou me abster por enquanto de dizer qual é a suspeita. Desejo apenas chamar-lhe a atenção para o fato de que no tocante a mim ela foi suficientemente convincente para dar uma forma definida – certo direcionamento – a minhas investigações no aposento.

"Vamos agora permitir que nosso pensamento nos transporte até esse aposento. O que devemos procurar em primeiro lugar? O meio de fuga empregado pelos assassinos. Não é demais registrar que nenhum de nós dois acredita em eventos sobrenaturais. Madame e Mademoiselle L'Espanaye não foram dilaceradas por espíritos. Os agentes do ato são seres materiais e fugiram por meios materiais. Como então? Felizmente só há uma forma de interpretação da questão e ela nos conduzirá a uma conclusão definitiva. Examinemos, pois, um a um, os possíveis meios de fuga. Não há dúvida de que, quando o grupo subiu a escadaria, os assassinos estavam no quarto onde Mademoiselle L'Espanaye foi encontrada, ou, no mínimo, no aposento vizinho. Portanto, são esses os únicos aposentos nos quais devemos procurar saídas. A polícia examinou detalhadamente o chão, o teto e os tijolos das paredes. Nenhuma passagem secreta poderia ter escapado a essa inspeção. Contudo, não acreditando nos olhos dos policiais, realizei um exame por conta própria. Não encontrei saídas ocultas. As duas portas que conduziam dos quartos ao corredor estavam bem trancadas, com as chaves do lado de dentro. Vamos então voltar os olhos para as chaminés. Estas, embora possuam uma largura comum em um trecho de dois e meio a três metros acima da lareira, não permitiriam a passagem de um gato robusto ao longo de toda a sua extensão. Sendo desse modo absolutamente impossível a fuga pelos meios já mencionados, sobram apenas as janelas. Por aquelas situadas na parte da frente ninguém conseguiria escapar sem ser visto pela multidão aglomerada na rua. Portanto, os assassinos devem ter passado pelas janelas dos fundos. Agora, levados a essa conclusão de forma tão inequívoca não nos cabe, na condição de homens capazes de exercitar a razão, rejeitá-la por conta de aparentes impossibilidades. Só nos resta provar que tais aparentes 'impossibilidades' são na verdade concebíveis.

"Existem duas janelas no aposento. Uma delas é desobstruída pelos móveis e totalmente visível. A porção inferior da outra fica escondida pela cabeceira de um pesado estrado nela encostado. As testemunhas encontraram a primeira trancada por dentro e aqueles que tentaram levantá-la foram frustrados em seus esforços. Na folha esquerda dessa janela, havia um grande buraco feito com verruma e um prego robusto fixado próximo à parte de cima. Examinando a outra janela, foi encontrado um prego fincado de maneira semelhante; e a tentativa de erguer esse caixilho, embora à custa de grande esforço, também foi malsucedida. Os policiais se convenceram de que a fuga não havia ocorrido por esses meios e, portanto, decidiu-se pela retirada dos pregos e abertura das janelas.

"Pela razão que já apresentei, minha inspeção foi um tanto mais detalhada; pois fazia-se aqui necessário provar que todas as aparentes impossibilidades não eram na verdade impossibilidades.

"*A posteriori* elaborei este pensamento. Os assassinos escaparam de fato por uma dessas janelas. Desse modo, eles não poderiam tê-las trancado novamente por dentro, como foram encontradas; e essa consideração, dada sua obviedade, levou os policiais a abandonarem de vez tal elemento da investigação. Sem dúvida, as janelas estavam trancadas. Então, a única conclusão possível era a existência de um mecanismo através do qual elas fechassem sozinhas. Não houve como escapar a esta conclusão. Dirigi-me ao postigo desobstruído, retirei o prego com certa dificuldade e tentei erguer a veneziana. Confirmando o que eu previa, não consegui. Devia haver – como agora sei – uma mola escondida; e essa certeza me convenceu de que minhas premissas estavam corretas, a despeito das estranhas circunstâncias que ainda envolviam a presença dos pregos. Um exame cuidadoso não tardou em revelar a mola escondida. Pressionei-a e, satisfeito com a descoberta, abstive-me de levantar a veneziana.

"Recoloquei o prego e observei-o atentamente. Uma pessoa que saísse por essa janela poderia tê-la fechado outra vez e a mola a prenderia; mas não havia qualquer possibilidade de o prego ter sido recolocado. A conclusão era clara e o campo de minha investigação adquiria um foco mais estreito. Os assassinos deviam ter escapado pela outra janela. Supondo então que as molas existentes nos caixilhos fossem semelhantes, devia haver uma diferença entre os pregos ou, pelo menos, na forma de sua fixação. Subindo no batente do estrado da cama, examinei cuidadosamente a travessa superior da segunda janela. Passando minha mão por trás da armação, logo encontrei e comprimi a mola, que tinha as mesmas características da outra, como eu imaginara. Observei então o prego. Era tão robusto como o outro, e parecia cravado da mesma forma, quase até a cabeça.

"Você poderá dizer que eu me confundi; mas, nesse caso, é provável que a verdadeira natureza da dedução tenha escapado à sua percepção. Empregando uma expressão usada em caçadas, eu não 'perdi a trilha'. As pegadas não me escaparam por um instante sequer. Não havia erros em elo algum da cadeia. Eu havia esmiuçado o mistério até seus últimos efeitos; e eles remetiam *ao prego*. Este, por sua vez, tinha a mesma aparência de seu par, fixado na outra janela; mas, na verdade, tal fato revelou-se uma completa inutilidade – decisiva como pode parecer – quando comparado com a observação de que aqui, neste ponto, terminava a pista. 'Deve haver algo errado em relação ao prego', pensei comigo mesmo. Toquei-o então; e a cabeça, com um pedaço da haste medindo cerca de meio centímetro, soltou-se nos meus dedos. O resto da haste quebrada ficara preso dentro, no buraco feito com a verruma. A ruptura era bastante antiga, pois suas bordas estavam cobertas com ferrugem, e parecia ter sido feita com um golpe de martelo que fizera uma parte da cabeça do prego ficar enfiada na parte superior do caixilho de baixo. Recoloquei cuidadosamente a cabeça na chanfradura de onde eu a retirara, e o prego assim restaurado parecia de novo intacto – a fissura era invisível. Pressionando a mola, levantei alguns centímetros o caixilho com todo cuidado; a cabeça do prego subiu junto com ele, permanecendo firme em seu encaixe. Fechei então a janela; e o prego voltou a parecer perfeito.

"O enigma estava assim solucionado. O assassino havia fugido pela janela existente sobre a cama. Depois da fuga, ela se fechou sozinha – ou talvez tenha sido propositalmente fechada – e acabou presa pela mola; e foi a retenção exercida pela ação da mola que os policiais interpretaram erroneamente como um travamento causado pelo prego, conclusão que justificou o encerramento da investigação.

"A próxima questão diz respeito à forma da descida até a rua. Sobre esse ponto, obtive a resposta naquela caminhada que fizemos ao redor da casa. A cerca de um metro e meio da janela em pauta existe um poste, a partir do qual ninguém conseguiria alcançar a janela, que dirá entrar através dela. Observei, no entanto, que as venezianas do quarto pavimento eram de um tipo especial denominado pelos parisienses de ferragens de marceneiro, uma espécie de veneziana raramente utilizada nos dias de hoje, mas encontrada com bastante frequência nas antigas mansões de Lion e Bordeaux. Elas têm a forma de uma janela comum, de folha única, diferindo apenas no tocante à metade inferior, que contém uma gelosia ou trabalho em treliças abertas, o que proporciona um excelente suporte para as mãos. No caso de nosso interesse, essas venezianas têm largura total de cerca de um metro. Quando nós as observamos pelo lado dos fundos da casa, estavam as duas abertas quase até a metade, ou melhor, formavam com a parede um ângulo reto. É provável que a polícia tenha examinado a parte de trás do imóvel, assim como eu; mas assim sendo, ao olhar as gelosias na direção de sua largura – como devem ter feito –, os policiais não perceberam sua verdadeira dimensão ou, quem sabe, deixaram de dar a real importância para esse detalhe. Na verdade, pautados pela hipótese de que não havia qualquer possibilidade de fuga por esse lado, fizeram naturalmente um exame superficial. Eu tenho, no entanto, total convicção de que a veneziana da janela posicionada atrás da cabeceira da cama consegue chegar a uma distância aproximada de sessenta centímetros do poste, quando aberta totalmente até encostar na parede. Estava também evidente que uma extraordinária dose de agilidade e coragem permitiria que alguém usasse o poste como trampolim para atingir a janela e por ela entrar. Transpondo a distância de setenta centímetros – imaginamos agora a veneziana completamente aberta – um ladrão poderia se agarrar na treliça. Soltando então a mão que segurava o poste e apoiando o pé em segurança contra a parede, ele poderia dar um salto ousado, empurrar a veneziana para fechá-la, atirando-se ao mesmo tempo dentro do quarto – supondo, é claro, que a janela também estivesse aberta nesse momento.

"Não se esqueça de modo algum que, como já mencionei, a condição indispensável para o sucesso de uma empreitada tão difícil e arriscada é uma dose de agilidade realmente fora do comum. Minha intenção é lhe mostrar, em primeiro lugar, a viabilidade da realização de tal feito; mas além disso, e principalmente, desejo que você perceba de forma absoluta o caráter extraordinário e quase sobrenatural da agilidade capaz de levar a efeito essa tarefa.

"Você sem dúvida dirá, usando a linguagem da lei, que 'para demonstrar meu caso' eu deveria subestimar a agilidade exigida para consecução desse ato, em vez de insistir em sua total valorização. Possivelmente seja essa a prática no direito, mas não reflete o uso da razão. Meu objetivo final é apenas a verdade, portanto, pretendo inicialmente levar você a justapor a excepcional agilidade que acabei de destacar, à voz estridente (ou rouca) e entrecortada sobre cuja nacionalidade duas pessoas concordaram e em cuja elocução ninguém identificou as sílabas."

Essas palavras acenderam em minha mente uma ideia vaga imprecisa da proposição defendida por Dupin. Eu me sentia prestes a assimilar o significado e, ao mesmo tempo, incapaz de compreender. Há ocasiões em que os homens se veem na iminência de lembrar alguma coisa, mas a lembrança se apaga antes que consigam alcançá-la. Meu amigo continuou a explicação de seu raciocínio.

"Você verá", disse ele, "que eu deixei de lado a questão da forma como se deu a fuga para tratar da entrada. Minha intenção é destacar a ideia de que ambas aconteceram do mesmo modo, no mesmo ponto. Vamos agora retornar para o interior das casa e examinar o aspecto geral. As gavetas da escrivaninha, segundo os depoimentos, foram saqueadas, mas ainda restaram diversas peças de vestuário dentro delas. A conclusão aqui é absurda; mera conjectura – bastante estúpida – e nada mais. Como podemos saber que os artigos encontrados nas gavetas não representavam tudo o que de fato originalmente ali havia? Madame L'Espanaye e a filha levavam uma vida extremamente reclusa – não recebiam visitas; raramente saíam e pouca serventia todos esses itens de vestuário poderiam ter para elas. A qualidade dos artigos encontrados era, no mínimo, incompatível com a de qualquer um que essas senhoras porventura possuíssem. Se um larápio levou algum, por que não o melhor deles? Por que não levou todos? Ou seja, por que razão ele teria deixado de lado quatro mil francos em ouro, para se sobrecarregar com uma trouxa de linho? O ouro *foi* abandona-

409

do. Quase todo o montante mencionado por Monsieur Mignaud, o banqueiro, foi encontrado dentro de sacolas jogadas no chão. Quero, entretanto, que você tire da cabeça aquela ideia disparatada de existência de um *motivo* que a polícia criou com base na parte dos depoimentos relativa ao dinheiro entregue na porta da casa. Coincidências dez vezes mais extraordinárias do que essa – a entrega do dinheiro, o assassinato cometido três dias depois do recebimento – acontecem com todos nós a todo momento, sem todavia motivar qualquer observação. Coincidências são, em geral, grandes obstáculos no caminho daquela espécie de pensador que desconhece por completo a teoria das probabilidades – a teoria à qual os mais gloriosos propósitos da pesquisa humana devem o mais eminente das explanações. No presente exemplo, tivesse o ouro sido levado, a entrega ocorrida três dias antes consistiria bem mais do que uma simples coincidência. Ela corroboraria a ideia da motivação. Contudo, diante das verdadeiras circunstâncias do caso, se considerarmos ser o ouro o motivo da violência, devemos também imaginar que o autor do crime não passa de um idiota, por ter abandonado a um só tempo o ouro e o motivo da ação.

"Mantendo agora bem claros em sua mente os pontos para os quais lhe chamei a atenção – a voz singular; a extraordinária agilidade; e a surpreendente ausência de motivo em um assassinato tão inacreditavelmente atroz como esse –, vamos examinar a carnificina em si mesma. Temos, em primeiro lugar, uma mulher estrangulada até a morte pela força das mãos e enfiada, com a cabeça para baixo, no duto de uma chaminé. Assassinos comuns não procedem dessa maneira. Menos ainda, livram-se assim do cadáver. Pela forma de introdução do corpo na chaminé, você concordará comigo que havia algo excessivamente *outré* – alguma coisa ao mesmo tempo incompatível com nossa ideia habitual de ação humana, mesmo quando imaginamos os protagonistas os mais depravados dos homens. Pense, também, na enorme força de alguém capaz de enfiar o cadáver em um duto de tal modo estreito que mesmo a força conjunta de diversas pessoas quase não foi suficiente para arrancá-lo de lá!

"Consideremos agora outras evidências do emprego de uma energia fantástica. Na lareira foram encontradas grossas mechas de cabelo grisalho – muito grossas –, que foram arrancadas pela raiz. Creio que você tem consciência da enorme força necessária para desenraizar da cabeça até mesmo uma pequena mecha de vinte ou trinta fios de cabelo. Você, assim como eu, viu os tufos em questão. Acredito que se lembra ainda da visão horripilante daquelas raízes cobertas de fragmentos de carne do couro cabeludo – um exemplo inquestionável da prodigiosa força empregada para arrancar pela raiz uma mecha com alguns milhares de fios de cabelo. A garganta da velha senhora não tinha apenas um simples corte, mas a cabeça foi completamente separada do corpo com o uso de uma simples lâmina de barbear. Quero que você se atenha também para a brutal crueldade dessa ação. Abstenho-me de comentar os hematomas encontrados no corpo de Madame L'Espanaye. Monsieur Dumas e seu valoroso assistente Monsieur Etienne, afirmaram que tais ferimentos foram produzidos por algum instrumento obtuso; e até aqui esses cavalheiros estão corretos; pois, claramente, o objeto causador da contusão foi uma pedra do pavimento do jardim, com a qual a vítima se chocou ao cair da janela localizada acima da cama. Essa ideia, embora possa parecer muito simples, escapou à análise da polícia pela mesma razão que os levou a ignorar a questão da largura das venezianas, ou seja, o problema dos pregos, em consequência do qual a possibilidade de as janelas terem sido abertas foi totalmente descartada.

"Se agora você acrescentar a tudo isso a estranha desordem do aposento, terá encontrado o elemento que faltava para estabelecer uma conexão lógica entre as ideias que apresentei: a força sobre-humana, a crueldade brutal, a carnificina sem motivo, o grotesco horror absolutamente destituído de qualquer espécie de humanidade e a voz que soou estrangeira aos ouvidos de homens de diferentes nações e pareceu incapaz de articular as sílabas de forma inteligível. Que resultados se seguem então? Que impressões eu consegui produzir em sua imaginação?"

Senti um calafrio me percorrer todo o corpo quando Dupin formulou a pergunta. E respondi: "O ato foi praticado por um louco – algum maníaco desvairado fugido da vizinha Maison de Santé".

411

"Em alguns aspectos", retomou ele, "sua ideia não é irrelevante. Porém, as vozes dos loucos, mesmo nos momentos do mais desenfreado acesso, não se comparam com aquela que foi ouvida pelas testemunhas. Um louco, como qualquer pessoa, tem uma nacionalidade; e muito embora não se possa encontrar coerência em sua fala, as sílabas pronunciadas são sempre nitidamente identificáveis. Além do mais, o cabelo de um louco não se assemelha a este que tenho aqui nas minhas mãos. Desenrosquei esse pequeno tufo dos dedos rígidos de Madame L'Espanaye. Diga-me o que lhe parece?

Sentindo-me desfalecer, falei: "Dupin, este cabelo é absolutamente invulgar – não é um cabelo *humano*!"

"Não afirmei que era", retrucou ele, "mas antes de chegarmos a uma conclusão sobre esse ponto, quero que você observe o pequeno esboço que tracei neste papel. Ele representa aquilo que foi descrito em uma parte dos depoimentos como 'escoriações escuras e marcas profundas de ferimentos a unha' na garganta de Mademoiselle L'Espanaye, e em outra (dos senhores Dumas e Etienne) como 'uma série de pequenos hematomas que indicavam a evidente pressão de dedos'.

"Você perceberá", continuou meu amigo, abrindo o papel sobre a mesa à nossa frente, "que este desenho dá a ideia de uma rigorosa imobilização. Não se percebem sinais de falha. Os dedos mantiveram – provavelmente até a morte da vítima – a mesma pavorosa pressão com que a agarraram. Experimente agora colocar todos os seus dedos, ao mesmo tempo, no lugar das respectivas impressões como você as vê."

Tentei; porém em vão.

"É provável que não estejamos dando a essa questão a real importância", afirmou ele. "O papel está esticado sobre uma superfície plana; mas a garganta humana tem a forma cilíndrica. Eis aqui um tarugo de madeira, cuja circunferência equivale à do pescoço da vítima. Enrole o desenho ao redor dele e tente novamente."

Assim fiz; contudo, a dificuldade ficou ainda mais evidente do que na primeira vez. "Esta não é a marca de uma mão humana", foi o que falei.

"Leia agora", recomendou Dupin, "esta passagem de Cuvier."

Tratava-se de uma descrição anatômica detalhada do enorme orangotango fulvo das ilhas da Índia Oriental. Algumas características desses mamíferos, como a gigantesca estatura, a prodigiosa força, a extraordinária agilidade, a feroz brutalidade e a tendência à imitação são suficientemente conhecidas por todos. Compreendi de imediato o total horror do homicídio.

Ao concluir a leitura, comentei com meu amigo, "a descrição dos dedos coincide exatamente com a figura do desenho. Acredito que nenhum animal aqui mencionado, exceto um orangotango, teria condições de imprimir marcas iguais às traçadas por você. Também esse tufo de cabelo acastanhado apresenta as mesmas características que os cabelos da besta descrita por Cuvier. No entanto, fogem-me à compreensão as particularidades desse mistério assustador. Além do mais, foram ouvidas duas vozes que discutiam, e uma delas era inquestionavelmente a voz de um francês."

"Você tem razão; e se lembrará, com certeza, de que as testemunhas foram quase unânimes em afirmar terem escutado a expressão '*mon Dieu!*' pronunciada por essa voz. Naquelas circunstâncias ela foi acuradamente caracterizada por Montani, o confeiteiro, como uma expressão de protesto e advertência. Nessas duas palavras, portanto, depositei minhas esperanças de chegar a uma definitiva solução do enigma. Um francês estava ciente do homicídio. É possível – na verdade, muito mais do que provável – que ele não tenha participado das ações sangrentas que ocorreram. O orangotango deve ter escapado ao controle do homem, que o seguiu até o quarto; e diante da convulsionada situação que lá se estabeleceu, ele não conseguiu recapturar a besta. Ela ficou solta. Vou deixar de lado essas suposições, pois não tenho o direito de considerá-las mais do que isso, já que a essência do pensamento em que elas se fundamentam é superficial demais para ser considerada significativa à luz de meu intelecto e, portanto, não posso tencionar torná-las inteligíveis para a compreensão de outros. Vou então denominá-las apenas suposições, e tratá-las como tal. Se o francês em questão for de fato inocente, como eu suponho, o anúncio que na noite passada ao retornar para casa deixei no escritório do *Le Monde* – um jornal dedicado aos interesses da frota mercante e muito procurado pelos marinheiros – o trará até nossa residência."

Ele me entregou um papel no qual eu li o seguinte:

> CAPTURA – preso no início de uma manhã do presente mês um enorme orangotango fulvo da espécie proveniente do Bornéu. O proprietário, que se apurou ser um marinheiro de um navio Maltês, poderá receber o animal de volta mediante identificação satisfatória e pagamento dos custos decorrentes da captura e manutenção do bicho. Contato no número — da Rua —, subúrbio de St. Germain; *au troisième*.

"Como você pode saber" perguntei, "que o homem é um marinheiro e pertence à tripulação de um navio maltês?"

"Eu não sei", respondeu Dupin. "Não posso ter certeza. No entanto, tenho aqui um pequeno pedaço de uma fita que, pela forma e pela aparência engordurada, foi evidentemente usada para prender o cabelo naquele tipo de rabo longo que os marinheiros tanto apreciam. Encontrei esta fita no chão junto ao poste. Ela não poderia pertencer a nenhuma das defuntas. Ademais, poucas pessoas além de marinheiros sabem fazer um nó como este, que é típico dos malteses. E se, apesar de tudo, eu estiver errado em deduzir das características da fita que o francês era um marinheiro de um navio maltês, ainda assim não há mal algum nos dizeres do anúncio que publiquei no jornal. Se eu estiver enganado, eles se limitarão a supor que fui induzido ao erro por alguma circunstância cuja investigação não se darão ao trabalho de fazer. Porém, se eu estiver certo, teremos ganho um ponto importante. Ciente do assassinato, embora inocente no que tange à sua execução, o francês naturalmente hesitará em responder ao anúncio, ou seja, em reclamar a devolução do orangotango. Ele raciocinará assim: 'Sou inocente; sou pobre; meu orangotango tem um valor elevado – uma fortuna para alguém nas minhas condições; então, por que deveria eu perdê-lo por conta de uma tola noção de perigo? Aqui está ele, ao alcance de minhas mãos. Foi encontrado em Bois de Boulogne, à significativa distância da cena da carnificina. Como alguém seria levado a suspeitar que um brutamontes daqueles poderia ter perpetrado a ação? A polícia está completamente desorientada e não teve capacidade de identificar pista alguma, por mais insignificante que fosse. Mesmo conseguindo chegar ao animal, seria impossível encontrarem provas de que fui testemunha ocular da ocorrência, ou me incriminarem por conta desse fato. Acima de tudo, *eu sou conhecido*. A pessoa que publicou o anúncio identificou-me como proprietário da besta e não tenho condições de saber até onde vai seu conhecimento. Evitando reclamar a propriedade desse bem tão valioso, que é sabido pertencer a mim, eu corro o risco de levantar suspeitas em relação ao animal, e não pretendo atrair as atenções para mim nem para a besta. Vou responder ao anúncio, colocar as mãos no orangotango e mantê-lo por perto até que esse caso caia no esquecimento'."

Nesse momento escutamos passos na escada.

"Esteja pronto!", falou Dupin. "Tome suas pistolas, mas não as utilize, nem deixe à mostra, antes que eu sinalize."

A porta da frente da casa fora deixada aberta, e o visitante havia entrado sem bater e subira boa parte da escada. Agora, no entanto, parecia hesitar. Finalmente percebemos que ele estava descendo. Dupin dirigia-se rapidamente para a porta quando escutamos de novo passos que subiam a escada. Dessa vez ele não retrocedeu, mas caminhou decidido e bateu com força na porta de nosso quarto.

"Entre", falou Dupin em tom cordial e encorajador.

O homem que entrou era, de fato, um marinheiro – alto, corpulento e musculoso, cujo semblante estampava uma expressão de ousadia; um indivíduo não totalmente destituído de atrativos. Mais da metade de seu rosto, muito queimado de sol, ficava escondida pela barba e o bigode. Trazia consigo uma clava de madeira, mas de resto aparentava estar desarmado. Ele fez uma desajeitada reverência com o corpo, e o "boa noite" com sotaque francês que pronunciou, apesar de uma sutil nota de Neufchâtel, não negava sua origem parisiense.

"Sente-se, meu amigo", falou Dupin. "Imagino que o motivo de sua visita seja o orangotango. Não posso negar que tenho certa inveja de você por possuir um animal como aquele; tão extraordinário; sem dúvida alguma um animal muito valioso. Que idade você acha que ele tem?

415

O marinheiro inspirou profundamente o ar, como se aliviado de uma carga intolerável, e depois respondeu com voz firme e segura:

"Não sei lhe dizer; mas não deve ter mais do que quatro ou cinco anos. Ele está aqui?"

"Oh, não; não possuímos instalações para mantê-lo aqui. Ele se encontra em um estábulo na Rua Dubourg, bem ao lado. Se quiser, pode vir buscá-lo na parte da manhã. Certamente você está preparado para comprovar a propriedade."

"Decerto sim, senhor."

"Eu lamentaria muito ter de separá-lo do animal", declarou Dupin.

"Não acredito que o senhor se daria a tanto trabalho por nada", replicou o homem. "De fato, não esperaria por isso. Tenho intenção de pagar uma recompensa pela localização do animal; ou melhor, alguma coisa razoável."

"Bem...", respondeu meu amigo, "com certeza, tudo isso é muito justo. Deixe-me ver... o que eu poderia querer? Ah... já sei! Minha recompensa será você me contar tudo o que sabe a respeito dos assassinatos da Rua Morgue."

Dupin pronunciou as últimas palavras calmamente, em tom muito grave. Com a mesma calma ele caminhou na direção da porta, trancou-a e colocou a chave em seu bolso. Sacou então a pistola do peito e pousou-a sobre a mesa sem o menor sinal de excitação.

O rosto do marinheiro ficou tão vermelho que ele parecia estar a ponto de sufocar. O homem ergueu-se em um salto e agarrou sua clava, mas logo em seguida caiu sentado na cadeira, tomado por um forte estremecimento e com a própria imagem da morte impressa no rosto; não disse uma palavra sequer. E eu senti por ele uma compaixão que brotava do fundo de meu coração.

"Meu amigo!" falou Dupin em tom amistoso. "Na verdade, você está se inquietando desnecessariamente. Não queremos lhe fazer nenhum mal. Dou-lhe a palavra de honra de um cavalheiro – um francês – que não lhe causaremos dano algum. Estou perfeitamente convencido de sua inocência no que tange às atrocidades cometidas na Rua Morgue. No entanto, de nada adiantará você negar que em certa medida está envolvido com elas. Quanto às afirmações que fiz, saiba que foram baseadas em fontes de informação com as quais você jamais poderia sonhar. A situação agora está no seguinte pé: Você não praticou ato algum que pudesse ter evitado – nada certamente que o coloque na cadeira dos réus. Você não é sequer culpado de roubo, quando poderia ter roubado impunemente. Você não tem nada a esconder, tampouco razões para isso. Por outro lado, todos os princípios da honra o obrigam a confessar o que sabe. Um homem inocente está agora aprisionado, acusado de um crime do qual você tem condições de apontar o verdadeiro autor."

Enquanto Dupin falava, o marinheiro recuperou o autocontrole; mas a ousadia de seu comportamento inicial desapareceu.

"Que Deus me ajude!", rogou ele depois de uma breve pausa. "Contarei tudo o que sei sobre o caso; contudo, não espero que acredite em uma só palavra do que vou falar. Eu seria tolo se assim esperasse. De qualquer modo, *sou* inocente; e morrerei de alma limpa se morrer por causa disso."

Em resumo, foi este o relato do marinheiro. Havia pouco tempo, ele fizera uma viagem para o arquipélago indiano. O grupo do qual fazia parte desembarcou em Bornéu e se embrenhou pelo interior em um passeio extremamente prazeroso. Ele e um companheiro capturaram um orangotango, mas como esse rapaz veio a falecer, o animal passou a ser sua propriedade exclusiva. Depois de enfrentar a extrema violência de seu cativo durante a viagem de volta, o marinheiro finalmente conseguiu abrigá-lo em segurança em sua residência em Paris, onde, para não atrair a desagradável curiosidade dos vizinhos, manteve a fera cuidadosamente isolada, aguardando a cicatrização de um ferimento que um estilhaço causara a ela ainda no navio. O objetivo final do homem era vender o animal.

Retornando para casa certa noite – ou melhor, na manhã do assassinato –, depois de se divertir na companhia de outros marinheiros, ele encontrou em seu próprio quarto a besta, que fugira de um cubículo adjacente, onde imaginava ela estivesse confinada em segurança. Com uma navalha na mão e totalmente ensaboada, ela estava sentada diante de um espelho, tentando se barbear, como, sem dúvida alguma, devia ter observado outras vezes através do buraco da fechadura seu dono fazer. O pânico de perceber o perigo que representava uma arma tão letal nas mãos de um animal tão feroz e capaz de utilizá-la deixou o homem momentaneamente sem saber o que fazer. No entanto, ele já se habituara a aquietar a criatura com uso de um chicote, mesmo nos momentos em que ela se encontrava mais violenta, e foi ao chicote que ele recorreu. Ao ver o instrumento, o orangotango chegou em um salto até a porta do quarto, desceu a escada e, através de uma janela que desafortunadamente estava aberta, ganhou a rua.

 O francês saiu atrás em total desespero. A perseguição durou um longo tempo. O macaco corria na frente, com a navalha na mão, e parava vez ou outra para olhar e gesticular para seu perseguidor. Quando o homem estava prestes a alcançar a besta, ela abria nova vantagem. Àquela hora, cerca de três da manhã, as ruas estavam profundamente silenciosas. Ao passar por uma viela nos fundos da Rua Morgue, a atenção do fugitivo foi despertada por um brilho luminoso proveniente da janela aberta nos aposentos de Madame L'Espanaye, no quarto andar da casa. Correndo para o edifício, o animal percebeu o poste, no qual subiu com impressionante agilidade. De lá, agarrou-se à veneziana abrindo-a totalmente na direção da parede e, apoiado nela, atirou o corpo para dentro, indo cair sobre a cabeceira da cama. Toda a ação não tomou mais do que um minuto. Após entrar, o orangotango abriu de novo a veneziana do quarto.

 Nesse meio tempo, o marinheiro, perplexo, viu acender a esperança de recapturar o brutamontes, pois este se enredara em uma armadilha da qual dificilmente conseguiria escapar, exceto através do poste, onde sua descida seria interceptada. Por outro lado, restava o medo quanto às coisas que a fera poderia fazer dentro da casa e, movido por essa apreensão, o homem seguiu o fugitivo. A escalada do poste não foi um exercício difícil para alguém com a agilidade de um marinheiro; mas ao atingir a altura da janela, que ficava mais distante à esquerda, sua empreitada chegou ao fim, pois o máximo que ele conseguiu foi olhar por cima e enxergar de relance o interior do quarto. O horror da visão que se descortinou à sua frente por pouco não o fez despencar de onde estava. Foi então que se fizeram ouvir aqueles gritos hediondos responsáveis por tirar do torpor do sono os habitantes da Rua Morgue. Madame L'Espanaye e a filha, vestidas para dormir, ocupavam-se aparentemente com a arrumação de alguns papéis no cofre de ferro já mencionado, cofre este que fora transportado sobre rodas até o meio do aposento, onde estava aberto com seu conteúdo espalhado ao lado sobre o chão. Imagina-se que as vítimas estivessem sentadas de costas para a janela e, pelo tempo decorrido entre a entrada do brutamontes e os gritos, parece provável que elas não perceberam imediatamente a presença do animal. A oscilação da veneziana deve ter sido atribuída à ação do vento.

Quando o marinheiro enxergou o interior do quarto, o animal havia agarrado Madame L'Espanaye pelos cabelos – que estavam soltos pois ela acabara de penteá-los – e fazia-lhe com a navalha um movimento de vaivém sobre o rosto, como um barbeiro. A filha permanecia imóvel e sem ação; ela havia desfalecido. Os gritos e a luta da velha senhora, durante a qual o cabelo foi arrancado de sua cabeça, parecem ter transformado em uma cólera irreprimível os objetivos provavelmente de início pacíficos do orangotango. Com um movimento determinado de seus braços musculosos, ele quase separou a cabeça do corpo da senhora. A visão do sangue alimentou a fúria da besta, convertendo-a em frenesi. Rangendo os dentes e soltando fogo pelos olhos, ele saltou sobre o corpo da garota e cravou-lhe as ameaçadoras garras na garganta, mantendo firme o arrocho até ela parar de respirar. O olhar distraído e selvagem do animal estancou nesse momento na direção da cabeceira da cama sobre a qual distinguia-se a face rígida de horror de seu dono. A fúria da besta que, sem dúvida alguma, não esquecera o temível chicote se converteu instantaneamente em medo. Ciente de ser merecedora de castigo parece que ela decidiu esconder seu feito sangrento e saltou de um lado a outro do aposento em nervosa agitação. Nesse alvoroço, derrubou e quebrou os móveis e arrancou a cama de seu estrado. Finalmente, agarrou o corpo da filha e enfiou-o na chaminé, na posição em que foi encontrado. O da senhora, o animal arremessou de cabeça para baixo através da janela.

Quando o macaco se aproximou da janela com sua carga mutilada, o marinheiro voltou para o poste, desceu praticamente escorre-

419

gando por ele e correu de imediato para casa, temendo as consequências da carnificina. O terror impediu que o homem se preocupasse com a sorte do orangotango. As palavras escutadas pelo grupo de testemunhas quando subia a escada foram as exclamações de medo e horror proferidas pelo francês, misturadas aos sons diabólicos e indistintos emitidos pelo brutamontes.

    Eu tenho muito pouco a acrescentar. O orangotango deve ter escapado do quarto através do poste, minutos antes do arrombamento da porta, e a janela deve ter se fechado depois que ele por ali passou. Preso na sequência pelo dono, o animal foi vendido por um preço elevado no *Jardin des Plantes*. Mediante nossa narrativa, acrescentada de alguns comentários de Dupin, *Le Don* foi prontamente libertado no escritório do Chefe de Polícia. Esse funcionário, embora manifestasse boa vontade em relação a meu amigo, não conseguia disfarçar sua contrariedade quanto à reviravolta que o caso sofrera e conter expressões de sarcasmo sobre a conveniência de cada pessoa se meter apenas com aquilo que lhe diz respeito.

    "Deixe-o falar", comentou Dupin, que não via necessidade de responder. "Deixe-o com seu discurso; isso vai lhe aquietar a consciência. Quanto a mim, estou satisfeito de tê-lo derrotado em seu próprio castelo. Entretanto, o fato de ter sido malsucedido na solução do mistério não causa a admiração que ele imagina; pois, a bem da verdade, nosso amigo o Chefe é, de certo modo, ardiloso demais para ser profundo. Sua sabedoria carece de essência; é toda cabeça, destituída de um corpo, como as figuras da Deusa Laverna; ou, na melhor das hipóteses, só cabeça e ombros, como um bacalhau. Mas ele é uma boa criatura, apesar de tudo. Eu o aprecio especialmente por um notável golpe de hipocrisia, pelo qual ele adquiriu a reputação de engenhoso. Quero dizer, a maneira pela qual ele tem '*de nier ce qui est, et d'expliquer ce qui n'est pas*'."*

---

* *Nouvelle Heloise*. Romance epistolar de Jean-Jacques Rousseau.